北京宣传文化引导基金
BEIJING CULTURE GUIDING FUND

U0812585

一起奔小康

决胜脱贫攻坚 共建美好生活

《小康》杂志社 编著

中国轻工业出版社 北京燕山出版社 YSP BEIJING YANSHAN PRESS

图书在版编目（CIP）数据

一起奔小康：决胜脱贫攻坚　共建美好生活/《小康》杂志社编著. –北京：中国轻工业出版社，2020.12

ISBN 978-7-5184-3205-9

Ⅰ. ①一… Ⅱ. ①小… Ⅲ. ①新闻–作品集–中国–当代 Ⅳ. ①I253

中国版本图书馆CIP数据核字(2020)第186653号

责任编辑：刘忠波　周　晏　　责任终审：杜文勇　　整体设计：知墨堂文化
策划编辑：刘忠波　郭挚英　　责任校对：晋　洁　　责任监印：张京华

出版发行：中国轻工业出版社（北京东长安街6号，邮编：100740）
联合出版：北京燕山出版社有限公司（北京市丰台区东铁营苇子坑路138号　邮编：100078）
印　　刷：北京博海升彩色印刷有限公司
经　　销：各地新华书店
版　　次：2020年12月第1版第1次印刷
开　　本：787×1092　1/16　印张：20.5
字　　数：350千字
书　　号：ISBN 978-7-5184-3205-9　定价：68.00元
邮购电话：010-65241695
发行电话：010-85119835　传真：85113293
网　　址：http://www.chlip.com.cn
Email：club@chlip.com.cn

200213W1X101ZBW

本书编委会

总 编 辑　　舒富民

副总编辑　　毛传兵　殷　云　孙　剑

　　　　　　赖惠能　张　凡　易赛键　胡晓生

编　　委　　张　志　鄂　璠　龚紫陌

主　　编　　张　凡

统　　筹　　袁　帅

本书撰稿　　鄂　璠　刘彦华　于靖园　刘源隆　郭　玲

　　　　　　郭　煦　刘建华　袁　帅　尤　蕾　周叠瑶

　　　　　　陈秋圆　靳　晶　谈乐炎　袁　霓

序言：决胜全面小康社会

全面建成小康社会，是关乎人民福祉、实现共同富裕的国家大计。

改革开放初期，邓小平同志以高度的政治智慧，将“小康”概念引入改革开放和社会主义现代化建设，形成著名的“三步走”战略，生动表达了中华民族的雄心壮志，赋予中国道路基础性价值内涵。党的十八大以来，以习近平同志为核心的党中央根据国内外形势变化，顺应我国经济社会新发展和广大人民新期待，提出全面建成小康社会的目标要求。党的十九大报告对决胜全面建成小康社会作出新的总体部署。

改革开放四十载，中华民族已然发生了翻天覆地的变化，取得了令世界瞩目的辉煌成就：经济持续健康发展、人民民主不断扩大、文化软实力显著增强、人民生活水平全面提高、生态文明建设成效显著……看今朝，意气风发，一幕幕历史性跨越正在中华大地精彩演绎；展明天，尽管充满挑战，但中国的改革发展必然前景辉煌！

从小康社会到决胜全面建成小康社会取得决定性成就，这个过程中彰显了新时代经济社会治理的中国智慧。对在小康发展进程中处于上游发展水平、最具区域性小康进程经验和特点的典型地市（县／区）进行全面深入的研究，正是总结中国智慧的有效路径，这是一件功在当代、利及久远的大事。每一个典型实践和高度理论有机结合的文本，都值得一阅和研究。该书的问世，可为国内其他区域的全面小康社会建设提供可贵的示范样本，并当仁不让地成为中国全面建成小康社会取得决定性成就的历史见证者。

习近平总书记号召，全面建成小康社会，关键是要树立起攻坚克难的坚定信心，凝聚起推进事业的强大力量，紧紧依靠全国各族人民，推动党和国家事业不断从胜利走向新的胜利。在十九大精神的引领指导下，我们一定要不忘初心、牢记使命，高举中国特色社会主义伟大旗帜，决胜全面建成小康社会，夺取新时代中国特色社会主义伟大胜利，为实现中华民族伟大复兴的中国梦不懈奋斗。

高明光（《求是》杂志社原社长）

目录

第一篇　脱贫攻坚

脱贫·小康·中国梦

文/《小康》·中国小康网记者 尤蕾

全面建成小康社会，是我们对全国人民的庄严承诺。脱贫攻坚战的冲锋号已经吹响。我们要立下愚公移山志，咬定目标、苦干实干，坚决打赢脱贫攻坚战，确保到2020年所有贫困地区和贫困人口一道迈入全面小康社会。

“国旗国旗真美丽，金星金星照大地，我愿变朵小红云，飞上蓝天亲亲您。”这是四川凉山州普格县花山中心校六年级的“开学第一课”。9月2日那天，各班级通过举行升旗仪式、认识国旗、合唱爱国主义歌曲等形式多样的活动，开展爱国主义教育。邓刚是泸州市龙马潭区援彝教师、花山乡中心校六一班班主任，在“开学第一课”上，50余名彝族学生一边挥舞着手中的国旗，一边跟着他学唱《国旗国旗真美丽》《我和我的祖国》《红旗飘飘》等爱国主义歌曲。

凉山州普格县花山中心校是泸州市龙马潭区对口帮扶点之一，自对口帮扶以来，泸州市龙马潭区积极开展教育帮扶“1231”工程，即“聚焦一个目标、做实两篇文章、结好三个对子、奉献一片爱心”，据受扶地所需，尽帮扶地所能，全力开展教育帮扶工作。

凉山是全国最大的彝族聚居区，这里自然资源富集，生态环境优美，民族文化多姿多彩，既是一片充满希望的土地，也是一片红色的土地，红军长征途中，刘伯承同彝族首领小叶丹在这里“彝海结盟”，近万名彝族青年参加了红军，为中国革命胜利做出巨大贡献。这里还是一片深度贫困的土地，经济社会发展总体滞后，是全国“三区三州”地区之一，是四川脱贫攻坚的主战场。

2018年春节前夕，习近平总书记深入大凉山腹地，考察脱贫攻坚工作，看望慰问彝族群众。一年来，凉山脱贫攻坚取得阶段性成果——500个贫困村退出、19.9万贫困群众脱贫，累计1454个贫困村退出、65.9万人脱贫，贫困发生率降至

7.1%。由于包括凉山彝区在内的深度贫困地区脱贫攻坚取得的良好成效，全省贫困发生率降至1.1%。

这只是我国在脱贫攻坚战场上的一个缩影。5年前的11月27~28日，中央扶贫开发工作会议在北京召开，习近平总书记强调，消除贫困、改善民生、逐步实现共同富裕，是社会主义的本质要求，是我们党的重要使命。

在全面建成小康社会前夕，中国的广袤大地上，涌现出了一个个生动的脱贫攻坚样本，在新中国成立70周年之际，《小康》杂志、中国小康网聚焦中国改革与发展的主战场——县域，通过典型案例剖析，总结扶贫经验。

云南省大理州洱源县一方面加大生态保护力度，另一方面在保护当中找到了一条绿色发展的转型之路，“富而美”，是已退出贫困县的洱源的新目标。

贵州省黔东南州台江县自我加压，明确提出将今年脱贫攻坚工作目标由原定的“贫困发生率降至3%以下”调整为“整县脱贫摘帽、农村贫困人口全部清零”，当下，台江县向全面打赢脱贫攻坚战发起强劲总攻。

贵州省黔东南苗族侗族自治州锦屏县在浙江农林大学的科技帮扶之下，借助自身优势发展山核桃、铁皮石斛等特色产业，变“绿水青山”为“金山银山”。目前，锦屏县正以扶贫产业基地建设为龙头，让每一个扶贫产业项目落地生根，让贫困户在产业发展中持续受益，已经有许多村庄都实现了华丽转身。

通过实施易地搬迁和引入劳动密集型产业等多种脱贫举措，山西省大同市天镇县累计退出90个贫困村、脱贫3.89万人，预计今年全县脱贫摘帽。

四川省甘孜州稻城县因旅游而兴，也因旅游而富，通过实施全域旅游发展战略，直接或间接带动群众年人均增收1200元左右，旅游产业已经成为县域经济发展的重要支撑，越来越多的贫困群众收获了旅游带来的“红利”。

从首都到兴安盟，来自北京的资金、技术、人才和理念如星星之火开始燎原。一次次项目对接，一次次对口帮扶，为内蒙古自治区兴安盟阿尔山市产业实现更高质量、更高水平发展蓄积着强劲动能。

作为国家在中西部欠发达地区设立的第一个农村普惠金融综合示范区试点县，革命老区陕西省铜川市宜君县紧紧围绕“创新金融产品、普及金融教育、完善基础设施”三大主题，用3年时间探索，形成了可落地、可复制的普惠金融扶贫的新模式。

脱贫攻坚战也让广西壮族自治区上林县岜独村的命运发生了彻底改变，2017年底就实现整村脱贫摘帽，成为“杧果村”“蛋鸡村”、脱贫“明星村”，目前它正朝着“旅游村”的目标奋进。

脱贫攻坚工作是一项复杂的系统工程，只有进行时，没有完成时。如何巩固和提升脱贫攻坚质量，将是未来摆在各地面前的一道待解之题。

全面建成小康社会即将到来，在中国广袤的大地上，脱贫奔小康已不再仅仅是政府的事情，中国人正以更多元的方式拓宽致富路。新的征程，令人期待。

中国人追求小康的历程，可谓一波三折，历尽艰辛。从小康社会—总体小康—全面建设小康社会—全面建成小康社会，伟大的故事仍在继续。

党的十八大以来，脱贫攻坚成为中国全面建成小康社会的底线任务和标志性指标，纳入“五位一体”总体布局和“四个全面”战略布局，以前所未有的力度推进，并取得了显著成效。

今天，站在中华人民共和国成立70周年的历史节点上看，7亿多人脱离贫困，是中国政府取得的巨大成就，也是中国对世界做出的巨大贡献。

怎么开对“药方子”

党的十九大报告指出，要动员全党全国全社会力量，坚持精准扶贫、精准脱贫。习近平总书记曾提出“六个精准”的要求，即扶持对象精准、项目安排精准、资金使用精准、措施到户精准、因村派人精准、脱贫成效精准。

对于各地而言，“帮扶谁”“谁来扶”“怎么扶”，成了扶贫工作的“精准”所在，也成了“对症下药”、拔除“穷根”的重要加持。

中国人民大学中国扶贫研究院教授汪三贵曾对媒体指出，精准识别是精准扶贫的基础和前提，把贫困人口识别出来需要动员大量的人力、物力，逐一登记造册、建档立卡，的确是一项艰巨的工作。进行精准扶贫，组织成本和行政成本要比区域扶贫的方式高很多，这也是过去在地方很难推进精准扶贫的原因之一。然而，近年来各地对这一工作的意义有了更多的认识，开展了大量的“摸底”建卡工作。

贵州省每一户贫困农户都有一个信息资料袋，记录着贫困户的基本信息、收支情况、住房情况、生产生活情况，以及致贫原因、帮扶对策等信息。

为了更好解决“谁来扶”的问题，湖南省严格实行党政一把手负总责的责任制。进一步明确各级各部门的扶贫责任，特别是县级承担抓落实的主体责任，建立起上下贯通、横向到边、纵向到底的责任体系。不少地区还对贫困村选派了第一书记和驻村工作队，帮助村两委建立更有效的扶贫帮扶机制，并同时发挥对精准扶贫工作的监督作用。

根据全国建档立卡数据显示，42.1%的贫困农户因病致贫，35.5%的贫困农户因缺资金致贫，22.4%的贫困农户因缺技术致贫，16.8%的贫困农户因缺劳力致贫，疾病、缺资金、缺技术、缺劳力是目前主要的致贫原因。找到了“病因”就需开出扶贫“处方”。目前，各地都在探索并践行因户因人制宜有针对性的精准脱贫项目安排。对于以往的脱贫工作中暴露出来的问题，诸如贫困户脱贫动力不足、教育水平低、职业技能差、难以享受金融扶贫红利、不能平等参与贫困改善项目等，如何将扶贫措施精准落实到贫困户更是各地需要深入解决的问题。

无论是项目落实还是措施到户，钱，都是关键要素。精准扶贫，就是要保证到户项目有资金支持，资金跟着项目走，资金使用精准。根据国务院扶贫办的统计，目前已有80%的专项扶贫资金管理权下放到县一级。对此，不少专家指出，每一个贫困户的实际需要都不尽相同，而最了解实际情况的当数当地政府，因此在资金使用上，给地方尤其是县一级政府更多的自主权是明智之举。

当然，为了规避资金使用风险，中央和省级政府可以担负起监督、检查、考核和评估的角色。

上下联动贡献扶贫智慧

扶贫攻坚战也是一场持久战。为确保实现脱贫攻坚目标，中央出台一系列含金量高的政策和举措，打出组合拳，包括加大财政扶贫投入力度、加大金融扶贫力度、实施脱贫攻坚土地优惠政策、发挥科技人才支撑作用等。特别提出重点支持革命老区、民族地区、边疆地区、连片特困地区脱贫攻坚。

扶贫的同时还要“扶智”。2019年9月5日中华慈善日当天，西双版纳勐海县曼吕村显得格外热闹，村民们纷纷去赶一场科技大集。曼吕村地处大山深处，世世代代的村民以种茶、采茶、制茶为生。曾经，这里村民的日子过得很苦。

县委县政府抓住茶产业大做致富“文章”，把路修到了村民的家门口，打通了一条通往外界的“致富路”，规范化茶叶生产企业被引进村寨，资金、技术、人才问题一一得以解决。一系列以茶产业助推精准扶贫的政策落地生根。2016年，雨林古茶坊投入300万元在曼吕村建起了古树红茶厂。不到3年，就使周边村寨1500多名困难群众脱贫，380多户贫困户年均增收1.2万元以上。

在产业脱贫工作中，很多县市都采用了“政府+合作社+贫困户”的产业组织模式。这一模式利用资产收益扶贫的模式来支持建档立卡贫困户入股以获取分红收入，同时鼓励贫困户将土地流转给公司或合作社来获取稳定的土地租金，并帮助贫困户为公司或合作社打工来获取工资收入。

诏安就是其中之一。2013年诏安被列为福建省23个扶贫开发工作重点县之一，5年之后，诏安荣获“2018年度中国十佳脱贫攻坚与精准扶贫示范县市”称号。 富硒产业是诏安的“金字招牌”，在政府引导下，太平镇雄鸡村利用当地富含硒的自然优势，成立生态养殖合作社，发展富硒蛋鸡养殖业，全村30户贫困户加入其中。太平镇8个建制村相继成立养鸡专业合作社，仅2017年，太平镇贫困户收入近200万元。

随着视野的拓宽与思维方式的转变，不少地方走出了一条绿色产业崛起之路，实现了生态环境与经济效益的“双赢”。安徽省岳西县巍岭乡杨河村选派书记兼扶贫工作队队长刘和平指出，杨河村土地贫瘠，很难靠发展规模种植业实现脱贫。但当地山林覆盖率高，生态保持良好，适合加大生态保护修复力度，让有劳动能力的贫困人口就地转成护林员等生态保护人员，实现生态补偿政策脱贫。

从中央到地方都在不断加大“互联网+”扶贫的工作力度。利用互联网，成了脱贫工作的新思路，事实证明，新技术新平台起到了脱贫“催化剂”的作用。“我们这个茶有什么好呢？它是纯天然的，没有任何添加，含有大量的氨基酸……”贵州普安的县扶贫办副主任兼驻村第一书记樊阳升化身“网红”，与淘宝当红主播薇娅联手“吆喝”普安红。10分钟不到，售出4259个订单，销售额超过百万元。而这个数字，几乎是去年普安红在淘宝销售额的两倍。

在快手短视频平台上，“侗族七仙女”大火。而这背后的故事，是一个关于脱贫的“奇思妙想”。2018年年初，吴玉圣被任命为“黎平县盖宝村扶贫第一书记”。这里侗族的美丽风光与生活的困顿形成了强烈反差，但这恰恰成为吴玉圣扶贫的动力，“这么美的地方，要把当地的好东西推出去”。一段当地关于仙女的故事，让他萌生了在村里打造“侗族七仙女”的大胆设想。他开始用快手分享“七仙女”与当地特产，“七仙女”火了，“带货”能力不输任何明星，一年来，销售出去的侗族服饰、刺绣等达4万余元，帮助村合作社出售小黄姜6万斤，销售额达30多万元。“浪漫侗家七仙女”的账号每日直播收入就有1000多元，七姐妹收入达到了每月四五千元。

网络直播时代已经到来，更多年轻人也成为一支不可忽视的民间扶贫力量，贡献着自己独有的智慧。2019“中国电商扶贫行动”走进河北阜平县。三位“致富新青年”带网友体验阜平美景美食，短短一小时，阜平特产脆枣销售突破11万袋，销售额超过113万元。在中国的广袤大地上，脱贫奔小康已不再仅仅是政府的事情，中国人正以更多元的方式拓宽致富路。

《小康》2019年10月

河南兰考脱贫记

文 /《小康》· 中国小康网记者 郭煦

三年来，河南兰考县从打造“一村一品”“一乡一业”到建设产业集聚区、特色产业园，从小微企业遍地开花到多家上市公司落户，实现了一二三产业融合发展，兰考村民在县内务工率达60%以上。

古镇古琴，在徐场村，60%的农户拥有自己的乐器工厂，年收入一般都在百万元以上；而剩下的40%农户的劳力则在这些工厂里打工，每月收入也不低于5000元。

豫东平原，兰考县的东坝头。黄河画下“U”形回环，转过最后一个大弯，调头北上，直奔浩瀚渤海。河南省兰考县，这个“躺在黄河故道上的地方”，风沙、内涝、盐碱，是这片土地数百年的伤痛，记载着被沙丘移动逼迫一再迁徙的兰阳、仪封、考城三地旧址，目睹了昔日“兰考大爷”逃荒要饭的窘迫与无奈。

55年前，焦裕禄拼尽一生，发誓改变兰考面貌。55年后的今天，兰考迎难而上，打赢了艰苦卓绝的脱贫攻坚战。

兰考是焦裕禄精神的发源地，也是习近平总书记在党的群众路线教育实践活动中的联系点。2014年，习近平总书记两次亲临兰考，叮嘱兰考的党员干部要像焦裕禄那样到群众中去，想办法让农民的钱袋子尽快鼓起来。面对总书记的嘱托，兰考立下了“三年脱贫、七年小康”的军令状。

三年大干，引发兰考巨变。曾经的风沙盐碱地，如今已是瓜果连片、企业林立。三年耕耘，时间的底色，因奋斗而愈显厚重，被汗水浣洗而熠熠生辉。

时间定格在2017年3月27日。经国务院扶贫开发领导小组评估并经河南省政府批准，兰考县成为河南省贫困退出机制建立后首个脱贫的贫困县。

兰考脱贫的消息一出，各大媒体发出报道，网友们纷纷对在焦裕禄精神引领下的兰考县鼓劲加油，对兰考脱贫攻坚的实践感慨赞叹。

兰考县扶贫办主任胡良霞说，脱贫实践为干群关系的拉近提供了充足的土壤，也夯实了脱贫致富的基础。

河南大学中原发展研究院院长耿明斋表示，兰考县三年脱贫7.7万人，共产党人交出的这份亮丽成绩单，正是共产党人不忘初心、坚持人民至上执政理念的鲜明体现。

特色产业助力脱贫攻坚

3月28日上午，在兰考县孟寨乡憨庙村，翟世栋卸下了扶贫工作队长的重担，向前来接替他的驻村干部交接工作。而就在一年前，憨庙村还有30多户人家迟迟没有脱贫，让当时的翟世栋非常着急。

三年前，兰考县提出：干部作风是否过硬，脱贫攻坚是试金石。从2014年建档立卡到现在脱贫摘帽，全县派驻在115个贫困村的345名一线扶贫队员，因村因户精准施策，让每个村都有自己的特色产业。

兰考县委、县政府确定“三年脱贫、七年小康”的发展思路是：“五轮驱动”和“五级联动”。“五轮驱动”指的是政府推动、市场拉动、农户主动、科技带动、金融撬动；“五级联动”就是县扶贫领导小组、县直部门、乡镇领导班子、驻村工作队和贫困农户互联互动。

在扶贫理念上，变单纯的“输血”为既“输血”又“造血”，重在培养“造血”功能。

脱贫攻坚伊始，兰考人自问：兰考为啥穷？答案是：产业不兴，经济没有支撑。

“兰考把脱贫攻坚与供给侧改革相结合，找准特色产业，让贫困户在家门口稳定增收，拔下了穷根。”开封市委常委、兰考县委书记蔡松涛说。

在兰考产业集聚区，禾丰牧业有限公司流水线正在一刻不停地运转。一只只肉鸭经过屠宰、分割、包装，运往全国各地。而远在30公里外的考城镇，刘土山村贫困户陈新民也在时刻关注禾丰牧业。2016年，陈新民与公司签订养殖收购协议，一年喂养6茬鸭，年入6万元，成功脱贫。

像陈新民这样养鸭的贫困户，兰考有3500户。在龙头企业带动下，养鸭、抓鸭、搞运输、做防疫，甚至搜集鸭粪都成为当地老百姓创收增收的渠道。

“兰考扶贫不养懒汉，不能靠在墙根晒太阳，伸着手来要救济。”兰考县扶贫办主任胡良霞说。

三义寨乡付楼村村民郝金刚早年在砖窑干活时被砸断脚，落下终身残疾，与两个幼女相依为命，三年前被定为“兜底户”。由于长期贫困，老郝很自卑，不愿与人说话，少与乡邻往来。

“兜底户给够补助款，也能完成扶贫任务，但只输血不造血，老郝就会一直萎靡不振，两个孩子以后咋办？”帮扶工作队和村里商议后，先帮老郝建院墙、盖厕所、添家具，在取得信任后，带他参观县里养殖场、拜访邻村养殖户，鼓励他搞养殖。

“养它两笼兔子先试试。”老郝终于动了心。2015年7月，老郝用5000元到户增收资金买来25只优质种兔和饲料，建起兔舍。2016年，他卖出7批兔子，赚了1万多元，顺利脱贫。一向封闭的老郝“敞亮”了：“如果自己不想站，别人扶也扶不起来；如果自己想站着，别人谁也打不倒。”

堌阳镇徐场村是兰考县远近闻名的乐器村，全村有一多半的人口从事着和乐器相关的工作。在驻村扶贫干部的帮扶下，很多人从世代种地的农民变成了乐器厂的老板，还吸纳大量贫困户务工。

走进徐场村，美好和着琴声一起飞扬。琴风路、琴颂路、琴华路……每一条街道都以琴命名，道路两边雪白的墙面上绘着一幅幅精致的山水画。几乎每一处静谧院落里都“藏”着一个民族乐器加工厂，走进去，那是热火朝天的世界。

20世纪80年代，上海民族乐器厂琵琶制作大师韩富生来到兰考，在堌阳一农家听到主人拉动风箱烧饭时风舌发出的清脆悦耳的声音。当他得知那是由泡桐木板制成时，一阵惊喜。

原来，适宜在沙土地生长的泡桐，因其纹理细腻、木质疏松、不易变形、抗腐蚀性强等特点，竟是制作民族乐器音板的绝佳材料。

自此，兰考泡桐与民族乐器甚至西洋乐器结缘。

在徐场村，60%的农户拥有自己的乐器工厂，年收入一般都在百万元以上；而剩下的40%农户的劳力则在这些工厂里打工，每月收入也不低于5000元。

打一个电话，敲一次键盘，乐器订单从国内各大城市甚至从国外飘然而至；还是打一个电话，敲一次键盘，堌阳的各种乐器通过电商平台和现代物流，分送到各地乐器店家。堌阳人做梦也没想到，现代社会生产与生活的元素在这里表现得如此淋漓尽致。

不仅如此，兰考县还持续推进特色扶贫产业体系建设。比如家居制造及木业加工，在县产业集聚区，以强县为目的，完善产业链条，承接东莞家居企业集团式转移，打造品牌家居产业集群和中高端家居集群；在乡镇，对木制品发展基础较好的乡镇进行产业规划，逐步打造了6个乡镇专业园区；在农村，按照“一村一品”原则，对具有一定产业基础的村，支持发展群创产业，吸纳农民在家门口就业。

三年来，兰考从打造“一村一品”“一乡一业”到建设产业集聚区、特色产业园，从小微企业遍地开花到多家上市公司落户，实现了一二三产业融合发展，兰考村民在县内务工率达60%以上。2016年城乡居民人均可支配收入分别为21124元和9943元，比3年前分别增长10164元和4297元。

干部驻村带头脱贫

一切变化始于2014年。

在国家扶贫政策的帮助下，贴息贷款来了，一对一技术帮扶来了，乡村泥泞公路也得到硬化了。

2014年开始，兰考县派出工作队到贫困村开展精准扶贫、精准脱贫。对贫困户量身定制帮扶方案，做到村村有脱贫计划，户户有脱贫措施。

“要想重用，先去驻村，要想提拔，必下一线。”兰考把脱贫攻坚作为锤炼干部、转变作风的主战场，先后选拔345名年轻干部，派驻115个贫困村精准帮扶。严格遵守“5天4夜”工作制，坚持不脱贫不脱钩，不拔穷根不撤队伍。

因病致贫的62岁贫困村民徐文献，2015年在驻村扶贫工作队的帮助下，拿到10万元扶贫贷款，办起了民族乐器厂，2016年实现纯利润10万元。通过民族乐器产业带动，2016年底，范场村群众人均增收5000余元，贫困户全部实现了脱贫。

2016年，兰考县推出了“三位一体”金融扶贫新模式：从全县扶贫资金里拿出3000万元成立风险补偿金，银行按风险补偿金的10倍发放贷款额度，有了县财政的担保，原来无法贷款的贫困户就可以拿到创业的启动金。

刚驻村时，红庙镇夏武营村帮扶干部秦趁义时常被误解，有的贫困户直接跑来要东西，有的村干部说他是“来镀金”“搞形式主义”。秦趁义不辩解，就是苦干实干。夏武营村有种蔬菜的传统，但道路极差，一遇雨雪，只能从地里背菜往外卖，秦趁义多方争取，为村里修起两条新路；为把3亩垃圾坑变成莲藕池，秦趁义三伏天跳进垃圾坑，光着膀子清理杂草……一件一件事情干下来，村民们都说，他是真驻村、真帮扶。

领导带头干，干部比着干，群众跟着干。在兰考大大小小、各行各业的微信工作群中，大家凌晨还在讨论工作的场景屡见不鲜。兰考县长李明俊说：“兰考开会都在晚上，因为这样方便党员干部白天进村工作。”

真金不怕火炼。2016年，在乡镇党委换届选举中，兰考提拔重用一线干部58名，其中39名是脱贫攻坚一线干部，进一步激发了大家干事创业的热情。

蔡松涛说：“一线经历可以让年轻干部作风更踏实，工作方式更接地气。有了这样一批干部，兰考奔小康，信心十足。”

41岁的兰考县扶贫办副主任孙贯星就是345名选派干部中的一员。在驻村前，孙贯星已经几次动了辞职的念头。“纠结彷徨，无所事事，感觉不到自己有什么作为，有什么价值。”然而，驻村扶贫完全改变了他的工作状态。

住到村里第一天，时值寒冬，有老百姓把自己的电褥子拿来给他们用，群众的信任和期待让孙贯星感动。“最开始还有点被动，县领导三天两头往村里跑，不做事没法交代。”孙贯星发现自己变了，变得越来越愿干事，越来越想和群众在一起。

孙贯星花了一个月时间调查，找准村里优势，发展生态农牧，恢复村里水系，制定民俗旅游规划，建立了50多人的裴寨在外精英人士群，发动能人的力量建设家乡。在他的带领下，昔日的软弱涣散村最终成了兰考县的红旗村，乡村旅游也在豫东打出了名声，2016年，裴寨村顺利脱贫摘帽。

“贫穷不可怕，可怕的是被贫穷磨颓了斗志，安于贫穷。”兰考县堌阳镇副镇长温振表示。

在中国流传着这样一句话：要想富，先修路。这句话在兰考县同样得到了印证。

曹庄村，过去是兰考县有名的贫困村，以前这里人多地少交通不便，村民常常这样描述自己的生活：“天晴一身土，下雨一身泥。村里的道路坑坑洼洼，雨水聚集、泥泞不堪，下雨天人们根本出不去。”然而，村民们万万没有料到的是，来自河南省公路局的干部葛占伟担任第一书记后，短短一年多的时间，这样的景象已全然不在，公路修到了自己家门口，崭新的路灯倚街而立。

其实，在兰考，优先发展交通的曹庄村并非个案。周边的村子也都纷纷加快公路修建，完善交通设施。

蔡松涛介绍，近两年来，兰考县累计完成交通基础设施投资7.9亿元人民币，全县路网结构得以不断优化。蔡松涛说：“全县所有行政村之间实现了统一划路，通畅率达到了100%，115个贫困村里实现了村内主干道硬化，现有城乡客运干线126条，城乡公交线路10条，行政村客车通达率100%。行政村通邮率100%。”

越过了贫困的沟坎，兰考的干部群众并没有松口气，绷紧弦的兰考人瞄向下一个目标：脱贫不是终点，小康才是方向。

兰考“摘帽”以后怎么干

历史的兰考是灾难的兰考。黄河多次决口，风沙、洪涝、盐碱“三害”一直祸害着这个地方。三年自然灾害时，全县有1600多个沙丘、26万亩盐碱坡和28万亩涝洼地，平均粮食亩产只有43斤。

那时，兰考贫瘠的土地、恶劣的环境，再也养活不了她的儿女。

1962年冬，在兰考最为困难的时候，党把优秀干部焦裕禄派到了这里。

为了兰考百姓的温饱，焦裕禄拼着性命，带领群众与“三害”做斗争。焦裕禄虽然倒下了，却把他那不朽的精神留在了兰考大地上，也把改变兰考面貌的希望留在了兰考大地上。

焦裕禄身后的兰考，也曾迎来过一波波的发展：20世纪60年代，兰考解决了“三害”的问题；20世纪80年代，兰考解决了吃粮的问题；20世纪90年代，兰考开始解决钱的问题。只是基础太差，到2002年，兰考的头上还有一顶“国家级贫困县”的帽子。

经过努力，兰考县的贫困人口已经由2014年7.7万人迅速减少到2016年底的3127人，贫困发生率由2014年的11.8%降至今年的1.27%，从而正式脱贫摘帽。

脱贫不是目的，小康才是目标。4月18日，兰考县举行稳定脱贫奔小康誓师大会，对全面建设小康社会进行全面部署。

誓师大会上提出，至2020年，全县生产总值达到380亿元，年均增速10%左右；人均生产总值达到5.5万元，年均增速7.9%以上；实现工业增加值160亿元，年均增速11.1%以上；固定资产投资达到350亿元，年均增速16%以上；社会消费品零售总额155亿元，年均增速13%以上；一二三产比重调整为9.8∶45.2∶45；城镇化率达到56%，城镇人口达到40万人；城乡居民人均可支配收入达到2.2万元，年均增速13.1%，人民生活水平全面提高，社会保障全民覆盖，基本公共服务均等化总体实现。

摘帽以后应该怎么办、怎么干？河南省扶贫办主任张继敬认为，要在4个方面做好脱贫攻坚工作。

摘帽不摘政策。《河南省贫困退出实施办法》中明确规定：“贫困户、贫困村、贫困县退出后，在攻坚期内，国家和省原有扶贫政策保持不变，支持力度不减，留出缓冲期，避免出现边脱贫、边返贫现象，确保实现稳定脱贫。”脱贫摘帽并非扶贫终点，扶贫政策不会、也不应该戛然而止。各级各部门要继续落实好扶贫政策，让广大脱贫户深切体会到党和政府为他们“扶上马、送一程”的良苦用心。要不断完善扶贫政策，对脱贫攻坚实践中暴露出的突出问题和薄弱环节跟进出台相应的政策措施，做到顶层设计与基层实际高度吻合，政府初衷和农户意愿紧密结合，使脱贫政策更接地气、更为精准、更加有效。

摘帽不摘责任。贫困县摘帽后，从退出的次年起不再参与贫困县考核，对贫困县建立的约束机制也随之解除，一些地方可能会就此偏颇地认为“早脱帽子早有好处，不脱帽子还有约束”。其实不然。贫困县虽然摘帽了，但贫困村、贫困户并没有完全退出，而且返贫现象时有发生，贫困仍将在一定范围内长期存在，解决剩余的贫困问题更是难中之难、困中之困。面对脱贫任务，县级党委政府承担的主体责任没有变，书记和县长是第一责任人的要求没有变，各种帮扶体制机制没有变。因此，各级各部门要强化责任担当，针对不同的贫困现象，拿出绣花功夫，量体裁衣，细针密缕，不断提高脱贫质量。

摘帽不摘标准。随着贫困县的全部退出，贫困县没有了，“两不愁三保障”都实现了，可能有的地方会认为贫困标准没有了。事实上，“两不愁三保障”是现行标准下农村人口的脱贫标准，随着经济社会的不断发展，衡量贫困的标准不仅仍然存在，而且会“水涨船高”，反映的形式也会更加多样。制约县域经济社会发展的经济基础薄弱、产业发展乏力、人才保障不足等问题仍会长期存在。各级各部门要注重扶贫工作的可持续性，保持脱贫成果的可持续性，各项工作标准只能提高不能降低，既要着力当前，更要着眼长远，积极作为，持续求进，巩固并不断提升脱贫成果。

摘帽不摘动力。我国正处于而且长期处于社会主义初级阶段，这是中国最大的国情。贫困问题甚至绝对贫困的存在是社会发展阶段性和历史发展过程性的必然产物。向贫困宣战是一项长期艰巨的历史任务，这就要求我们发展的步伐不能停，工作的力度不能减。脱贫的任务很重，奔小康的任务更重，压力也会更大，我们不但要化压力为动力，而且要不断自我加压，确保奔小康路上的每一个脚印都是坚实的、有力度的、富有成效的。

张继敬表示，贫困是相对的，是动态的，也是发展的，即便贫困县全部摘帽，也不意味着人口全部脱贫，“到2020年，确保我国现行标准下农村贫困人口实现脱贫”任务仍然艰巨，脱贫致富永远在路上，容不得等待观望、松劲懈怠，更不能一摘了之、裹足不前。

《小康》2017年06月

湖南怀化：悠悠万事，脱贫为大

文 /《小康》· 中国小康网记者 郭煦 马承滨

在我国武陵山集中连片特困地区的湖南省怀化市，脱贫攻坚已进入啃硬骨头、攻城拔寨的关键阶段，"悠悠万事、脱贫为大"，怀化市委、市政府把脱贫攻坚作为全面工作来谋划，作为新的经济增长点来培育，作为民生工程来落实，探索出了不少精准扶贫的新路径。为了将对贫困人口的关爱落到实处，怀化市通过调查复核，切实摸清搞准扶贫对象、困难家底、致贫原因。

全国人大代表、怀化市委书记、市人大常委会主任彭国甫（右）在通道侗族自治县临口镇太平岩村看望贫困户杨玉春。陆晓鹏摄

近年来，湖南省怀化市委、市政府不断强化"悠悠万事、脱贫为大"的责任感和紧迫感，坚持把脱贫攻坚作为重大政治任务、重大民生工程、重大经济发展引擎来抓，在省委、省政府的领导下，探索出了"资金跟着贫困人口走、贫困人口跟着致富能手走、致富能手跟着产业项目走、产业项目跟着市场走"的"四跟

四走”精准扶贫新路子。截至目前，怀化市产业扶贫、金融扶贫、易地扶贫搬迁等在全省乃至全国形成了亮点。

国家软实力研究学者胡应南所著的《创新之路——湖南省怀化市“四跟四走”精准扶贫的实践与探索》一书由人民出版社出版发行。从“八亩山地做文章”到“四跟四走”精准扶贫，怀化农村改革步履坚定，朝着“三权分置”阔步前进。

针对怀化市扶贫攻坚的一系列做法，全国人大代表、怀化市委书记、市人大常委会主任彭国甫在2017年全国两会期间接受了《小康》记者的独家专访。

“2017年实施扶贫产业项目3800个”

《小康》：怀化的贫困现象有什么特点？如何因人而异、因地制宜展开扶贫工作？

彭国甫：怀化是我国武陵山集中连片特困地区，脱贫攻坚任务重、难度大。脱贫攻坚已进入啃硬骨头、攻城拔寨的关键阶段。

首先坚持精准施策，严格落实“七个一批”任务书，通过发展特色产业脱贫一批、引导劳务输出转移就业脱贫一批、易地扶贫搬迁脱贫一批、生态保护补偿脱贫一批、发展教育脱贫一批、通过医疗保险和救助脱贫一批、社会保障兜底脱贫一批。2016年，怀化实现了18.81万贫困人口脱贫、177个贫困村出列，洪江区在全省率先脱贫摘帽。

产业扶贫方面探索了“四跟四走”精准扶贫新路子，建立资金多元投入、政策多元整合机制。在全市创建了100个“四跟四走”精准扶贫示范点，并以点带面，全域推进。2016年实施了14个产业扶贫重点项目，完成257个贫困村特色产业培育，2017年将实施扶贫产业项目3800个，建成村级扶贫产业园419个。

同时制定了《生态保护脱贫工程实施方案》，计划在“十三五”期间安排10000名贫困人口就地转化为生态护林员，全市新一轮退耕还林工程70%的项目向贫困村倾斜，现有公益林聘用护林员70%安排到贫困户。发展生态文化旅游让绿水青山变为金山银山。

出台《加快电子商务发展的若干政策措施》《2016–2020年电子商务精准扶贫实施方案》，成立了怀化市武陵山电子商务产业园，与阿里巴巴、淘宝、京东、苏宁易购、邮乐购等国内知名电商企业合作建立“怀化馆”，培育扶持橙家班、果果绿、三通慧联、怀化购等本土电商企业，完成了全市313个村级电商扶贫服务站和126个贫困户网店建设任务。全市电子商务交易额由2014年的17.9亿元增加到2016年的104亿元，今年有望增加到200亿元，电商成为农产品销售的生力军。

脱贫致富的主体在哪里？

《小康》：怀化市强调要进一步强化“悠悠万事、脱贫为大”的责任感和紧迫感，以脱贫攻坚为抓手推进全面建成小康社会。在过去的几年里，地方官员是如何体现这种责任感和紧迫感的？具体做了哪些工作？

彭国甫：怀化市委、市政府持续强化“悠悠万事、脱贫为大”的责任感和紧迫感，把脱贫攻坚作为首要政治任务和第一民生工程，坚持以脱贫攻坚统揽经济社会发展全局，脱贫攻坚各项工作扎实有效推进。

坚持加强领导，压紧压实责任。把脱贫攻坚作为全面工作来谋划，作为新的经济增长点来培育，作为民生工程来落实。怀化市要求举全市之力，坚决把贫困的“山头”攻下来，坚决把贫困的“帽子”摘下来，决不让一个贫困群众掉队，坚决打好打赢脱贫攻坚战。明确市委书记、市长为扶贫工作的第一责任人，市委专职副书记、常务副市长为分管扶贫工作的具体责任人，其他市级领导为分管系统、联系县市区及扶贫村的直接责任人。县市区、乡镇和村参照市里的做法，逐级明确脱贫攻坚责任，将职责细化到人、量化到岗，形成“纵向到底、横向到边、齐抓共管”的责任体系。同时对脱贫攻坚工作实行军令状管理，制定出台《县市区委书记、县市区长脱贫攻坚军令状管理考核方案》，在全省率先对全市13个县市区和相关责任部门实行最严格的军令状管理考核。严格落实中央关于“保持贫困县党政正职稳定”的决策部署，做到不脱贫不调整，不摘帽不调离。

坚持把握精准，因地制宜推进。打牢精准扶贫基础，通过调查复核，切实摸清搞准扶贫对象、困难家底、致贫原因，并严格实行动态管理，切实做到“真贫的一户不少、不贫的一户也不能多”。因地制宜，精准施策，狠抓脱贫攻坚重点工作。通过发展特色产业，确保13.78万有劳动能力的贫困人口稳定脱贫；通过引导劳务输出，帮助有转移就业意向的贫困人口实现转移就业；通过易地扶贫搬迁，确保11.03万贫困人口“搬得下、稳得住、融得进、能发展”；通过生态保护，确保19.36万贫困人口受益；通过发展教育，确保12.57万贫困学生得到资助；通过医疗保险和救助，确保建档立卡贫困人口全面受益，5.96万因病致贫对象得到有效救助；通过保障兜底，力争2017年实现扶贫和低保“两线合一”，全面持续解决好“三无六零”人员的脱贫兜底和孤苦伶仃问题。

坚持增加投入，统筹整合资源。加大资源统筹整合力度，建立政府主导、多元投入的保障机制。对所有财政专项资金坚持凡能整合的坚决科学整合，确保全年投入财政扶贫资金10亿元以上，撬动金融资本、社会资本突破50亿元。针对贫困农户“融资难、融资贵”问题，推出“无抵押、无担保、基础利率、补贴利息、风险分担”的扶贫小额信贷新品牌，解决了贫困户“融资难、融资贵”的问题。

坚持各方参与，同心协力扶持。加大统筹协调力度，形成专项扶贫、行业扶贫、社会扶贫“三位一体”大扶贫格局。深入推进驻村帮扶和结对帮扶工作，实现驻村帮扶、结对帮扶全覆盖。积极开展“双培双带”工程，建设致富能手当家理事的党支部，切实强化基层战斗堡垒作用，打造一支永不撤走的“一线工作队”。动员全市所有机关事业单位干部与贫困户结成帮扶对子，确保“家家有干部、户户有计划”。动员社会各界积极参加脱贫攻坚，组织开展“扶贫日活动”“社团活动”“万企帮万村”政协委员“三个一”扶贫行动、离退休党员干部“金秋五助促脱贫”等社会帮扶行动。

坚持群众参与，夯实脱贫基础。充分认识到干部群众是脱贫攻坚的重要力量，贫困群众既是脱贫攻坚的对象，更是脱贫致富的主体，积极动员贫困群众“四跟四走”积极发展产业。同时注重扶贫同扶志、扶智相结合。制定出台了《怀化市教育精准扶贫“643”计划》《怀化市转移就业精准帮扶工程实施方案》等文件，深入开展“雨露计划”“一家一”助学就业扶持工程，以及以“搭建供需平台、促进转移就业”为主题的“春风行动”专题活动。

让资金发挥最大价值

《小康》：总结过去的扶贫经验，怀化的精准扶贫工作最大的难点在哪？今后将如何解决？

彭国甫：怀化开展精准扶贫工作最大的难点就是资金问题。经过多年脱贫攻坚，目前的扶贫对象基本上是自然条件很差、脱贫难度很大的“硬骨头”，彻底脱贫难度更大。根据脱贫目标任务要求测算，每村资金需求量在600万元左右，尽管千方百计加大资金筹措、整合和投入，但仅为资金实际需求量的六分之一，相差尚远。

围绕解决扶贫资金不足的问题，近年来怀化市委市政府也想了很多办法，主要是在资金整合、小额信贷和资金监管上着力，把扶贫资金精准有效用到脱贫攻坚上。

一是加大资源整合力度，建立政府主导、多元投入的保障机制。对所有财政专项资金进行大清盘、大洗牌、大整合，坚持凡能整合的千方百计、消除阻力科学整合，确保全年投入财政扶贫资金10亿元以上，撬动金融资本、社会资本突破50亿元。二是加大统筹协调力度，形成专项扶贫、行业扶贫、社会扶贫“三位一体”大扶贫格局。同时创新小额信贷模式，解决贫困户“融资难、融资贵”的问题。三是加大资金监管力度，探索“互联网+监督”模式，将精准扶贫、城乡低保、危房改造、各类惠农项目和资金补贴共34类民生项目、12大类107项民生资金纳入“互联网+监督”范围，严防严治严惩扶贫领域“雁过拔毛式”腐败问题。

《小康》：如何理解怀化精准扶贫的“四跟四走”？具体怎么落实？

彭国甫：在具体实践中，怀化将财政专项扶贫资金70%以上用于产业扶贫，其中70%以上用于引导支持有劳动能力的建档立卡扶贫对象发展生产，将普惠政策与特惠政策相结合，形成差异化扶贫政策，确保扶贫专项资金向贫困户倾斜。主要采取三种模式进行帮扶：一是直接帮扶。对既有产业发展愿望、又有产业发展能力的贫困户，在政府组织引导下，直接参与特色产业开发，帮扶资金主要用于贷款贴息。二是委托帮扶。受扶贫对象个人或集体委托，将国家给予的扶持资金直接委托给扶贫经济组织，项目收益按比例分成。三是股份合作。将扶贫对象的政策扶持资金、土地、林地和水面等生产资料折价入股，由扶贫经济组织统一管理和生产经营，结成联股、联利的共同体，实现股份到户、利益到户。

《小康》：怀化在扶贫工作中最大的成果是什么？

彭国甫：怀化市在脱贫攻坚实践中，采取了一系列行之有效的措施，也取得一些可喜的成效。

在精准识贫上探索了“一评五看”法，改变了过去不同程度存在的“该扶持的没扶持、不该扶持的扶持”的状况。2015年，我们将这一做法作为“三严三实”专题教育的一项重要内容，组织党员干部对全市原有建档立卡贫困人口开展三轮复查复核，共清理不符合条件的对象75811人，重新纳入符合条件对象（包括返贫）38571人，全市贫困村识别准确率达100%，贫困人口识别准确率达99.61%。通过调查复核，切实摸清搞准扶贫对象、困难家底、致贫原因，进一步完善贫困人口电子信息，做到“户有卡、村有册、乡镇有档、市县有平台”，严格实行动态管理，切实做到“真贫的一户不少、不贫的一户也不能多”。

在产业帮扶上走出了“四跟四走”新路子，改变了过去存在的“大水漫灌”“扶富不扶穷、扶农不扶贫”的状况。以“四跟四走”精准扶贫为支点，逐步推进农业生产方式、农民生活方式和农村治理体制机制改革创新。2016年，全市通过“四跟四走”法，市县两级共整合资金23.83亿元，实施了14个产业扶贫重点项目，完成257个贫困村特色产业培育，2017年将实施扶贫产业项目3800个，建成村级扶贫产业园419个。

在金融扶贫上为贫困户探索出“无抵押、无担保、基准利率、补贴利息”的小额信贷新方式，改变了过去存在的“贷款难、贷款贵和贷款不知道干什么、怎么干”的状况。

在易地扶贫搬迁上走出了“搬得下、稳得住、融得进、能发展”的新路，改变了过去“一刀切”、难脱贫的状况。坚持宜集中则集中，坚持易地扶贫搬迁与产业发展、就业相结合，与村庄化、集约化、新型城镇化、新农村建设相结合，与当地公共服务规模化及共享相结合，有效降低成本、提高效益，确保搬得下、稳得住、脱得贫、能发展。2016年完成易地扶贫搬迁25734人，为年计划的119%。

《小康》2017年04月

贵州仁怀：“大旅游”助力“大扶贫”

文/《小康》·中国小康网记者 王帅广

贵州省仁怀市紧紧围绕“一心两带三区四游”旅游体系，坚持把“大旅游”作为推动“大扶贫”的突破口，在“精准扶贫”的路上做出的探索值得品味，走出了一条“以农兴旅、以旅强农、农旅互促”的经营乡村发展模式，实现了脱贫攻坚与乡村旅游的有机结合，助推了全面小康建设。

城乡靓 贵州省仁怀市走出了一条“以农兴旅、以旅强农、农旅互促”的经营乡村发展模式，实现了脱贫攻坚与乡村旅游的有机结合，助推了全面小康建设。图为仁怀市国酒门。

近年来，贵州省仁怀市紧紧围绕“一心两带三区四游”旅游体系，坚持把“大旅游”作为推动“大扶贫”的突破口，采取政府引导、科学规划、市场运作、农民主体、社会参与的方式，用“经营农村”理念全力做好“旅游+农业”“旅游+农村”“旅游+农民”三道加法，打造了坛厂神采八卦园、鲁班水彩隆堡、苍龙草木年华、长岗蔺田新村等一批农旅一体化脱贫示范点，走出了一条“以农兴旅、以旅强农、农旅互促”的经营乡村发展模式，实现了脱贫攻坚与乡村旅游的有机结合，带动了群众脱贫致富，助推了全面小康建设。

“食有特色、住有条件、游有内容”

截至目前，全市近30个村寨发展乡村旅游，5000余名农民吃上“旅游饭”，旅游直接从业人员达到1万人，带动社会就业3万人。2016年，全市实现30个贫困村出列、1.4万贫困人口脱贫，贫困发生率下降到4.6%；旅游接待游客607.8万人次、同比增长37.2%，实现旅游综合收入77.7亿元、同比增长45.2%。

首先，着力抓打造，注重与本地文化相结合。深入挖掘仁怀盐运文化、长征文化、酿酒文化等特色文化，按照全市60个贫困村区位合理性、产品差异性、游乐参与性、空间开放性和效益辐射性等特点，高标准规划打造了坛鲁农旅一体示范区、五马生态旅游示范区、后山民族风情旅游示范区、桐梓河水上体验示范区和15个旅游扶贫点。注重与农业产业相结合，围绕山地生态畜牧业、商品蔬菜、特色经济果林、中药材、花卉苗木等，建成一批以生态休闲、农业体验、乡村度假为主题的工农旅一体的示范园，切实增强了贫困村“造血功能”。目前，全市建成现代农业产业示范园区24个，发展蔬菜产业1.6万亩、精品水果产业1.2万亩、茶产业1万亩、花卉苗木产业1.5万亩、核桃产业5万亩、中药材产业6000亩，扶贫产业覆盖贫困人口2.7万人。注重与乡村资源相结合，依托农村自然生态、田园景观、民俗文化、山地特色等自然资源，做优做特五马广东东升农场生态农业示范区、学孔“茶旅一体化”、坛鲁“工农旅一体化”，积极吸纳游客现场采摘新鲜果蔬、观赏农业风光、体验农家活，让游客记得住山水、留得住乡愁，农民收入实现倍增。比如，坛厂镇枇杷村通过发展乡村旅游，今年一季度旅游综合收入达500余万元；鲁班镇隆堡村通过发展乡村旅游，扶持村民开办农家乐7家、乡村客栈2家、百货经营9家，实现了农民向个体工商户转变，增加农民收入600余万元。

另外，仁怀还着力抓基础。强化基础设施建设，全面推进景区停车场、厕所、旅游标识等设施建设，努力完善景区服务体系；坚持以“四在农家·美丽乡村”为载体，扎实推进小康“六项行动计划”和“交通三年攻坚”“水利三项会战”，全面改善农村水、电、路、讯等基础设施建设，不断夯实乡村旅游发展基础。目前，已新建游客服务中心3个，安装游客标识标牌1000余块，建设生态停车场15个、旅游公厕30座。加大环境整治力度，坚持“政府主导、部门联动、属地管理、全民参与、标本兼治、疏堵结合、综合治理、注重长效”的原则，以“硬化、净化、绿化、亮化、美化”为方向，采取集中重点整治、完善配套设施、强化基层基础管理、深化体制改革等综合措施，彻底改善农村环境卫生状况，为发展乡村提供坚实基础。有效整合旅游资源，按照“文态、业态、形态、生态”和“打造点、连成线、延伸面”思路，对乡村周边旅游资源进行有效整合、整体开发，高品位建设景区景点，着力打造“行之顺心、住之安心、食之放心、娱之开心、购之称心、游之舒心”的旅游环境，使游客真正享受到“食有特色、住有条件、游有内容”。打造出了苍龙草木年华、喜头云乐新村、后山少数民族特色乡等。

同时，着力抓培育。高位宣传，借全省“大旅游”和“遵义打造全域旅游示范区”东风，大力实施“旅游+”精准扶贫战略，充分利用大数据，加快建设“智慧旅游云”，全面提升工业旅游和山地旅游品牌，不断提高旅游的对外形象。加强与携程网、本地网络平台、腾讯、百度、贵州数字电视等合作，及时发布旅游的动态信息，不断完善景区的信息服务，推动旅游业实现“井喷式”增长。深化内涵，做大做强“旅游+工业”“旅游+农业”“旅游+扶贫”等“旅游+”文章，不仅使直接从事休闲旅游业的农户增加了收入，还有力带动了特色农产品、旅游商品的生产和销售，拓宽了当地农民就业和增收渠道。比如，五马镇鱼孔村借乡村旅游和现代高效农业快速发展东风，通过建设生态水产基地、大型水上乐园、儿童游乐园、农家特色餐馆，解决了50余户贫困户、200余人就业。全民参与，茅台镇成功承办了贵州省第十一届旅游产业发展大会，有力推动了茅台示范镇建设、全景域旅游发展和旅游井喷式增长。通过举办文化节、旅游节、艺术节、展销会，鼓励和发动广大群众积极参与，不断提升乡村旅游知名度和影响力，目前已成功举办两届乡村旅游产业发展大会，全市“城乡靓、产业聚、环境优、百姓富、人气旺、名声响”的乡村旅游产业发展新画卷正在描绘。

此外，着力抓增收。该市积极通过教育、引导，使农民在认识提高的基础上自愿发展乡村旅游，通过发展乡村旅游促进农民收入倍增。如，学孔镇通过“茶旅一体化”，实现了既卖茶叶、也卖风景的大格局，今年一季度，实现贫困户务工收入100余万元；美酒河镇娄子坳村通过发展乡村旅游和产业脱贫相结合，深入推进资产变资源、资金变股金、农民变股民“三变”模式，实现贫困户人均增收7360元；坛厂镇枇杷村通过“工农旅一体化”景区建设，引进了16家企业进驻发展餐饮、客栈、坛艺等产业，推动了农民工创办黔龙山庄、海义堂等乡村旅馆，目前到该村登记经营餐饮、住宿、花卉盆景等企业已有60余家。

“一乡一业、一村一品、一户一特”

乡村旅游具有经济拉动强、产业关联度高、增长速度快、就业容量大等优势，在国家实施扩大内需、实施精准大扶贫战略，促进经济结构转型发展和农民增收致富方面发挥了重要的作用。

发展乡村旅游要坚持“因地制宜、合理布局、突出特色、协调发展”原则，在充分考虑投入能力、市场容量和环境承载能力的基础上，规划发展一批“一乡一业”“一村一品”“一户一特”的乡村旅游点，加快形成区域特色明显、功能布局合理、文化内涵丰富的乡村旅游发展格局，积极把景区连成线路，把珍珠串成项链，不断提升经营乡村旅游竞争力。比如“坛鲁一体化”的打造。

要把乡村旅游设施的改善作为农村生态环境和基础设施建设的重要内容，加大对乡村旅游项目的基础性投入和导向性投入，不断巩固创卫成果，更加注重提升旅游文化内涵，推动乡村旅游与后山少数民族文化、农耕文化深度融合，积极开发建设农业观光旅游、乡村休闲游、自然生态游、农家度假游等特色主题乡村旅游点，不断完善贫困地区基础设施建设和破解发展瓶颈。

充分利用乡村旅游的产业特征，按照“吃、住、行、游、购、娱”六要素整体谋划乡村旅游和相关配套产业的发展，把经营乡村旅游发展和现代山地高效农业结合起来，与脱贫攻坚相结合，通过发展乡村旅游，带动就业创业，促进增收致富，保护生态环境，实现共建共享，加快了贫困村的造血功能和贫困群众脱贫步伐。

《小康》2017年05月

贵州仁怀：太阳村唱响“众筹扶贫”最强音

文/《小康》·中国小康网记者 郭煦

众人拾柴火焰高。据悉，太阳村“众筹扶贫”在贵州省仁怀市已经全面推广，截至目前，仁怀市60个贫困村共搭建“众筹”平台123个，筹集“众筹”基金1670万元，发展产业项目108个，拟帮助3991户贫困户15069贫困人口实现脱贫。

广阔天地 农村，是驻村第一书记干事创业的广阔天地，发展空间大、作为空间大。2015年12月，仁怀市委办公室挂帮干部进驻太阳村后，母应聪等人积极探索创新，创造性地提出“众筹扶贫”工作思路。

从仁怀市区出发，越野车在山路上旋绕近一个小时，贵州省仁怀市长岗镇太阳村驻村干部母应聪来到贫困户王本芬家里，没有寒暄客套，直接来到猪圈，看见圈舍里两头猪马上能出栏，母应聪盘算着争取尽早把这两头猪在众筹扶贫微信群里卖掉，换来钱后，驻村工作组再想办法筹措一部分资金帮她家的危房进行改造重建。

王本芬现年73岁。在孙女1岁时，因为家庭贫困，儿媳离家出走。两年前，儿子也因病去世，留下15岁的孙女与他们老两口相依为命。如今，孙女在驻村工作组的帮助下，通过“众筹扶贫”，已经读初中。

近两年来，仁怀市扶贫工作引入“众筹”方式，已经在60个贫困村均不同程度建立了“众筹扶贫”样式的微信群或者QQ群，一个个各具特色的自媒体平台，把各阶层社会力量整合起来投入到脱贫攻坚决战中。

据介绍，仅太阳村一个村的“众筹扶贫”微信平台就已经成立多个群，成员扩大到近千人。所筹资金除补贴一部分贫困户修缮养殖圈舍外，还被用来购买了100头猪仔免费发放给几十户贫困户养殖。驻村工作组的计划是，这些养殖户扩大养殖能力后，再根据实际情况扩大支持范围，力争3年将太阳村发展成为一个特色养殖专业村，让这些贫困户通过自己的劳动走上小康道路。王本芬一家即是众筹扶贫的受益者之一。

遵义市委常委、仁怀市委书记张翊皓调研后指出：“太阳村‘众筹扶贫’微信平台，以‘熟人经济’为依托，在企业家的朋友圈中众筹扶贫资金，帮助有脱贫意愿的贫困户勤劳致富，这个做法符合中央扶贫工作精神，更有机整合了全省大扶贫、大数据战略行动计划，创新了农村电商发展模式，助推了脱贫攻坚和‘黔货出山’。”

当爱心众筹遇上精准扶贫

太阳村“众筹扶贫”的想法最初就是来自母应聪的一次尝试。

2015年12月，仁怀市委办公室挂帮干部进驻太阳村后，母应聪等人积极探索创新，创造性地提出“众筹扶贫”工作思路。

母应聪回忆，2015年12月18日，仁怀市正明酒业副总经理余华锋将他拉入“贵8酒众筹腊肉群”，说是年关到了，要发动朋友圈去贫困农村用高于市场的价格购买熟饲料、猪草喂养的生态猪做成的腊肉，对农村困难户进行扶贫。

母应聪听说去农村扶贫来了劲儿，两人很快就形成一致意见，决定将这一想法在太阳村开展试点。

说干就干，驻村工作组利用一周的时间深入太阳村开展走访调研，了解到很多困难户连“过年猪”都杀不起，他们都有养殖意愿，但没有买猪仔的启动资金。

得知这一情况，母应聪决定将“贵8酒众筹腊肉群”修改为“太阳村贵8酒众筹扶贫群”，短短两天，就发展了200多名成员。

驻村工作组迅速起草“太阳村贵8酒众筹扶贫倡议书”在群内发布，对自愿参与扶贫的可500元一筹交纳认筹金购买腊肉，短短几天就筹集10多万元资金。

2015年12月31日，第一批50头猪仔免费发放到农户家中喂养。“第一批猪仔虽然发放给老百姓喂养了，但只有少数贫困户受益，还有更多贫困对象没有覆盖到，况且养猪比较单一，若要真正实现困难群众增收致富，必须结合太阳村实际，多方面发展众筹扶贫项目。”母应聪和余化锋一拍即合，立即将这些情况发布出去。

很快，“太阳村众筹养蜂群”“太阳村众筹养鸡群”“太阳村众筹野生猕猴桃群”“太阳村众筹红豆杉产业群”等平台相继建立，为村民农特产品搭建宣传销售平台，帮助“土货”走出去。

“成立太阳村‘众筹扶贫’微信群，初衷是想对有劳动能力、愿意通过勤劳致富的贫困户，给予养殖方面的起步资金支持，让他们无障碍发展养殖，最终通过自己的劳动摆脱贫困。”母应聪介绍说。

“我们将对众筹的资金进行阳光管理，主要用于三个方面：一是用于补贴愿意发展养殖的贫困户修缮圈舍；二是用于购买猪仔、牛仔、羊羔等免费发放给养殖户；三是用于高价回收养殖户出栏的牲畜，统一宰杀后就地加工成腊肉等绿色生态产品，按照认筹份额分配给认筹人。”母应聪补充道。

“贵州正明酒业集团发起成立的太阳村‘众筹扶贫’微信群，架起了贫困户与群成员之间的连心桥。贫困户可以定期不定期地将养殖动态在群里发布，参与众筹扶贫的群成员也可以在群里与发展养殖的贫困户进行沟通交流，还可以通过微信群，把贫困户家里的土鸡、蜂蜜等原生态特色农产品卖给微信群里的城里人。”太阳村党支部书记李太学兴致勃勃地对《小康》记者说。

“我在犁苞谷土的时候，翻出十几斤野生折耳根，在‘众筹扶贫’微信群里把照片晒出来不久，中枢城里的罗正超就和我打招呼，以10块钱一斤的价格全部买走了。”贫困户夏明芳说起“众筹扶贫”也是满脸笑容。

据不完全统计，仅太阳村就有56户贫困户通过众筹土地、劳动力种植红豆杉1200亩；22户贫困户规划种植野生猕猴桃500亩，目前已通过众筹土地发展了猕猴桃120亩，并建立了专业合作社；众筹600万元规划3400亩葛根种植生态养牛基地。

“山货”走出去仅是第一站

作为太阳村“众筹扶贫”项目发起人之一，返乡创业的余化锋已经是不知多少次来到太阳村了，每次他都惦记着已经发给农户的小猪崽。

“土腊肉、腊猪舌、腊香肠……往年有好些朋友托我们去乡下给他们买这些年货。”余化锋告诉记者，很多人喜欢乡下原生态的农产品，现在通过微信在朋友圈发出邀请，有需求的朋友可以先凑钱买猪苗发给农户，等小猪长成后做成烟熏腊肉，不但能享用到绿色农产品，还能给农户带来稳定的收入。

“大山里，有各种各样的宝贝，但是外面的朋友买不到，没能够变成商品，农民是守着金山过苦日子。”余化锋的哥哥余化成也是“众筹扶贫”项目的发起人之一，他和同事也曾去过太阳村，发现那里生态环境不错，就是农产品难卖出去。“众筹扶贫就是希望乡亲们把好东西卖出去，并最终独自在市场中站稳脚跟，早点走上致富道路，同时以物有所值的产品回报给投资者。”

该想法得到了两兄弟不少朋友的支持。一位参与太阳村“众筹扶贫”的广西籍企业人士说:“加入‘众筹扶贫’，实现了自己多年来希望做点慈善的梦想。”这位广西籍企业人士是被贵州正明酒业集团副总经理余化锋拉进“众筹扶贫”微信群的，他对与仁怀人做生意非常满意，毫不犹豫地投入2万元向太阳村贫困户众筹购买“爱心腊肉”。

现居四川成都的古丽也是通过朋友介绍加入该群的，现在她也经常把群里分享的腊肉图片在微信朋友圈转发，吸引了不少朋友的关注。“在城里，纯正农村土特产越来越少，在微信上众筹既能让我们吃到正宗的土猪，又能为扶贫尽一份力，何乐而不为呢？”

“现在互联网那么发达，有好产品，就有机会，这种方式可以让农户们知道他们的资源在哪里，并且举一反三。”认筹人之一的李秋秋告诉《小康》记者，这种扶贫方式挺好，农户有劳动也有收获。

余化锋计划下一步让农户也参与到微信群里来，通过这种方式把山里的其他绿色农产品也“推送”出去。

经过对该项目的调研，仁怀市长岗镇太阳村已经开始尝试推动市里规模化企业通过微信和互联网整合他们的熟人经济圈，搭起贫困户和企业家沟通交流的平台。“城里人希望买到纯正的农特产品，农户们可以通过这个平台把农货‘晒’出来，解决黔货出山的问题。”仁怀市委政研室主任李福东说。

切实发展培育地方特色优势产业，是自我持续发展的现实途径。太阳村平均海拔1200米以上，石漠化程度60%以上，农作物产出率低，传统农作物种植不能满足群众基本生活需求。“我了解到太阳村生长有红豆杉，我就想，既然有野生的红豆杉，就一定可以发展人工种植的红豆杉。”于是，母应聪和驻村工作组的同志通过与长岗镇党委、太阳村委会商量形成一致意见，引进了贵州红紫生物药业有限公司规划种植红豆杉。

众筹养猪 仁怀市太阳村驻村干部将众筹购买的猪崽挨家挨户发放到贫困户手中。郭煦摄

众筹种植红豆杉，老百姓用土地和劳动力入股发展产业，是符合地区气候、土地资源等特点最佳特色致富产业，受到老百姓普遍认同。2016年1月21日红豆杉种植启动仪式上，洞口组村民邓德生说了这样一段话，他说：“我们村的贫困人口多，贫困程度深，群众思想观念落后，贫困的原因就在于没有产业扶持，没有致富增收的路子，我们要努力拔掉穷根，积极参与到扶贫产业大发展中来。”

为此，驻村工作组和村三委决定，要全面发展好太阳村种养殖产业，打造原生态绿色农特产品品牌，借助“微众筹”平台或农村电商等将农特产品推向市场，全面谱写太阳村脱贫致富发展的新篇章。

太阳村发展产业脱贫致富的探索和实践说明，充分利用自然生态资源，加快发展生态产业，打造“一村一品”“一村一特”产业扶贫发展之路，带领贫困农民致富增收，是贫困群众脱贫致富实现可持续发展的现实和有效途径。

真蹲实干换百姓欢颜

“我总是这样想，只要真心与群众沟通，零距离走进他们心里，帮助他们解放思想，疏导贫穷自卑心理，认真了解他们在生产生活中存在的困难，切实思考他们需要自己做什么，用‘真扶贫’的心态和‘扶真贫’的实际行动，有针对性地帮助他们解决实际问题，贫困群众就能通过诚实劳动实现有尊严的脱贫。”进驻太阳村后，母应聪一直坚持吃住在村，“我想，我应该要为老百姓干点实事，如果整天待在村里不能为老百姓做些实实在在的事情，恐怕心里也不安。”

母应聪告诉《小康》记者，2016年1月4日，第一次走访结对帮扶的金登贵一家，当走到他家时，根本没有想到眼前的困难程度，想养猪没有圈舍，一家三口连上茅房都要去别的人家。“我与一同走访的干部、社会爱心人士一起为金登贵规划修建圈舍，现场筹集3000元，短短一周圈舍修了起来，又免费发了两头猪苗给他喂养。7月15日，我和外省的几个爱心人士去走访，得知金登贵需要再买一头猪喂养时，现场捐助1000元让他如愿多喂一头猪，并承诺资助他上幼儿园的儿子直至大学。同时，也捐助他的哥哥金登明1500元修建圈舍，捐助他的弟弟金登强500元用于上小学儿子费用并承诺持续帮助。”

《小康》记者随母应聪到金登贵家走访，金登贵的妻子告诉本刊记者，“以前有离家出走的想法，我的家人曾经来看过我，看到穷成这样子，他们总是抱着我哭，劝我回去。但现在，有驻村干部的帮助，我看到了希望，我也舍不得我的孩子。”

金登贵三兄弟因为贫穷产生矛盾多年，兄弟之间经常为此打架，团结和睦与勤劳致富的理念相当淡薄。母应聪与他们多次进行思想沟通，逐步拔掉禁锢他们的思想穷根，用真情感化他们，用行动帮助他们。如今，三兄弟积怨多年的矛盾得到化解，每个家庭也变得更加勤劳了。“后来，我每一次走访到他们三兄弟家时，老远的兄弟妯娌就出来迎接，端茶倒水，满口的感谢、满脸的笑容。”

另外，据母应聪透露，截至目前，通过众筹，整个太阳村得到助学捐助的孩子有29户39人，他们每年可以得到3600元资助直至完成义务教育。

“我实在是能力有限，我真的不能为贫困上学的孩子做些什么，也就只能用我温暖的朋友圈带动着爱心人士帮助情感和生活贫困的孩子，让他们能慢慢开始找回儿时没能享受到的温暖，帮助他们阳光生活、健康成长，等到他们慢慢长大的那一天，让孤独和贫穷的阴影不再跟随，永远消失在他们的记忆中。”母应聪说。

今年，仁怀市将“众筹脱贫”作为当年全面深化改革项目，在长岗镇和高大坪镇7个贫困村进一步试点，并出台《关于倡导众筹融资助力精准脱贫的意见》和《仁怀市探索众筹脱贫改革试验工作方案》，在全市60个贫困村全面推广“众筹脱贫”模式。数据显示，截至目前，仁怀市60个贫困村共搭建“众筹”平台123个，筹集“众筹”基金1670万元，发展产业项目108个，参与单位(组织)357个，涉及员工6337人，拟帮助3991户贫困户15069贫困人口实现脱贫，目前已脱贫971户3733人，取得了良好的经济社会效益。

“‘众筹扶贫’是因我而起，但成绩不属于我一个人。”母应聪说。

《小康》2017年07月

湖南浏阳：长路奔跑只为春

文/《小康》·中国小康网记者 郭煦 马承滨

行百里者半九十，凡是过去皆为序章，扶贫攻坚越是接近后程越是艰难。李官求表示，作为贫困村的驻村第一书记，将全面落实各级关于精准扶贫的各项安排部署，以决战决胜的态度、以耐心细致的绣花之功，全面打赢精准扶贫这场硬仗。

李官求到长春社区入户摸排贫困户基本情况 。郭煦摄

2017年6月19日，时任湖南省浏阳市委副书记邱山东来到浏阳市沙市镇长春社区，就精准扶贫工作展开调研。邱山东首先现场查看了长春社区道路拓宽改造、河道疏浚及渠道维修等项目。为提升当地群众的生产生活水平，长春社区荷芳片

1300亩农田及主河道整理疏浚工程被纳入2016年高标准农田建设项目，目前主河道整理疏浚已全部完成，高标准农田改造正在有序推进。

长春社区位于长沙县浏阳市交界。该社区由原荷芳村和长兴社区合并而成，村里山多地少，村民大多从事农业种植、养殖和外出务工。加之该村部分人属于20世纪修建红旗水库的移民，种种因素叠加，致使该村基础设施薄弱、集体经济缺乏、群众致富无门。2014年底，该村贫困户人均年收入仅有3600多元，是浏阳市33个省定贫困村之一。

由于地域面积广、人口基数大，截至目前，浏阳市仍有省定贫困村33个，未脱贫家庭9830户，贫困人口29832人。为实现精准扶贫全覆盖，全市省定贫困村均已派驻4人以上的驻村工作队，确保每村有1名长沙市级领导或浏阳市级领导联系帮扶。同时，统筹安排市、县、乡、村四级干部6000余人与贫困户结对帮扶，实现了干部帮扶全覆盖。长春社区就是其中之一。

2015年8月，浏阳市委、市政府派市发改局到荷芳村联点帮扶。发改局党组高度重视，当即选派李官求等人组建工作组奔赴到村开展了“一进二访（进村入户、访困问需、访贫问计）”。

两年时间即将过去，时光逝水无情，但是对于全心全意奔跑在精准扶贫长路的驻村第一书记李官求来说，时间远远不够用，他只希望时间再慢些，让他能把事情做得再多些、把服务做得再细些、把产业发展得再好些。

而这一切都要从三年前的那次主动请缨说起。

主动请缨，扎根基层

2015年7月，发改局党组正在为扶贫工作人员的选择而反复斟酌的时候，当年39岁的李官求挺身而出，主动请缨，要求担任扶贫工作队员去驻村扶贫、帮扶困难群众。

“我出身农村，了解到偏僻落后地区乡亲的贫困状况后，更愿意尽自己的一份力量。”李官求是土生土长的浏阳人，对绿色军营向往，为保家卫国的理想所激励，他于1993年入伍，怀着火热的激情，在军队摸爬滚打了17年。

2011年，已是营级军官的他本有机会留在省城工作，但是毅然放弃大城市工作的机会，回到了念念不忘的故乡——浏阳，分配在浏阳市发改局。从军队到地方，从营级军官到普通干部，他没有丝毫怨言，没有半点后悔。为充实自己，更好地服务于地方，他抽出时间加班加点自学，只为迅速掌握地方工作的知识，迅速熟悉岗位职能。凭着一股子钻劲，很快，他就在自己的岗位上取得了很大的进步，不到一年时间就担任了浏阳市发改局办公室副主任、产业发展科长，成为局里独当一面的中层骨干。虽然他本职岗位工作多、任务重，但是面对扶贫帮扶的任务时，他不仅没有犹豫、退缩，反而主动请缨、主动参与。

初到荷芳村的第一天，看到村内道路破旧、狭窄；一到晚上就是黑漆漆一片，行人只能打手电出门；村民缺乏公共休闲娱乐设施；田地也因水利不畅而荒废……种种问题，李官求看在眼里，急在心里。

第二天，他就迅速行动，召开村支两委会议，商量谋划村级发展。“要致富首先要加快村级基础设施建设，夯实村级发展基础。尽管困难重重，但对经受了军队洗礼的党员来说，困难，是催人奋进的砺石。”为此，他想尽千方百计，说尽千言万语，竭尽全力为荷芳村争取项目和资金。

2016年3月，荷芳村和长兴社区合并，村域面积扩大了，人口增多了，作为驻村第一书记，李官求考虑的事情更多了，要谋划的事情更宽了。

首先，他带领村支两委制定了村级发展三年规划，及时向发改局党组报告村级发展思路，争取本单位的强力支持，积极争取政策落地，大力完善道路基础设施。2016年1月市发改局筹措资金15万元，支持长春社区安装太阳能路灯160多盏。从此，长春社区结束了一到晚上就伸手不见五指，出行隐患大的问题，实现盏盏路灯明亮亮，村民出行极通畅，大大方便了群众生产生活。为打造美丽乡村，建设幸福家园，市发改局后又帮助解决了2016年两型村庄建设资金20万元。

为改造村组部分泥沙路，李官求积极发挥自己作为发改人的优势资源，积极对上协调，在他的全力争取下，获得了省发改委支持的道路建设资金20万元。同时，大力协助村级强化基础设施建设，将项目纳入规划的笼子，社区的村级主干道维修改造纳入浏阳市“十三五”农村公路三年行动改造专项支持，有效缓解了基础设施建设资金压力，2016年完成了集镇片和荷芳片6.5公里路面的提质改造，下一步将继续改造仁兴片的近3公里主干道。两年来，累计争取项目资金103万元。

在推进道路建设的同时，李官求还想方设法改善农业耕种条件、农村休闲娱乐设施。由于农业依然是该村的主导产业，为此，他协调解决长春社区荷塘片500余亩、仁兴片800余亩农田和村级主河道整理疏浚工程，将其纳入2016年高标准农田建设年度计划，特别是主河道整理疏浚工程，投资52万元，采用了村级自建的“四自两会三公开”的模式，极大地提高了资金使用效益。此外，他还主导建设了近500平方米村民体育健身活动中心、近400平方米的廉政文化墙，今年计划打造300平方米的老年人文化活动中心。

茶余饭后、农忙之余，社区群众也有了可以休闲放松的地方，结束了过去打麻将、打牌等不良休闲方式，使社区群众从牌桌走到了健身中心，现在打球的、散步的、跳广场舞的，在长春社区比比皆是。社区群众既享有了乡村的宁静，又享受了城里的公共服务。村民罗利华说：“虽然我们现在是在农村，但是现在道路宽敞了、路灯明亮了，连娱乐广场都有了，我们想打球就打球，想跳舞就跳舞，真是赶上好时候了”。

聚焦产业，大搞扶贫开发

授人以鱼不如授人以渔，李官求牢牢把握扶贫工作的宗旨，致力于变“输血式”扶贫为“造血式”扶贫。他深深地知道，给予一点只是一点、帮扶一些只是一些，只有从根本上解决自主脱贫的观念问题，发掘资源优势、培育特色产业，才能从根本上解决户脱贫、村摘帽，让社区群众彻底拔掉贫困的根子，走出贫穷的泥潭，走上康庄致富大道。

为此，李官求绞尽脑汁多方考察，综合分析反复思考之后，终于把自己的打算搬上村支两委的会议桌上，他提出，要充分开发本地的农业特色资源。既然当地的土质适合红薯、茴香生长，种出来的农产品味美、性价比高，何不发展特色种植呢？为了鼓励农民发展特色种植，消除他们担心销路和价格等问题，他多方洽谈，引入了本土企业家“蜜蜂哥哥”创始人何国华到社区成立了“浏阳市荷芳农业开发有限公司”，对红薯、茴香等农产品实行保底收购，实现统一运输、统一加工、统一销售的“一条龙服务”，减少农户因为担心销路的经销风险和因缺少劳动力而带来的农产品损耗风险，彻底打消了他们的顾虑，58户建档立卡贫困户踊跃地与浏阳市荷芳农业开发有限公司签订了茴香和红薯种植合同。单单是这一项，预计每户可以增收4000元以上。

不仅仅是发展特色种植业，李官求走遍全村的精准扶贫户，协助帮扶责任人通过“一户一策”制定帮扶措施。如贫困户罗自友。根据罗自友家庭情况，李官求为他制订了发展养殖脱贫的计划，协调农商行扶持了他3万元小额贴息贷款资金，建设了200余平方米猪舍，养母猪4头，现母猪下了小猪仔47头。为节省成本，罗自友自行养殖了这47头小猪仔，目前猪仔长势很好，按当前市场价格预测，每头出栏生猪可卖2000元，预计收入9.4万元。而且母猪今年还能繁殖一批生猪，一年折算下来他能卖出生猪100只左右。剔除养殖成本，预计今年他通过养殖生猪这一项就能有近10万元纯收入，成功走出了一条脱贫致富道路。

对于村级集体经济怎么发展，李官求也研究了对策。一方面引进湖南汉能集团，投资15万元发展产业扶贫，建设了北区第一个光伏发电网站，安装面积近200平方米，项目建成后扣除村级自身用电费用，预计每年能富余5000多元，增加了村级集体收入。另一方面，以自愿为原则，成立长雄土地流转专业合作社，开展土地流转，通过将土地集中起来，统一引进企业发展种养殖业，促进村级集体经济增收。截至目前，长雄土地合作社已流转了土地608亩，股权占比40%，预计投资60万元，农户每亩分红达到500元以上。同时，充分利用长春社区地处浏阳“十大旅游精品线路”之一赤马湖畔的资源优势，利用浏阳在全国率先开展农村宅基地改革的政策优势，引进企业人才来村内购置土地投资办厂。

基础不牢，地动山摇，而基层稳定的关键就是队伍，核心因素是人，只有建立一支团结稳定、结构合理、敢于拼搏的村支两委队伍，社区的发展才有可持续性。李官求带领的驻村工作队高度重视村支两委换届选举，意在培养“永不离开的工作队”。在今年的换届选举中，作为第一书记，李官求全程参与、协助村支两委开展换届选举，在学深学透换届有关要求和纪律的基础上，深入走访群众，掌握民情民意，严格按照程序操作，确保“两委”换届选举工作依法依规依程序，选举全过程公平、公开、公正，确保换届选举风清气正，选举圆满成功完成。新一届村支两委班子的产生，为长春社区的发展注入了新的活力和能量，提供了坚强的组织保障和人才支撑。

做好党建工作始终是基层工作的重要抓手，驻村工作队立足党建促发展，开展局机关支部和长春社区的支部联系共建活动。2016年6月13日，市发改局驻村工作队与辖区内153名党员开展了“两学一做”教育专题学习及迎“七一”庆祝建党95周年活动。6月25日与长春社区开展庆祝建党95周年迎“七一”“帮扶杯”篮球赛，极大丰富了村级文化生活。

瞄准未来，带领农民奔小康

长春社区共有贫困户149户488人。目前尚有未脱贫人口71户240人，2017年预计脱贫38户123人。通过产业扶贫、就业扶贫、金融扶贫等一户一策帮扶措施，绝大多数建档立卡贫困户都在稳步脱贫。但是也有极个别的，由于自身条件的限制，无法独自脱贫。

精准扶贫的要求是全覆盖、全面脱贫，对于这部分建档立卡贫困户，李官求和扶贫工作队千方百计为他们想办法、谋出路。一方面积极为他们申请低保补助，另一方面通过各种渠道为他们争取更多政策内关心和帮扶救助。

村民刘良庆患有肺结核，妻子中风，夫妻两人无劳动能力，仅靠低保过日子，了解情况后，李管求积极协助其申报了民政、信访、红十字会的困难补助。村民罗平汉利用自家农田养殖黑斑蛙，按政策要求想办理特种养殖证，李官求第一时间为他到林业局咨询政策，协调解决手续办理等问题。村民熊望宜家中独孙因故死亡，剩下年迈的80多岁的熊望宜两夫妇和亡者母亲，家中情况凄惨，他积

李官求入户了解贫困户产业发展，帮助贫困户制定发展思路。郭煦摄

极向单位汇报，争取帮扶关心，为他送去慰问金2000元。对于困难学子，开展“贫困助学、爱心下乡”活动，发放爱心助学款1.2万元，捐助贫困家庭儿童20人。并在积极协调社会力量，准备引入支持长春社区贫困户儿童开展教育助学。两年来，累计发放爱心助学金、困难慰问金等10万余元，如同阵阵及时雨为群众解了燃眉之急，获得了群众的高度评价。

让人民群众拥有“更好的教育、更稳定的工作、更满意的收入、更可靠的社会保障、更高水平的医疗卫生服务、更舒适的居住条件、更优美的环境”是全面小康的应有之义，也是对党委、政府工作的要求，作为精准扶贫的主力军，驻村第一书记和扶贫工作组需发挥更大作用。

李官求对《小康》记者说，扶贫工作也不是一帆风顺的，在工作开展推进的过程中，有悲伤、有疲惫、有艰难、有奋斗，但是更多时候，他感到的是欢声、是笑语、是感动、是温情、是干劲、是信心。他说：“对于如期脱贫，我充满信心”。

下一步，他计划结合为社区所做的村级三年规划，进一步加大扶贫力度。一是将组织开展种养殖业的村民成立合作社，扩大种养殖规模，由单兵作战变为集团作战，增强团队合作的力量，扩大产业影响。二是进一步完善基础设施，结合美丽乡村建设，把长春社区由贫困落后村变成美丽乡村的新示范、新样板。三是进一步强化精准扶贫的举措，通过产业帮扶一批、危房改造一批、社会兜底一批、就业帮扶一批等措施，帮助长春社区的建档立卡贫困户脱贫，实现全面小康，共享社会发展的成果。

《小康》2017年07月

广东韶关：驻村第一书记进村后

文 /《小康》· 中国小康网记者 刘建华 郭煦

2017年，粤北山区韶关市乐昌廊田村，由共青团广东省委员会对口帮扶的产业扶贫项目光伏大棚一期工程顺利竣工。据了解，光伏大棚项目是廊田村精准扶贫率先落地的产业项目之一，采用“农光互补”形式提高亩产经济，是当下较为火热且比较稳定的农村创收模式。

廊田村产业扶贫光伏大棚竣工并网仪式。

作为驻村第一书记，核心解决两道题：一是如何巩固和扩大党在农村基层的群众基础？二是如何帮助贫困村变成新农村，实现“后队”到“前队”的蜕变？第一道题是根本使命，第二道题是根本出路。

党的十八大以来，以习近平同志为核心的党中央站在全面建成小康社会的新高度，对打赢脱贫攻坚战做出重大战略部署。其中，选派驻村第一书记，是贯彻落实习近平总书记关于大抓基层、推动基层建设全面进步、全面过硬和精准扶贫、精准脱贫等重要指示精神的重要举措。

有数据显示，目前，全国共有19.5万名第一书记奋战在脱贫攻坚第一线，实现了党组织软弱涣散村和建档立卡贫困村全覆盖。广大第一书记牢记职责使命，扎根农村，与基层党员群众同甘苦共奋斗，被誉为“党派来的好干部”“脱贫致富的领路人”。

精准扶贫第一步：了解真实的农村

脱贫攻坚，重点在农村，重心在基层，唯有贯穿党建这条主线，选准一位书记、带好一支队伍，方能成就一番事业。近年来，广东非常注重吸收、选派优秀干部担任驻村第一书记，激励各级干部到脱贫攻坚战场上大显身手。

据《小康》记者采访了解，在广东农村，当地贫困户中一直流传着一个说法，即在这轮扶贫工作中被确定为贫困户的家庭，每人可得到至少两万元人民币的补助。“这可不是个小数目”，李军给记者计算着，“试想一下，一户按4个人算，假如被认定为贫困户后，光补助就有8万元了。”正因如此，李军上任第一书记后有些被刷下来的“贫困户”们上门找李军“算账”，责问为什么失去贫困户的资格。

针对这种现象，无奈的李军苦笑着说道：“你说我有什么办法？只能反反复复讲政策。”

李军是中共广东省委宣传部讲师团学习室主任。今年4月，他经过层层筛选和系统培训，被选派为省委宣传部对口帮扶韶关市新丰县马头镇大陂村的“第一书记”。

李军认为，要实现“精准扶贫”“精准脱贫”，首先要做的便是“精准识贫”。“因为只有精准识别了贫困户，我们才能有针对性地制定‘一户一策’的脱贫帮扶方案”，于是，入户核查、精准识贫，就成了他上任后要做的第一件事情。

但仅仅是“精准识贫”这项看上去并不十分难的基础性工作，就已经让李军感受到了基层工作的不易。大陂村此前初核的贫困户名单显示，该村共有贫困户86户。在经过近两个月的入户核查后，李军和许博（省委宣传部驻村工作队队员）与村两委最终确定了大陂村的贫困户信息：相对贫困户55户，共185人，其中一般贫困户27户，低保贫困户14户，五保户14户，劳动力人口53人，55户中无劳动能力户19户，残疾户17户。

农村工作不容易，韶关乐昌市廊田镇廊田村第一书记黄建平也是深有同感。黄建平是共青团广东省委员会派出的“80后”驻村干部。一年多时间在粤北贫困村待下来，他对农村基层治理也有了不少真实体悟。

刚进驻时，村干部向黄建平托出廊田村的“家底”：全村总面积5.2平方公里，下辖17个村小组，总人口为685户2562人。耕地面积有3230亩，其中水田2230亩，主要种植水稻、香芋、马蹄、辣椒、甘蔗、香葱等。村级集体经济收入2015年仅有2.6万元。大部分年轻劳动力都外出打工了，村里多是“三留守”（老人、妇女、儿童）。经过精准识别和“回头看”，村里相对贫困户有52户148人，贫困发生率为5.77%。

黄建平刚进村的前一两个月，关于怎么搞建设“基本不怎么表态”，他始终认为“没有调查就没有发言权”。最初一段时间，他更注重听镇村干部、党员、贫困户、村小组长、村民等各方面的意见和建议，当然也包括各类“唠叨”“拉家常”甚至“投诉”。

“我从小喝东江水长大，会讲客家话，也听得懂‘白话’，所以跟村里留守

走访 要实现“精准扶贫”“精准脱贫”，首先要做的便是“精准识贫”。广大的第一书记们进驻农村后的第一项工作就是走访贫困户，摸排情况。

老人沟通不存在语言障碍，这为我了解情况、开展工作带来很大便利。”黄建平向《小康》记者说，“这也是自己和廊田村的一种缘分”。

大半年下来，黄建平的思路越来越清晰。“作为村第一书记，我重点要回应解决两道题：一是如何巩固和扩大党在农村基层的群众基础？二是如何帮助廊田村由省定相对贫困村变成新农村示范村，实现‘后队’到‘前队’的蜕变。第一道题是根本使命，第二道题是根本出路。”

“对村子和自己有了全面的了解，才知道努力的方向在哪里。”黄建平如是说。

精准扶贫第二步：因“人”施策

广东省给驻村扶贫工作队和村第一书记的任务是“四抓”，即抓党建、抓扶贫、抓发展、抓稳定。在村里“摸爬滚打”一段时间后，黄建平把自己肩负的驻村第一书记任务延伸为“六抓”：抓党建、抓扶贫、抓改革、抓稳定、抓发展、抓模式探索。

对于抓改革和模式探索这两块“增量”任务，黄建平这样判断，要从根本上挖掉“穷根”、根本上改变贫困村落后面貌，还得坚持问题导向，从改革破题，走出一条适合本村的脱贫奔康路。

“我到廊田村两个月后就明显感觉到，现在的农村面临着‘分有余而统不足’的问题，今时今世的农村生产力水平已经完全超越了当年‘包产到户’时期，但类似廊田村的贫困农村仍然停留在当年的生产关系结构上，还是家家户户一亩三分地单干。这种情况下，高效农业不可能搞得起来。”在黄建平看来，问题核心在于经营主体还只是农户家庭单元（村里也有注册的两三家合作社，但基本上“僵化”，或者只是找农户“戴帽”根本就没有真正带动农户），要改变现状就必须推动形成新型经营主体，政策性扶持发展几家专业合作社、家庭农场，通过土地租赁、流转、入股等形式，分步推动“三变”改革（资源变资产、资金变股金、农民变股东），让贫困户和村民群众在“再组织化”过程中享受发展红利。

目前，廊田村新注册成立了一家村集体经济公司、两个专业合作社、一个家庭农场。其中，2017年1月由返乡创业的乐昌籍青年主导注册的凤凰山农业专业合作社流转了村里土地100余亩，预计未来5年时间投入5000万元左右打造成田园综合体，村集体经济公司运作100万元参股建设，从而实现“资金变股金、农民变股东”。

此外，东安村经济合作社拿出3亩土地参与产业扶贫光伏大棚建设，廊田村集体公司负责运营，按协议享受20%的资产收益，也实现了“资源变资产”。

在这个过程中，黄建平始终注重将村民群众收益嵌入机制建设，防止“大农吃小农”，防止政策资源被“精英俘获”侵蚀公共利益。“按目前的设计，只要市场化运作起来，凤凰山农场有收益，作为股东的村集体公司就有收益，全村村民就会有分红；同时，村集体公司运营的光伏大棚有收益，出租地块的东安村经济合作社就会有资产收益分红。更重要的是，作为新型经营主体的村集体公司、合作社、家庭农场未来参与市场运营，可以大大减少交易成本（比如，有企业想投资参与建设，就不需要对接单个的农户），运作也更加规范。”

今年6月，经过与全省30个村比拼，廊田村获得广东省农业厅、财政厅批复，纳入2017年省级美丽乡村示范村建设试点。在策划项目申报书的过程中，黄建平探索廊田村扶贫开发模式的思路变得更加清晰。“美丽乡村建设就是一个总抓手、转动轴，在这个建设过程中要抓住三条主线：村子变样、村民变富、治理变优。而要实现这些蜕变就得综合施策，我的设想就是驱动农村综合改革、精准扶贫、人居环境综合整治、基层治理、农业供给侧改革、田园综合体建设六轮并进。”黄建平将它概括为“一轴三线六环整村推进”模式。

在黄建平积极协调推动下，廊田村目前已整合到各类扶持资金共1333.76万元，启动帮扶项目40多个。廊田村已然成为“综合试验村”，目前承担了省市县7项试点，包括美丽乡村示范村建设试点、农村信息化建设试点、扶持村级集体经济发展试点、农村综合改革试点、人居环境综合整治试点、农村不动产登记试点、农村基层群团改革试点等。

“六轮”相互结合、相互驱动，正一步步将廊田村这个粤北相对贫困村从“后队”推向“前队”。

现已驻村一年多的黄建平常常在思考这样几个问题：自己能整合到多少经费？是否有必要花费巨资重建村委楼？完善服务阵地和宣传阵地有没有其他途径？精准扶贫谁该优先得到扶持？

“我的理解，新时期精准扶贫精准脱贫攻坚是党政主导的、自上而下的、针对贫困地区的政策下乡、资本下乡，这种资源传递除了出台政策文件、财政支付转移、引导市场和社会资本，更主要的是派出干部驻村进行指标式、链条式管理来实现目标。全面小康社会建设离不开城乡统筹，对于廊田村这个中心村来讲，其实也是城乡一体化建设的问题，所以人（贫困户）是根本出发点和落脚点，精准扶贫的资源专递应当优先解决贫困户的安居、教育、医疗‘三保障’问题。”

精准扶贫第三步：重建凝聚力

《小康》记者在采访时发现，虽然大部分贫困村之所以会成“贫困村”，是因为地理位置偏远、交通不便、信息不通等客观因素，但是，有不少村民一直处于贫困状态，很大原因也是个人懒散、思想观念落后所致。

“我们通过各种努力争取到了一笔资金，提供给贫困村民作为发展的启动资金，可是，钱一到手就被他们挪作他用了。我们分发的花生种子本应为来年所备，可是一到他们手上就成了下酒菜，还有鸡苗鸭苗等生产资料都有被他们转手卖掉的情况发生。”多位受访的第一书记都对《小康》记者表示了这样的看法：客观条件的落后，可以想办法创造条件改变，可思想观念不想转变是脱贫最大的难点。“因为你永远叫不醒一个装睡的人。”

在他们看来，这些把花生种子当成下酒菜的人就是装睡的人。

因此，思想教育一直被第一书记们当成一项重要的工作内容来抓。

此外，农村长远发展，需要生产生活基础设施的建设与完善。改善基础设施、优化人居环境是从根本上改变贫困村落后面貌的紧迫性民生问题，同时也是培育村民共同体意识、增强社区凝聚力的重要载体和有效方式。

“从以往各地扶贫开发的成功经验看，最大的扶贫效果产生于外部扶贫资源规模化注入过程中同步注重村级治理的完善。”经过一年多时间的扶贫开发实践，黄建平对廊田村的治理问题也进行了剖析。

“一个直接的感受就是村级党组织的动员引领、带动发展能力不足。一方面由于党员队伍老龄化偏严重，全村党员48人，40岁以上的有31人；另一方面党员队伍素质参差不齐，高中以下学历有32人。”黄建平表示，不是唯学历论，客观上党员队伍的视野、眼界就欠缺很多。“普通党员对村内事务参与度不高、贡献率不够也影响了动员力。而村里的群团组织则基本处于瘫痪状态。”

为了扭转这种现象，让“党员更像党员、团员更像团员”，黄建平抓住村两委换届契机，通过选举、选拔产生一名“90后”返乡青年加入两委班子改善梯队，进一步提升战斗力；建立推行党员联络贫困户制度，推动自然村理事会选举原则上要有一名党员，推动部分党员代表加入村集体经济公司董事会。时隔20余年重新召开团员大会，重整村级团员队伍，并在团员队伍中组建成立美丽乡村建设青年突击队，协助参与廊田电商服务中心运营、人居环境综合整治等工作。

“重塑村级党团员队伍的动员力，不能搞‘两张皮’，必须在改善梯队的基础上让他们参与到村庄建设和治理中来，在露脸出力中慢慢提升他们的社会资本。”目前，村里已有12名年轻人向党支部提交了《入党申请书》，积极主动向党组织靠拢；村团支部推行团籍登记制度后，找回流动团员12名。

“通过先进党员的带动性，让这些装睡的人醒来！”第一书记黄建平向记者如是说。

要想干得好，首先要派好管好

从机关干部变身村里第一书记，从宽敞明亮的办公室走进田间地头、群众身边，从村民冷眼相待到衷心拥护，广大的驻村第一书记用心血和汗水赢得群众广泛赞誉。

不过，十指有长短，在驻村第一书记队伍中，还是有少数人没能做到习近平总书记的要求，即“一心扑到扶贫开发工作上，有效发挥作用”。

如何确保驻村第一书记选得准、下得去、融得进、干得好？远在祖国北端的黑龙江有着自己的一套做法。

干得好，首先要选得好。在派驻第一书记过程中，黑龙江坚持严把政治关、品行关、廉政关和能力关，选派精兵强将。

2015年9月，黑龙江省财政厅副科级干部马国泽被选派到贫困村林盛村做第一书记。听说省财政厅要派驻村“第一书记”到村工作，村两委干部和精准扶贫户激动了好几天，嘴里不停念叨，“这财政干部得给咱们带来多少钱啊！”

被村民盯着要钱，马国泽并不发怵，他说，“我来就是给大家伙发钱的，不是发几万的问题，是发几十万，并且年年发。”村民个个半信半疑。没想他还有下文。“这个钱可不是直接送到父老乡亲们手里的，是需要用我给大家带来的东西换的，我给大家带来两样东西，一是新思想，二是新产业，只要咱们把这两样东西学会、用好，我保证大家年年发钱。”

林盛村目前有贫困户27户，基本上都是没有劳动能力的。马国泽意识到要想让他们脱贫得依靠产业，就带领村民成立了呼兰河右岸谷物专业种植合作社，服务涵盖果蔬、禽蛋、杂粮等。

由于合作社种植的蔬菜是高端产品，不适合贫困户参与进来。他又把村集体经济与贫困户打包，对合作社销售利润的10%提成，成立林盛村扶贫基金，专门用于贫困户脱贫。

在马国泽的带领下，林盛村成立千亩杂粮示范田，把贫困户的地收上来，采用地租加分红的模式，让贫困户带地入社享受扶贫基金，每个贫困户每亩增收1500元。

“最难转变的是老百姓的思想。”谈及农村工作的困难，马国泽说：“凡是贫困村都存在一个问题，那就是党支部软弱涣散，没能将党的理论和实践工作相结合。”为此，刚刚驻村时，他每天深入农户走访慰问，连续召开党总支大会和村民代表大会。不仅讲政策、学党务，还讲现代农业产业发展，讲黑龙江的土地优势，也讲“互联网+”的销售新模式。

实践证明，与老百姓打交道，以心换心，以诚换诚，一定能唤起老百姓对基层党组织的信赖。起初以为马国泽就是来“镀金”的村民们如今个个对他很是服气，“马书记真是行家啊，为了我们村没少操心，我们村要是不富裕起来他不能走呀！”

基层工作很复杂，考验着驻村第一书记的智慧，也让驻村第一书记的“治”村之“术”得以体现。对于村里的落后面貌，很多第一书记看在眼里、急在心上，有的为跑项目着急上火，有的手术住院还没痊愈就回到村里，确实有一种不达目的不罢休的劲头。双鸭山市市场监督管理局冷菊贞在地处偏僻、土地贫瘠的饶河县小南河村，开发了滑雪、农家乐、开耕节等民俗旅游项目，使这个名不见经传的小山村渐渐有了知名度，2017年春节期间，浙江卫视《我们十七岁》节目在小南河村录制，播出后每天都有200多名游客慕名而来，把绿水青山、冰天雪地真正变成了金山银山。省广播电视台范光来带领拜泉县和乐村村民发展生猪养殖，建设了年出栏5000头的黑猪养殖基地，使本村160户贫困户当年脱贫，带动了全镇生猪养殖产业发展。他还规划了年猪节、年货大集、乡村自驾游等一系列旅游文化产业链，让村民看到了发展致富的美好愿景。村里的干部群众感慨地说：

“以前我们想都不敢想的事，现在真的实现了。”

推动工作的力度决定着各项工作的进度，扎根农村的深度决定着民心民情的温度。一身迷彩服、一双胶皮鞋、一件军大衣是第一书记们行头的标配，方便面也成为他们的家常便饭，他们带头修路、清雪、收地、整治环境，与群众打成一片。驻村期间，有的新婚不久、有的孩子年幼、有的老人病重，克服了很多困难。黑龙江省直机关工委赵明瑞吃住在村办公室，时间久了，成了义务“值班员”，挤跑了原来的更夫。黑龙江省民政厅孙积家把父母接到村里，与村民共同过春节。凡此种种，一言一行，一事一为，干部做没做、做得好不好，老百姓都看在眼里、念在嘴边、记在心间。很多村民说，村里的第一书记不像省里来的干部，越来越像农民了。

做个有心有力的脱贫攻坚“领头人”

相比不走心、不用心，“有心无力”可能是工作不力的驻村第一书记最为普遍的难言之隐。近两年全国上下齐动员，驻村帮扶、脱贫攻坚轰轰烈烈，但是也有一些长期在非涉农单位工作的干部或者所在单位资源整合能力较弱的干部，即使有心扶贫，也因能力有限，很容易深陷无力做事的窘境，从而直接影响所帮扶穷困村脱贫摘帽的过程。

工欲善其事，必先利其器。第一书记在一线打硬仗，需要各方的支持帮助。为提升他们履行职责的能力和本领，黑龙江省委组织部加大培训力度，让他们知道如何抓党建、凝聚党心民心，如何调整种植结构、发展绿色特色产业，从种得好向卖得好转变……

不仅如此，以往第一书记是各干各的活、各管各村的事，信息渠道窄，对接市场难，影响了作用发挥。去年，在黑龙江省委组织部支持指导下，黑龙江驻村第一书记联合会得以成立，将第一书记组织起来，把贫困村资源整合起来，信息共享、资源共享，带领大家抱团闯市场。

2017年春节前夕，联合会组织80多名第一书记参加“绿色食品年货节”活动，第一书记为贫困村代言，现场推介销售，产品卖得异常“火爆”，一周时间销售额达220多万元。

原来一个人的事现在成了大家的事，原来凭一己之力办不了的事现在不出联合会就能解决，第一书记干事底气更足了、腰杆更硬了。一年来，联合会成员迅速扩大至185人，来自省、市、县机关单位，分布在全省各贫困县，引进落实扶贫项目680个，帮助34个贫困村引进了果蔬菜、杂粮等新品种，为20个村注册了50多种特色农产品商标，帮助销售贫困村农产品1100余万元，解决贫困群众实际困难1万多个。

带领贫困群众脱贫致富，是每位第一书记的迫切愿望。实际工作中，第一书记来自各部门、各行业，很多人对农村工作不熟悉，面对群众脱贫的殷切期盼，往往不知如何下手。针对这种情况，联合会设立产业部、市场部、联络部、指导部，明确职责分工，从产业谋划到项目落地，从种植养殖到市场销售，实行全过程指导和服务。

有了联合会的支持和保障，第一书记越干越有劲、越干越出彩。

农村，是驻村第一书记干事创业的广阔天地，发展空间大、作为空间大。第一书记作为扶贫一线的“突击队”“尖刀兵”，既要敢担当，又要能担当。

《小康》2017年07月

广东韶关："80后"青年下乡扶贫记

文/《小康》·中国小康网记者 刘建华

2016年4月底，广东团省委驻村工作队开始进驻粤北山区，对口扶贫点是韶关乐昌市廊田镇廊田村。一群"80后"青年通过落实"亮化工程"、光伏大棚、电商扶贫等一系列大动作，努力兑现着"小康路上，一个都不能掉队"的诺言。

生机勃勃 廊田村光伏大棚内铁皮石斛长势良好。苏艳君摄

中共中央总书记习近平在2013年12月召开的中央农村工作会议上，提出"精准扶贫"要求，强调扶贫要注重精准发力。同年，广东省新一轮"规划到户、责任到人"扶贫工作启动，中央政治局委员、广东省委书记胡春华强调要高度重视扶贫开发，坚持分类指导，强化工作合力，以更大的热情投入到新一轮扶贫"双到"工作中。

根据工作安排，共有2571个重点帮扶村，20.9万户相对贫困户、90.6万人，成为广东新一轮扶贫开发“双到”工作的扶贫对象。

从当年开始，广东省根据各县区实际情况，初步确认的重点帮扶村、相对贫困户对象，分配落实到省直、中直驻穗单位和珠三角发达市，然后由帮扶单位派出驻村工作组。

2016年4月底，广东团省委驻村工作队开始进驻粤北山区，对口扶贫点是韶关乐昌市廊田镇廊田村。说是工作队，其实就两个“80后”青年，1983年出生的黄建平和1984年出生的陈观兴，都毕业于华南师范大学。黄建平担任驻村工作队队长兼村第一书记，陈观兴是队员。

廊田村是广东省定2277个相对贫困村之一，是廊田镇的中心村，因为大部分青壮年外出打工，村里“三留守”现象比较突出，劳动力结构相对单一。经过精准识别和“回头看”，廊田村依然有52户148人生活在广东省定贫困标准线以下，贫困发生率为5.77%。

以黄建平为队长的工作队进驻到韶关乐昌市廊田镇廊田村一年以来，这个曾经的贫困村发生了怎样的变化呢?

走村入户 黄建平和驻村队员入户调查贫困户情况。

相互信任是扶贫的突破口

刚到村里的时候，村两委干部都很热情，带着工作队满村跑，村民群众也很热情，知道村里来了两个省城派下来扶贫的干部。在与镇村干部、村民群众交流过程中，黄建平和陈观兴也多少感觉到他们的犹疑：两个“小年轻”究竟能不能干事？都说“嘴上没毛，办事不牢”。黄建平和陈观兴觉得这种存疑是合理的。从哪里突破？黄建平和陈观兴认为还是从服务群众方面入手。刚进驻的时候，村委干部收拾了一间破旧的“民兵训练营”办公室，作为驻村扶贫办，位置在三楼，村委楼的一二层都拿去出租了，一楼是大排档和摩托车档，二楼是租客的住所。

黄建平和陈观兴意识到，村委办公楼像个“杂货铺”，群众办事也很不方便，特别是像腿脚不便的老人家，办个证件要爬楼梯，十分辛苦，作为党的服务阵地，形象也非常不好。黄建平和陈观兴商量后，决定协议回收一二楼。

还没给村委带来“实惠”的时候，两个年轻人就把廊田村集体经济收入的唯一来源给“砸了”。以前，村集体收入主要就是靠收铺租，租金用来解决村委日常办公和偶尔的接待开支。村委也有难处，不出租就没有资金运转。但其实，群众对此心生嫌隙，早有怨言。黄建平和陈观兴考虑到，长此以往，党和政府在基层的形象必然受损。所以，即使单方面违约也要全部收回阵地。两个年轻人找来村居法律顾问赖律师，与村两委干部、租客多次协商，最终把“阵地”回收了。回收后，他们整合资金，首先在一层改造了村公共服务站。原来的大排档突然变成近百平方米的办事大厅，工作队自此也开始得到村民的认同，有了民意基础。为了安抚村干部，解决资金缺口，工作队从单位申请了35万元，5万元支持两委办公，30万元入股乐昌市扶穷电站，村集体每年可享受10%收益分到3万元，解决了村干部对基本运营经费的担忧。

为进一步打好民意基础，工作队上马的另一个项目，就是“亮化工程”，为村民安装路灯。因为农忙的原因，工作队了解贫困户情况多是选择晚上走访。17个村小组中只有1个村小组安装了零星几盏路灯，其余村小组到了晚上都是“伸手不见五指”。他们攥着手电筒走村入户，经常遇到有些村民干完农活“摸黑”回家。村委副主任张学辉也跟工作队反馈，张家村村民都有种植香葱的传统，为了一大早能卖葱，往往都是凌晨三四点开始拔葱、洗葱。没有路灯，村民都是靠头戴矿井工人的帽灯来照亮。他们心里盘算着，这是和全村村民都息息相关的民生工程，得把村道亮起来，给村民生产生活提供便利。

赶在2016年春节前，工作队为村里安上了110盏太阳能路灯。春节回家前，黄建平和陈观兴特意到村里转了一圈，发现亮灯后有些村民晚饭后可以在村道上散步了。春节期间，黄建平还接到廊田村一个外出返乡的青年打来的电话，特意感谢工作队，说过年一回来就感觉到村子“变了样”，路灯亮了“年味”都比以前浓。

动用资源产业项目扶贫

“没有产业就没有稳定的脱贫。”黄建平在接受《小康》记者采访时说。从进村开始，工作队就在思考，驻村扶贫能“留下什么”？要破解“一年做、两年验、三年撤退后啥也看不见”的迷局，上马的产业帮扶项目，必须得选有一定实力的市场化主体进行合作，或者选择能常态化运转的项目。

在一次工作汇报中，黄建平听单位主要领导提到有位青年企业家在做光伏产业，心头一喜。说来也巧，这位青年企业家刘勇，正是广东佳德控股集团的董事长，是2011年黄建平从华南师范大学到广东团省委挂职时带记者采访的第一位企业家。二人一通电话，刘勇爽快答复捐资共同参与扶贫。之后黄建平和刘勇特地赶去深圳考察了光伏生产线，对光伏扶贫项目进行论证，最后从提高“亩产经济”角度出发，决定采取“农光互补”形式搞光伏大棚，棚顶分布式光伏发电，棚内种植中草药铁皮石斛。从论证、立项、施工到投产，仅用了3个多月。

2017年4月，廊田村首个产业帮扶光伏大棚项目竣工并网，一期由广东佳德控股集团捐资135万元援建，规划总容量为160kW。目前，已发电2万多度卖给南方电网。铁皮石斛也和公司签订了保底回购合同，解决了销路问题。据估算，该项目年收益达30多万元，60%将用于贫困户分红，剩余解决村集体经济增收和出租地块自然村合作社分红。

为了做好产业帮扶项目，工作队积极整合各种外部资源。2016年6月，他们邀请京东华南区团委进村考察，希望依托“粤北粮仓”的种植传统做点文章。几个人在田间地头一碰，觉得可以策划“我有一亩田”众筹，让城里人认购村里盛产的香米。2016年“10·17”国家扶贫济困日当天，广东团省委与京东共建的“广东青年扶贫馆”开始上线，“头炮”就是众筹廊田香米，短时间内就为廊田村村民卖出去2.3万斤香米。

电商扶贫小试牛刀后，工作队就着手运作“线上+线下”双平台。工作队将村委会一楼出租的摩托车档口回收改造，2017年1月，廊田电商服务中心（乡村青年创客服务中心）落成。目前，电商中心链接销售廊田香米2.4万斤、米酒3500斤、香芋马蹄等1000多斤，推动地方农特产品“进城”的效果初步显现。工作队正联合其他公司着力打造几个“拳头产品”，努力形成粤北粮仓自身的产品体系，提高地方农产品的市场附加值。同时，中心作为返乡青年创业“孵化基地”，正在孵化扶持两个乡镇企业、两个专业合作社和一个家庭农场。

此外，工作队还积极对接招商资源，吸引在深圳创业的乐昌籍青年返乡创业，通过流转租赁农户土地100余亩，开办凤凰山农场，未来5年将投入5000万元打造田园综合体，集肉牛示范养殖、农事体验、休闲观光、特色民宿等为一体。目前，肉牛示范养殖项目已启动，村里有8户贫困户通过“财政补一点、扶贫单位帮一点、农户贷一点”的形式认购了24头肉牛。

在黄建平看来，村集体经济不发展起来，村子后续建设就会乏力。2015年，廊田村集体经济收入仅有2.6万元，在村庄治理过程中显得捉襟见肘。工作队进驻后，争取到省级扶持村级集体经济发展试点资金200万元，经过村民代表会议表决，分别投资光伏大棚二期、凤凰山农场和廊田米酒厂。市场投资难免有风险，所以大家商议后决定“把鸡蛋放到几个篮子里”。正常运转后，保守估算每年村集体经济收入将超过30万元。

没有足够的投入，扶贫开发很难实现稳定脱贫，更不要说整村推进。为了筹措资源，黄建平常常自嘲扶贫工作队就像一档节目——“奔跑的兄弟”。一年多来，在领导和同事的支援下，广东团省委驻村工作队顺利拿下好几项行业资金。2016年10月，他们帮助廊田村拿到省“农村信息化建设”专项扶持资金130万元。2017年6月，廊田村又拿到省环保厅污水处理专项资金100万元、省级美丽乡村示范村试点建设资金300万元。黄建平说，为了做这些项目申报书，他每次都要熬夜好几天。“单位领导曾跟我们讲，你们下来扶贫是从‘机关’到‘基层’，从‘团口’到‘农口’，很多东西要重新学习。单从申报项目资金看，这种感觉非常明显，所幸项目都顺利拿下来了。”

我有一亩田 2016年“10·17”国家扶贫济困日当天，广东团省委与京东共建的“广东青年扶贫馆”开始上线，“头炮”就是试众筹廊田香米，短时间内就为廊田村村民卖出去2.3万斤香米。

既要改变生活也要改变思想

“以前村子里到处都是垃圾，每户村民都只打扫自家门前，公共通道再脏都没有人管。”村民告诉《小康》记者，“脏乱差”是贫困农村的“通病”。

为了扭转这种现象，2016年12月，工作队发动党员群众搞“卫生总动员”，请来勾机、拖拉机清除掉几座数十年“垃圾山”，为每个村小组统一配置垃圾桶，并分片区聘请贫困户担任保洁员，推动“门前三包”，建立起常态保洁机制。当年（2016年）就获评“韶关市卫生村”。近期，乐昌市委、市政府将廊田村作为农村人居环境综合整治试点，前期重点探索推进“拆三旧”工作。经过反复协商、轮番动员，特别是工作队提出的“5510工作法”（“五条说明”讲透政策、“五个讲清”做足动员、“十步推进”确保规范）得到大多数村民群众的拥护和支持。截至目前已有6个村小组顺利完成“拆旧”，为建设美丽乡村示范村腾出了空间。工作队邀请SPDG汉森伯盛、景森设计、北京北达等公益志愿团队对村庄进行整体规划设计，接下来，廊田村休闲文化中心、健身公园、居家养老中心、廊田米酒坊等项目将陆续落地。

“扶贫，除了要改变村里的经济状况之外，还要改变他们落后的思想。”黄建平说，工作队进驻后，经常走村入户摸底了解情况，扎实推进精准识别、建档立卡、规划制定、“一户一档、一户多法”等帮扶工作。2016年实现脱贫19户56人，年度脱贫率为37.84%，到2017年年底，超过95%的贫困户将基本实现脱贫，2018年将健全机制力争实现稳定脱贫。2016年4月底以来，广东团省委书记班子和机关部门、直属事业单位负责同志分批多次带队走村入户，结对慰问贫困户和困难党员。广东团省委党组更是多次开会研究指导对口帮扶工作，要求驻村工作队要沉下心来扎实工作，做到“看真贫、扶真贫、真扶贫”。

为了阻断贫困代际传递，在广东团省委支持下，2016年8月底，驻村工作队为廊田引入11名重点高校毕业生志愿者，来自清华大学、南开大学、东北师范大学等，还有一名归国留学生，他们将在廊田学校和周边村小驻村开展两年教育扶贫。为此广东团省委联合公益组织每年投入约66万元。

此后，廊田将作为“希望乡村教师计划”的接力点，每年都会安排志愿者驻村支教。为了帮助乡村留守少年儿童获取更加优质的教学资源，驻村工作队还帮廊田学校安装了“慕课”教育信息化系统。校长沈孝荣说：“廊田是粤北乐昌留守少年儿童比例最高的学校，广东团省委驻村工作队的确很关心我们的乡村教育和这些留守学生。”

壮大基层组织是提升治理的核心环节，工作队进驻后对党员队伍既倚重又管束，为防止抓党建与破解问题“两张皮”，建立起与扶贫工作结合的党员联络贫困户制度，既能发动“熟人”做群众动员，又能重塑党员在群众的形象。一年来，有11名在家和返乡青年提交《入党申请书》，积极主动向党组织靠拢，党组织的向心力得到加强。

为了完善优化基层治理，广东团省委驻村工作队抓住村两委换届选举契机，推进了几件事情，包括选拔一名返乡“90后”进入两委班子，兼任团支部书记和妇女主任；推动各村小组正式选举产生村民理事会“三员”、选举产生村务监督委员会和村级经济组织董事会成员，进一步建立健全农村基层治理体系；推行“政经分开”改革，实行党务、村务、村集体经济、精准扶贫“四账分设、镇财政代管、统一公开”。时隔20多年再次召开村团员大会，重整团员青年队伍，找回流动团员12名，并组建了廊田村建设美丽乡村青年突击队，通过组织化为乡村活化重建注入新动能。

黄建平和陈观兴仅仅是这群“80后”的代表，在广东省的两千多个省定贫困村里，都能看到他们年轻的身影，他们正致力于改变贫困村的现状，正如广东省委在动员会上所称“小康路上，一个都不能掉队”。

《小康》2017年03月

河南卢氏：走活脱贫攻坚三步棋

文 /《小康》· 中国小康网记者 田苑滑颖

小山村也有大精神。25年来，双龙湾镇东虎岭村党支部书记莫红建一直用自己的勤劳和智慧带领着村民一点一滴地改变着东虎岭村的贫困面貌。

垂范 小山村也有大精神。25年来，双龙湾镇东虎岭村党支部书记莫红建一直用自己的勤劳和智慧带领着村民一点一滴地改变着东虎岭村的贫困面貌，图为莫红建给贫困户讲解果树嫁接管理要领。

2016年以来，卢氏县大力推进脱贫攻坚，全县贫困发生率由18.9%下降到15.3%。但贫困面依然较广、贫困程度依然很深，脱贫工程依然是一块“难啃的硬骨头”。

“八山一水一分田”，卢氏县是全国为数不多的“双千年”古县，原始生态保存完好，山水风光迷人神奇，素有“中原绿宝石”“河南小西藏”之称。不过，守着丰富的自然馈赠，卢氏县却贫困了数十年。这里也是河南省面积最大、贫困发生率最高的一个国家级贫困县，截至2016年6月，全县有省定贫困村110个，建档立卡贫困户19645户，贫困人口63134人，贫困发生率虽然大幅下降3.6个百分点，但仍高达15.3%，更是河南省脱贫攻坚的主战场。

“2019年河南贫困县全摘帽！”脱贫攻坚集结号已经吹响，如何打赢这场没有硝烟的战争，卢氏县给出了这样的答案：引金融活水，浇产业良田，稳扎稳打，脱贫攻坚。

攻坚，村支书率先垂范

扶贫首要任务是解决百姓思想观念上的“不思进取”问题。要解决此问题，就需要基层党组织有一个好的模范领军人物，来带领当地贫困群众克服“等、要、靠”的懒惰思想，为脱贫攻坚这场战役注入源源不断的精神动力。

距离卢氏县城30多公里外的双龙湾镇东虎岭村，交通落后，全村300多户散布在方圆25平方公里内的7个山坳里，是一个典型的穷乡僻壤。不过，小山村也有大精神。25年来，村党支部书记莫红建一直用自己的勤劳和智慧带领着村民一点一滴地改变着东虎岭村的贫困面貌，哪里有困难，哪里就有他奋战的身影。

“东虎岭村早些年是出了名的贫困，村里老人生病没钱看大夫，只能痛苦地扛着，就连吃水都要到山下的洛河里挑，遇到旱季，甚至连一口水都吃不上。但是现在不一样了，村里修建了蓄水池，铺设饮水管，解决了村里用水的问题，又为村民打通了出村的路，建造了民心大桥，村民再也不用淌着河水出村啦！”说到这里，莫红建不由得激动起来，“最主要的是银行今年给贫困户发放了无息贷款，贫困户可以用这笔钱投入到种植业中，极大地提高了他们的收入。”

银行给贫困户贷款，可行吗？他们如何利用这笔钱脱贫？他们有能力偿还吗？面对种种疑问，莫红建满脸喜悦地指着漫山遍野的连翘告诉记者：“卢氏野生连翘资源丰富，一到春天，满山的连翘花金灿灿的，特别漂亮！2008年我们在进行试种连翘成功后，农户纷纷由种植玉米转向种植经济效益高的连翘，现在卢氏的连翘产量占全国量的1/4。”

对于东虎岭村的发展规划，莫红建了然于胸。“下一步，村里要紧紧依托双龙湾景区的旅游资源，大力发展采摘园和农家乐项目，努力打造扶贫+旅游模式，带动这里的百姓们彻底富起来！”

雁过留声，人过留名。莫红建的努力获得了村民的一致认可，贫困户莫亚虎感动地告诉记者：“莫书记天天为大家伙儿忙，自己一身病还要没日没夜地为我们的贷款操心，每日三餐还要照顾行动不便的老伴，自己却忙到经常一天只吃一顿饭。”

类似的带头人物在卢氏县还有很多，他们纷纷诠释着整个卢氏的扶贫精神。在他们的带领下，人们有理由坚信，不久的将来，这里的路不再崎岖，人不再贫穷。

资金，农商行保驾护航

通过实地走访调研，记者发现，卢氏县众多脱贫典型，背后离不开“幕后英雄”—— 卢氏农商行。自卢氏开展金融扶贫工作以来，卢氏农商行立足县域实际，探索形成了以农商行主导的“扶贫贷款风险补偿基金+贫困户”“产业发展基金+龙头企业+专业合作社+贫困户”“贷款保证金+农业龙头企业+贫困户”等五大模式，实现扶贫信贷资金的大规模有效投放，为卢氏脱贫攻坚提供了强有力的金融支撑。

农商行成立于2011年9月，是卢氏县金融服务覆盖面最广的金融机构。农商行金融扶贫事业部主任刘洋波告诉记者：“目前农商行‘金融扶贫’的任务主要是做好‘农村信用体系’建设、‘产业支撑体系’建设、‘风险防控体系’建设以及提高办贷效率，加快信贷投放。”

卢氏县全县有省定贫困村110个，建档立卡贫困户19645户，贫困人口63134人，面对全县众多贫困户，信息采集量的工作必定是艰巨的。经过多个日夜的反复研究与实地考察，农商行和当地政府共同商讨制定出了卢氏县农村信用信息系统评定办法。这套办法需要采集每个农户的144项信息，每个贫困户基础分为100分，实行加分、扣分制。评分项目中甚至连家庭成员是否和睦，邻里关系是否和谐都要被纳入进来，以最终值为评级分值。

众志成城建伟业。截至2017年6月末，全县采集农户信息8.28万户，获得信用评级农户6.83万户，其中，贫困户获得评级1.43万户，占贫困户总户数80.8%。凡被评为信用户（最低信用等级为A级）的贫困户即可获得最高5万元的无息扶贫信贷资金。

据刘洋波介绍，今年以来，农商行已累计投放各类扶贫贷款59921万元。其中：贫困户贷款3208户，17421万元；合作社贷款55户，26400万元。

为了减小贷款对贫困户带来的风险，刘洋波主任又为记者介绍了农商行的“风险共担机制”和扶贫贷款信用激励约束机制。四位一体的风险共担机制由“政府+农商行+省农业信贷担保+省担保集团”组成，按照发生风险的主体不同，四者也相应地承担不同比例的风险。激励约束机制主要对当年扶贫贷款不良率控制在3%以下的乡镇，授予“信用乡镇”称号，政府也在其扶贫项目安排和各类普惠、扶贫资金拨付上给予倾斜；对扶贫贷款不良率超过5%的行政村，以及不良率超过5%的村占比达到30%的乡镇，采取贷款熔断措施，银行停止所有贷款发放。

做好金融扶贫工作，开通信贷绿色通道，切实降低贷款风险，使每个拿到贷款的贫困户能踏实、安心地用好这笔钱。卢氏金融扶贫的创新实践得到了省里的高度肯定。今年7月初，河南省金融扶贫工作现场会在卢氏县召开，河南省省长陈润儿在讲话中明确强调，在全省推广“卢氏经验”，切实把金融扶贫政策落到实处。

模式，保分红大众创业

要实现全县人民的脱贫致富，没有全县人民的广泛参与是不可能的。为此，卢氏县又发动各行各业的企业家与带头人行动起来，积极探索与践行既能发动群众、又能凝聚群众、还能吸引大家主动参与的共同致富的新模式。

在卢氏县东明镇当家村，记者见到了卢氏县又一个致富带头人——鑫博源种植合作社理事长张博。

张博是个80后，2016年因公伤残退伍。回乡后，先后成立了鑫博源合作社和锦绣佳源农业科技有限公司，并自筹资金450万元，组织79户贫困群众成立合作社，从事花椒、中药材种植加工与销售。

如何利用合作社带动贫困户摆脱贫困？张博研究制定了四种带贫模式：一是入股分红模式。没有劳动能力的建档立卡贫困户，利用土地入股形式加入合作社，土地由合作社管理种植，每年按照每亩土地净利润10%分给贫困户，每年每亩地保底分红700元。二是收入保底模式。有劳动能力的建档立卡贫困户，以土地入股形式加入合作社，成为正式社员。土地由贫困户自己管理种植，合作社免费为社员提供种苗、化肥、农药以及田间管理技术和后期回收，每亩土地所得净利润，支付完合作社前期垫付的各种苗木等费用后，其余收入全部归贫困户所有。其中，每亩中药材种植短期保底收入8000元，三年后花椒进入盛果期，年保底收入15000元。三是劳务增收模式。来基地长期工作的贫困户经聘用后，按照每年1万元发放劳务工资，来基地短期务工的贫困群众，按照男工100元/天，女工80元/天的标准进行工资结算。四是保底脱贫模式。建档立卡贫困户入社后，人均年综合收入低于4000元的合作社按入社社员3000元的保底分红。

短短3个月，合作社通过吸收社员，在20余个村建起了近2000亩的种植基地。按照张博的设想，三年内要建成百村万亩花椒、中药材种植园，实现年产值5000万元，带动贫困户2500户以上，人均增收6000元以上的规模，对此他充满信心。

风乍起，吹皱一池春水。通过不断激发干部群众脱贫“内生动力”，卢氏县脱贫攻坚工作已经迈入良性循环的轨道。

《小康》2017年12月

贵州台江：资源优势变身美丽经济

文/《小康》·中国小康网记者 刘源隆

过去五年，贵州省台江县牢牢把握发展主动权，抢抓机遇，真抓实干，砥砺奋进，在经济发展、民生改善、基础设施建设、社会治安稳定等方面，都取得了长足的发展。接下来，处于脱贫攻坚关键时期的台江县，将努力转化各项资源优势为经济优势，为实现与全国同步全面建成小康社会的目标，继续前行。

通过多项举措，贵州省台江县正努力实现生态环境保护和县域经济发展的统一，实现生态优势转化为经济优势，实现生态资源转变为美丽经济。

“经济增长速度高于全国、高于全省、高于全州发展平均水平，全面小康各项指标特别是核心指标均达到标准值以上。”——这是贵州省黔东南苗族侗族自治州台江县第十二次党代会为接下来五年制定的目标任务。

攻坚脱贫，改善民生

台江县作为国家级的贫困县，在脱贫攻坚工作中得到中央组织部、各级各部门及社会各界的大力帮助和支持。近年来，台江县坚持以脱贫攻坚统领经济社会发展全局，打好基础设施建设、产业扶贫、易地搬迁扶贫、教育医疗住房“三保障”四个硬仗，经济社会稳步快速发展，人民生活水平不断提升。2015年全县实现脱贫人口10100人，2016年完成脱贫7700人，2017年计划脱贫14000人，脱贫攻坚取得了阶段性成果。

保障和改善民生，是深入贯彻以人民为本发展思想的重要抓手，是全面建成小康社会的迫切要求。2017年以来，台江县严格执行上级有关民生工作决策部署，狠抓城乡低保提标与核查，确保符合低保条件困难群众精准纳入保障范围，切实做到“应保尽保”“精准施保”。完善留守儿童困境儿童社会救助体系，切实保障留守儿童困境儿童健康快乐成长。建立健全养老保障机制，积极推进老年优待、医疗保障、养老补助、特殊救助等工作，有效促进老龄事业健康发展。严格执行新农合基本医疗补偿、新农合大病保险补偿、精准扶贫医疗救助“一站式”补偿、建档立卡贫困人口慢性病兜底救助的“四重医疗保障”政策，确保政策范围内医疗费用100%报销。取消药品加成，减轻城乡居民药品费用。实行家庭医生签约服务，有效解决群众看病难、看病远、看病贵问题。落实“两免一补”、大学生助学贷款等政策，减轻贫困学生家庭经济负担。加强涉农惠农等民生资金监管，确保党和国家各项民生政策真正惠及民生、落到实处。

“五老调解”与“十户一体”

人民安居乐业、国家长治久安，离不开共建共治共享的社会治理。台江县历来高度重视以社会治理为抓手的社会建设。

近年来，台江县充分发挥政府主导作用，不断推进系统治理、依法治理和源头治理工作，积极探索社会治理新模式，提炼总结出了“将寨老、族老、理老、老党员、老退休干部纳入村级调解委员会成员，参与各类矛盾纠纷调解”的“五老调解”和以约10户相邻家庭划归一个管理网格的“十户一体”矛盾纠纷联调联解等符合台江实际的社会治理方式，有力化解基层矛盾，取得显著成效。

“五老调解”是指寨老、族老、理老、老党员、老退休干部，将“五老”人员纳入村级调解委员会成员参与各类矛盾纠纷的调解，在社区建立离退休老干部义务调解中心，充分发挥“五老”在村寨（小区）德高望重、通晓民俗的优势，发挥他们在传统婚姻家庭（宗族）和邻里间言传身教的作用，使一些矛盾纠纷就近就地得到化解，不出家门。“十户一体”是指全县推广老屯乡长滩村“十户一体”联治安促和谐基层治理模式，选好配强各“体”中心户长作为邻里调解员。中心户长对“体”内发生的矛盾纠纷实行每日排查，即时调解。对“体”内外发生的矛盾纠纷，本着“友邻为重、互谅互让”的原则，由双方中心户长组织当事人户与户进行调解，或与村调解委共同调处，把各类矛盾纠纷解决在“体”格内，不出邻里。

通过台江全县各级各部门的不懈努力和辛勤付出，人民群众安全感和满意度不断提升，社会治安环境稳定有序，实现了连续30个月无“两抢”案件发生、连续39个月保持零命案，连续三年被评为“平安县”。

打造苗族文化旅游品牌

县域文化是县域发展的“名片”，对于大力发展县域经济具有重要的战略意义。台江县在选育本地特色文化品牌时，主要从知名度、独特性、效益性三个因素考虑。台江县人口16.8万，苗族人口占全县总人口的98%以上，以世界上苗族人口聚集最集中和精彩瑰丽的苗族文化被誉为“天下苗族第一县”，台江县拥有丰富的苗族文化资源，苗族银饰刺绣、苗族多声部情歌、反排木鼓舞、苗族姊妹节、苗族独木龙舟节等9项国家级非物质文化遗产。台江凭借神奇秀美的自然风光和多姿多彩的民族文化，先后获得了“全国十佳最具原生态的旅游大县”“全国十佳最具民俗风情的旅游大县”“中国苗族刺绣之乡”“世界著名文化旅游县”等荣誉称号和旅游品牌。

为此，台江把独一无二的苗族民族文化和节庆文化作为县域文化品牌来打造，通过办好节庆活动、做大银饰刺绣产业，与广大苗族群共同把民族文化发扬光大，把县域文化建设作为提高县域综合竞争实力的重要途径，以文化建设凝聚社会发展的巨大力量。

近年来，台江县致力于打造成为国内外知名的民族文化旅游目的地，始终把文化旅游产业作为重要支柱产业来培育，坚持用好用活生态和民族文化两个“宝贝”，着力挖掘台江丰富民族传统文化和自然资源，大力推进绿色发展。按照台江县《“十三五”旅游发展规划》，力争到2020年，建成3A级景区3个以上、5A级景区1个。

为推动旅游发展，台江县一是完善旅游基础设施建设。大力实施城乡路网建设和城乡风貌整治，完善了游客服务中心、旅游酒店、乡村民宿、旅游标识标牌、全面健身中心、国家登山步道等系列旅游基础设施，有力改善了旅游接待条件。二是利用丰富的民族文化资源，大力发展节庆活动。充分利用舞龙嘘花节、苗族姊妹节、独木龙舟节等民族传统节日，展示银饰、刺绣、苗族服饰、苗族歌舞等民主文化风情，推介旅游产品，把民族文化优势转化为经济优势。三是利用丰富的自然生态资源，打造了一批旅游景点。2017年来，按照5A级标准开发施洞古镇，打造“天下苗族第一镇”；启动实施白水洞、红阳村、九摆村和红阳万亩草场整体开发项目；投资建设4个集农业产业发展和休闲体验旅游于一体的省级农业示范园区；推出了登鲁、交宫、红阳、长滩等13个重点民族旅游村寨，不断增强台江旅游竞争综合实力。

通过以上举措，台江县努力实现生态环境保护和县域经济发展的统一，实现生态优势转化为经济优势，实现生态资源转变为美丽经济。

《小康》2017年12月

四川平武：生态脱贫试验

文/《小康》·中国小康网记者 于靖园

以往的生态脱贫大都缺少企业参与，大多离市场太远。“生态脱贫”的“生态”首先代表着“绿水青山”，同时也意味着商业力量的全方位融入。阿里巴巴落地四川平武后将通过“试点+研究”一体两翼的方式实现生态保护和经济发展的良性循环。

试验田 以往的生态脱贫大都缺少企业参与，大多离市场太远。“生态脱贫”的“生态”首先代表着“绿水青山”，同时也意味着商业力量的全方位融入。

从成都市内到关坝村，需要近六个小时车程，途经辗转蜿蜒的山路才能到达。这并不是一个特别引人瞩目的旅游目的地，但到达关坝村的人，无一不被这世外桃源一般的绿水青山所震撼。蜂蜜、茶叶、泉水、核桃、花生、蜂蜜唇膏……每一样来自关坝村的产品，都有着纯天然的印记。

这种纯天然吸引着各地的人们，甚至从美国远道而来的游客，为依山傍水的村子和纯朴的村民频频点赞。如果没有特意指出，很难想象这里和“贫困”有着任何联系。

绿水青山将变金山银山

平武是“5·12汶川地震”极重灾区、少数民族地区、革命老区、秦巴山连片特困地区和边远山区“五区合一”的贫困县。平武幅员辽阔、生态优良，森林覆盖率74%，被誉为“天下大熊猫第一县”。关坝村位于平武的木皮藏族乡，村民世代打猎、电鱼、采药，靠山吃山，靠水吃水，是一种山里人谋生的常态。

村支书乔良看在眼里，急在心上。他心里很清楚，如果再找不到新的发展方式，这种“落后理念＋现代工具”竭泽而渔般的营生手段，不久就会把山里的资源全部耗尽。统计显示，超过70%的国定贫困县和超过70%的贫困人口分布在生态脆弱地区。要使贫困地区可持续地发展，以破坏生态为代价的生产方式必须改变。于是，乔良决定号召村民们把青山绿水保护起来，走一条可持续发展之路。

关坝村开始走上了自然保护之路。山水自然保护中心、桃花源生态保护基金会等非政府组织的进驻也为关坝沟的生态保护提供了专业的技术指导与资金支持。绿水青山，就是金山银山。关坝村关于绿水青山变成金山银山的探索从未间断，当地在“生态+发展”的道路上摸索十年，2016年开创性地建立了自然保护小区，追求生态和经济发展的双赢。

2016年，在尼泊尔淘过金的孟吉回家探亲时发现村里建起了“关坝沟流域自然保护小区”，他还发现，村民们的营收模式起了变化。以前养牛养羊一年挣四万元，现在养蜂一年也能挣四万元，还多了空闲时间可以做其他副业。这种良好的变化让孟吉心动了，当过兵、打过工的他，决定回归乡村，回归家乡。

像孟吉这样的青年还有6个，他们建立了一个组织，自称“葫芦七兄弟”，立志要把关坝沟恢复到之前的模样。去年，关坝村村民的收益中，15%来自生态效益——巡护国有林的收入、养蜂合作社提成、放养冷水鱼带来的分红。要知道，在几年前，这个比例几乎为零，村民靠外出务工为生，甚至不乏盗猎者。而下一步，他们准备尝试走“自然教育+生态旅游”的总体产业的发展模式。

然而，乔良和村里的年轻人并不盲目乐观，“发展是个链条，每个环节都应该有专业的人来规划和运筹”。“葫芦七兄弟”之一、平武关坝村养蜂合作社理事长李芯锐表示。由于当地生态环境保护价值较高，生态效益难以科学地转变为经济收益，产品难以变商品；蜂蜜、核桃质量再好，但并不为外界所知；村民也缺乏专业性知识，民生基础发展受限；探索更宽的生态发展之路成为脱贫亟须解决的问题。

2017年12月，阿里巴巴集团董事局主席马云宣布将脱贫作为阿里的战略业务，将在5年内投入100亿元，在生态脱贫领域探索和实践“绿水青山就是金山银山”的行动计划。而平武政府和社会机构多年的保护工作和生态产业规划打下了较好的基础，需要巩固和扩大成果，且具有极大的观察和研究价值。阿里巴巴希望通过科技平台的连接，把原有已试点的一些工作整合起来，推到真正的市场里锤炼、升级，发展弥补原有商业运营能力中较为薄弱的一环。

关坝村纯天然的蜂蜜，虽然质量好，但是销量却不高。针对这种情况，阿里巴巴充分发挥优势，邀请农村淘宝、盒马鲜生、四川地区生态农产品知名电商王淑娟、中央美院等合作伙伴，计划共同帮助平武打造保护地蜂蜜品牌，打通线上线下销售渠道，建设快检中心，讲述蜂蜜故事，同时向消费者展示平武稀缺、优质的生态旅游资源。

2018年5月16日，一个仅有400人的小山村，吸引了超过百万网友的目光。这一天，阿里巴巴生态脱贫交流会在绵阳市平武县木皮藏族乡关坝村举行，阿里巴巴首个生态项目在该村落地，一场生态脱贫实验、一场社会力量的跨界探索正式开启。蚂蚁金服董事长兼CEO井贤栋、山水保护中心西南山地项目主任冯杰、中科院生态环境研究中心主任欧阳志云以及桃花源生态保护基金CEO张爽等大咖在此聚集，为当地生态扶贫把脉问诊、出谋划策。

打通跨界合作链条

交流会上，关坝巡护队“七个葫芦娃”各自分享了回乡守护绿水青山的故事。说起家乡十年来的变化，他们认为野生动物越来越多了，环境越来越美了，村民收入也慢慢增加了，希望大家一起加入到生态环境保护中来。

事实上，在过去很长一段时间里，地方政府和公益机构在全国范围内开展了很多“生态+发展”的探索，但目前来看还没有一套成熟模式可供借鉴。此次阿里生态脱贫要做的，是在之前的基础上充分发挥互联网平台优势、商业生态优势和科技能力的优势，尝试整合更多跨界资源。

具体来说，阿里巴巴将通过“试点+研究”一体两翼的方式实现：在荒漠化地区试点经济林种植，提供就业机会、助力产业发展；在生物多样性丰富的区域支持保护地建设，带动农村社区综合发展；同时引入中科院生态环境研究中心，通过县域研究，提炼出GEP和GDP双增长的可行模式，为全国范围内的生态脱贫实践提供理论依据。

在中国科学院生态环境研究中心副研究员徐卫华看来，以往的生态脱贫大都缺少企业参与，大多离市场太远。“生态脱贫”的“生态”首先代表着“绿水青山”，同时也意味着商业力量的全方位融入。

在交流会现场，阿里巴巴脱贫基金副主席、蚂蚁金服董事长兼CEO井贤栋宣布了助力脱贫的新动作：升级蚂蚁森林。未来，网友在蚂蚁森林上认领保护地或经济林后，不仅可以支持巡护等生态保护行为，还能购买当地的农产品，帮农民实现增收。同时，网友还可在线与四川平武签约，一起打造生态脱贫实验田。

这意味着，蚂蚁森林将从个人参与的环境治理平台升级到生态脱贫平台。支付宝将助力生态价值转化为老百姓兜里的真金白银，实现生态保护和经济发展的良性循环。

先把生态模式的“实验田”走通是阿里巴巴的愿望，在寻找到了可复制的可能后，蚂蚁金服还会在大熊猫栖息地、滇金丝猴栖息地区域等范围内寻找其他县域进行合作。

“生态脱贫是一条没有车辙印的未来之路，发动民间力量参与将是一条可探索的前路。”桃花源生态保护基金会副总裁马剑谈道。桃花源曾在平武建立了第一个民间参与保护的公益保护地老河沟自然保护区。在马剑看来，“大体量的企业持全部资源投入生态脱贫，这还是第一次”。

互联网企业巨头的加持，还有各界持续的关注，使得关坝村的脱贫致富之路充满希望。在井贤栋看来，此次平武之行是一次感知之旅、学习之旅、行动之旅、共识之旅。据他透露，蚂蚁金服将通过自身平台整合更多的资源、邀请更多的伙伴一起从品牌和质量等方面着手推动生态扶贫。

“国家有非常好的政策支持、非常好的政策引导。我们希望尽一切努力，用一切智慧，一起把平武的生态脱贫做好。”井贤栋希望用科技和技术方法，将当地老百姓的生态收入占比从15%提升至70%，真正走出一条共同发展的可持续的好路子。

《小康》2018年02月

湖南武陵源：摘“贫困帽”走生态路

文 /《小康》· 中国小康网记者 刘建华

1982年，张家界国家森林公园的设立，奠定了武陵源发展森林旅游的良好基础。武陵源因旅游建区，靠旅游强区。经过三十年的发展，武陵源已经从“养在深闺人未识”变成国内外知名的旅游胜地，成为“美丽中国”的重要组成部分、“锦绣潇湘”湖南的会客厅和张家界的核心景区。

度假胜地 1982年，张家界国家森林公园的设立，奠定了武陵源发展森林旅游的良好基础。

2018年6月9日，中国第13个“文化和自然遗产日”，世界自然遗产地湖南省张家界市武陵源风景名胜区正式发布消息：自6月12日至9月12日期间，面向今年所有高考生实行免票政策。

毫无疑问，武陵源在全国高考后就向全国所有高考生实行免票政策是为了借高考的热点实现旅游宣传的目的，但也足见各地为打造生态品牌，不遗余力。

山区林区，树多景美。过去，当地老百姓眼里只有树，不知道“靠景生财”。如今，湖南省引导、扶持老百姓发展森林旅游，打造永不枯竭的绿色金矿，实现绿水青山就是金山银山。目前，全省森林公园所在地的1000多个村，有近200万村民受益于森林旅游，实现脱贫和增收致富。

张家界市武陵源区曾经是一片不毛之地，被湖南省确立为51个省级贫困县（区）之一，1988年建区之初生活水平十分落后，农民人均年收入不足200元。建区之后，把保护森林与旅游扶贫紧密结合起来，确定了“以旅游为龙头，以农业为基础，实施旅游带动扶贫”的战略方针，一手抓旅游开发，一手抓脱贫致富，不断拉长产业链条，完善旅游休闲市场的需求，以旅游反哺扶贫，取得了显著成绩，辖区内贫困发生率大幅降低。2017年2月，经湖南省人民政府公告，批准武陵区整区脱贫摘帽。

贫困县的生态保护之路

“居人共住武陵源，还从物外起田园。”武陵源，古已有之，史书上称为“禹甸之灵境”“赤县之奥区”，现位于湖南省西北部张家界市中部、澧水中上游，属武陵山脉，距张家界市区32公里，是国内外著名的休闲度假胜地。

1982年，张家界国家森林公园的设立，奠定了武陵源发展森林旅游的良好基础。武陵源1989年因旅游建区时，农民人均年收入不足200元，生活水平十分落后，被湖南省确立为省级贫困县（区）。武陵源区的执政官员意识到，森林旅游是张家界市武陵源区的立区之本、富区之源、强区之基。

30年来，武陵源区委、区政府坚持不懈地走绿色发展之路，把森林保护与旅游扶贫紧密结合起来，确定了“以旅游为龙头，以农业为基础，实施旅游带动扶贫”的战略方针，一手抓森林旅游，一手抓脱贫致富，不断拉长产业链条，完善旅游休闲市场的需求，以旅游反哺扶贫，用扶贫对接旅游，取得了显著效益。武陵源先后获得的世界自然遗产、世界地质公园、全国首家5A级旅游景区、全国文明风景旅游区等国际国内桂冠，更是推动了武陵源的经济社会发展，武陵源开始从一片不毛之地跃然变成国内外知名的旅游胜地。

为了更好地打造生态金字招牌，近几年来，武陵源区坚持突出森林旅游主导地位，斥资近10亿元建立健全旅游游览设施，先后成功策划举办张家界国际乡村音乐周、借力《阿凡达》推介张家界、法国“蜘蛛侠”攀爬百龙天梯、武陵源峰林穿越自行车邀请赛等活动，进一步提升景区的知名度和美誉度。通过提升旅游服务水平，打造旅游形象品牌，经济总量进一步增大，经济实力全面攀升，夯实了旅游扶贫根基，在增加收入、扩大就业、提高素质、改善环境、增强幸福感指标等方面的作用日益显现。2015年度接待游客1911.4万人次，实现旅游综合收入80.2亿元，同比分别增长24.1%、22.8%，各项指标均创历史新高，在国内同类景区中位居前列。2015年农民人均年收入达10001元，与1989年建区时相比增长了50倍，与2010年相比增长了1倍。39个行政村现有19个村摘掉了贫困村帽子，贫困人口降至3516人，贫困发生率降到7%。

“森林旅游是武陵源最大的区情，是我们精准扶贫的重要抓手。我们将依托旅游推进整区脱贫，坚决打赢这场脱贫攻坚战！”武陵源区长郑小胡如是对记者说，早在2016年湖南省委扶贫开发推进工作会议上，武陵源区即立下“军令状”，要实现整区率先脱贫。

2017年2月，经湖南省人民政府公告，批准武陵区整区脱贫摘帽。郑小胡的“军令状”如期完成。

旅游反哺农业

扶贫对接旅游武陵源区作为国际旅游目的地，利用旅游产业大发展进行“造血式”扶贫，一直是武陵源区扶贫攻坚在做的“大文章”。武陵源区近年来用旅游+扶贫模式实现贫困村、贫困群众脱贫致富，扶持种植优质稻、猕猴桃、蔬菜、百合以及特色养殖业等。

“集中精力，举全区之力抓脱贫。”武陵源区委书记朱用文说，坚持顶层设计、科学谋划，围绕“五个一批”要求，先后制定了《关于整区推进旅游扶贫建设美丽乡村的决定》《2016年扶贫攻坚整区脱贫实施意见》《关于进一步做好建档立卡贫困户家庭帮扶项目的指导意见》等30余项文件措施，创造性开展脱贫攻坚“十项行动” 和“旅游+”产业扶贫新模式，确保中央、省、市的决策部署在武陵源落地生根、贯彻落实。

几年来，武陵源区委区政府紧紧瞄准提高贫困群众收入这个目标，坚持“旅游反哺农业、扶贫对接旅游”工作方针，全力实施“旅游+扶贫”战略，创新农业产业扶贫模式，有效促进了群众增收致富。出台了《关于加快发展乡村旅游的指导意见》等政策，制订了“三乡十村”乡村旅游发展计划，集中力量实施“五个一”示范工程，即：建设一批美丽乡村示范村和旅游扶贫重点村，培育一批旅游扶贫产业，实施一批旅游扶贫项目，培养一批旅游扶贫人才，建立一套旅游扶贫工作机制，促进旅游与扶贫有效对接。围绕核心景区和中心城镇，按照“宜旅游的发展旅游、宜从事旅游的农户转型旅游业”的原则，发展了一批农业观光游、生态游、户外体验游产品，开发了一批特色种养业、手工业产品，推动农业生产服务旅游、农业产品变为旅游商品、农民转为旅游从业者，带动10个村转型发展旅游、5000余名农民从事旅游业，贫困群众围绕旅游抓发展，户均增收超过2000元。

武陵源区还着力创新产业扶贫模式，按照“区级统筹、乡镇主导、产权到村、收益到户”的原则，连续出台奖扶政策，扶持农业龙头企业和“能人经济”发展，形成了“一乡一业”“一村一品”“一户一产”三级扶贫产业体系，让建档立卡贫困户享受乡、村、户三重产业增收保障。打造“一乡一业”促增收。建成了天子山辣椒、中湖鱼泉贡米、协合莱葛和索溪峪土家织锦四大特色产业基地，将扶贫资金以村为单位委托或入股到产业项目，由村集体按比例享受收益，统一给贫困户分红，确保产业红利覆盖全区贫困人口。

2016年年底，经省脱贫摘帽验收组验收和第三方评估，全区贫困发生率为0.27%，识贫准确率、脱贫准确率、群众满意度分别达99%、98.2%、98.8%。

“保护好森林资源，发展好旅游产业，依托美丽山水，实现旅游胜地梦、全面小康梦。”朱用文强调，全区上下把整区脱贫当成最大的政治任务、最大的民生工程来抓，相信通过森林旅游与精准扶贫的有效对接，力争到2020年，全区旅游接待规模达到3070万人次，旅游总收入160亿元，率先在全市全面建成小康社会，基本建成国际旅游休闲度假区。

《小康》2018年第03月

福建诏安：在青山绿水里“淘金”

文 /《小康》· 中国小康网记者 尤蕾

福建诏安富硒土地面积76.2万亩，占县域面积39.3%，富硒土壤面积和土壤含硒量为福建省首位，为整合富硒优势资源，诏安初步提出了“打造生态宜养之城、长寿富硒之乡”的发展目标。诏安的富硒鸡蛋不仅成全了农民的致富梦，而且还在健康养生产业中扮演重要角色。

“硒”世之宝 诏安的富硒鸡蛋不仅成全了农民的致富梦，而且还在健康养生产业中扮演重要角色。

诏安，地处福建省南端、闽粤交界处，有着中央苏区的红色血脉，同时也是牵系海峡彼岸台胞的侨乡。其北上可达厦门，南下则直通汕头。但是得天独厚的地缘优势并不意味着可轻而易举地在经济发展的成绩单上拿到高分，相反，该县却是全省23个扶贫开发工作重点县之一。

事实上，硬币有两面，没有唯GDP马首是瞻而导致的暂时落后，反而成了强调可持续发展大背景下诏安最大的后发优势。保护了青山绿水，诏安正在努力打造“活力诏安、魅力诏安、生态诏安”，在好山好水里开挖宝藏。

“空壳”变“富村”

十年前，霞葛镇司下村还是一个干部队伍涣散、信访不断、基础设施落后、村财政收入为零的“空壳村”。直到2007年，年仅28岁的江子传当选为司下村党支部书记，司下村开始了一场华丽变身。江子传首要工作就是调整司下村两委队伍，为发挥党员带头作用，他为党员定下了责任区和扶贫责任岗、卫生责任岗和绿化责任岗等。紧接着，修建村内主干道，打通了连接外面的经济通道，也增修了戏台、公园等。

“党建+”助推乡村振兴才是这位年轻的村支部书记的重头戏。2017年，司下村建立了富硒蛋鸡养殖基地，并以“支部+合作社+贫困户”的模式进行经营，帮扶贫困户达32家。就业服务、贷款入股合作、合作社指导养殖是司下村“党建+产业”的三种模式。据了解，合作社为18户贫困户免费提供鸡苗养殖并给予技术指导，以每个鸡蛋1.5元的价格进行回收，并引导4户贫困户办理小额信贷，以贷款入股的形式加入合作社，每年获得固定分红。在司下村党委的引领下，合作社与漳龙集团漳州味运营有限公司、福建好土鲜食品有限公司签订购销协议，以每个鸡蛋2元的价格批发销售。也因此，贫困户每年创收4000元，村财政创收3万元。

与司下村一样，位于太平镇的雄鸡村也因“一蛋”而天下闻名。雄鸡村的党员干部探索出一条“合作社+科研院校+贫困户”“科技+品牌+互联网”的经营之路，让科技支撑起全镇品牌养殖业。太平镇主动与科研院所对接合作，在专家的指导下，调整养鸡密度和运动量，让林下种鸡充分吸收土壤硒元素，从而提高了硒含量。也因此，雄鸡村的富硒鸡蛋不仅卖出了好价钱，还打响了美誉度，注册了“景坑雄鸡”商标。该村首期1000只“富硒鸡”产蛋约10万枚，创造产值高达50万元。采访中，养殖户表示，目前“景坑雄鸡”牌富硒鸡蛋供不应求，需提前预订。

司下村、雄鸡村“党建+”模式仅仅是诏安党建引领助推农村振兴的一个缩影。近年来，诏安始终坚持创新党建引领，坚持抓党建创新促进产业扶贫、产业兴旺。一方面，从致富带头人、外出务工经商人员中选优，充实村级班子队伍，夯实基层党组织基础，目前诏安全县217个行政村村主要干部中，经济能人占总数的86%；另一方面，推行“党建+产业”模式，以党建牵线搭桥产业，促进企业与贫困村、贫困户“联姻”，实现贫困村因地制宜培育主导支撑产业。

“农村富不富，关键看支部”，带领农民脱贫的“火车头”干部起到了至关重要的作用。来到太平镇走马村后，吸引记者一行的藏在小村庄的大品牌——迪士尼、索契冬奥会的商品都出自这块一分地九分山的村庄。当地积极探索“党支部+合作社+贫困户”“党支部+企业+贫困户”的路径，把党支部建在产业上、把党员聚在产业上、让村民富在产业上。据走马村党总支书记徐鸿斌介绍，该村有9家企业，其中6家非公企业都成立了党支部。党支部鼓励当地群众克服“等靠要”的思想，同时在企业与贫困户之间牵线搭桥，如华达威、舜兴玩具厂都专门开辟出“就业扶贫专线”，吸纳贫困户就业，以达到“一人就业，全家脱贫”的目标。记者了解到，当地贫困户不用背井离乡去打工，在家门口就业，工作时间相对灵活，既能照顾家人还能获得收入，按照计件发薪，月收入在2000—4000多元不等。

公开数据显示，诏安动员企业参与扶贫，共引导222家非公企业建立非公党支部148个，覆盖率达到96.4%，全县有41家重点企业与41个贫困村挂钩帮扶，签约

茶青满园 诏安重点打造富硒产业，八仙茶因其含硒量高而成为富硒产品的一张名片。

带动1000多户农户实现自身发展与脱贫的双赢。

同时，各级干部的一端连的是百姓，另一端则是企业。在以青梅为主导产业的诏安，青梅加工企业也从“党建+产业”中获益匪浅。青梅产业的发展离不开龙头企业的带动，像溜溜果园、福益食品、四海食品等企业都是比较有知名度的领军企业，县各级各部门强化帮扶服务，为这些企业在诏安扩大投资规模提供更好的环境。当然，还要积极扶持培育本土成长起来的这些青梅企业，争取能够往精深加工方向发展，形成诏安自己的品牌，再通过这些企业的带动引领，让全县的青梅加工产业焕发出新活力。

解码“硒”世珍宝

诏安是被中国老年学学会正式授牌的“中国长寿之乡”，这也是漳州市首个、福建省第三个获此殊荣的地方。“一方水土养一方人”，诏安县地处闽粤交界，山清水秀，生态优势得天独厚，人文环境底深蕴浓，是人与自然和谐共生的福寿之地。据了解，目前全县户籍人口中，百岁老人约有140余人。

长寿，是人类自古以来梦寐以求的目标，诏安之所以会以长寿闻名，除了优良的环境、健康的饮食、尊老敬老的传统之外，硒，是最值得书写的关键词。水是生命之源，诏安人的日常用水来自乌山脚下的亚湖水库，不经加工处理就可达到一级饮用水标准，更值得注意的是，经过检测，该天然水含有适量的硒、锶、偏硅酸，长期饮用可助强身健体、延年益寿。其中，硒，被称为“生命火种”，诏安现有的百岁老人日常饮食中的青梅、茶叶、蔬菜、大米、鸡蛋中均含有丰富的硒元素。

根据福建省地质矿产勘查局的调查结果，诏安富硒土地面积76.2万亩，占县域面积的39.3%，富硒土壤面积和土壤含硒量为福建省首位，且“优质、安全、环保”，具有极高的开发利用价值。2013年7月，中国营养学会授予诏安县“中国海峡硒都”称号，使其成为福建省唯一一个获此称号的县。

为了更好地开发利用富硒资源，诏安县以入选福建省打造富硒农产品研发和生产示范基地试点县为契机，对富硒产业开展整体规划，优化产业区域布局，重点打造富硒产业核心示范带。同时，整合各类项目资金，加大基础设施建设投入力度，试点建设一批富硒种养示范基地，建设一批设施先进、功能完善、交易规范的农产品专业批发市场和产地市场，引进冷链物流项目，进一步提升富硒产品流通水平，推动富硒产业加快集聚，已形成富硒青梅、富硒八仙茶、富硒名贵中药材等初具规模的生态产业。据统计，2016年，全县富硒产品年销售额20亿元以上，近40%农业人口从中受益。

2017年，诏安发起编制福建省《富硒农产品硒含量分类要求》并获批发布，建成富硒农产品检测中心，进一步促进富硒产业发展。此外，富硒产业发展迅猛，青梅种植面积12.8万亩，产值37.5亿元；八仙茶种植面积4.5万亩，产值6.8亿元；富硒蛋鸡20万羽，产值4000万元。

诏安发展更加精准的定位在什么地方，这个问题一直在思索。通过权威检测，诏安的农产品中含硒最高的是牡蛎，其后依次是鸡蛋、虾和八仙茶。于是，为整合富硒优势资源，诏安初步提出了“打造生态颐养之城、长寿富硒之乡”的发展目标。

重点念好“山海经”

在悬钟古城外滨海的山丘上，一块刻有“望洋台”的天然竖石迎海而立，这三个浑然天成的红色大字为明嘉靖五年福建省布政司右参政蔡潮题刻。站在台上远眺汪洋，凭海临风，古有“钟门巨浪”的盛景。望洋台所在的梅岭镇是一座海滨古城，抗倭的英勇历史赋予了其独特的魅力。明洪武二十年，一座悬钟古城建立起来，该城以条石垒砌，依山势而建，是当时福建省南部的第一城堡。其西门千户所指挥吴二在顶鼎底湖练兵，把守海防。这座小城长期遭受倭寇的侵扰，戚继光等民族英雄曾在此抗击倭寇。位于城外的望洋台如今是游客必到之处，而在百余年前则是诏安的海上门户。

事实上，蓝色仅仅是诏安的一种色彩，1/3是山，1/3是海，1/3是田——诏安呈现了最主要的三种地貌，同时也就意味着它具有得天独厚的自然禀赋。然而，当地的旅游产业规模却远远没能与其天然优势相匹配。88公里长的海岸线基本处于原生态状态，乌山、九侯山却“养在深闺人未识”，拥有中央苏区的红色基因与土楼文化的客家记忆也默默无闻。很多人都疑惑，诏安的旅游业为何发展滞后，这青山绿水之中蕴藏的巨大宝藏何时才能被挖掘?

经过多年的摸索，诏安发展旅游产业的思路基本捋清楚了。诏安将依托“中国长寿之乡”品牌优势，抓好“一山一水一村”。“一山”就是依托乌山国家森林公园等资源，培育发展休闲养生旅游产业；“一水”就是抓好滨海旅游；“一村”就是大力发展古村落旅游。

近年来，诏安县委、县政府高度重视旅游工作，出台《诏安县加快旅游产业发展实施意见》，根据《意见》要求，诏安县、乡、村三级联动，重点推进乡村旅游品牌打造，创新思路、强化措施，根据市场变化，策划合适的旅游线路，开发体验性、参与性强的旅游产品。

未来，在突出旅游产业培育、构建全域旅游大格局的同时，诏安也在积极推动“旅游+”，发展“旅游+农业”，加快推进秀篆富硒中草药养生体验及太平、西潭富硒农庄等特色农业体验项目；结合富美乡村建设和传统古村落开发，打造西潭镇山河村精品民宿、官陂镇大边村休闲温泉农庄，促进乡村旅游提质升级。发展“旅游+工业”，发挥绿源梅之韵酒庄“省级观光工厂”示范作用，带动一批工业企业打造旅游观光工厂。发展“旅游+文化”，加快太平沈福文纪念馆等项目建设，深入挖掘书画艺术文化、青梅文化、民俗文化等亮点元素，推动文旅融合。发展“旅游+康养”，充分发挥富硒、生态、人文优势，积极与中国建材凯盛集团、恒大农牧集团对接，推进西潭镇斗山岩文化旅游康养综合体建设，打造休闲养生福地。

在打造旅游品牌上，诏安将重点念好“山海经”，在九侯山建设新游客中心、停车场、旅游道路等配套项目，抓好九侯山风景区开发，并在梅岭重点推进“海上五台”文化智慧苑项目供电供水、码头建设、用岛报批等工作，加快南门村景区游客服务中心、景观凉亭、停车场等设施建设。梅岭镇瞄准滨海休闲旅游产业，计划在“十三五”期间建设总投资达20多亿元的10个重点支撑项目，全力打造集观光旅游、商贸交易、综合物流、海产集散于一体的滨海休闲旅游强镇。

《小康》2018年03月

企业扶贫：精准扶贫生力军

文/《小康》·中国小康网记者 刘源隆

党的十九大报告中，习近平总书记指出："要动员全党全国全社会力量，坚持精准扶贫、精准脱贫。""确保到2020年我国现行标准下农村贫困人口实现脱贫，贫困县全部摘帽，解决区域性整体贫困，做到脱真贫、真脱贫。"打赢脱贫攻坚战，企业扶贫彰显巨大潜力。在中国广袤的中西部地区，从央企到民企，企业扶贫正成为精准扶贫的生力军在不断行动着。

打赢脱贫攻坚战，企业扶贫彰显巨大潜力。在中国广袤的中西部地区，从央企到民企，企业扶贫正成为精准扶贫的生力军在不断行动着。

2018年10月23日，由全国工商联、国务院扶贫办、中国光彩会、中国农业发展银行主办的全国"万企帮万村"产业扶贫现场推进会在甘肃兰州新区召开，来自国内的政府官员、企业家围绕民营企业扶贫助贫、参与脱贫攻坚分享经验做法。

甘肃省政协副主席、甘肃省工商联主席郝远介绍说，通过全省各级工商联组织的努力和商会组织民营企业的深度参与，甘肃省“千企帮千村”精准扶贫行动取得了阶段性成果，根据台账系统显示，截至10月12日，全省已有1525户企业与2027个贫困村建立了结对帮扶关系，企业投入总金额36.34亿元，其中产业扶贫项目投资31.57亿元，带动贫困人口33.45万人。

甘肃省“千企帮千村”具有样板性，而在中国广袤的中西部地区，从央企到民企，企业扶贫正成为精准扶贫的生力军在不断行动着。

央企扶贫：找准“穷根”对症下药

10月17日，国家扶贫日当天，央企扶贫论坛在北京召开。本次论坛以“聚力扶贫时代担当”为主题，聚焦央企脱贫攻坚、央企扶贫基金、央企扶贫挂职干部、国资委机关扶贫工作等四个方面的议题，全方位立体式展示国资委和中央企业扶贫的时代特征。

党的十八大以来，中央企业作为脱贫攻坚战的重要生力军，认真学习领会习近平总书记关于扶贫工作的重要论述，把扶贫开发作为重大政治任务，摆在突出位置，全力以赴做好贫困地区帮扶工作。据南方周末报社、中国农业大学人文与发展学院及中国扶贫基金会发布的《2016年中国企业参与精准扶贫报告》透露，截至2016年年底，中央企业除结对帮扶246个国家扶贫开发工作重点县以外，还结对帮扶了1034个地方党委、政府安排的定点扶贫县（乡、村）。

2016年，央企援建学校74所、医院（卫生所）57所，资助贫困生28614人，举办各类培训班484期，吸收当地就业6788人。“百县万村”活动中，有关央企投入资金4.05亿元；参与“同舟工程”的有关央企投入帮扶资金达2051万元，救助群众6042人（户）。此外，2016年，央企贫困地区产业投资基金设立，51家央企参与首期出资，首期募集资金122.03亿元，帮助贫困地区依靠产业脱贫。

2017年，央企在246个定点扶贫县直接投入19.3亿元，帮助引进各类资金57.3亿元，实施各类帮扶项目1591个，举办干部和人才培训班565期，培训干部和专业技术人才3.5万人次，购买当地农产品价值2.3亿元。

国务院国资委副主任、党委委员徐福顺表示：“打赢脱贫攻坚战，在中华民族历史上整体解决贫困问题，是全面建成小康社会的底线任务，是以习近平同志为核心的党中央向国内外做出的庄严承诺，具有重大政治意义和深远历史意义。”他还表示，国务院国资委将不断加大组织推动力度，强化考核监督指导，不脱贫不松劲，“中央企业是脱贫攻坚战场上的一支重要力量，要充分认识脱贫攻坚的新形势、新要求，进一步坚定信念、明确方向，增进自觉、强化担当，尽锐出战、全力以赴，坚决完成好党中央交给我们的脱贫攻坚任务，切实发挥骨干表率作用”。

“我打心眼儿里感谢中国石化。有了中国石化的帮助，村里的路通了，饮用水也引进来了。”甘肃省东乡县高山乡布楞沟村村民马外那西说。以前，马外那西和乡亲们吃水只能靠车拉、靠驴驮、靠人背，想出趟门“晴天一身土、雨天出不去”。

水、路、电、网，是实现美好生活的必备要素，然而还有一些深度贫困地区没水、没路、缺电、缺网，成为当地贫困的“穷根”。央企在弥补贫困地区基础设施短板、消除发展瓶颈上有着天然的优势。近年来，央企充分发挥企业专长，针对这些“穷根”对症下药，为贫困地区脱贫致富创造有利条件。

在甘肃，中国石化承担东乡县布楞沟流域整体连片扶贫开发任务，投入资金4967万元，实施一批人饮工程项目，改变了布楞沟流域没水的历史；在四川美姑县，国家电投建设安全饮用水工程，帮助当地解决了2500名村民的饮水问题。

中交集团在云南援建怒江渡口大桥，初步设计总造价约1.04亿元，在新疆投资6300万元建设定点扶贫县英吉沙县旅游区公路。中国建筑也在积极推动惠民路建设，在甘肃参与总投资额258亿元的G341线白银—中川—永登公路二期工程、G312线清水驿—苦水段及G109线忠和—河口段公路改建工程，有效解决了贫困地区交通基础设施发展不足的问题。

“农村扶贫，电力先行”，国家电网、南方电网持续加强深度贫困地区电网建设，750千伏电网继续向新疆南部延伸；大电网覆盖扩大到西藏62个县；青海藏区基本形成“一横三纵”750千伏骨干网架。

一些贫困地区地理位置偏远、住户居住分散，信息发展水平相对滞后，城乡“数字鸿沟”不断拉大，阻碍了贫困地区的脱贫步伐。中国移动、中国联通、中国电信加大网络投资，把“信息公路”修进贫困地区，让贫困地区群众用得上、用得起、用得好信息网络服务。中国电信仅2017年就在新疆、西藏、青海及川滇甘三省藏区投资48.2亿元用于网络建设、优化、升级。目前，新疆、西藏及部分藏区的网络覆盖与信息化水平与东、中部基本一致。

扶贫基金为贫困地区产业送活水

扶贫始终绕不过一个“钱”字，基础设施建设需要钱，产业建设更需要钱，如何筹措资金是我国扶贫道路上的挑战。

“贫困地区往往存在融资难、融资贵、融资慢等问题，中央企业创造性地通过打造扶贫资本运作平台，用国有资本引导并带动各类资本到贫困地区特别是深度贫困地区投资，探索出一条用市场化手段实现贫困地区和贫困人口稳定脱贫和永久脱贫的有效途径。”国务院国资委党委书记郝鹏说。

在众多平台中，最有代表性的就是国资委牵头、中央企业共同出资设立的中央企业贫困地区产业投资基金。经过二期募资，所有中央企业都参与出资。截至今年4月底，基金规模达154亿元，累计完成投资项目45个，自投金额92亿元，吸引社会资本超过1000亿元。基金投资范围覆盖全部14个集中连片特困地区，其中在“三区三州”已投资14.4亿元，预计可带动1.2万贫困人口脱贫致富。

各种扶贫基金犹如源源活水，滋润着贫困地区产业。国投出资8亿元，参与设立国内第一只市场化运作产业扶贫基金——贫困地区产业发展基金。基金与牧原股份共同在全国55个贫困县建设生猪养殖基地，与神农本草在合水县建设中药饮片加工厂，与中天药业在甘肃建设中草药收储和初加工基地。国家能源集团设立绿色生态保护扶贫基金，引导各类社会资源共同支持深度贫困地区发展，既保护生态环境，又通过聘用建档立卡贫困户担任护林员等方式推动实现就业脱贫。中国建筑与甘肃省共同设立丝路交通发展基金，合作打造基础设施投融资平台，拉动社会投资，加快完善贫困地区交通基础设施。

国投集团与银保监会、中国信托业协会尝试“慈善信托+合作社+农户”的创新合作机制，联合设立“国投泰康信托·2018甘肃临洮产业扶贫慈善信托”，信托资金作为债务支持建立临洮百合生产基地，直接帮扶130户建档立卡贫困户，共带动2600户农户种植百合。同时，债务利息按年返回信托计划直接资助无劳动能力的贫困户20人，户均2000元/年。

国家电网、南方电网、中国华能、中国华电、中国大唐、国家电投、国家能源集团、东方电气等中央企业均参与到定点光伏扶贫工程，通过光伏电站的收益帮助当地脱贫。仅国家电网在定点扶贫的湖北、青海五县区就投资了7.03亿元，建设了7.7万千瓦光伏扶贫电站，每年产生扶贫收益6000余万元，全部用于建档立卡贫困村和贫困人口脱贫，实现10余万贫困人口稳定增收。

知名民企探索整县帮扶脱贫

全国贫困面最大、贫困程度最深、贫困人口最多的贵州省，近两年迎来了恒大集团、万达集团等知名企业整县帮扶脱贫。大企业发挥资金、技术、市场、管理等优势，通过实实在在的帮扶举措，让山区贫困群众脱贫步伐明显加快。

30亿元的无偿捐赠扶贫资金、187人的扶贫工作团队，通过开展产业扶贫、异地搬迁、吸纳就业、发展教育和为特殊困难群体生活提供保障等举措，帮扶18万贫困群众——恒大集团对口帮扶贵州毕节市大方县脱贫规模之广、力度之大，刷新了我国民营企业扶贫数据，拉开了全国“万企帮万村”大扶贫战略行动的序幕。

大方县地处乌蒙山集中连片贫困地区，有贫困人口18万人。2015年12月19日，恒大集团与大方县人民政府签订协议，计划3年内无偿投入扶贫资金30亿元，实现全县贫困群众稳定脱贫。今年2月底，首批援建的40项重点工程和200个农牧业产业化基地项目开工。

对此，恒大集团董事局主席许家印表示，恒大集团把精准扶贫与新型城镇化建设、新农村建设相结合，探索企业参与精准扶贫的新路径。

在另一个国家级扶贫开发重点县贵州丹寨县，2014年12月，万达集团与丹寨县签订扶贫协议。经过多次调研、考察和专家论证，最终万达集团确立以教育扶贫、旅游小镇、扶贫基金为重点开展帮扶，所有项目在2017年投入运营。

万达集团董事长王健林在贵州调研时说，万达集团采用“企业包县、整体脱贫”模式，既不是简单捐款，也不只是投资建厂，而是注重长期与短期、产业与教育、提高人均收入与整体脱贫相结合，为民营企业扶贫开发探索新模式。

贵州省扶贫办社会扶贫处处长彭刚认为，恒大、万达进行的整县帮扶脱贫模式，要求企业本身具备强大的实力和坚定的扶贫决心。目前来看，它们取得的成效已经产生了很好的引领示范效应，彰显出企业扶贫的巨大潜力。

2018年6月，党中央、国务院印发《打赢脱贫攻坚战三年行动的指导意见》，三年攻坚克难将决定第一个百年奋斗目标的实现。未来还有3000万左右农村贫困人口需要脱贫，任务仍然十分艰巨。打赢脱贫攻坚战，企业扶贫彰显巨大潜力。当前，脱贫攻坚战正在各地打响，国务院扶贫办机关党委常务副书记刘书文表示，需进一步落实好现有土地、税收、金融等多方面优惠激励政策，完善企业参与扶贫开发的共赢机制，全方位调动企业扶贫的积极性。

“我们鼓励更多的中小企业参与到扶贫开发中来，量力而行、尽力而为，把贫困村的优势资源和市场相结合，促进企业经营与扶贫工作同步发展。”彭刚说，当前“万企帮万村”行动正在全国开展，这是企业履行社会责任、先富帮后富的重要体现，也是社会帮扶资源和精准扶贫有效对接的新形式。

《小康》2018年04月

中国移动：教育激发脱贫内生动力

文 /《小康》· 中国小康网记者 袁帅

教育扶贫，是精准扶贫的重要方向之一。十九大报告提出，优先发展教育事业。尤其是教育信息化扶贫，有助于实现城乡教育均等化，从源头上激发脱贫的内生动力。过去几年，中国移动按照国务院国资委的“精准扶贫”要求，结合自身优势，瞄准教育信息化扶贫方向，帮助城乡中小学弥合教育信息化鸿沟。

从源头改变 教育扶贫，是精准扶贫的重要方向之一。宁颖摄

除了教材和教学流程的标准化外，几百年来，教育几乎没发生过根本性的变化。通过信息化让城乡教育资源更加均衡，这是移动科技在教育扶贫的关键切入点。

西部花开

服务社会，心系民生，关注教育。中国移动政企分公司旗下的智慧政企依托强大的信息技术、服务网络，在西部地区尤其是“三区三州”深度贫困地区做发展型教育扶贫，助力教育信息化2.0赋能西部中小学。

在云南，文山壮族苗族自治州农村地区学校缺老师的情况多年来一直存在，尤其是英语、美术、音乐、体育这类课程的教师更是少之又少。去年年底，该自治州教育局与中国移动云南公司文山分公司合作建设的“1+N”教育扶贫试点项目改变了这一局面。据介绍，“1+N”即为帮助推进乡村中心学校“一校带多校”“一师带多班”的异地同步互动课堂授课模式，支撑教学点“开足开齐课”，促进贫困地区义务教育均衡发展。文山州的“1+N”项目第一期共涉及文山、砚山、丘北、广南和麻栗坡等五个县市的46所完全小学，革命老区猛洞乡也被纳入此次扶贫项目中。

在四川，中国移动四川公司、中国移动慈善基金会联手中国教育发展基金会、四川省教育基金会，开展了“蓝色梦想—中国移动多媒体教室”项目。一年多来，该项目共捐赠210万元，在凉山彝族自治州雷波、盐源两县及宜宾、南充等地建设了近百间中国移动多媒体教室。数字课堂不仅扩展了学生的视野，更提升了教育品质。受助者之一的雷波县汶水镇中心学校校长表示，新媒体辅助教学这种新形式使课堂氛围更活跃。

在新疆，贫困发生率12.63%，远高于全国农村贫困发生率4.5%。自2012年承接新疆喀什疏勒县、和田洛浦县、克州阿克陶县的定点帮扶任务以来，中国移动已累计为三个定点扶贫县提供帮扶资金超过两千万元。自2018年提高援助标准，每个定点扶贫县扶贫资金每年提高至一千万元。目前，已建成五个幼儿园，可帮助九百余名适龄儿童入园接受教育。

在甘肃，中国移动不仅开展了中小学校长培训活动，促进基层中小学校长教学管理水平的提升，还积极与省教育厅合作，通过和校园、和宝贝、智慧校园、互动课堂、三通两平台等业务打造智慧教育体系。

在西藏，中国移动集中力量改善教育设施，推动当地中小学教学楼设施建设、青少年活动中心建设等。得益于此，山南市贡嘎县江塘镇小学等学校的学生可使用“交互式体验信息化教育终端”获取更多知识。

科技如何实践教育扶贫

据介绍，目前中国移动的教育扶贫项目多采用网络共享课堂的形式，通过远程同步课堂、在线教学研讨、流媒体直播共享、全自动高清交互式录播等方式开展。项目可分为全高清教育工作视频会议、软硬件结合视频教学培训、全自动高清交互式录播、远程同步课堂、在线教学研讨、流媒体直播共享、教学资源管理平台等应用场景。

项目中的远程同步课堂、在线教学研讨、流媒体直播共享等功能，如今已被广泛应用于试点学校的日常教学工作中。比如，在远端教室增加一台视频会议终端，即可实现录播教室和远端教室的同步互动教学，通过课程双向互动，可以更直观、快速地把优秀教学信息传递出去，让更多学生受益，实现“一帮一、一帮多”效果，促进教育均衡；学校的各类活动、公开课、重要讲话传达，都可以采用流媒体直播方式进行传播，师生可以随时随地通过网络利用现有教室电子白板、PC、平板电脑、智能手机以及微信等方式实时收看现场直播，增加课堂趣味性，提高学生的学习兴趣。

同时，中国移动推出的教育扶贫项目可实现实时在线、课件切片、直播等在线教学研讨功能，老师可以一边上课一边接入视频会议系统，和学生们一同观看现场授课。教学资源管理平台还具有录播教室预约、同步课堂预约、同步课表、在线评课、组织优课活动、流媒体直播共享等功能。

网络高速公路是所有信息化的基础，以云南文山壮族苗族自治州的“1+N”项目为例，在实施教育扶贫试点项目之前，中国移动云南公司文山分公司为试点学校接入了86条局域网教育专线，覆盖范围超过1.6万人。这也是在实施教育扶贫时，中国移动相比其他互联网教育平台的优势。

除此之外，中国移动还不断与各地方的相关部门在教育管理及资源平台应用、优质教育资源开发、信息技术与教育教学融合创新、信息技术培训与提升、信息技术产品研发和推广、教育与公益活动、多种信息化服务等八大领域展开全面合作，让更多学生和教师受益，助力教育改革发展和脱贫攻坚。

2018年7月，中国移动的教育扶贫项目更上新台阶，与国务院扶贫开发领导小组办公室签署了《互联网精准扶贫战略合作协议》。根据协议，双方将加快互联网精准扶贫与中国移动网络平台的对接，充分发挥互联网在助推脱贫攻坚中的重要作用，让贫困地区、贫困群众搭上互联网发展快车。此次签约，中国移动将加强同中国社会扶贫网应用推广合作，深入开展“互联网+”精准扶贫工作。

中国移动教育扶贫项目不仅得到了国家的支持，也得到了国际认可。在2018联合国信息社会世界峰会上，中国移动精准扶贫系统获得电子政务类项目最高奖项，这也是本届峰会上我国唯一获此殊荣的项目。

精准扶贫系统的核心优势在于通过信息化方式解决扶贫领域的信息对称难、动态管控难、供需匹配难的问题，努力实现扶贫信息的精准推送、扶贫数据的准入真出、扶贫资源的开放聚合。

此前，河南省南乐县温吉七村小学操场地势低于校外路面，学校又没有下水道可供排水。每逢雨天，学校就变成了汪洋一片。了解到这一情况后，精准扶贫系统在网上发起了“温吉七的坑洼操场”筹款项目，得到了全国152位网友和两家知名公益基金会的帮助，为学校筹集了近三万元资金。如今，温吉七村小学的硬化操场与排水系统已经修缮完毕，学生们笑谈，下雨再也不下课了。

据中国移动董事长尚冰透露，近年来，中国移动积极利用“互联网+”技术和信息化服务实现不同地区的扶贫工作精准化，更深入地助力解决贫困问题。下一步，集团将继续发挥用户规模、网络覆盖，以及信息技术等方面的优势，坚持精准扶贫方略，以电商扶贫和中国社会扶贫网为抓手，以深度贫困地区为重点，加快完善贫困地区网络基础设施，让贫困村、贫困户用得上、用得起、用得好互联网服务，有效动员社会力量精准帮扶贫困人口，凝聚社会合力，助力脱贫攻坚。同时，中国移动将进一步梳理完善教育扶贫试点项目后期的建设、维护，保质保量建设好这条教育信息化高速公路，让校园更智慧，使教育更智能。

《小康》2018年04月

甘肃：为西部生态筑屏障

文 /《小康》· 中国小康网记者 刘源隆

过去五年，甘肃省脱贫攻坚成效明显，结构调整步伐加快，基础设施不断完善，改革开放持续深化，民生保障得到加强，各项事业取得新进展，生产总值年均增长7.8%。但也要清醒地看到，脱贫攻坚任重而道不远，生态环境保护和建设任务繁重，基础设施建设落后仍很突出，传统产业转型升级步伐缓慢，县域经济发展滞后，营商环境不宽松，部分干部作风不严不实。

“过去的一年，是我省发展进程中极不寻常的一年。在党中央、国务院的坚强领导及省委的直接领导下，我们认真学习贯彻党的十八大、十九大精神，以习近平新时代中国特色社会主义思想为指导，全面落实习近平总书记视察甘肃重要讲话和‘八个着力’重要指示精神，按照甘肃省第十三次党代会部署，采取一系列利当前、管长远的工作举措，在攻坚克难中砥砺前行，推动经济社会平稳健康发展。”2018年1月24日，甘肃省省长唐仁健在甘肃省十三届人大一次会议上作《政府工作报告》。

坚决打好脱贫攻坚战

2017年，甘肃省全年减贫67万人，贫困发生率下降到9.6%，6个片区县、13个插花县申请摘帽。甘肃省《政府工作报告》中提到，今年甘肃确定了23个深度贫困县、40个深度贫困乡、3720个深度贫困村，制定了全省深度贫困地区脱贫攻坚实施方案，大力推进金融扶贫、旅游扶贫、电商扶贫、光伏扶贫，各级财政投入专项扶贫资金增长35.6%。实施建档立卡贫困人口异地扶贫搬迁18万人。“两州一县”（甘南州、临夏州和天祝县）被纳入国家“三区三州”深度贫困地区扶持范围，脱贫攻坚实施方案获得国家批复。

目前，甘肃省还有189万贫困人口尚未脱贫，仍有52个片区县、4个插花县需要摘帽。

甘肃省《政府工作报告》提出，2018年，确保65万以上贫困人口脱贫，10个片区县、3个插花县申请摘帽；实施易地扶贫搬迁18.9万人，其中建档立卡贫困人口15.9万人；启动实施农村C级危房改造。

加快实施1000亿元特色产业发展贷款工程，用好500亿元产业发展投资基金，集中扶持150个贫困村发展乡村旅游，全面消除集体经济“空壳村”。加快贫困地区医疗卫生基础设施建设，强化基本医保、大病保险、大病保险再报销、医疗救助四个报销渠道。

唐仁健表示，坚决打好脱贫攻坚战，决胜全面建成小康社会，紧盯“两不愁、三保障”目标，既不降低标准也不吊高胃口，聚焦深度贫困地区和特殊困难群体精准发力，集中资金、集中资源、集中精力实施攻坚，确保现行标准下的脱贫质量，做到脱真贫、真脱贫，确保到2020年农村贫困人口实现脱贫、贫困县全部摘帽，解决区域性整体贫困。

“扎实推进产业扶贫。”“加快培育和引进龙头企业，力争实现所有贫困村每个特色产业农民专业合作社全覆盖。”“加快推进农村‘三变’改革。”甘肃省人大代表、定西市安定区委书记赵众炜对甘肃省《政府工作报告》中的这一系列提法深表赞同。

近几年，安定区把产业扶贫作为脱贫攻坚的核心举措，大胆探索，创新机制，努力壮大龙头企业，积极培育农民专业合作社、种养大户等新型农业经营主体，逐步形成了“资金跟着贫困户走，贫困户跟着产业合作社走，合作社跟着龙头企业走，龙头企业跟着市场走”的产业扶贫新路子。

国企国资改革“1+N”制度体系构建完成

2017年，甘肃省坚持以供给侧结构性改革助推产业转型升级。进一步优化农业内部结构，特色优势产业总面积达到3313万亩。实施国家级田园综合体建设试点。实施工业强省战略，推动传统产业智能化发展，中国铝业兰州分公司、大禹节水实施的智能制造项目入选国家试点示范项目名录。大力推进军民融合发展，组建成立7个军民融合协同创新中心，兰州、天水、白银3个军民融合创新示范区建设加快推进，与中核集团签署战略合作协议，中核甘肃核技术产业园完成投资42亿元。

国企国资改革“1+N”制度体系基本构建完成，58户省直部门管理企业实现改制脱钩和统一监管，现代企业制度进一步完善，“三供一业”分离移交职工户数完成三分之二以上。省属企业重组整合步伐加快，甘肃能源化工投资集团、甘肃铁路投资集团挂牌运营。白银有色、庄园牧场、国芳集团成功在沪深主板上市，白银有色成为国内有色行业首家整体上市的大型企业集团，甘肃银行在港交所上市，是西北地区首家上市的城市商业银行。

加快推进以铁路、高速公路为主的重大交通项目建设，宝兰高铁开通运营，实现了甘肃省西出东进全线高铁贯通，兰渝铁路历经9年建设全线开通，圆了建设西部地区南北铁路大动脉的跨世纪百年梦想。渝桂黔陇四省区市共同发起建设中新（新加坡）南向通道，签署合作共建框架协议和关检合作备忘录，成功首发兰渝、陇桂铁海联运货运班列，实现了西北与西南、中亚与东南亚、“一带”与“一路”的三大连通，甘肃的枢纽地位和通道优势更加凸显。谋划建设丝绸之路信息港和国际知识产权港。中国(甘肃)国际贸易“单一窗口”上线运行，甘肃省同“一带一路”沿线国家贸易额达135亿元、增长32%。积极开展国际产能合作，酒钢集团牙买加165万吨氧化铝项目正式投料生产。

唐仁健指出，2018年，甘肃省将大力实施创新驱动战略，增强经济整体素质和竞争力，把创新摆在发展全局的核心位置，全力建设兰白国家自主创新示范区，打造创新资源、产业资源和人力资本高度聚集的创新驱动发展新高地。健全以企业为主体、市场为导向、产学研用深度融合的技术创新体系，推进创新链与产业链、资金链、人才链、政策链协同配合，力争到2022年科技进步对经济增长的贡献率达到56%以上。

实行最严格的生态环境保护制度

2017年，甘肃省在国家首次发布的绿色发展指数排名中位列全国第16位、西北第1位。完成人工造林和封山育林461.5万亩。

唐仁健表示，甘肃深刻吸取祁连山生态环境破坏问题的沉痛教训，下决心彻底整改中央通报的突出问题，着力加强生态环境保护，坚决扛起建设和维护西部生态安全屏障的政治责任，及时制定了整改落实方案，厘清问题清单和任务清单，先后出台了矿业权分类退出、水电站关停退出整治、旅游设施项目差别化整治和补偿等办法，有力有序解决各种历史遗留问题和疑难杂症，保护区144宗矿业权矿山地质环境恢复治理基本完成；42座水电站全部完成分类处置，25个旅游项目完成整改和差别化整治；完成了祁连山地区生态保护红线划定工作，制定了祁连山地区产业准入负面清单。

今后，甘肃省将继续加强生态环境保护，筑牢西部生态安全屏障，实行最严格的生态环境保护制度，统筹推进山水林田湖草系统治理，加强防沙治沙和荒漠化治理力度，开展大规模国土绿化行动，着力解决突出生态环境问题。加快转方式调结构，着力构建生态产业体系，大力发展节能环保、清洁生产、清洁能源、循环农业、中医中药、文化旅游、通道物流、数据信息、军民融合、先进制造等生态产业，建设以兰白地区为重点的中部绿色生态产业示范区、河西走廊和陇东南绿色生态产业经济带，建设一批绿色生态示范产业园，实施一批绿色生态示范重大工程。

甘肃省人大代表杜永星对此表达了他的心愿："希望我们各级政府更加重视生态环境保护和治理，像爱护眼睛一样保护环境，既要经济发展，也要绿水青山，让我们的天更蓝、山更绿、水更清，让我们老百姓生活得更幸福、更体面。"

《小康》2018年03月

广西：富民兴桂谱写新篇章

文 /《小康》· 中国小康网记者 刘建华

2018年1月25日，在广西壮族自治区第十三届人民代表大会第一次会议上，时任自治区主席陈武向大会作《政府工作报告》，展望2018年广西经济社会发展新蓝图，提出了一系列振奋人心的目标。

民生账单亮眼

在过去的五年里，广西在民生方面取得了显著成绩，城镇和农村居民人均可支配收入分别突破3万元和1万元；脱贫攻坚取得决定性进展，累计减少建档立卡贫困人口609万；新增城镇就业和农村劳动力转移就业233万人和361万人次。

2017年，地区生产总值增长7.3%，财政收入增长6.1%，固定资产投资增长12.8%，规模以上工业增加值增长7.1%，社会消费品零售总额增长11.2%，居民消费价格涨幅1.6%。产业结构向优。高技术产业和装备制造业增加值分别增长15.4%和9.2%，高于规模以上工业8.3个和2.1个百分点。质量效益向好。规模以上工业企业利润总额增长28.6%，规模以上其他营利性服务业营业收入增速居全国第一。万元地区生产总值能耗下降3.2%。民生保障向实。居民人均可支配收入实际增长7%，其中农村居民人均可支配收入增长8.1%。城镇新增就业44.6万人，城镇登记失业率2.2%。实现95万以上农村贫困人口脱贫、6个以上贫困县摘帽、1000个以上贫困村出列。超额完成年度为民办实事任务。开放合作向深。进出口总额增长22.6%，加工贸易、一般贸易分别增长25.5%、70.4%，边民互市贸易额稳居全国首位，实际对外投资增长32%。生态环境向美。森林覆盖率达62.3%，城市空气优良率达90%左右，地表水环境质量达标率90%以上，城市饮用水水源水质达标率90%，近岸海域水质保持优良。金融风险缓解可控。完成1225亿元政府性债务置换，政府性债务风险进一步降低，不良贷款率下降0.2个百分点，守住了不发生系统性区域性金融风险的底线。

闯出深水区啃下硬骨头

“2018年是贯彻党的十九大精神的开局之年，是决胜全面建成小康社会和实施‘十三五’规划承上启下的关键一年，是我国改革开放40周年，也是自治区成立60周年，做好今年工作意义重大。”陈武说。

陈武在报告中说，在充分肯定成绩的同时，也要清醒地看到，广西发展不平衡不充分问题比较突出，主要是：经济总量小，人均水平低，质量效益不高；产业结构性矛盾和创新能力不足问题并存，高素质人才短缺，新旧动能转换不畅，稳增长基础不牢固；基础设施和公共服务供给不足，脱贫任务艰巨，民生短板突出；政府职能转变还不到位，营商环境有待进一步改善等。我们要坚持问题导向，坚决啃下硬骨头、闯过深水区、打赢攻坚战，不断开创工作新局面。

在开局之年，要以习近平新时代中国特色社会主义思想为指导，全面贯彻落实党的十九大精神和自治区第十一次党代会、自治区党委第十一届三次全会的决策部署，坚持发展第一要务，坚持稳中求进工作总基调，落实新发展理念，紧扣社会主要矛盾变化，践行以人民为中心的发展思想，按照高质量发展要求，统筹推进“五位一体”总体布局和协调推进“四个全面”战略布局，坚持以供给侧结构性改革为主线，大力推进改革开放，推动质量变革、效率变革、动力变革，落实“三大定位”新使命和“五个扎实”新要求，深入实施四大战略，坚决打赢三大攻坚战，加强和改善民生，促进经济社会持续健康发展，持续营造“三大生态”，加快实现“两个建成”，扎实推进富民兴桂，奋力谱写新时代广西发展新篇章。

《小康》2018年03月

贵州：大数据引领大扶贫

文 /《小康》· 中国小康网记者 郭煦

2018年，贵州省《政府工作报告》用九个“坚定不移”总结了过去五年贵州省办的“大事情”，又用九个“新跨越”提出了今后五年需要更加奋发有为的新要求。两个时间维度，描画的是贵州的历史巨变和发展愿景，既是一幅细节生动的贵州“千里江山图”，又是实现贵州发展蓝图的“攻略锦囊”。

且看过去五年，贵州的九个“坚定不移”：调结构促转型，贵州经济“强肌肉”；举全力打硬仗，脱贫攻坚取得阶段性胜利；抢先机突重围，“大数据”让贵州云端起舞；强举措守底线，贵州生态“颜值”再升级；破瓶颈强支撑，贵州天堑变通途、高峡出平湖；抓统筹强特色，农村面貌焕然一新；惠民生促和谐，“十件民生实事”获得感满满；守规矩转作风，“政治生态”风清气正。五年来，我们全力“赶”、加快“转”、奋力“超”，按下“快进键”、跑出“加速

度”，绘就了贵州砥砺奋进的崭新画卷。今天的贵州不再垫底、不再是落后的代名词，正在撕下贫困的标签、贴上亮丽的名片，站在了新起点、迈入了新阶段、走进了新时代！

今后五年，是“两个一百年”奋斗目标的历史交汇期，是决战脱贫攻坚、决胜同步小康的关键期，是弯道取直、后发赶超的窗口期，是“发展必争”的战略机遇期。且看未来五年贵州的九个“新跨越”：决胜小康、“三农”发展、转型发展、大数据与经济社会融合发展、发展支撑能力提升、统筹城乡区域民族地区协调发展、美丽贵州建设、全面深化改革扩大开放、增进民生福祉，这九个方面的“新跨越”，就是所有贵州人的“诗和远方”。时代是出卷人，人民是阅卷人，九个“新跨越”，就是今后五年的“考试重点”。

大扶贫：打好脱贫攻坚“四场硬仗”

“产业规划缺乏科学性、针对性和可操作性，难以落地。”贵州省两会期间，黔东南州政协副主席、省政协委员吴春针对贵州推进产业扶贫提交提案，直指产业扶贫发展中存在的问题，并提出相应建议。

吴春表示，通过提高产业扶贫规划的科学性，完善产业扶贫规划、实施方案和行动计划，形成贫困群众积极、各级各部门积极、社会各界积极、基层组织积极的产业扶贫的整体合力，才能真正实现“发展产业脱贫一批”的造血式扶贫。

在全国脱贫攻坚主战场的贵州省，过去五年决战扶贫攻坚大踏步前进，脱贫成效显著。五年来，全省减少农村贫困人口670.8万人，贫困发生率从26.8%下降到8%以下，减贫人数全国最多。

记者从贵州省两会了解到，五年来，贵州抢抓机遇，攻坚克难，坚定不移打好基础设施建设、易地扶贫搬迁、产业扶贫、“三保障”这“四场硬仗”，扶贫攻坚取得显著成效。其中，五年来易地扶贫搬迁40.8万户，整体搬迁5911个自然村寨。并强龙头创品牌带农户，大力发展扶贫产业，带动466万贫困人口脱贫。

2017年，贵州通过实施脱贫攻坚春季攻势、夏季大比武和秋季攻势等，全省减少农村贫困人口120万人，全年实施产业扶贫项目1.5万个，257万人次享受“四重医疗保障”，完成20万户农村危房“危改”“三改”，资助贫困家庭学生83万人。

今年贵州省将持续打好脱贫攻坚“四场硬仗”，紧盯“减少农村贫困人口120万人，16个贫困县摘帽”的目标。瞄准14个深度贫困县20个极贫乡镇2760个深度贫困村，再补充细化倾斜扶持政策措施，确保各级各部门新增脱贫攻坚资金、项目、举措重点投入，加快深度贫困地区脱贫攻坚进程。

荣获“2017年度中国全面小康十大示范县市”奖项的仁怀市在经济发展上已走在前列，2016年仁怀市GDP为560.83亿元，其城市竞争力不断提升，国家卫生城市创建成功，跻身全国百强县市，列中国工业百强县市第59位。

大数据：贵州发展新引擎

2018年1月26日，时任贵州省省长谌贻琴作《政府工作报告》时提出：大数据成为世界认识贵州的新名片。

五年来，贵州省坚定不移抢先机突重围，大数据发展风生水起。

把发展大数据作为弯道取直、后发赶超的战略引领。数博会升格为国家级博览会，建成“云上贵州”，列为国家电子政务云数据中心体系南方节点。

三大电信运营商等国家级行业级数据中心建成，华为、高通、苹果等国内外知名企业成功落地，货车帮、白山云等本土企业茁壮成长，规模以上电子信息制造业增加值、软件业务收入和网络零售交易额年均分别增长57.7%、35.9%和38.2%。

前几天，“贵州”出现在了所有中国苹果用户的屏幕上，也在朋友圈“强势刷屏”。自2018年2月28日起，中国内地的iCloud服务将转由云上贵州大数据产业发展有限公司负责运营。对国内苹果用户来说，iCloud服务器迁到贵州最大好处就是访问iCloud的上传和下载速度会大幅提升，贵州长出“苹果树”，是贵州“大数据”战略行动为中国苹果用户带来的“福利”。

五年来，贵州把发展大数据作为弯道取直、后发赶超的战略引领。数博会升格为国家级博览会，建成“云上贵州”，列为国家电子政务云数据中心体系南方节点，规模以上电子信息制造业增加值、软件业务收入和网络零售交易额年均增长超30%，数字经济在贵州大发展，大数据政用指数居全国第二位，“数博会”一年比一年“高大上”。贵州“大数据”的朋友圈有华为、高通、苹果、腾讯、阿里、百度、移动、电信、联通……库克、马化腾、马云都在为贵州助力加油。

发展大数据，贵州在刚刚出炉的政府工作报告中规划了五年“小目标”。

“小目标”有大蓝图。贵州将加快大数据与实体经济、政府管理社会治理、科技创新深度融合，筹建科学数据中心，申建国家超算贵安中心、国家生物医学大数据中心、SKA(平方公里阵列天文望远镜)亚洲区域中心，加强国家实验室和科技创新中心建设，共建一批军民协同创新研发平台，加快大数据发展与信息基础设施规划建设深度融合，支持贵阳建设“中国数谷”……贵州越来越“智能”。

贵州数字经济将年均增长20%以上，推广“智力收割机”模式，开展100项重大关键技术攻关，高新技术产业产值达到8000亿元，人才资源总量达到580万人，出省带宽超过1.2万Gbps，数字经济增加值占地区GDP的比重达到30%以上……大数据和多个领域产生“化学反应”，“+”出全新业态，“+”出“前方高能”。

打造后发赶超新引擎，创造快速增长新周期，贵州这张大数据“新名片”，蕴藏着丰富的“钻石矿”。多彩贵州越来越肥沃的“数据土壤”，必将滋养出欣欣向荣、“物种”丰富的“新生态”，为贵州持续“大踏步前进”提供“新能源”。

“省域形象的建构离不开有效的传播，只有通过传播才能产生价值，使形象这一无形资产产生效益。”在政协第十二届贵州省委员会第一次会议上，省政协委员、贵州财经大学文法学院院长顾雪松表示，大数据技术的发展，让贵州告别了地理上的距离，站在了更为广阔的信息平台上，有机会更充分地展示自己的形象。

2017年，贵州省在“中国大数据发展指数省域排名”中居总排名的第七位，其中“政用指数”排名第二位，属于政府主导型的大数据发展省份。

从中央到地方，大数据均受到各级政府的高度关注，但把发展大数据提升到“十三五”甚至长期发展重大战略高度的，只有贵州。“这在全国是独一无二的，这也正是贵州大数据发展能够异军突起的决定性因素。”顾雪松认为。

《小康》2018年03月

宁夏：绿与富的双赢

文 /《小康》·中国小康网记者 于靖园

2018年1月26日，宁夏回族自治区第十二届人民代表大会第一次会议在银川隆重开幕。自治区主席咸辉向大会作《政府工作报告》。报告共分四个部分：一、2017年和过去五年工作回顾；二、决战决胜全面建成小康社会；三、扎实做好开局之年的各项工作；四、建设人民满意的服务型政府。

旅游业成为宁夏战略性支柱产业

《政府工作报告》中提出：加快发展全域旅游，提高景区景点和服务设施质量，推动旅游与文化、生态的深度融合，建成一批特色旅游乡镇、生态农庄和农家乐，打造精品旅游线路，丰富旅游产品供给，延伸旅游产业链条，提高旅游性价比，实现旅游收入300亿元以上。

2017年宁夏明确提出把旅游业融入经济社会发展全局，推动旅游业向全景、全业、全时、全民的全域旅游转变，宁夏旅游超额完成了预期目标，交上一份亮丽的成绩单。自治区接待游客突破3000万人次大关，达到3103万人次；全区旅游总收入达到278亿元，两项指标10年内首次双双实现20%以上增长，旅游总收入占地区生产总值超过8%，旅游业进入宁夏战略性支柱产业行列。

作为全国第二个省级全域旅游示范创建单位，宁夏实施全域旅游3年来发展快速、成效显著。与2014年相比，全区接待游客人次从1675万人次跃升至3103万人次，年均增长22.8%；旅游总收入从143亿元增长到278亿元，年均增长24.9%；全区财政性旅游投资从3.3亿元增长到4.6亿元。其间，宁夏率先提出创建全国全域旅游示范省区，成功获批全国第二家全域旅游示范省区创建单位；首倡提出“把旅游业融入经济社会发展的全局”全域旅游发展理念和“全景全业全时全民”全域旅游发展模式，首倡提出以省为单位“打造宁夏大景区”，首创实施旅游服务质量提升“十百千万”工程，首创推出199元省级旅游惠民卡，成功举办了中阿旅行商大会、海峡两岸旅游圆桌会议、中美旅游高层对话、“沙与海的对话”等重要节会，成功承办了全国全域旅游发展推进会，向全国、全世界展示了宁夏全域旅游发展的新形象，宁夏旅游工作水平和旅游业实力连续跃上新台阶。

山绿和民富共赢

宁夏回族自治区《政府工作报告》中还提到，2017年，宁夏出台了“生态立区28条”，加强生态环境保护，加大污染防治，水、空气质量和总量目标完成国家下达任务。宁夏回族自治区政协委员蔺银生建议，环境保护要多打持久战，慎打短期突击式的攻坚战，要突出依法行政。

宁夏回族自治区政协委员马刚是宁夏贺兰县分管环保工作的副县长。他提到，实际工作中发现，排污的企业也完全知道自己哪存在环保问题，但是它们不做环保方面的改造提升工作，这时政府会依法令其停产、限产、停业整改。马刚建议，需建立健全环保体制机制，责任到人，环保调研时，着重督查各级环保专项资金的落实情况。当环保和经济发展冲突时，环保优先于经济。

宁夏回族自治区政协委员胡秀德提到，宁夏回族自治区《政府工作报告》中指出宁夏发展还存在不少困难和问题，其中就包括资源环境约束趋紧。以泾源县为例，泾源县域面积1131平方公里，其中六盘山自然保护区的面积占678平方公里。当地群众生产生活活动和环境保护之间存在一定矛盾。

“怎么合理、妥善地处理两者之间的关系？既能坚定地保护绿水青山，又让老百姓在其中受益，实现山绿和民富的共赢，这是我们必须面对的一个现实问题。只有老百姓在生态保护建设中尝到甜头，利益得到保障，才会积极投入到生态的保护和修复中。”胡秀德说。他建议政府能加大对当地环境保护修复和支持的投入力度。同时进一步增强群众的环保意识，持续推动泾源环保建设和生态修复工程。

《小康》2018年03月

青海：建设高原上的美丽乡村

文 /《小康》· 中国小康网记者 于靖园

修路引水、栽树育苗，特产卖出去、游客涌进来……在政策、资金、人力的聚光灯下，2017年，青海脱贫攻坚在温暖中走过了一年，在砥砺奋进中交出了一份惊喜而亮眼的成绩单。

脱贫攻坚看青海

肢体四级残疾的马立清是互助县台子乡哇麻村的建档立卡贫困户，由于身体残疾，不能从事重体力劳动，全家守着几亩薄地，生活十分拮据。

在驻村第一书记马锁安的帮助下，马立清尝试了土猪养殖产业，仅半年时间，就挣了12000元。同时，在2015年12月，马锁安帮助马立清的两个儿子参加了互助县举办的电焊工和挖掘机培训班，第二年春节后，二人分别外出打工，一年里挣了32000元。

经过一年的努力，2016年马立清家收入达到了4万多元，收入从全村的倒数，变成了村里的第二名，实现了脱贫目标。“看到马书记和驻村工作队为我们脱贫致富下了这么大的力气，我们也要好好努力，争取早日过上好日子。”马立清感激道。

“这个冬天真是暖和极了！在党和政府的帮助下，我们从山里住了几十年的土坯房搬进了设施齐全的新房，如今，家家吃的是矿泉水，出门就是大马路，幸福感自然是满满的！”贫困户王玉明说道。

时下，走进化隆县昂思多镇玉麦街村易地搬迁安置点，联排的农村新居一字排开，道路两旁的路灯在冬日阳光下熠熠生辉，老百姓坐在村里的文化广场上沐浴着阳光，享受搬迁后新生活的喜悦。

回想起以前的穷日子，对比现在的美好生活，贫困户王玉明有满肚子的话。

他说，以前一到下雨天，村背后的山就有发生滑坡的可能，大家提心吊胆，住着很不安全，吃水也难，上学更难。挪出穷窝是大家日日盼、夜夜盼的事情。

为了能让村里的贫困群众早日住上新房，2016年年初，驻村第一书记张海生就开始跑上跑下，落实易地搬迁建房土地，进行现场勘测，定制新村规划，组织搬迁农户对审查房屋设计等。2016年9月项目正式开工，集中安置56栋贫困户住宅。

2017年，青海全面贯彻落实“四个扎扎实实”重大要求，着力推动“四个转变”，坚持精准扶贫精准脱贫基本方略，紧紧围绕“两不愁、三保障”目标和年度脱贫任务，精准发力、合力攻坚，贫困地区面貌不断改善，贫困群众自我发展能力不断增强，圆满完成了年度脱贫目标任务。

2018年1月25日上午，青海省第十三届人民代表大会第一次会议开幕。青海省省长王建军在《政府工作报告》中说，2017年青海有7个贫困县、525个贫困村、15.8万贫困人口脱贫摘帽，5年来实现90.7万贫困人口稳定脱贫。

王建军表示，今年青海将打好精准脱贫攻坚战。以解决突出制约问题为重点，以重大扶贫工程和到村入户帮扶为抓手，强化支持保障体系，加大政策倾斜和扶贫资金整合力度，重点攻克深度贫困壁垒。把扶贫和扶志、扶智结合起来，把救急纾困和内生脱贫集合起来，把发展短平快项目和培育特色产业结合起来，着力激发贫困人口内生动力。

同时，积极对接东西部扶贫协作和对口援青，持续推进贫困村提升工程，深入开展健康扶贫，实施9631户易地扶贫搬迁，年内确保12个贫困县摘帽、500个贫困村退出、15万贫困人口脱贫。全面开展扶贫资金绩效管理，对已脱贫人口，攻坚期内脱贫不脱政策，青海将与全国同步全面建成小康社会。“到那时，国家现行标准下农牧区贫困人口实现脱贫、贫困村全部退出、贫困县全部摘帽。”王建军说。

再建300个高原美丽乡村

王建军还在《政府工作报告》中提到，2017年青海生态文明建设有了新进展，国土绿化面积突破400万亩，为历年最多。五年来“四梁八柱”生态文明制度不断完善，三江源头重现千湖美景。

王建军表示，2017年三江源国家公园体制试点进展顺利，祁连山国家公园体制试点方案获批。可可西里列入世界自然遗产名录，祁连山山水林田湖草生态保护修复国家试点项目开工建设。河长制全面建立，5622名五级河长正式履职。国土绿化面积突破400万亩，为历年最多。中央环保督察期间交办的2299件环境问题全部办结。

五年来，青海生态向好，“四梁八柱”生态文明制度不断完善。湿地面积跃居全国首位，三江源头重现千湖美景，青海湖水域面积17年来最大，裸鲤资源约为保护初期的30倍，长江、黄河干流、澜沧江、黑河出省断面水质持续稳定在Ⅱ类以上，湟水河出省断面Ⅳ类水质达标率为100%，全省地表水优良比例达94.7%。全省空气质量优良天数比例92.4%，西宁南北山森林覆盖率79%。

王建军指出，今年青海将打好污染防治攻坚战，加快生态文明体制改革步伐，以生态保护优先协调推进经济发展。加快绿色发展，大力实施绿色制造工程，建设清洁能源示范省，节能减排控制在国家规定目标以内；完善绿色制度，开展生态产品价值实现机制试点，探索建立以国家公园为主体的自然保护地体系，同时完成环保机构监测监察执法垂直管理制度改革；狠抓绿色工程，推进三江源二期、环青海湖二期、天然林保护、水土保持等重点生态工程，启动祁连山生态搬迁试点，新增营造林400万亩。

未来五年，青海将扎扎实实推进生态环境保护，加快从经济小省向生态大省、生态强省转变，建设更加美丽的新青海。

青海省《政府工作报告》中还提到，今年青海将实施乡村振兴战略，深入推进农牧业供给侧结构性改革，加快构建现代农牧业产业体系，激励各类人才到农牧区广阔天地大显身手。

今年，青海将制定乡村振兴战略规划，坚持质量兴农、绿色兴农，加快推进农牧业由增产导向转向提质导向，促进农牧区一二三产业融合发展，不断提高农牧业综合效益和竞争力。积极打造东部特色种养高效示范区、环湖农牧交错循环发展先行区、青南生态有机畜牧业保护发展区和沿黄冷水养殖适度开发带，做强牦牛、藏羊、冷水鱼、枸杞、饲草等产业，加快建设现代农业产业园，推动乡村旅游等新兴业态发展。

王建军指出，要抓住第二轮土地承包到期后再延长三十年的政策机遇，完善承包地“三权”分置制度，探索盘活闲置农房和宅基地的办法，改善耕地占补平衡管理办法。推进“农村双改”，新改建提升农村公路6000公里，建设与改造农村电网9228公里，安排500个村庄环境综合整治，再建300个高原美丽乡村。

同时，要提升基层治理能力，打好“乡情牌”、念好“引才经”，激励各类人才到农牧区广阔天地大显身手。

《小康》2018年03月

内蒙古土右旗：幸福花儿“向阳开”

文 /《小康》· 中国小康网记者 刘彦华

“文化是一个国家、一个民族的灵魂。我们将按照十九大的部署要求和习近平总书记回信重要指示精神，进一步坚定文化自信，完善发展思路、发展路径，立足优势、抢抓机遇，全力谱写新时代土右发展新篇章。”面对总书记的殷殷嘱托，土右旗旗委书记陈华深感重任在肩。

总书记为乌兰牧骑点赞

乌兰牧骑，蒙语原意为“红色的嫩芽”，是活跃在草原农舍和蒙古包之间的文艺团队。1957年诞生在内蒙古大草原。由于他们的节目灵活新颖、贴近生活，富有浓郁的地域特色、民族风情，广受草原人民喜爱。时至今日，内蒙古各地共有75支乌兰牧骑活跃在草原深处。土右旗乌兰牧骑二人台艺术团便是其中的一支。

2017年10月9日，恰逢第一支乌兰牧骑——苏尼特右旗乌兰牧骑成立60周年，16名队员联合署名给习近平总书记写信汇报了乌兰牧骑的成长和进步情况。11月21日，习总书记回信，称赞“乌兰牧骑是全国文艺战线的一面旗帜”，“为广大农牧民送去了欢乐和文明，传递了党的声音和关怀”，并殷切嘱托“在新时代，希望你们以党的十九大精神为指引，大力弘扬乌兰牧骑的优良传统，扎根生活沃土，服务牧民群众，推动文艺创新，努力创作更多接地气、传得开、留得下的优秀作品，永远做草原上的‘红色文艺轻骑兵’”。

“习总书记给乌兰牧骑回信了！习总书记给乌兰牧骑回信了！”2017年11月21日，阳光明媚。这是土右旗连日来难得的一个大晴天。刚刚接完旗委宣传部电话，土默特右旗（下文简称：土右旗）乌兰牧骑二人台艺术团团长王鹍飞兴冲冲地冲进了排练室。顷刻间，这座塞外古城沸腾了。

土右旗二人台艺术文艺演出。陈智超摄

“习总书记能给我们乌兰牧骑回信，我做梦都没想到。”王鹍飞对此倍感激动、倍感温暖，“总书记回信中的每一个字，都说到了我们的心坎上，我们备受鼓舞，增添了信心。”

“人民需要艺术，艺术需要人民。”在王鹍飞看来，土右旗乌兰牧骑真正地体现了人民需要艺术，艺术需要人民。“我们本着说身边事、讲身边人，以优秀的作品鼓舞人这样的创作理念，每年下乡演出、辅导服务近300场次。”

之所以能够深受老百姓喜欢，在王鹍飞看来，主要是因为他们拥有得天独厚的优势——二人台。二人台是内蒙古西部地区，以土默川平原为中心的蒙汉人民共同培育的民间艺术之花，经过100多年的融合，成了内蒙古西部民间文学、民间音乐、民间舞蹈、民间美术的综合艺术。

土右旗乌兰牧骑二人台艺术团于2009年4月得以重建，属于全额拨款公益性文化事业单位，也是土右旗目前唯一的专业艺术团体、送文化下乡的主力军，主要职责就是以文艺表演的形式，宣传党的方针政策，宣传旗委、政府的重大决策，继承弘扬“二人台”艺术、打造“敕勒川文化”品牌。

近年来土右旗先后获得了内蒙古自治区“全区民间艺术之乡”“中国二人台文化艺术之乡”称号。土右旗二人台坐腔经自治区人民政府批准，列入“全区首批非物质文化遗产名录”。2009年，土默特右旗被文化部授予“中国二人台艺术之乡”称号。

“我们艺术团是一支非常年轻的队伍，全团演职人员45人，平均年龄28岁。”据王鹃飞介绍，为了担负起传承、发展二人台艺术的重任，土右旗乌兰牧骑二人台艺术团在土右职教中心（旗职业高中）专门设立了二人台艺术传承班，不仅有力推动了二人台艺术的规范化、系统化发展，而且也在一定程度上解决了艺术传承创新的问题，向内蒙古艺术学院及各大艺术团体输送大量的年轻优秀二人台人才，真正做到了前有人才基础、后有发展平台、中有乌兰牧骑健康发展的三级联动良好势头。

文旅结合，跑出加速度

习近平总书记在党的十九大报告中指出，“没有高度的文化自信，没有文化的繁荣兴盛，就没有中华民族伟大复兴。”

近年来，土右旗以创建全国县级文明城市为契机，以创建国家公共文化服务体系示范区为平台，以群众需求为导向，不断完善公共文化服务体系，特别是加大了对文化大院建设的政策支持和资金扶持力度，全旗城乡文化大院如雨后春笋般涌现，呈现出良性发展、健康成长的喜人态势。

“土右旗大力实施文化惠民工程，推动公共文化取得新成效。坚持以文化惠民为目标，全面完善城乡公共文化场所服务功能，加快基层综合文化中心提档升级，切实提高活动保障能力。”据土右旗文化广电旅游局局长王福君向《小康》记者介绍，2017年，土右旗实施基层综合文化中心提标工程，投资了1350万元，打造基层公共文化“5522”提标升级工程。“据最新的统计数据显示，2017年上半年我们完成28个示范村综合文化中心、32个村电子阅览室、9个乡贤民俗馆、12个室内演艺剧场，已完成工程量的68%。”

“敕勒川，阴山下。天似穹庐，笼盖四野。天苍苍，野茫茫，风吹草低见牛羊。”这首北朝民歌为世人耳熟能详。“十一五”期间，土右旗组织全国知名专家学者进行考证，最终确定敕勒川核心区就在如今的土默川。

围绕敕勒川文化品牌，土右旗政府积极规划建设文化惠民设施，投资3.5亿元于2011年建成了总建筑面积5万平方米的敕勒川博物馆。这也是内蒙古自治区唯一一座以区域性历史文化为背景的博物馆。

据了解，土右旗以敕勒川博物馆为依托，努力探索文物及文化遗产“活起来”的有效路径和创新方法，建立文物文博区域合作共建共享机制。2017年上半年，博物馆不仅精心组织策划开办了海南织锦、南京青磁、丽江东巴等6次全国性的文博产品展，去辽宁、贵州举办《翰墨丹青书敕勒》“走出去”巡展2次，还与自治区文化厅、市文广局、内蒙古农业大学职业技术学院共同创新举办了2017年“国家第十二个文化遗产日”非遗传承宣传活动。敕勒川博物馆上半年共接待外地旅游人数突破18万人次，同比上升32%。

此外，文化是旅游的灵魂，旅游是文化的载体。“土右旗的思路是，紧紧围绕全域旅游、全季旅游规划发展布局，不断挖掘和厚植敕勒川文化，用敕勒川文化丰富城市底蕴，以打造‘呼包鄂旅游休闲度假中心’为目标，加快文化旅游产业项目建设进程，确立了文旅产业战略性支柱产业的地位。”据王福君介绍，为此，土右旗将旅游形象定位为“山水古城寺，休闲敕勒川”。“山水古城寺”彰显了土右旗最重要的旅游吸引物“山”“水”和“古城寺”，“休闲敕勒川”则突出了土右旗旅游开发的主要方向和重点，迎合了旅游者渴望回归自然，“怡情”“醉情”“娱情”于土右旗“山水古城寺”的心理。

铁腕抓环保，全面惠民生

民之所想，政之所向。

“说起城里环境哪儿最好，还要数咱们的大雁滩。”“要我看啊，城南环境最好，湿地公园不仅净化空气。”“你们都别争了，要说环境好，那当数咱天然氧吧九峰山！”

“晴天一身土、雨天满身泥、垃圾随处倒、出门路难走。”这是过去土右旗多数乡村留给人们的印象。不过，得益于近些年来旗委旗政府始终坚持“文化生态立旗”的发展思路，以美丽乡村建设为突破口，狠抓生态建设，土右旗的生态建设和环境保护走在了全包头市的前列。如今，“城里环境哪儿更美”已经成为土右旗老百姓热议的话题。“农村过去道路泥泞，没有路灯，卫生环境差，自从美丽乡村建设以来，我们还建立了长效机制，将农村与保洁公司相结合，让部分农民担任保洁员，自己维护自己家乡的美丽环境。现在我们走哪儿都是干干净净，再也不是‘泥腿子’了。”

一方水土养育一方人，一方人也在守护和建设着一方的水土。2017年以来，土右旗紧紧围绕全旗经济社会发展大局，以“改善环境质量、确保环境安全、服务科学发展、建设生态土右”为目标，以“经济建设与环境保护并重”为原则，严格落实环境保护制度，切实履行环保工作职责，扎实推进污染防治、项目服务、生态保护等各项工作，着力解决影响可持续发展、损害群众健康的突出环境问题。陈华书记强调：“牢固树立绿水青山就是金山银山的理念，进一步加强生态文明建设，加快完成大青山矿区环境综合治理，全面改善生态环境质量，推动绿色永续发展。”

据土右旗环保局相关负责人介绍，2017年，以中央环保部督查、自治区督查为契机，土右旗以刮骨疗伤的决心，共拆除燃煤锅炉11台，煤改气12台，关停锅炉5家，共计38.9蒸吨；按照“源头严控、过程严管、后果严惩”要求，完善和落实“双随机”抽查机制，采取日常检查、集中检查、专项检查、风险隐患排查等多种措施，有力打击了严重环境违法犯罪行为，全年累计出动执法力量980人次，监察污染源480余家次，下达行政处罚案件38件，罚款金额131.35万元，关停企业20余家，移送公安案件3件。

土右旗把群众呼声作为环保工作的“第一信号”，切实解决群众关心的环境热点难点问题。一方面，开展民生环保专项行动，结合环境信访投诉突出、群众反映强烈、影响生活的重点扰民问题，开展居民集中区废水、废气污染排查与整治，以环境保护优化经济发展，进一步保障民生改善。另一方面，畅通环境信访渠道，对来信来访始终做到“热情接待、认真登记、迅速处理、及时回复”，对举报事项早调查、细分析、快解决、求实效，将各种环境纠纷和矛盾化解在“萌芽状态”，全年共接待各类环境举报事项案件25件，所有案件均已办理，结案率100%。

一张蓝图绘到底

城乡建设，规划先行。在土右旗政府看来，政府最大的责任是规划，最大的资源是规划，最大的浪费也是规划。一部好的规划，不仅是城市建设的纲领，也是城市建设的依据，更是城市竞争的资本。

据土右旗规划局副局长安成锋介绍，自2012年“文化生态立旗”发展战略正式提出后，土右旗进行了大量的城乡规划工作，累计投入5000多万元，系统编制了旗域村镇体系规划、城市总体规划、主副城区和工业园区控制性详细规划、给排水专项规划、绿地系统专项规划、“一园两街”重点地段城市设计等，共计130多项规划，着力打造宜居宜业发展环境，实现了真正意义上的城乡规划全覆盖。

一张蓝图绘到底，“坚持”二字，知易行难，力重千钧。总结土右旗的经验，安成锋将之归纳为了三点。

第一，进一步完善城乡规划审批机制。健全完善“三级监管、一级审批”制度，重大项目坚持旗规委会审查制度，建立完善乡镇规划监管委员会、村庄规划建设监管小组，重点加强乡镇规划监管主体作用，逐级落实规划监管职责。坚持城乡所有建设工程均由旗规划局履行行政审批职能，保证城乡各类规划的有效执行。

第二，规范规划公开公示制度、严格按照住建部《关于城乡规划公开公示的规定》相关要求，以政府网站和项目现场为主要公开地点，严格履行规划编制、修改、实施规划许可、违法建设查处过程中的公开公示，引导公众参与规划的编制、实施和监督。公众参与、专家论证等确定为规划决策的重要程序，坚决遏制随意干预城市规划和工程建设的行为。

第三，严格规划调整流程。有关规划成果一经法定批准后，必须严格执行，涉及规划调整的，要严格履行编制规划调整论证报告、征求规划利益关系人意见、向原审批机关提出专题报告，经原审批机关同意后方可调整，确保规划执行的严肃性和权威性。

十年接力，薪火相传。沿着“文化生态立旗”这条道路走下去的土右旗，绘就了两条曲线图。

一条是绿水青山曲线图——2000年以来，全旗共完成人工造林48.29万亩，封山育林82.66万亩，森林覆盖率由2000年的14%提升到现在的30.5%。

一条是金山银山曲线图——“十二五”期间，土右旗地区生产总值年均增长11.6%，公共财政预算收入年均增长16.2%。2016年地区综合经济实力位居内蒙古自治区103个旗县区第14位。

两条曲线，同向而行，同步而进。

《小康》2018年03月

西藏：满意度超97%的背后

文/《小康》·中国小康网记者 周宇 傅凌波

翻阅西藏自治区人民政府2018年《政府工作报告》，你会发现“绿”这个字出现得很频繁，一共出现了24次。在决胜全面小康的路上，西藏发展提挡换速、蹄疾步稳。全面建成小康西藏离不开发展。而西藏发展，生态是第一红线。

在时任西藏自治区党委书记吴英杰看来，西藏要想全面小康不掉队，必须处理好保护生态与富民利民的关系，把绿水青山、冰天雪地变成金山银山，让生态资源变成现钱，让贫困群众吃上“生态饭”，走上致富路。

2018年西藏自治区《政府工作报告》进一步梳理了稳定、发展、民生和生态的辩证关系，即：稳定是第一责任、发展是第一要务、民生是第一导向、生态是第一红线。

建立绿色扶贫新模式

五年来，西藏生态文明建设全面加强，启动实施“两江四河”造林绿化工程。建立区、市、县、乡四级河长制，全面落实大气、水、土壤污染防治，生态环境保护制度体系初步建成，生态多样性得到有效补偿。七市地环境空气质量平均优良率达95%以上，生态保持完好，国家生态安全屏障不断筑牢。在退耕还林、生态效益补偿、生态护林员等项目上向贫困村、贫困户倾斜，以生态产业扶贫、生态补偿惠民，探索建立“绿水青山是金山银山、冰天雪地也是金山银山”的生态扶贫新模式。

15万建档立卡贫困人口脱贫，1705个贫困村退出，25个贫困县区达到脱贫摘帽条件……在过去的一年中，生态保护建设和精准扶贫，正在这一方净土之上实现了辩证统一。

蓝天白云下，走进位于西藏自治区日喀则市的雅江北岸南木林生态示范区，映入眼帘的是一片郁郁葱葱、绿意盎然的林海雪原。在这片曾经寸草不生的荒滩戈壁上，一道道麦草方格正铸就起一副副坚实的“金甲”，一片片人造树林筑起了一道道坚固的“绿盾”。

总面积约4.8万亩的示范区，不仅是“两江四河”流域造林绿化工程的启动地和示范点，更是助力群众搭上了生态脱贫的“顺风车”，吃上了“生态饭”。通过建设、养护及植树活动，示范区吸纳贫困户801名，周边百姓人均增收3000元；通过管护生态林，吸纳周边赤贫户30名，每户年增收9600元~15600元。

数据显示，2017年，西藏退耕还林工程区农牧民人均年增收800元-1000元；非公益林自治区级以上自然保护区协议管护员和野生动物疫源疫病监测员人均年增收7200元。下一步，西藏将通过生态环境保护建设与生态补偿，最大限度地增加贫困户收入，确保到2020年脱贫26.2万人。

抓住产业发展的“牛鼻子”

生态保护并不意味着发展停滞。

2017年西藏全区生产总值达1310.6亿元，同比增长10%，连续25年保持两位数增长。地区生产总值增速连续五年居全国前三，年均10.8%，高于全国平均水平近4个百分点。

在西藏自治区党委副书记、自治区主席齐扎拉看来，产业发展是经济发展取得历史性成就的“主引擎”，也是全国唯一省级集中连片贫困地区实现绿色脱贫的“牛鼻子”。

拉萨市城关区正是生态产业扶贫的“绩优生”。城关区通过深挖资源“富矿”，采取“请进来、走出去”和招商引资相结合的方式，以现代奶业、城郊农业、农畜产品物流为主，建设嘎巴生态牧场、乳制品加工厂、商砼运输车等项目；发展净土健康、文化旅游等特色优势产业，建成运营大昭牛奶、大昭圣泉、藏净泉等15个净土健康产业项目，实现贫困户在特色产业中100%的受益覆盖率。

遍地开花的生态产业项目，为城关区394户1212名建档立卡贫困户进行了分红，人均增收3700元；解决了建档立卡贫困户477人就业，人均增收3300元；贫困户年均纯收入已由2015年的2153.23元增至如今的9559元，全部达到贫困人口脱贫标准，并于2017年10月“脱贫摘帽”。得益于精准施策和产业致富，在“2017第十二届中国全面小康论坛”上，城关区荣获了“2017中国全面小康扶贫十佳县市”。

亚东县6个乡镇的642户贫困户2232名贫困群众通过直接或间接参与亚东鲑鱼产业从中受益；林芝市鲁朗县群众依托鲁朗林海天然生态资源，通过担任森林管护员，采集灵芝、松茸等林下资源，开办家庭旅馆等，每户增加收入近4万元；作为“西藏5100冰川矿泉水”的原产地，海拔5000余米的拉萨市当雄县冲嘎村，在激活青藏高原上“沉睡”的水资源后，吸纳近200名村民就业，人均年收入逾5万元。

农牧业、农畜产品加工业、旅游文化、清洁能源、净土健康、天然饮用水、绿色建材等特色产业不断拓宽着百姓就业增收的渠道。数据显示，2017年，西藏全区共落实到位产业扶贫资金110.27亿元，完成投资75.28亿元，实施产业扶贫项目1720个，辐射带动20多万人受益，直接带动脱贫5.12万人。

全面建成小康信心达97.3%

西藏发展，稳定是前提；西藏稳定，则民生列头一条。

2017年，西藏自治区在原有基础上，安排300亿元资金，实施10个方面33项重大民生政策，城乡居民基础养老金标准和企业退休人员基本养老金水平大幅提高，农牧区医疗制度覆盖全体农牧民，率先实现有意愿的五保对象集中供养、实现孤儿集中收养。

国家统计局专项调查结果显示，大力改善人民生活的举措让群众对生活现状的满意度超过97%，对全面建成小康信心达97.3%。

2017年，西藏农村居民人均可支配收入首次突破万元，达到10330元，增长13.6%，连续15年保持两位数增长。国家统计局发布的2017年居民收入情况显示，2017年，全国农村居民人均可支配收入为13432元，增长8.6%。这表明西藏农村居民人均可支配收入已接近全国水平。2018年，西藏的目标是将继续保持农村居民人均可支配收入增长13%以上。西藏正与全国一起奔跑在奋力实现全面建成小康社会的大道上。

2017年，西藏小学入学率达到99.5%，基本实现义务教育全覆盖。目前，西藏已在全国率先实现十五年免费教育，覆盖了学前至高中阶段教育（含中职教育），并将义务教育“三包”政策扩大到学前至高中阶段教育的所有农牧民子女和城镇困难家庭子女。2017年，西藏全力落实促进高校毕业生就业创业政策措施，就业率达90%，9134名高校毕业生通过市场就业，市场主导就业取得突破性进展，全年新增城镇就业5.5万。

“小康不小康，关键看健康”，在决胜全面小康的征程中，医疗卫生事业的发展尤为关键。2017年，西藏农牧区医疗政府补助标准由435元提高到475元；人均基本公共卫生服务经费标准提高到65元，高出全国平均水平15元；实施1000余个基层医疗卫生机构基本建设和能力建设项目。

安居才能乐业。2017年，西藏开工建设122个边境小康村，实施两个高海拔搬迁试点，对于生活在高山峡谷、生活条件较为艰苦、在原住地难以发展的贫困户，在尊重群众意愿的基础上，推进易地扶贫搬迁。共计新建搬迁安置住房6500套、70.3万平方米，2.5万易地扶贫搬迁建档立卡贫困人口已全部搬迁入住。

未来五年是解决西藏发展不平衡不充分的重大历史机遇期，也是西藏转型升级、缩小差距的关键时期。“幸福安康”“基础促进”“和谐稳定”“美丽西藏”“科教兴藏”“文化繁荣”“固边稳藏”“创新引领”“区域协调发展”“产业富民”，《政府工作报告》中着重阐述的“十大工程”将成为未来五年西藏发展的精准发力点和明确的建设路径，美好西藏的明天让人期待和向往。

《小康》2018年03月

新疆：“花儿”就是这样红

文 /《小康》· 中国小康网记者 于靖园

新疆是我国近年来旅游消费市场新增的生力军。2017年新疆接待国内外游客首次突破1亿人次，旅游产业交出完美“答卷”。在2018年的自治区两会上，《政府工作报告》中回顾2017年工作时提到，全年接待国内外游客1.07亿人次，增长32.4%，旅游综合消费实现1822亿元，增长30%。旅游业作为和谐稳定的晴雨表再次向世人表明：新疆是个好地方！

新疆砂岩林

“当前良好的社会环境让老百姓安全感明显增强。”

“各族干部群众实现总目标的决心和信心越来越坚定！”

“群众工作水平明显提高，基层政权治理能力也明显提高了。”

“一年来，尼勒克县加大学前教育投入，新建19所双语幼儿园……”

“受益于党中央的好政策，现在全疆6岁以下适合安装人工耳蜗的儿童，都可以免费植入人工耳蜗，包括后期的康复治疗。现在全疆每年有100多名儿童接受这项手术……”

“公司从起初的五六十人发展到如今五百余人，一座现代化矿井从无到有、从小到大，都离不开党和国家的政策扶持！”

2018年1月21日，新疆维吾尔自治区两会拉开帷幕。在自治区两会上，代表委员喜悦地细数新疆大地一年来发生的变化。

旅游产业的完美答卷

成就不光写在报告中，2017年，新疆着力推进旅游供给侧结构性改革，扩大旅游产品供给。新疆旅游行业固定资产投资加速增长，全年建设旅游项目436个，完成投资205亿元。其中年度投资1亿元以上项目达73个。霍尔果斯中哈国际文化旅游区等26个项目列入全国优选旅游项目名录。长城影视文化企业集团、中影股份等一批实力企业集团加紧布局新疆旅游市场，产业发展素质显著增强。

克拉玛依市魔鬼城等4家景区创建5A级景区工作全面推进；推出了160个冬春旅游主题活动，打造“冰雪旅游”“花儿为什么这样红”等旅游品牌；成立独库公路旅游联盟，精心打造自驾旅游线路。新疆旅游部门与铁路部门联合打造“乘着火车游新疆”旅游品牌，借助环塔拉力赛等赛事，与体育部门共同推进旅游与体育深度融合，与中国移动公司、中国电信公司合作推进旅游信息化建设，与农业部门合作启动乡村旅游示范创建工作……休闲度假游、民俗节庆游、冰雪运动游等旅游产品成为旅游市场新增长点。在全域旅游背景下，“旅游+”创新了旅游新业态，正在迅速形成多产业融合发展格局。

自治区主席雪克来提·扎克尔在新疆维吾尔自治区《政府工作报告》中指出，2017年新疆维吾尔自治区完成固定资产投资11795.6亿元，增长20%。2017年，自治区充分发挥重点项目支撑引领作用，270项续建项目加快建设，150项新项目开工建设，全年自治区重点项目完成投资4735亿元。

交通项目取得新进展。在铁路方面，南疆铁路至兰新铁路联络线项目开通运营；库尔勒—格尔木铁路、阿勒泰—富蕴—准东铁路等项目建设进展顺利；乌鲁木齐轨道交通1—4线项目加快建设，乌北—准东铁路扩能改造项目开工建设。

公路方面，G7明水(新甘界)—哈密高速公路建成通车，G30小草湖—乌鲁木齐、G30乌鲁木齐—奎屯改扩建等续建公路项目建设加快推进；G7线梧桐大泉—下马崖—伊吾、G0612若羌—民丰、S254线尉犁—且末等公路项目实现新开工。

机场方面，莎车机场建成通航，库尔勒机场改扩建项目建成投运，若羌机场待验收后即可投运，塔城机场、阿勒泰机场改扩建项目的跑道工程已完工，实现复航；乌鲁木齐机场改扩建工程等一批项目前期工作正在抓紧推进。

与此同时，卡拉贝利水利枢纽工程、于田吉音水库、叶尔羌河防洪工程等一批水利工程全面建成；新疆天池能源准东西黑山矿区将军戈壁二号露天煤矿1000万吨/年等一批能源项目有序推进。

2017年，自治区发展改革委采取多项措施推进基础设施建设，积极争取国家资金项目支持，加强政府投资事中事后监管，通过重大建设项目库按月调度、按季督导推进项目建设等，取得固定资产投资的骄人业绩，有力促进了自治区的经济发展和民生改善。

在新疆维吾尔自治区《政府工作报告》中，还有着一连串反映全局的“大数据”：从2012年到2017年，地区生产总值由7529亿元增加到10920亿元，年均增长9%；累计完成全社会固定资产投资5万亿元，年均增长13.5%；城镇新增就业累计232.5万人；城镇、农村居民人均可支配收入分别由19019元、6876元提高到30775元和11045元，年均分别增长10.1%、9.9%……

数字无形，但一个个数字串连起来，见证着新疆维护社会稳定、推动经济发展、保障改善民生、发展社会事业所走过的坚实足迹；数字无声，但却有温度和感情，透过一个个数字，我们感受到了各族群众不断提升的获得感、幸福感、安全感，更看到了“以人民为中心”的发展思想在新疆大地的深入践行。

今后五年的重点任务

收获成果，也展望未来，新疆维吾尔自治区的《政府工作报告》还列出了今后五年政府工作的重点任务。聚焦总目标：确保社会大局和谐稳定；牢牢把握以习近平同志为核心的党中央治疆方略特别是社会稳定和长治久安总目标，坚决贯彻党中央决策部署，按照自治区党委的部署要求，时刻聚焦总目标，全面落实各项反恐维稳措施，努力实现社会大局持续稳定、长期稳定、全面稳定。

贯彻新发展理念：推动新疆经济高质量发展；牢牢把握高质量发展这一根本要求，坚持质量第一、效益优先，大力推进供给侧结构性改革，推动质量变革、效率变革、动力变革，把发展经济的着力点放在实体经济上，把提高供给体系质量作为主攻方向，把创新作为引领发展的第一动力，坚持一产上水平、二产抓重点、三产大发展，突出抓重点、补短板、强弱项，努力建设符合新疆特点和高质量要求的现代化经济体系，实现更高质量、更有效率、更加公平、更可持续的发展。

坚决打好脱贫攻坚战确保全面建成小康社会：坚决打好精准脱贫攻坚战，确保2020年如期实现现行标准下189.78万贫困人口全部脱贫、28个贫困县全部摘帽。以南疆四地州深度贫困地区为主战场，把22个深度贫困县、1962个深度贫困村、162.75万深度贫困人口作为脱贫攻坚的重中之重，采取更加集中的支持、更加有力的举措、更加精细的工作，精准扶贫、精准脱贫，解决区域性整体贫困。

坚持以人民为中心保障和改善民生：坚持把以人民为中心的发展思想贯穿到各项工作中，让改革发展成果更多更公平地惠及人民群众。切实解决好群众在就业、教育、医疗、居住、养老、安全、环境、公平等方面的难题，努力在幼有所育、学有所教、劳有所得、病有所医、老有所养、住有所居、弱有所扶上取得新进展，让各族群众获得感、幸福感、安全感更加充实、更有保障、更可持续。

坚持绿色发展：努力建设美丽新疆；坚定走生产发展、生活富裕、生态良好的文明发展道路，把社会主义生态文明观贯彻落实到发展各环节。坚决打好污染防治攻坚战，使主要污染物排放总量大幅减少，生态环境质量总体改善，形成绿色发展方式和生活方式，推动形成人与自然和谐共生现代化建设新格局，努力建设山清水秀、天蓝地绿的美丽新疆。

《小康》2018年03月

河南南府店：解密“致富秘籍”

文 /《小康》· 中国小康网记者 郭煦

从曾经的贫困村到远近闻名的富裕村，河南南府店如今家家户户拥有自己的“第三产业”，人们物质富足，生活幸福。一个城中村何以在十几年内迅速崛起？带着这个疑问，我们走进这里，探访南府店的“致富秘籍”。

送去温暖 张龙安带领村“两委”干部看望百岁老人。

河南省伊川县人民东路，眼前高楼耸立车水马龙，附近商场云集人来人往。这里是南府店村社区，作为伊川县的一个城中村，南府店曾经是出了名的贫困村，2001年张龙安担任南府店村社区党委书记以来，南府店抓住区位优势开发房地产业、引进大型商场、开办星级酒店，建立新型社区，使集体经济不断壮大，公共积累逐年增加，居民钱袋子越来越鼓。

日子好过了，文化生活也丰富起来。每逢节假日，南府店都会组织各类文体比赛，欢声笑语回荡在社区文化活动中心。由于发展成绩突出，近年来，南府店先后获得全国“法制建设先进村”、全国“物质文明与精神文明建设先进村”等称号。

发展第三产业，百姓钱袋子鼓起来

“洛阳有个伊川县，伊川有个南府店。村里干部真能干，既发米来又发面。柴米油盐都不欠，春节到了还发钱。不愁吃来不愁穿，幸福生活万万年。”村民自编的顺口溜，讲述了南府店十多年来的巨大变化。

南府店地处伊川县城，共有村民7556人。20世纪90年代，南府店村有杜康酒、纸箱厂等村办企业20多家，但由于机制、体制问题，多数企业先后出现经营亏损、资不抵债的状况，不少濒临倒闭。到1998年，全村累积负债达4000多万元。一时间村民怨声四起，干群关系紧张，全村各项工作几乎陷入瘫痪。

1998年后的两年时间，村“两委”改选时竟没有一个人愿意参选。2001年3月，张龙安临危受命，担任南府店村党委书记。上任伊始，张龙安就在村民大会上公开表示：电话费不在村里报销，吃喝招待费用不在村里报销，出门办事不坐公车，主动接受群众监督。村“两委”同时出台了“八不准”的铁律：不准公款超标准接待；不准村“两委”干部直系亲属承揽村集体项目；不准村“两委”干部子女进入“两委”班子；不准村“两委”干部婚丧嫁娶收受礼金、大操大办；不准卖一分人情地；不准卖一间门店房；不准“两委”干部配公车；不准阻止和妨碍任何村民审查集体财务项目。

依此严格的纪律，十多年来，村“两委”干部没有一人在村里报销过招待费。张龙安告诉《小康》杂志、中国小康网记者：“群众既然推选了我，我就要全心全意为大家办事。村‘两委’班子作风廉洁，我做党委书记这些年，从来没有报销过一张票据，所有的公务接待都由自己解决。”

纪律严明让村干部自身腰板硬了起来。接下来，摆在张龙安面前的难题是如何偿还巨额欠债，发展经济造福百姓。为此，村里制定了新一轮的发展目标。

在广泛学习调研外地先进发展经验的基础上，结合本地实际，南府店村确定了一条新的发展道路：发挥本村区位优势和土地资源优势，大力发展房地产业；

利用地处县城繁华之地优势，打造一流餐饮、住宿和娱乐、休闲等第三产业。

发展目标确定后，村干部随即带领大家组织实施。缺乏资金成了瓶颈，张龙安带领村“两委”班子多方筹措资金，寻找合作开发伙伴，希望用招商引资打开局面。

经过不懈努力，第一个房地产项目荆山小区如期动工。紧随其后，鹤鸣花园小区、龙泰小区、龙瑞小区等十几个小区逐次建成，现在均已经入住。

到2005年，南府店村的经济彻底翻身，不仅还清了外债，还有了可观的积累。南府店村决定继续打造新的品牌，进行滚动发展，以形成更大的商业圈。为了能使村里中心地带形成繁华商业圈，村干部多次外出实地考察，经过与省内外多家大型商场反复洽谈，南府店村最后与大型连锁超市大张盛德美达成协议，拆除了位于县城中心的河洛大厦老楼，投资2亿多元高标准建成了一座占地5600平方米、建筑面积2.6万平方米的五层商贸大厦，大张盛德美超市开业以来，商场人气大增，生意红火。

2008年，南府店村拆除了大张盛德美超市对面脏乱差的小商品市场，投资3亿多元建起了30多层的新世纪广场，顾客不出大楼就可享受到吃、喝、游、购、玩一条龙服务。2015年12月，位于伊川县繁华主干道人民东路上的永辉商业广场盛大开业，5万平方米的大型商业综合体集餐饮、休闲、娱乐、购物、观影为一体，成为当地新的商业地标。

产业帮扶 南府店村帮扶谷瑶村的蜗牛养殖基地，养殖户在查看蜗牛基地。郭煦摄

此后，南府店村又在新鹏南路投资3亿元建成了一家四星级大酒店——金茂大酒店，并建起了销售各类高档名牌家具的亚泰家居商场。村民还自己建起了为老年人量身打造的汇丰公寓，并建设了汇丰大酒店、财神大酒店、万家乐大酒店等。这几年，南府店家家户户都有了自己的第三产业，钱袋子越来越鼓。

发福利强文化，百姓幸福指数涨起来

满满的获得感除了来自鼓起来的钱袋子，还来自村里的各种福利政策。据了解，南府店1771户村民户户都有一本写明粮、油、肉、水果、白糖、调料品、洗浴票等供应数量和领取地点的福利本，村民可根据所需，随时到村福利发放中心领取，家家户户米面无忧；每到传统节日，村里会给村民发福利，每年年终还拿出现金给村民发放，且逐年上涨。

目前，南府店固定资产净值达43亿元，年人均收入3.1万元，人均年享受福利5000元，86%以上的家庭拥有私家车。

此外，南府店针对不同人群采取不同的照顾政策：对65岁以上老人，每月发放100元福利，每年重阳节、春节还发放体检卡、羽绒被、电热壶等；对育龄妇女，每月给予100元奶粉补贴，一直到孩子满两岁；对年满18岁的男青年，每人安排一套低于成本价的安居房；村里还给村民全部上了医保，并给16岁以上的村民全部办理了养老保险。

村里富裕了，文化活动也搞得有声有色。没有服装，村委会大力支持购置。村里的舞蹈队、军乐队成立后，连续多年在县元宵节文艺比赛活动中荣获第一名，并被推荐到市里参加比赛。村里还建起了阅览室、文化活动中心，大街小巷铺上了水泥路，装上了路灯，家家户户用上了自来水。

看着乡亲们因生活富裕露出的笑容，张龙安又陷入了深深的思考，让乡亲们的业余生活更加丰富成了他下一步要着力解决的问题。

于是，2006年，南府店村在经济不太宽裕的情况下，投资2000多万元建成了伊川县城最大的休闲娱乐广场——鹤鸣广场，为广大群众提供了一个健身、休闲、娱乐的好去处。

2011年，伊川县统一区划调整，南府店村改为南府店村社区。2015年，南府店村社区在永辉商业广场专门开辟了达到国际标准的篮球场、羽毛球场、乒乓球场，还建成了集戏剧院、电影博物馆、舞蹈馆、健身中心、村史馆、党史馆、图书馆等学习、娱乐、健身、教育功能于一体的现代化社区文化活动中心。

在社区文化活动中心，记者看到，各类体育运动场所装修豪华，图书馆内藏书达到上万种。社区党委副书记程相吾介绍说："每天早晚和节假日，居民三五成群，结伴来到社区文化活动中心，或健身或娱乐或学习，之前打架斗殴、聚众打麻将的现象荡然无存。"社区建立了书法学校，还组建了青年篮球队和老年篮球队，建设了戏剧院，成立了业余剧社。在这里，居民们不但能够自娱自乐，还可以登台表演，甚至拿出特色新剧目组织会演。

在图书馆，程相吾介绍说："社区党委每年都举办两次'社区读书节'，定期开展读书心得交流及书评。社区还利用假期开办舞蹈、球类、武术等各种培训，为社区的孩子们提供更多的成才之路。"

同时，社区"两委"还坚持对居民进行道德修养教育，每年评奖"五好家庭""好媳妇"。记者看到，"好媳妇榜""党委成员承诺""优秀党员榜""寿星榜"等成为中心的一大亮点，让这里汇聚了满满的正能量，传递着满满的幸福感。

强村带弱村携手脱贫奔小康

南府店在大力发展经济的道路上，始终坚持走共同富裕之路。2016年，南府店村社区党委落实县委县政府"强村带弱村"决策部署，与谷瑶村结成帮扶对子。

"伊川县共有56个贫困村，经过研究，我们选择了高山乡谷瑶村作为我们的扶贫村。谷瑶村全村共有1558口人，为省定贫困村，共有建档立卡贫困人口319人。"经过实地考察，张龙安认为，谷瑶村虽然贫困，但有返乡创业人员，多数村民多年从事蜗牛养殖，只是苦于经济困难、无力投资，又缺乏经营场地和配套设备设施等，制约了经济发展。张龙安为谷瑶村开出的"药方"是：结合实际，发挥优势，鼓励和帮助谷瑶村干部群众采取"公司+农户+市场"的方式，发展蜗牛养殖，以产业带动农民脱贫致富。

在南府店的帮扶之下，谷瑶村的脱贫举措很快落地：一座扶贫产业园在谷瑶村建成，园区占地近20亩，建成厂房4栋，面积4000多平方米，建成蜗牛养殖特色园区，累计已投入资金300万元。到目前为止，产业园区蜗牛养殖户已入住30家，共安排上百人就业，对一些缺乏技术的贫困户，园区通过带动或托管代养的方式养殖蜗牛，售出后，对每个贫困户按照不低于利润的50%比例进行分红，保证每个贫困户每年保底收入不低于3500元。

记者看到，园区厂房屋顶铺设了1168块太阳能光伏组件，该300千瓦光伏扶贫项目2017年6月已实现并网发电，每年可带动13个贫困户每户增收3000元。

除了有蜗牛养殖经验，谷瑶村妇女十多年来大多在南方制鞋厂打工，掌握了制鞋、服装加工技术，因此，南府店又在产业园区投资建成一栋800平方米的服装制鞋加工车间。采访期间，记者看到车间内十分热闹。“哒哒哒，哒哒哒……”伴随着缝纫机声响，30多名女工正在赶制鞋帮。“工资一天50元到80元不等，虽然没有南方打工报酬高，但方便照顾老人孩子。”一位工人介绍，她此前长期在南方制鞋厂务工，得知村里服装厂开工，便辞了南方的工作，回到家门口就业。

作为社区致富领头人、第十二届全国人大代表，张龙安始终牢记使命，认真履职，平时认真走访群众了解民情，为农村养老问题建言献策。

意识到未来养老问题的难点后，结合国家的政策，张龙安开始谋划如何实践。目前，南府店计划分三期投资20亿元，建设康养、生态旅游和度假一体化的休闲度假中心。“手续已经办完，预计2019年初即可开工建设。”张龙安说。

记者采访期间，张龙安紧急召集村“两委”负责人，启程到江浙等经济发达地区考察康养和休闲基地成果经验。

一分付出，一分收获。南府店的成绩得到了国家及省、市、县各级领导的肯定和褒奖，2009年至今，先后获得全国“法制建设先进村”“全国综合减灾示范村”、全国“物质文明与精神文明建设先进村”“河南省先进基层党组织”“洛阳市文明单位”“洛阳市模范职工之家”等多项荣誉，张龙安个人也荣获“十佳新闻人物”“2017年全国十大杰出村官”“2018全国十大孺子牛村官”等诸多殊荣。

《小康》2019年01月

广东："组团帮扶"破医疗困局

文/《小康》·中国小康网记者 刘建华

广东省内14家三甲医院将对14家县级医院在专科建设、医疗队伍建设、柔性选派、紧密医联体等方面开展一对一帮扶。广东试图以"组团式帮扶"破解医疗不平衡困局的大幕正式拉开。

结对子 三甲医院与县级医院签订"组团式"帮扶协议，在专科建设、医疗队伍建设、柔性选派、紧密医联体等方面开展一对一帮扶工作。

广东虽然是我国经济最发达的省份之一，但是，即使在广东省境内，珠三角地区与粤东、粤西、粤北三地区之间的差距也非常大，早些年前，坊间曾流传"最富裕的村庄在广东，最穷的地方也在广东"，虽是传言，但却并非毫无根据。

同样，广东拥有许多最先进的医疗技术和设备，全国领先的医疗专业科室，如广州医科大学附属第一医院的呼吸研究所，大量的优质医疗资源集中在珠三角地区。但与此同时，粤东、粤西、粤北三地区基层医疗卫生机构的发展却面临难题。

早在2016年11月，时任中共中央政治局委员、广东省委书记胡春华在调研之后，就一再强调“要加大粤东西北基层医疗卫生资源投入”，以提高欠发达地区的医疗水平。

2018年11月23日，广东省医疗卫生人才“组团式”帮扶工作正式启动。广东省内14家三甲医院与14家县级医院正式“结对子”，签订“组团式”帮扶协议，将在专科建设、医疗队伍建设、柔性选派、紧密医联体等方面开展一对一帮扶工作。广东试图以“组团式帮扶”破区域发展不平衡困局的大幕正式拉开。

基层医疗困局

2016年11月，时任广东省委书记胡春华用了近一个月的时间，先后前往梅州、中山、惠州、江门、东莞、韶关、清远等市调研基层医疗卫生体制改革工作，走访了几十家镇级卫生院，并听取了地方卫计委和镇卫生院负责人的汇报、医护人员的意见建议，实地了解基层医疗机构的发展情况。

胡春华通过对比珠三角地区和粤东、粤西、粤北三地区基层医疗机构的情况，发现差距比较大，一再强调要加大粤东、粤西、粤北三地区基层医疗卫生资源投入；要认真研究医疗卫生领域存在的突出问题，找准基层医疗卫生体制改革的突破口，集中力量攻坚克难，破解医疗资源布局不均衡、供给不足难题；要试点探索县级医院辐射带动乡镇卫生院的有效方式，大力推动医疗资源向基层下沉，更好满足群众的医疗卫生需求；要加大县镇医疗资源投入，做强中心镇卫生院，提高基层医疗卫生服务能力和水平。

广东省卫健委巡视员廖新波在接受《小康》杂志、中国小康网记者采访时表示，改革开放以来，广东省的医疗卫生事业发展可以看成是全国医疗卫生事业发展的缩影：病床数、人均预期寿命、医疗服务水平等都显著提升，医保体系基本建立，取得了有目共睹的显著成绩，但是也面临着一些挑战。

首先，“看病难、看病贵”的问题仍待解决。随着人民生活水平不断提高，对优质医疗资源的需求也不断提升，想看名专家的人越来越多，于是出现了新的“看病难”问题；随着医疗新技术应用的不断增加，医疗费用相应上涨，造成了“看病贵”的现象。其次，医疗资源不平衡的现象依然比较突出，大部分优质医疗资源集中在珠三角地区，粤东、粤西、粤北三地区尤其是基层医疗水平不能满足人民群众的需求。

事实上，大部分普通老百姓都在基层卫生院、社区医院完成日常就诊，但基层医疗机构的发展现状却不尽如人意。当地的调查数据显示，72%的受访者表示曾在社区医院就诊过，28%的受访者从未在社区医院就诊；只有一半的被调查者患上感冒等小病会首选社区医院，近四成患者仍然会选择二级医院甚至三级医院；在社区医院看过病的28.2%的受访者对医生水平不太满意，另有7.1%的受访者表示非常不满意。

基层医疗机构是离我们生活最近的医疗机构，为什么没有被老百姓认可？廖新波分析说，每个医院的水平和文化都有差异，甚至有些差异还不小，而各地的政府财政医疗投入水平的差异也很大。除了资金投入之外，医疗人才、体制等因素也是制约基层医疗机构发展的重要原因。

破局不平衡发展

2018年1月23日，多个民主党派在政协第十二届广东省委员会第一次会议上提交的提案都聚焦基层医疗卫生“补短板”问题。其中，民盟广东省委会建议，应当确保已经出台的各项有利于基层卫生人才队伍建设的政策落到实处，同时通过支持欠发达地区简化人才引进手续、建立引进中高级人才的“绿色通道”等措施鼓励引导医学人才到基层医疗机构服务；建议构建珠三角地区与粤东、粤西、粤北三地区医院一对一帮扶合作机制，通过远程会诊平台、网上教学等方式对基层人才开展培训。

同年11月23日，2018年广东省医疗卫生人才“组团式”帮扶工作启动会在广州召开。广东省内14家三甲医院与14家县级医院正式“结对子”，签订“组团式”帮扶协议，未来将在专科建设、医疗队伍建设、柔性选派、紧密医联体等方面开展一对一帮扶工作。

帮扶工作主要是通过在三甲医院选派卫生骨干人才到受扶医院开展医疗活动，传授诊疗技术，手把手帮助培养医疗人员，培养一批医疗水平信得过、服务能力过得硬、当地医院留得住的医疗人才，让老百姓在当地就能享受到高质量的诊疗服务。

记者在采访中了解到，珠三角三甲医院帮扶欠发达地区医院并非今年首创，早在多年以前，广东省人民医院、广东省中医院、中山医科大学附属各医院和广州医科大学附属各医院等知名三甲医院便与全省多地贫困地区医院组成了“结对子”帮扶，每年都会不定期选派优秀医生到这些医院开展教学、就诊等工作。

中山大学附属第一医院妇科医生沈宏伟表示，医院与肇庆市封开县人民医院“结对子”后，将派遣妇科、肿瘤科、骨外科医生等到基层医疗机构开展专家门诊、教学查房和手术演示等活动，帮助当地提高医疗服务水平。“就妇科发展来讲，未来医院将以宫颈病变为突破口，建立继续教育平台，邀请专家到基层开展讲座和培训，提升封开县的妇科微创诊疗水平。”

广东省卫健委主任段宇飞指出，医疗卫生人才“组团式”帮扶工作的实施，有利于打通城市优质资源依次梯度下沉的通道，形成帮扶制度和机制，有力提升基层医疗卫生服务能力，有利于落实医改“补短板强基层”政策，加快建立分级诊疗制度，解决全省卫生健康事业发展不平衡不协调问题。

清远市某县人民医院院长接受采访时表示，他上任院长十年以来，一直与暨南大学医学专业的教授有联系，每年都会请教授前来指导工作，甚至有些新的科室都是在这些教授的建议和指导下建立起来的。“因为我本身就是暨南大学毕业的，具备一些优势。”同时他也表示，现在由省里组团式开展，无论是设备配置还是人才培养方面，相信对基层医疗基构的帮扶作用会更加明显。

而另一位韶关市某县中医院负责人则告诉记者：“虽然政府对基层医院的投入对比以前确实是大了许多，但是要应对目前基层医疗就诊压力，还远远不够，原因一是人才缺失，其次是设备跟不上。”

从省级层面来看，广东省对通过此次活动在一定程度上缓解医疗发展不平衡寄予很大期望，无论是人力和财力都给予了大力的支持。“我们在人员选拔、技术支持、帮扶物资等方面给予重点保障，帮扶任务不完成，对口关系不脱钩。”段宇飞说。

根据帮扶工作要求，2019年受扶医院县域内住院率将提升5个百分点以上，帮扶任务结束后，提升至80%以上。三甲医院将帮助受扶医院创建3~5个特色专科，使它们成为有较高医疗服务能力和良好群众口碑的二甲医院。

目标已明确，任重且道远。

《小康》2019年01月

“三区三州”：旅游大环线抱团脱贫

文 /《小康》·中国小康网记者 刘源隆

随着近些年对西部地区旅游交通基础设施和公共服务设施的不断建设、完善，一条全新的西部旅游大环线——“三区三州”旅游大环线——隆重推出，未来它或将成为西部自驾游的最强品牌。它既是自驾路线，更是脱贫之路。

部新环线 “三区三州”旅游大环线已经隆重推出，未来它或将成为西部自驾游的最强品牌。刘源隆摄

西北“青甘大环线”一直是旅游者梦寐以求的自驾线路，它是摄影者的天堂，全程约2700公里的路途处处是风景。如今，随着近些年对西部地区旅游交通基础设施和公共服务设施的不断建设、完善，一条全新的西部旅游大环线——“三区三州”旅游大环线——隆重推出，未来它或将成为西部自驾游的最强品牌。

“三区三州”即西藏自治区、四省藏区、南疆四地州和四川凉山州、云南怒江州、甘肃临夏州，这些地区80%以上的区域位于全球海拔最高、面积最大、素有“世界屋脊”和“第三极”之称的青藏高原区，是全球最为壮美、神圣的自然人文景观和旅游资源富集区之一。但因宣传不够等各种原因，这些地方依然“养在深闺人未识”，未能将青山绿水变成当地群众发家致富的“金山银山”。

环线图

是自驾线路，也是脱贫线路

为深入贯彻党的十九大精神，落实中央关于打赢脱贫攻坚三年行动指导意见和关于支持深度贫困地区脱贫攻坚的实施意见，加快推进旅游扶贫工作，2019年1月5日，由文化和旅游部、国务院扶贫办共同主办的“三区三州”旅游大环线推介活动在甘肃省临夏州永靖县举办。

“三区三州”旅游大环线通过深入挖掘并联动“三区三州”范围内的自然、人文景观，以自驾游消费为主体，以地球最壮美山水标志地、极限探险科考体验地、神山圣湖宗教民俗风情原生地、世界文化多样性和生态生物多样性保护地为支撑，构建主题突出、传播广泛、社会认可度高的系列化旅游品牌体系。

根据方案，“三区三州”旅游大环线以G30、G314、G3012、G219、G318、G214、G213等核心路段为支撑，以“三区三州”所在青藏高原区为核心，以兰州、乌鲁木齐、成都、拉萨、昆明、西宁6个省会城市为中心，以敦煌、喀什、林芝、大理为次级中转枢纽，串联了丝绸之路、茶马古道、唐蕃古道等历史文化和自然风情并重的传统路线，以及新藏公路、珠穆朗玛峰、三江并流等高海拔旅行的极限体验和多元民族历史文化线路。

同时，根据不同特色，大环线设置了4条支线线路，即北段—西段为“丝路文化经典线”，南段为“边境极限体验线”，东南段为“滇藏茶马古道寻踪线”，东段为“大香格里人间乐土线”；6条主题线路，即丝路风沙沙漠探险线、青藏天路风情体验线、唐蕃古道民族文化线、大漠高原秘境线、川藏大北线、318中国景观大道川藏线；56条世界级徒步旅游线路，包括西藏10条、青海6条、川西10条、甘肃6条、云南14条、新疆10条。

文化和旅游部党组书记、部长雒树刚表示，“三区三州”等深度贫困地区在发展旅游方面，面临的困难和问题与其他贫困地区十分相似，甚而更为突出，比如基础设施和公共服务发展滞后、项目资金缺口大、专业人才少、宣传力度不够等。

加大支持 文化旅游部党组书记、部长雒树刚表示，各地要加大对乡村旅游基础设施建设的用地支持。刘源隆摄

2018年，文化和旅游部帮助“三区三州”等深度贫困地区编制完成了208个重点村旅游扶贫规划，并在抓紧编制西藏冈底斯国际旅游合作区建设总体规划和南疆四地州、云南怒江州、四川凉山州、甘肃临夏州旅游扶贫专项规划，2019年还将再帮助编制32个重点村旅游扶贫规划。

雒树刚强调，各地要加大对贫困地区旅游基础设施及公共服务设施建设项目的投入，加大对乡村旅游基础设施建设的用地支持。要积极引导和支持社会资本开发建档立卡搬迁人口参与度高、受益面广的旅游项目，支持本地宾馆饭店、景点景区优先吸纳易地扶贫搬迁贫困群众就业。支持各地在深度贫困地区重点村开展停车场、农副产品商店、医疗救助站、垃圾收集站、旅游标识标牌、游客咨询服务中心等建设，着力改善乡村旅游接待条件。鼓励和支持依托高速公路、旅游公路、风景道等加快建设自驾车、房车旅游营地及相关配套设施，开发自驾车房车旅游线路，带动沿线和附近村民受益。

雒树刚直言："旅游扶贫工作实践中探索出的好做法好经验，大家一定要认真学习借鉴，条件相似的可以照猫画虎来做；条件不同的，领会精神，得其方法，因地制宜，找到符合自身实际的有效途径。"雒树刚表示，各地要加大对乡村旅游基础设施建设的用地支持。

"三区三州"抱团取暖

为加强"三区三州"深度贫困地区旅游扶贫合作、旅游大环线宣传推广，助力"三区三州"脱贫攻坚，由"三区三州"旅游大环线所在省区联合发起的"三区三州"旅游大环线宣传推广联盟同时成立，这标志着"三区三州"旅游大环线将走上"抱团取暖"的联合发展道路。甘肃省委宣传部副部长、省文化和旅游厅厅长陈卫中出席联盟成立仪式。

"三区三州"旅游大环线宣传推广联盟由"三区三州"所在的四川、云南、甘肃、青海、西藏和新疆等省区的文化和旅游厅以及新疆生产建设兵团商务局（旅游局）共同发起，是非营利性公益组织，旨在不断加大"三区三州"旅游资源宣传力度，培育推广"三区三州"旅游大环线，加强"三区三州"地区旅游扶贫合作，促进贫困地区和贫困人口通过参与旅游发展实现脱贫致富；同时，通过建立联合营销、宣传协作等长效工作机制和旅游交通体系等，形成资源优势互补、扶贫效果显著的文旅产业发展新格局，充分发挥文化旅游产业在脱贫攻坚工作中的特殊作用，共同开发特色鲜明、内容丰富的旅游线路产品，联合开展多渠道、多样式的宣传营销活动，推动"三区三州"地区同全国一道进入全面小康社会。

据悉，下一步，文化和旅游部将继续组织系列"三区三州"旅游大环线专题推广，包括组织旅行商踩线、媒体采风、自驾游等活动，引导广大游客到"三区三州"旅游，吸引广大投资者到"三区三州"投资发展旅游，并支持"三区三州”积极组团参加文化和旅游部主办的旅游交易会、旅游商品博览会等活动，在展位购置等方面给予优惠或减免，在搭展布展方面给予资金支持。

对于“三区三州”旅游大环线宣传推广联盟今后的工作，雒树刚指示要抓紧策划组织明后年的主题宣传活动，切实担负起主体责任，积极开展多种形式营销。“三区三州”的相关省、区、州、市、县也要围绕旅游大环线，调整完善年度营销计划，要注重聚焦扶贫，细分市场，精准推广。各地牵头成立的诸如长城推广联盟、长江推广联盟、黄河推广联盟、丝路推广联盟等，要支持和帮助“三区三州”旅游大环线宣传推广联盟工作，主动对接，协助邀请媒体、旅行商，有效实现推广资源共享、平台共享。

四条最美自驾游公路

“三区三州”旅游大环线以“三区三州”所在青藏高原区为核心，联动丝绸之路沿线的绿洲、戈壁、沙漠和高山地貌景观和多元民族历史文化，线路全长10968.6公里。如此长的旅游线路，一般的旅游者走完它是相对困难的。不过，在大环线上有四条重点打造的自驾线路可以为不同需求的旅游者提供绝佳的旅游体验。

第一条：北段—西段“丝路文化经典线”

丝绸之路自古就是一条沟通东西方的友谊之路、经贸桥梁和文化纽带，四大文明交汇融合，六大宗教包容并蓄，不同文化碰撞融合，各民族和谐相处，谱写了人类文明交流互鉴、繁荣发展的“交响曲”，沿线拥有灿烂的历史文化遗产和奇特自然景观。

这条线路为陆上“丝绸之路”中线，以兰州为起点，穿越河西走廊，经过祁连山、天山、昆仑山，途经准噶尔盆地、塔里木盆地、塔克拉玛干沙漠，抵达喀什。沿线汇聚雪山、盆地、戈壁、沙漠、绿洲、河流、湖泊、丹霞地貌、雅丹地貌等自然景观，以及敦煌莫高窟、嘉峪关、火焰山、天山天池、大巴扎等这些丝绸之路上最具影响力的历史文化胜迹。参观游览不受季节和气候限制，更适合游客静品文化，慢游山水。

第二条：南段“边境极限探险线”

该线起始于新疆门户喀什，经红其拉普口岸到叶城县，途经大红柳滩、狮泉河等，穿越昆仑山与喀喇昆仑山间4000米~5000米的高原进入后藏阿里高原，沿喜马拉雅山脉、冈底斯山脉、雅鲁藏布江，过札达、普兰、萨噶，到达日喀则，再经山南、林芝抵达圣城拉萨。

这条线路有三大特点：一是世界之“最”。有世界上海拔最高的公路——新藏公路、世界最高的山峰——珠穆朗玛峰、世界第一大峡谷——雅鲁藏布大峡谷、世界物质文化遗产布达拉宫、大昭寺、罗布林卡等世界级的旅游资源。二是风情之“浓”。沿线既有维吾尔赛乃姆、叼羊，也有藏民族的谐钦、藏戏、达玛节、洛谐以及金属锻造、藏香制作、藏纸制造等，地域跨度之大、民族风情之浓，世所罕见。三是边线之“长”。囊括了中巴、中尼、中印、中不等与西藏相邻的所有边境，是名副其实的边城之旅。

第三条：东南段“茶马古道寻踪线”

茶马古道是指存在于中国西南地区、以马帮为主要交通工具的民间国际商贸通道，是中国西南民族经济文化交流的走廊。茶马古道几千年来为人类的沟通和交流提供了便捷，几千年后的今天，沿着茶马古道的轨迹探寻，重拾络绎不绝的商业盛景，寻觅千年间隐藏在驿站中的神秘故事。

此路线起始城市为拉萨或昆明，主要依托滇藏线，跨越喜马拉雅山脉、横断山脉、念青唐古拉山脉，穿过雅鲁藏布江及金沙江、澜沧江、怒江三江并流区，进入云南西部。茶马古道在地域上的景观非常丰富，从峡谷到高山，从西南跨越到西北，沿途有郁郁葱葱的热带植被，让人仿佛置身原始森林，也有拔地而起的高山附上皑皑白雪，金沙江、怒江、澜沧江“三江并流”的壮阔景象震撼人心，大理的崇圣寺三塔、丽江的古城和东巴文化，香格里拉的松赞林寺和拉萨雄伟的布达拉宫和对于信仰的虔诚，每一个地区留下的本土风物都昭示着从古至今灿烂多样的文明。而留存下来的茶马古道驿站，向人们揭示着人类从就地取材到互通有无的转变。

第四条：东段“大香格里拉人间乐土线”

这条线路从昆明出发，经大香格里拉核心区东部，沿G5高速和G213国道一路北上，纵贯四川全境后进入甘肃，经过约2200公里后到达终点兰州。虽然是大环线中距离最短的一条，却高度浓缩了众多世界级自然景观和积淀深厚的人文历史。

这条线路几乎是贴着青藏高原东缘向北进入黄土高原南缘，沿途的海拔落差有4000多米，是中国第一阶梯向第二阶梯的过渡地带，造就了这里极其丰富的地质地貌。草原、森林、冰川、雪山、峡谷、湖泊、河流等姿态万千的自然景观星罗棋布。这条线路的核心区位于川滇藏甘“大香格里拉”区域，地处青藏高原东缘、横断山脉、“三江并流”腹地，形成融雪山、峡谷、草原、高山湖泊、原始森林和民族风情为一体的独特景观，有“世外桃源，人间乐土”之称。

《小康》2019年01月

湖南中方：不许一户再返贫

文 /《小康》·中国小康网记者 刘建华

“决战贫困既要党委、政府推动，还要产业带动，更要贫困户自己行动。多方同心协力，把贫困山头攻下来，打赢了一场硬仗，”湖南中方县委主要负责人说，“不许一户再返贫。”中方县把脱贫摘帽当作新的起点，想方设法筑牢脱贫致富根基，力争做到脱一户稳一户、扶一户富一户。

2018年的8月3日，湖南省人民政府发文宣布，经过国家专项评估检查，中方县等5县符合贫困县退出条件，同意脱贫摘帽。

这一纸文件，标志着中方县正式退出国家贫困县序列。

在巩固脱贫中，中方县瞄准基础建设弱这块短板，加大投入力度，继续实施自然村通水泥路工程。

《小康》、中国小康网记者采访发现，在中方县有41447名贫困者通过努力走上发家致富的道路，无论是县委县政府领导还是村民老百姓，在这一轮脱贫攻坚战役中，可谓“全民皆兵”。

幸福路 在巩固脱贫中，中方县瞄准基础建设弱这块短板，加大投入力度，继续实施自然村通水泥路工程。

“永不撤退的工作队”

在中方县桐木镇半界村，只听见机器声轰鸣，挖土机在边山组段来回作业。

为了尽快硬化该段组级公路，打通致富“最后一公里”，村支书向往利带队一直坚守在施工一线。

中方县不遗余力建设“一线指挥部”，推行“八个包干”措施，选派“四支队伍”外，还重点强化了党建引领作用，通过实施“领头雁”“双培双带”工程，创新“书记+创业+扶贫”等模式，选拔了一大批“能人型”村干部，培养了一支思想政治素质强、科学发展能力强的基层党组织队伍。

全县130个行政村，每名村干部都通过发挥自身出身于民、取信于民的“保姆式”作用，结合实际快准狠地找准本地经济发展缺陷，有效把红利聚合到脱贫攻坚第一线，成为全县增强经济发展内生动力的重要“造血细胞”。

在该县铜湾镇和村，因为贫困让人“和气”不了。为带领全村百姓脱贫致富，党组织和村民们一起找到了村里公认的致富能手瞿秀田，劝说他回乡竞选、回乡创业带领大家脱贫致富。瞿秀田当选村支书后，发挥自己创办绿色休闲农业的资源优势，带领全村人办起了合作社，种起了苗木，发展青蛙养殖，解决了全村近千人的就业，帮助每户村民年增加收入近万元。

中方县被确定为国定贫困县时，全县共有贫困人口12305户43524人，贫困发生率为15.87%。面对县域贫困人口基数大的实际，中方县把打赢精准脱贫攻坚战作为头等大事和第一民生工程来抓。以军令状管理为抓手，层层落实脱贫攻坚责任。从上到下组建了高规格扶贫开发领导小组，建强县委“一线指挥部”，13名县委常委（包括人大、政协主要领导）每人联系一个乡镇，33名县级领导联点129个贫困人口在100人以上的行政村，肩负起包行业扶贫、包联点扶贫的政治责任，一定五年，不脱贫不脱钩。县直部门勇挑包行业扶贫、包驻村帮扶、包结对帮扶三重重担，乡镇则扛起包村包组包户的主体责任。

有“军令状”，也要落实“攻坚力量”。中方选派129名干部到贫困村担任党组织“第一书记”，选调169名干部开展驻村帮扶，116名乡镇领导则率领903名干部职工联点驻村，4875名机关干部与12305户贫困户结了穷亲。

高密集的责任体系下，中方一改过去由政府往下派发定制“菜单”的做法，将精准扶贫变为群众“点菜”、政府“下厨”方式，集中“一线指挥部”和“四支队伍”的智慧，从国家帮扶政策和村情、户情出发，帮助贫困户厘清发展思路，依据群众意愿和需求制定帮扶措施，直接瞄准“靶心”，提高帮扶效果。研究制定了总体脱贫方案和21个行业扶贫实施方案，绘制了脱贫退出作战图，进一步明确了“五个一批”实现路径和组织、资金、纪律、基础四项保障措施。

深刻认识到基层党组织队伍建设的重要性，中方县继续巩固基层党组织建设，以村级合并、村支两委换届为契机，通过“两推一选”方式，把优秀返乡青年、致富能手和大学生村官纳入村级组织后备干部，把致富带富能力强的党员群众纳入村支两委班子，加大“能人治村”的建设力度。同时，集中对130个贫困村村级组织活动场所改扩建，设立专项发展村级集体经济资金600万元，确保村里有资金办事、有场所办公，增强基层党组织服务群众和带领群众脱贫致富的实力。

目前，该县基层组织建设不断加强，在村“两委”换届中有494名能人进入村“两委”班子，其中村支部书记87人；建立730人的村级后备干部队伍，新发展179名农村年轻党员，打造了一支“永不撤退的工作队”。

“要致富，先修路”

“以前路不好，全靠自己挑出去卖。现在货车直接开到山头，收益大大提高。”村民杨学成利索地选果、包装、过秤、装车、收钱。当天，他卖掉了自种的刺葡萄，收入1.5万元。

“要致富，先修路”，为了完善全县的“造血系统”，疏通资源流通的物理通道，中方县积极破除基础设施的瓶颈制约，加强基础设施建设，补齐基础设施短板，以启动实施自然村通水泥路建设及乡村公路提质改造建设项目、推进“四好农村路”建设为抓手，从根本上改善贫困地区发展的“硬环境”。

截至2018年年底，全县共完成自然村通水泥路730公里，完成乡村公路提质改造239公里，脱贫攻坚交通基础设施建设共完成投资2.7亿元，实现了全县所有乡镇和行政村通水泥路100%、行政村通班车率100%、自然村公路通达率100%的目标。

道路一通，老百姓僵化的思维活跃了，“拔穷根”的底气有了，在外务工的村民也纷纷返乡创业。2018年年底，家住中方镇炉亭坳村的向继平听说村里公路已全部通组，便毅然决定回乡创业建厂，问生态要“红利”。如今，山泉水厂已初具生产规模，正在进行设备的最后调试。“正式投入运营后预计能收入10多万元。”向继平信心十足地说。

在巩固脱贫中，中方县瞄准基础建设弱这块短板，加大投入力度，继续实施自然村通水泥路工程，建立健全和完善“县管乡包村落实”责任体系，建体系管督查，制定建设奖补办法、实施细则和考核办法，下达农村公路建设计划指标，明确任务，使农村公路成为产业兴旺、群众致富、乡村振兴的民心路和幸福路。

同时，结合“美丽乡村·幸福家园”建设，重点打造一批有特色、有亮点、生态和谐、景观优美的公路网，坚持以“养护科学化、管理规范化、管养制度化、考核标准化”为指导，建立健全农村公路管理养护长效机制，大力推进农村公路管养工作的科学化、常态化、规范化、制度化进程，确保农村公路管养工作可持续发展。力争到2020年，全县所有25户及100人以上的自然村全部实现通水泥路，通过开设养护岗位，解决一批群众在家门口就业的问题。

截至目前，中方已有158公里自主实施的组级公路已经完成项目复核。2014年以来，中方累计完成公路提质改造399.2公里，公路安防工程337.1公里，自然村水泥路729.7公里，贫困村通班车率100%。农村13.3万人饮水安全问题全部解决，贫困村电网改造率达100%。

2019年1月9日，家住中方县花桥镇山羊头村的钟元花说：“扶贫就业卡就是好，工资不低，还可以在家门口上班。”她今年42岁，因老公负伤不能干活，自己患有糖尿病，小孩又在读高中，家庭生活困难。2019年4月份，她在中方县国税局的帮助下，她领取了“扶贫就业卡”，来到家附近的中方工业园怀化亚信电子厂上班，一个月至少2000元。“今天，小孩开学，基本生活费有了保障。”

据了解，通过“扶贫就业卡”来怀化亚信电子厂上班的贫困户就有50人，其中不少是行动不便、有语言障碍的残疾人。签订“扶贫就业卡”的企业也积极向贫困户倾斜，并优先录用有身体障碍的贫困人员。

“扶贫就业卡，一卡解多愁。”今年以来，怀化中方县以党建为引领，积极探索扶贫新路子，在驻村蹲点扶贫中，通过对口单位、附近企业、贫困村三方党支部结对联结，既让贫困户实现家门口就业，也帮助企业解决用工难题。其中，中方县国税局党支部利用自己熟悉企业的优势，与企业党支部签订“扶贫就业协议”，与扶贫村党支部开展“支部结对共建”“驻村党建帮扶”活动，发放“扶贫就业卡”，已帮助200名贫困人口就近就业。

日前，中方县“机关事业单位+企业+贫困村”三方党支部结对共建、结对帮扶这一扶贫模式已在全县推广，签订“扶贫就业卡”的企业12家，提供1400多个扶贫就业岗位。

重民生打出脱贫攻坚“组合拳”

教育、医疗、就业都是民生之重，为了防止因学返贫、因病返贫现象发生，中方县继续打出脱贫攻坚“组合拳”，通过实施“阳光工程”“雨露计划”等“真金白银”的惠民举措，增强贫困户“造血”功能，真正把贫困群众“扶起来”“动起来”“富下去”。

为切实解决“看病难、看病贵”问题，该县协调落实精准识别、大病救助、先诊疗后付费一站式结算、扶贫特惠保、重症兜底保障等政策措施，针对建档立卡贫困人口，住院基本医疗补偿提高10%，大病保险起付线降低50%。今年，每人每年180元的个人农合缴费部分由财政部全额资助，有效缓解了贫困群众住院贵、住院难等问题。

启动特困生帮扶，加大贫困学生救助力度。2019年上半年，共发放国家普惠性资助资金502.5525万元，覆盖建档立卡贫困户2805人次，建立完善县级特惠政策，发放县级特惠性资助资金231.7125万元，惠及建档立卡贫困学生4437人次，实现了大中小幼学生“全覆盖”，为“志智双扶”奠定基础。

中方县还继续按照“搬得出、稳得住、融得进、能发展”的思路，采取“安置点+城镇+就业+培训+工业园区”的办法，配合“一户一产业工人”后扶跟进措施，做到“挪穷窝”与“换穷业”相结合，新增城镇就业764人，完成就业扶贫特岗1045个。家住新路河镇黄龙坪村的脱贫户蒲松柏，摘下贫困帽，戴上了护林员肩章，在家门口就了业，守着家乡山水拿着一万元/年的工资，让已经靠着种养产业和入股分红脱贫的一家，又多了一份稳定的收入。像蒲松柏这样通过扶贫特岗脱贫的，中方还有1045人。遵循“因事设岗、以岗定人”原则，中方设置了环卫保洁员岗位234个、生态护林员岗位183个、公路养护员岗位228个、交通协管员岗位62个、市场管理员岗位18个、留守老人和儿童护理员岗位129个、机动岗位25个。针对不同家庭的不同情况，灵活扶贫形式，用最合适的方法，彻底改变了贫困家庭的生活状态。3年来，中方累计投入专项资金3186.4万元，带动贫困林农3197户9591人，人均年增收610元。

作为脱贫户，杨修逢曾是铁坡镇双丰村一个地地道道的庄稼汉，全家4口人，仅靠他耕田赚来的微薄收入支撑生活。为了让两个孩子接受更好的教育，杨修逢在四支队伍的帮助下通过易地扶贫搬迁搬进了县城，并依托“互联网＋就业＋精准扶贫”服务平台，找到了一份固定工作。如今，两口子月收入有4000元以上，在读孩子也将享受500元/年的帮扶，小日子越过越红火。

在“拔穷根”“挪穷窝”“换穷业”“治穷志中”，中方县多措并举，围绕“搬得出、稳得住、融得进、能发展”的思路，按照“安置点+城镇+就业+培训+工业园区”的安置办法，配合“一户一产业工人”后扶跟进措施，寻求到了“挪穷窝”与“换穷业”的最大公约数，让1061户、4034名贫困人口走出深山、入住新居，逐步能致富。同时，建立了从学前教育到高等教育阶段的资助政策体系，实现贫困学生自主全覆盖，全县先后落实学前教育到高中阶段普惠性资助47528人次3879.76万元，义务教育无一人因贫辍学。

就在中方县脱贫摘帽两个月后，县委书记姜耀文在县委常委会上仍掷地有声地强调：“要把脱贫攻坚作为检验党员干部特别是领导干部政治站位高不高、‘四个意识’强不强、‘两个维护’真不真、‘三个坚决’硬不硬的试金石和磨刀石，全力以赴打赢巩固提升脱贫成果攻坚战。”

《小康》2019年04月

甘肃两当：绿色是生态也是产业

文 /《小康》· 中国小康网记者 刘源隆

从守护、保护、呵护生态，到如今的生态逐渐转化为发展的红利，转变为百姓幸福的笑颜，在这背后，是两当县坚持可持续发展战略、保护自然资源、注重人地关系协调和谐、大力推进绿色发展的结果。

2018年年底，生态环境部命名表彰了全国16个第二批“绿水青山就是金山银山”实践创新基地和45个第二批国家生态文明建设示范市县，甘肃省陇南市两当县被授予国家生态文明建设示范县称号，成为甘肃省首个生态文明建设示范县。

靠山吃山，吃山养山

近年来，两当县一直在探索如何变生态优势为经济优势，如何变绿水青山为金山银山？几经摸索后，两当探索出了“靠山吃山，吃山养山”的宝贵经验：以经济开发促进生态建设，寓生态建设于经济开发，让绿水青山不断变成群众存本取息的“绿色银行”。

曹宗孟是杨店镇灵官村第一个“走出去”又回乡创业的年轻人。“因为我们村附近有亚洲面积最大的野生白皮松原生区，所以常有陕西商人前来收购种子。经过打听后，才知道发展育苗产业的前景十分可观。”曹宗孟说。

在首次尝试失败后，曹宗孟意识到技术的重要性，专程外出学技术，回来后在家里成功试种了半亩白皮松，获得了创业的第一桶金，共176000元。

组织起来，创新合作社帮扶。“合作社给入股农户每亩土地500元的租金，再加上每年协助管理的劳工费500元，一亩地光保本收入就是1000元。等产业发展起来后，每个股东还可以得到五成分红。”曹宗孟说，通过资金捆绑、产业嫁接的形式，减少贫困户发展产业的风险，以劳动力和土地入股，降低了投资成本，解决了贫困户发展产业资金不足的问题。

据介绍，目前灵官村已发展育苗300亩，2017年年底，全村农民人均纯收入达到9618元，同比增长52%，各项脱贫指标全面完成，率先实现整村脱贫。不只育苗产业，中蜂养殖、生态养鸡、核桃等特色产业也已渐成规模。

“过去受制于交通、物流、信息等瓶颈，优质的农特产品卖不出好价钱，无法稳定带动贫困群众脱贫致富。”两当县电商中心主任程奎说。电子商务打破了空间的限制，打通了特色产品走出大山的快速通道。同时，电商网店与贫困户利益联结，“一店带多户”“一店带一村”，贫困群众农特产品有了稳定的出路，形成了较为完整的脱贫产业链。

截至2017年年底，两当全县共开设网店437个，电商销售额累计达到2.08亿元，组织电商业务培训12774人（次），带动就业5832人。

两当县委书记梁英表示，《两当县全面巩固提升脱贫成效实施方案》按照“缺啥补啥”的原则，持续推进“一户一策”，确保稳定脱贫、持续增收。“要确保未脱贫户如期脱贫，保障脱贫户巩固提升，做到脱贫不返贫、成果不反弹，实现群众稳定脱贫奔小康。”

扶贫、富民、强县三位一体

旅游成为两当县脱贫攻坚的“利器”。

“前些年在外面打工，跑了很多地方，没挣到什么钱，家里老人年龄越来越大需要照顾，所以就回来了。”农家乐老板王再来说，2016年返乡后，在政府的支持下，他办起了峡门客栈农家乐。

白墙黑瓦的小院子掩映在青山绿水间，王再来的农家乐每天都有客人来吃饭，多的时候有十几桌，少的时候也有三四桌，尤其是夏天的时候，常常客满。

近年来，两当县立足资源优势，把旅游产业作为富民活县、推动转型发展的重点工作来抓，举全县之力，做大做强红色旅游和生态旅游两大品牌，大力发展乡村旅游，扎实推进旅游扶贫，逐步探索出了一条从“扶贫”到“富民”再到“强县”三位一体、从“农家乐”到“乡村旅游”再到“乡村度假”华丽转身的乡村旅游共享发展之路。

梁英介绍，两当推动脱贫攻坚与乡村旅游有机结合，辐射带动周围群众从事与旅游相关的行业，推动乡村旅游提档升级，进一步发挥旅游扶贫效应。两当依托农村田园风光、乡土民俗资源，开发生态观光、农耕体验等多种类型乡村旅游，培育旅游扶贫示范村7个、全域旅游示范村9个，发展农家乐、农家客栈105家，直接带动478户2000余人增收。

《小康》2019年06月

河南新县：守住青山绿水拔穷根

文 /《小康》· 中国小康网记者 郭煦

河南新县生态环境优美，被誉为“北国的江南，江南的北国”。既要保护好乡村原生态，又要按照旅游产业发展的要求和要素做好全面设计和规划，坚持不挖山、不填塘、不砍树、不截断河流、不取直道路，坚决不让村庄成为孤零零的村庄，坚决不让村庄失去赖以生存的根基和土壤。

北国桃源 新县生态环境优美，被誉为“北国的江南，江南的北国”。蒋仑摄

作为首批国家级生态保护与建设示范区的河南省新县，位于河南省信阳市东南部、大别山腹地、鄂豫两省交界地带。生态环境优美，被誉为“北国的江南，江南的北国”。

而在2018年8月8日之前，新县还是国家级贫困县。而今，经过省级核查公示，新县综合贫困发生率仅为1.36%，退出贫困县。新县县委书记吕旅感慨地说：“是‘绿水青山就是金山银山’的科学理论，为新县脱贫攻坚指明了方向，让老区致富奔小康走对了路子。”

特色产业链助力脱贫攻坚

“一人三亩油茶可脱贫！”2018年全国两会上，全国人大代表、羚锐集团董事长熊维政介绍了新县的脱贫路径。

新县栽种油茶树历史悠久，出产的山茶油远近闻名。近年来，新县持续发展油茶产业，助力脱贫攻坚，目前油茶种植面积已经发展到26.8万亩。通过品种改良、规范化管理、低产林改造等一系列手段，使油茶树挂果率和山茶油产量双双增长，一棵棵油茶树成了老区贫困群众脱贫致富的“摇钱树”。周河乡熊湾村贫困户熊学兵，靠种植20亩茶园，去年净收入1.5万元。

新县龙头企业羚锐集团找到了新产业。建设300亩油茶良种培育基地，流转近10万亩天然油茶园，帮助贫困户改造低产油茶园近万亩；他们通过成立绿达山茶油公司等龙头企业，按照“公司+油茶专业合作社+基地+贫困户”的模式，使龙头企业与广大贫困群众结成利益共同体，把山茶油资源开发成了企业增效、农民增收、有益消费者健康的绿色大产业。

在羚锐集团等龙头企业带动下，通过技术创新，野生油茶林每亩榨油可从15斤上升到50斤，1斤茶油约需5斤油茶籽。若一户农民种植5亩油茶园，则每年可收入1.6万元。扣除5000元投入和人工成本，每年纯收入可达1万元以上。

“山茶油被公认为健康食用油。油茶树适宜在山坡地生长，不与粮食争地；挂果之后，年年可以采摘榨油，”熊维政说，“发展茶油产业既保护绿水青山，美化生态环境，又降低我国食用油对外依存度，确保国家粮油安全，同时还能带动更多老乡稳定脱贫致富。”

除了山茶食用油，新县还不断研发新产品、延长产业链。山茶精油、山茶油软胶囊、润唇膏等均已上市，同时在榨油工艺中变废为宝，把剩下的渣粕压制成山茶油茶饼或茶皂素等，再创价值。

新县还培育出新林玉露、绿达山茶油、久久农业、北纬31度等农特产品开发企业68家，开发出山茶油、蒸青茶、葛根粉、土布、根雕等特色旅游商品180多种。

实施“林长制”实现绿色发展

徜徉新县1612平方公里红色热土，青山依依、碧水潺潺、千峰竞秀、绿漾河山……76.7%的森林覆盖率、95%的植被覆盖率，使新县百里绿色画廊呈现山青、水净、风清、气爽的桃源胜境。

2018年3月，新县在全省率先推行县、乡、村三级林长制，一年来，“林长制”效应凸显，绿色，正成为最厚重的富民底色。

为让林长制落地生根，新县实行党政领导负责制，党政同责、分级负责，快速构建县、乡、村三级林长组织体系。印发《新县全面推行森林林长制工作方案》和《关于推行林长制，开展“美化大别·绿满山河”国土绿化行动工作的通知》，层层压实责任，激发生态保护新活力，让“林有人管、事有人做、责有人担”。

在县级，县委书记、县长“挂帅”总林长，在乡镇，联系乡镇的县领导担任乡镇总林长，乡镇党委书记、乡镇长任林长；在行政村，包村乡镇领导担任村级总林长，村支书、主任担任村级林长。确保一山一坡、一园一林都有专员专管，责任到人。

“作为村级林长，我每天总会绕着这片林子转转，看看古树、查查火患，不然整天都不踏实。”水塝村老支书彭以祥谈起自己的林长职责，自豪之情溢于言表。据介绍，全面实施的林长制，让水塝村的森林资源得到了充分保护，村里的一山一坡、一园一林都有专员专管，特别是村里600余棵古树名木更是一一挂牌、责任到人。

自林长制全面实施以来，700余名林长将护绿、增绿作为自己的工作重心，围绕“美化大别·绿满山河”国土绿化三年行动计划，吹响全域绿化美化号角。仅2018年，新县就完成造林2.63万亩，森林抚育3.34万亩，完成义务植树11.5万株，道路绿化 25 公里，美化乡村 10 个，造林面积900 亩。

各级林长积极探索林业脱贫路径，特色种植、生态旅游、碳汇交易……全县林业总产值达29.69亿元，绿水青山逐渐变成富民“银行”。

“林长制、水长制等一系列生态保护制度融合推进，新县生态保护网越织越密，老区群众正以实际行动呵护绿水青山，筑牢生态屏障。以林涵水、林水相依的美好生态画卷正在红城大地徐徐展开，‘两山理论’新县实践正逐渐形成。”谈及老区生态保护与生态建设，新县县委书记、县级总林长吕旅信心满怀。

做大做强全域生态旅游

新县是鄂豫皖边区革命根据地发源地，是鄂豫皖苏区首府所在地。全县有革命遗址365处，每年到新县接受红色教育的游客达到200多万人次。

近年来，新县坚持红色引领、绿色发展，确立了山水红城、健康新县的发展定位，结合自身优势持续推进生态宜居城镇建设与美丽乡村建设，让群众畅享生态宜居生活。

除了红色旅游，新县乡村旅游、主题旅游也遍地开花。

在周河乡西河村，小河北岸，一幢幢透着厚重历史气息的百年老屋，挨着被磨得油光锃亮的青石板路渐次排开，原来的民居变成了现在的旅馆、药铺、工艺特产店；南岸建于二十世纪五六十年代的粮仓，被改造成了粮油博物馆、西河餐厅、咖啡馆和村民活动室。

几年来，西河村涌现出40多家农家乐和农家民宿，累计接待游客150多万人次，旅游经济收入4000多万元，带动1200余名群众就业，人均年增收6000元以上，92户325人先后脱贫。

西河村只是新县发展乡村旅游走上脱贫致富道路的缩影。通过实施“英雄梦、新县梦”规划设计公益行活动，他们先后邀请全国五百多名专家学者为美丽乡村建设和乡村旅游做规划设计，突出“一村一特色、一镇一主题”，着力打造“九镇十八湾”的乡村旅游品牌。

“新县发展旅游的原则是，既要保护好乡村原生态，又要按照旅游产业发展的要求和要素做好全面设计和规划，坚持不挖山、不填塘、不砍树、不截断河流、不取直道路，坚决不让村庄成为孤零零的村庄，坚决不让村庄失去赖以生存的根基和土壤，”新县县长夏明夫说，“新县的景区一律不收门票，我们要把整个新县打造成一个1612平方公里的大公园，境内的山水都是天然的景观。”

脱贫攻坚开始后，新县立足资源优势，科学确立了“山水红城、健康新县·大别山旅游公园”的产业定位，按照“靓丽县城、特色小镇、美丽乡村、全域景观”的发展思路，以“红色”引领，用“绿色”辉映，借“古色”添彩，坚持用全域旅游的理念发展乡村旅游，把每一个乡镇作为一个景点来构图，把每一个村庄作为一个小品来设计，推动乡村旅游全景化建设、全要素配置。

香山湖畔林冲村，山色青郁，树木葱茏，总投资达5.9亿元的大别山露营公园就建在这里。在新县全域旅游的框架下，露营公园坚持走红色旅游、生态旅游、乡村旅游融合发展之路。项目建设以来，带动周边200多名群众就业，年均收入增加5000元以上……

新县通过实施乡村旅游富民工程，32个村成为全国乡村旅游扶贫重点村，全县成功创建许世友将军故里、金兰山森林公园、香山湖水利风景区、大别山露营公园等4A级景区2个、3A级景区8个，让西河湾、丁李湾、田铺大湾、毛铺等12处中国景观村落、9处中国传统村落、29处河南省传统村落大放异彩。

《小康》2019年06月

内蒙古兴安盟：京城优势资源“燎原”阿尔山

文/《小康》·中国小康网记者 郭煦

从首都到兴安盟，来自北京的资金、技术、人才和理念如星星之火开始燎原。一次次项目对接，一次次对口帮扶，为阿尔山市产业实现更高质量、更高水平发展蓄积着强劲动能。北国边城阿尔山已经成为旅行者“打卡”必经之地。在这里，你可以在草原策马奔腾，也可以享受温泉的汩汩热流。一年四季，这座小城都会给人带来惊喜。

阿尔山在哪里？内蒙古自治区兴安盟。如果从北京出发，单从距离上需要跨越1000多公里。看起来真的很遥远，但如果抛开地理上的数据，阿尔山距离北京却越来越近。2018年4月，京蒙帮扶项目研讨会召开，北京市东城区与阿尔山签署了33份协议和意向书，在教育、医疗卫生、人才交流等方面推进合作。

北京市扶贫支援办副主任汪兆龙表示，2019年以来，北京市和内蒙古自治区高度重视京蒙扶贫协作工作，正在以前所未有的力度来决胜脱贫攻坚战。

“这些学生活泼、阳光。他们课上与老师的互动非常积极。”来自北京的董霜正在给北京市第二中学阿尔山分校高一年级的学生讲授英文课。

据《内蒙古日报》报道，在北京市东城区教委与阿尔山市教育局签署教育对口帮扶框架协议下，2018年6月29日，北京市第二中学与阿尔山市第一中学签署了合作办学协议，北京市第二中学阿尔山分校挂牌并建立北京市东城区阿尔山教师研修基地。目前北京市第二中学已经派出6名从事教学管理和一线教学的教职员工来到了阿尔山分校，阿尔山分校也分两批派驻共21名教职员工到北京市第二中学进行跟岗学习。

记者了解到，北京市第二中学派出校长及管理团队参与分校日常教育教学管理工作，每年选派骨干教师赴阿尔山分校任教。分校每年组织干部、教师到二中教育集团内任教或挂职，深度参与教师听、评、讲、备课、班级管理及社团活动；同时北京市第二中学通过网上教研、不定期常派等培训形式，为当地培训教师。每年两校组织学生游学活动。

在北京市第二中学阿尔山分校校长徐杰看来，阿尔山的教学水平较北京有着不小的差距，但是通过双方的人员派驻和跟岗学习，可以将北京的优质教育资源和理念带到阿尔山，对阿尔山当地的师资力量和教育质量具有不可估量的提升作用。

人才交流也给卫生医疗事业带来了积极影响。据悉，东城区及阿尔山市的卫计部门签订了《携手奔小康行动协议书》，东城区第一人民医院与阿尔山市天池镇卫生院、西口村卫生室结为医疗帮扶协作单位，共同打造标准基层医疗站点。双方将聚焦精准扶贫，重点围绕建档立卡户，开展相关医疗服务。东城区第一人民医院对阿尔山市天池镇卫生院、西口村卫生室的医院管理、业务培训和人才培养开展协作，助力打赢扶贫攻坚战。

阿尔山市卫计局局长周俊鹏介绍，除了共建基层医疗站点和每年组织义诊的交流形式外，9月份，东城区派驻阿尔山市的2名医疗专家就位。“这两位专家，一位负责在阿尔山市蒙中医院开展医疗专业服务，为期一年；另一位将在阿尔山卫计局负责医院的管理指导工作，为期半年。他们的到来，将在临床医疗和医院管理理念方面，带给我们很大的提升和帮助。下一步，我们还将与北京鼓楼中医院进行协商，利用阿尔山市白狼镇中草药种植广泛的优势，尝试在此地共建中草药基地。”

《小康》2019年10月

河南南余店：“新乡贤”为乡村治理出谋划策

文/《小康》·中国小康网记者 陈秋圆

“思路决定出路，方法决定成败”，这是南余店乡党委、政府的“座右铭”，它反映的是一种解放思想、创新工作方法的决心和勇气。在南余店，“五老”协会就是一个创新之举。“五老”人员主要是村里口碑好、威望高、能力强的老干部、老党员、老教师、老村医、老退伍军人等。

南余店乡的乡村道路与花生地。陈秋圆摄

张钊远2017年3月上任河南省驻马店市汝南县南余店乡党委书记。

在此之前，张钊远在汝南县委办公室、汝宁街道办等单位工作，而南余店乡地处偏远、经济基础差。当年县委书记彭宾昌“两会”期间在南余店乡代表团座谈会上勉励南余店乡代表团，“落后有后发的优势，条件差有改善提升的空间”。要敢于做“吃螃蟹”的人！这给南余店乡干部带来很大的鼓舞和振奋。“这是组织对我的锻炼和信任，同时也意味着责任和压力。”张钊远坦言。

后来在汝南县2018年度农村工作暨扶贫开发表彰大会上，在人居环境、创建森林城市、农田水利、土地确权、秸秆焚烧等5项工作上，南余店乡成为唯一全部获奖的乡镇，“五块奖牌耀汝南”。汝南县领导打趣地问：“怎么领奖的又是你？”

南余店各项工作后来者居上，实现跨越式发展，对此，清华大学社会治理与发展研究院贾征教授认为，这可称为“南余店乡现象”甚至是“汝南现象”。

五老：发挥余热助力治理

“村村通” 在国家脱贫攻坚政策的支持和干部群众的努力下，南余店乡的村容村貌和治安环境大改变，道路和水电等实现“村村通”。

一天夜里，薛庄村的“五老”协会会长霍好朋接了个电话，电话里对方语气急躁，言辞激烈。原来是李家建房屋时与朱家挨得太近发生了矛盾。经过了解后，霍好朋动之以情、晓之以理、劝之以法，最终两家矛盾得到解决。

“五老”在日常生活中，主动化解矛盾纠纷，实现“小事不出村、大事不出乡、矛盾不上交、就地能化解”。2019年以来，南余店乡“五老”人员直接或间接调解各类矛盾纠纷近300件，其中疑难信访件6件。很多村支部书记深有体会地说，当前农村工作任务重、急、多，而村里干部少，“五老”及时收集、反馈、沟通和解决群众反映的问题，从而避免问题拖大，成为村两委的好帮手。

“五老”人员里面，很大部分是退休干部。当被问及为何还愿意“生那麻烦”，积极参与村里工作，甚至是无偿付出时，李楼村“五老”人员总结，尊重是前提，干正事是本分，有好的管理模式，并不是个“空架子”。“书记是请我们为村里出谋划策，而不是命令或指令。还邀请我们参加座谈会，了解党和国家最新的政策，征询我们的意见和建议。这是一种尊重，是对我们的认可。”

尊重，这是张钊远一再提及的，提高政治站位，特别是村支部书记要有胸怀，“五老”人员无论亲疏远近，都要尊敬、尊重和关爱。他的“尊重五老，就是尊重历史、尊重明天的自己”理念说进了很多“五老”人员的心坎里。

正如南余店乡长霍涛所说，“五老”协会成为可运行和发挥作用的机制，经过了全面调研和顶层设计，即在借鉴“枫桥经验”的基础上，活用汝南县信访工作“三亲自”（县乡村三级书记对信访工作亲自研判、亲自接访、亲自处访）工作法，坚持群众观点和群众路线，创新“群众的事由群众管”工作机制，组织

“五老”人员成立“五老”协会。

首先要“啃硬骨头”，选择上访问题较多的张湾村作为试点。提前谋划，召开座谈会，邀请村“五老”人员参加会议，讨论并通过了《协会章程》，村党支部书记任名誉会长，会长、副会长及会员由民主选举的方式选出。章程明确规定“五老”协会的职责和使命，是文明风尚的传承者、乡村事务的智囊团、社情民意的代言人、邻里纠纷的调解员、作风纪律的监督员、地方文化的推介员；规定村两委每年向“五老”协会至少汇报两次工作，“五老”人员提出的意见和建议必须认真研究和分类处理，乡纪委督导进度。对全村重要工作安排，“五老”人员有权要求列席村“两委”会议等。

乡党委、政府还对全乡144名“五老”人员举行集中颁发证书仪式和开展慰问活动。“咱是乡村颁发证书的人，可得好好干！”有“五老”人员说，我们现在成了“老宝贝”！

通过一系列的安排和推广，南余店乡把“五老”协会融进整个乡村治理格局中。

当前，农村基层治理难题主要是由邻里纠纷、家庭矛盾、偶发事件、对政策的不了解等原因造成的。在脱贫攻坚中，面对一些贫困户或贫困户对政策落实方面的误解或意见，“五老”人员主动解答扶贫政策内容，说明乡村干部工作的艰辛，“在田间地头和其他村民聊天时就把工作做了”。

自“五老”协会成立以来，乡级信访量明显下降，县级以上信访量屈指可数，有效破解了基层治理难题，形成了强大的发展合力，逐步成为全乡社会稳定、助推经济发展的“压舱石”。正是有了良好的发展环境，广大干群心往一处想，劲往一处使，乡党委、政府才能聚精会神谋发展、抓落实、求实效。

班子：解放思想实干争先

9月28日，汝南县举行迎国庆合唱比赛，张钊远也是南余店合唱队的一员。“书记参加能加分，”张钊远说，“我们的目标是拿奖牌！”说完他自己也笑了，“有目标很关键。”

张钊远到任后便提出要“更新观念”，破除偏远小乡带来的思想禁锢，树立“小乡大作为”的理念。不只合唱比赛，南余店在一系列工作中制定接地气又高标准的目标，“先是要摆脱后三名，再是争取前三名”，激发干部内生动力。同时及时宣传乡里活动和成就，树立外部形象。2017年全乡14项重点工作、2018年16项重点工作居县先进行列。干一件成一件，干部信心又进一步增强。

“火车跑得快，全靠车头带”，该乡综合治理办公室副主任朱午阳记得，张钊远上任第一个会便对班子成员表示，希望大家放手开展工作，不必有顾虑。“书记有干劲，乡长有经验”，二者搭配，捋顺关系，率先垂范，为南余店带来了一股风清气正的干事创业之风，干部的工作作风和精神风貌也发生了很大变化，他们不再等工作安排，更多的是自觉深入基层，主动找群众解决问题。“班子行不行，就看前两名。”张钊远说。会前多调研、会中多讨论、会后抓落实，通过多授权，发挥班子合力，打好脱贫攻坚战。

南余店以脱贫攻坚作为统领全乡经济社会发展的第一政治任务、第一民生工程来抓。该乡是个农业乡镇，产业几乎为零，发展机会小，青壮年大多外出务工，平时乡里主要是老人、妇女和小孩，贫困发生率高。然而脱贫攻坚关注落后地区和困难群众，因此政策给了这些地方“弯道超车”和实现跨越式发展的机遇。

“脱贫攻坚任务重、检查细、问责严，也倒逼干部不得不务实，作风不得不转变”，乡党委副书记武建华坦言这两年的工作“累，但值”。全乡成立了由书记、乡长和副书记等班子成员组成的脱贫攻坚领导小组，产业扶贫、金融扶贫和社会扶贫等的工作体系，10个村全覆盖脱贫攻坚责任组，乡村干部驻守一线，常态化驻村开展帮扶工作，切实联络到组、分包到户，压实各级帮扶人员责任，从而打造了一支扶贫“铁军”。

自实施“精准扶贫”政策以来，乡村一项重要工作便是识别贫困户，确定贫困标准，包括张钊远在内的干部亲自到贫困家庭进行调研，了解致贫原因，破除“等、靠、要”的思想，并根据贫困户意愿，围绕相关扶贫政策，制定帮扶措施。

薛庄村联合县扶贫办、人社局、县农广校等部门开展雪绒花家政培训贫困的人员260人次，开展余氏勾编、农村实用技能培训280多人次，电子商务培训65人，残疾人培训30多人，不断增强群众外出务工和自主就业的竞争力。大力开发公益性专岗项目、引导贫困户在扶贫车间就业，引进博东户外手工编织、鑫广宇亚服饰等企业，带动320人就近就业。“现在农忙时收花生，农闲时到扶贫车间工作，如编藤、服装加工等，”在此工作的女工说，“在家就业真好，兼顾庄稼和老小。”

在国家脱贫攻坚政策的支持和干部群众的努力下，南余店村容村貌和治安环境大改变，道路和水电等实现“村村通”。困扰了群众多年的道路出行问题得以解决，村民下雨天再也不用走泥泞路了。

《小康》2019年10月

贵州盛华职业学院：教育扶贫无问西东

文 /《小康》· 中国小康网记者 陈秋圆

习近平主席指出“扶贫必扶智，让贫困地区的孩子们接受良好教育，是扶贫开发的重要任务，也是阻断贫困代际传递的重要途径。”把贫困孩子和实际就业联系起来的最好纽带之一就是职业教育。三百六十行，行行出状元。职业技能教育有着广阔的天地，大有可为。

扶智 盛华以“教育扶贫”为宗旨，在实际的运作中也探索出一整套扶助办法。

盛华办学的目标非常简单：教会农村贫困孩子们一个技能，帮助他们找到一份好工作；帮助学生本人脱贫，从而达到家庭脱贫。同时努力把这些学生培养成为合格公民、高尚公民。

“姐姐，我们加个微信吧！”江姣熟练地点击手机屏幕，听着手机里仿佛开了二倍速的语音提示，打开添加好友页面，“你扫我吧。”

对于普通人而言，这是再平常不过的操作，但江姣是个盲人，23岁时完全失去了视力。她曾抑郁了很长时间，觉得自己什么都不能做，而今，她不仅工作生活完全能够自理，还回到学校和团队搭建了一个专门为盲人研发的求职平台“追光助盲”，帮助其他盲人“追光”。

“对我来说，盛华给了我第二次新生。”

江姣口中的盛华，是贵州盛华职业学院。它地处贵州省惠水县百鸟河数字小镇，是西南地区唯一招收盲人学生的高校，也是国内唯一招收盲生的民办高校。

“我们盲人学院所有毕业生年收入人均超过5万元，他们都能自食其力，成为社会的正能量甚至优秀公民而非社会负担。”学校的创办者之一、也是如今的执行校长孙伟欣慰地表示：“我们基本达到了我们的使命。”

这个特殊使命和定位就是公益兴学，教育扶贫。这是学校创办者、台湾企业家王雪红陈文琦夫妇捐资2.4亿元成立这所非营利性、公益慈善大学时就确定下来的办学宗旨。目前在校生4370人，贫困生3668人，占比83.53%。

为何选择在这里公益办学？2008年汶川大地震，王雪红与父亲“台塑大王”王永庆捐了1.3亿元给灾区，还想继续帮助和回馈大陆，便成立了“威盛信望爱公益基金会”。孙伟曾经是王雪红特别助理并受邀担任基金会特别代表，他建议到大陆最贫困的地区办一所公益学校，通过职业教育帮助贫困学生和家庭。最终选择了贵州惠水，并在这四周环山的村子里建起一所现代化的校园。

而一开始，很多人对这件事持观望态度。起初，贵州省教育厅职成处处长胡晓有点担心：“这么好的环境，不会是来圈地搞房地产的吧，以办学为由头搞度假村？”但孙伟“校企合作，产教融合”的办学理念说服了胡晓，这与国家近几年推动职业教育发展的方向不谋而合。

孙伟说，盛华办学的目标非常简单：教会农村贫困孩子们一个技能，帮助他们找到一份好工作；帮助学生本人脱贫，从而达到家庭脱贫。同时努力把这些学生培养成为合格公民、高尚公民。

“上课就是上班，老师就是经理”

鼓励学生创新创业、推动校企合作等，这是孙伟一直在践行的理念。早在1995年，他就辞去美国的大学教职迈向创业大潮中，与博士生成立公司。在商海成功的他，2003年再次跳入“象牙塔”，担任北京航空航天大学软件学院创始院长。期间他亲自去谈校企合作项目，并致力于培养一批独角兽企业，让一批学生实现财务自由。先后共有数百名北航学子创办公司并通过A轮融资。

孙伟等人前期积累和探索的办学理念逐渐成形，成了盛华职业教育的特色，即以市场需求为导向设置专业，校企深度合作，产教深度融合，企业深度参与课程设置与教学，实施订单式培养，分别与百度公司、万豪国际酒店管理集团、HTC公司、梦动科技、北京唐人坊文化发展有限公司等企业合作，派学生到企业实习并对实习合格学生100%就业推荐。

我国进入新的发展阶段，产业升级和经济结构调整不断加快，各行各业对技术技能人才的需求越来越紧迫。然而，“人岗不匹配”的结构性矛盾日益上升为就业领域的主要矛盾，招工难和就业难并存，职业教育的地位和作用凸显出来。“企业需要什么、市场需要什么，我们就培养什么人才”成为职业教育的应有之义。

“随着科技的高速更迭，虚拟现实（VR）、人工智能以及大数据会成为下一步发展方向。”2016年孙伟成立威爱教育公司，与HTC携手在盛华创建全国首家虚拟现实产业发展学院，推动VR教育与产业的深度融合，帮助和培养学生在VR领域创新创业。2018年学校把VR投入到教学当中，2019年入学的新生，每人都能领到一台价值4000元的HTC Focus VR头盔。

其中一个沉浸式学习的场景是技能培训，如喷漆课程。以往学生要在真实车门上进行操作，不仅油漆贵，且只能喷一次。但通过VR头盔，学生可进行模拟喷漆工作，反复练习，系统会根据动作进行大数据评测并打分。等到学生熟练并达到合格分数以后再去动手，就会减少实训中的耗材问题。

“校企合作”模式体现在互联网营销学院的实际教学中，就是企业一线的资深员工参与到教学和实训课，将企业内部培训员工的教材融合到课程当中，并以“项目驱动”的方式开设课程，实行“上课就是上班，老师就是经理”。“我们打开淘宝，对着物品扫一扫，就会出现相关推荐，这就是我们学生做的项目：AI数据标注业务”。学校党政办副主任张辉伟自豪地介绍，学院和梦动科技合作，学生以小组为单位承接公司的业务，过程中不仅能学习技能，通过验收后还能收获补贴。“山里的孩子其实很难接触到像BAT等大企业的业务，但通过校企合作，他们有机会在大企业或一线城市实习甚至就业。”

扶贫扶智招招扎实

“你们为什么会选择茶学院呢？”

“我喜欢喝茶。”“我喜欢茶文化，它能让人修身养性。”

“为什么最终来到盛华呢？”

“主要还是这里学费比较低。农村新生免除3000元的学费，这就省了将近一半的费用。”

学校开始筹建时，孙伟和团队查全国各地的各项经济指标，发现贵州是最落后的省份之一，“贵州优秀但贫困的孩子需要我们雪中送炭。”盛华以“教育扶贫”为宗旨，在实际的运作中也探索出一整套扶助办法。

首先，扶贫要扶“钱”。学校常务副校长杨绍先说：“真正的扶贫，就是扶助农村孩子。”为了让学生不会因交不起学费而失学，学校对于建档立卡学生免学费，对分类考进来的农村户口学生发放3000元新生奖学金，此外还可以申请5000元爱心帮扶基金等。

杨绍先回忆起第一年招生的困难情境，当时农村孩子学费全免，但很多人都不相信民办教育不收钱，因此只录得174个学生。他们意识到“白给也不好，全部免费学生不一定珍惜”，所以制定了“奖励优秀、帮扶贫困”的原则。2011年至2018年，学校应收学费11876.69万元，其中用于资助学生有6793.52万，占比57.20%。教学质量得到认可和反馈，2018年，共招了1500个左右的学生。

扶贫要扶“弱”。盲人是弱势群体中的弱势群体。盛华是教育部特批的全国唯一倒贴钱招收盲人的学院。对他们实行“三免三提供”政策，即免学费、杂费、住宿费，提供生活费（每人每月400元）、学习用品（每人配备一台笔记本电脑等）、交通费（每人每年1000元交通往返费）。

费用问题之外，孙伟认为盲人教育在方法上和产业上要进行现代化的更新。“我在第一线工作，这使我深刻理解了为什么帮扶盲人进入非按摩行业就业也许是天下最难的事情”。经过不断地探索，盛华创新和践行“残健融合”和基于互联网计算机教育的现代教学模式。课堂上，“以机代针、以听代记、以操代论”，即以电脑代替盲文，以录音代替记笔记，以实操代替理论。平时里普通学生和盲人学生一起生活、军训、早操等。“盲生不会觉得被特殊对待，或被强行关怀，这有助于他们的自尊和自信心的建立。”胡晓处长总结道。

“很多人不知道我们能用手机用电脑。”江姣说，她自己以前也不知道。实际上配备了读屏软件后，通过文字转语音，盲人可以通过计算机做很多事情，跟上社会的步伐，走到世界竞争的赛场上。但目前市面上很多平台并没有这样的无障碍建设，企业与视障者之间存在供求信息极度不对称的问题。这也是她萌发为视障者开发“追光助盲”求职平台的初衷。该平台至今已经为319个盲人找到了工作。日前在第五届贵州省“互联网+”大学生创新创业大赛决赛上，江姣的项目获得了总成绩第一名，并参与角逐全国比赛。

扶贫要扶“女”。在贵州少数民族边远地区，普遍存在着女孩失学后早婚早育，过早成为“少女妈妈”的现象。与此同时少数民族非物质文化遗产也面临后继无人、濒临失传的严峻形势。针对“女生失学、非遗失传”的情况，盛华与北京唐人坊公司合作举办唐人坊非物质文化遗产传承学院。

“我的想法很坚定，不会成为少女妈妈。学校有很多资源，多读书受教育，会有更好的未来。”鲁文敏今年16岁，旅游工艺品设计与制作（中职）班二年级在读。非遗学院是全校唯一招收中职生的学院，对于初中毕业的贫困生，全额资助学杂费，助其“零学费”完成学业，“零基础”学习非遗技艺，毕业后“百分百”接纳学生就业。

非遗学院院长、北京唐人坊公司董事长唐燕介绍，教学模式采取师徒制，聘请非遗传承人进行一对一教学。“学生直接参与到非遗项目中，作业就是作品，作品就是产品，好的产品就成为商品。通过公司的渠道进行销售后，学生还可获得相应收入，”鲁文敏坦言，“这些厉害的绣娘是一针一线地教我们，而不会想着留一手。还给我们讲苗族故事，好更了解背后的文化”。学生们的作品“唐娃娃”就作为“国礼”，2015年由习近平主席夫人彭丽媛女士赠送给澳大利亚的小朋友，同年在G20杭州峰会上赠予参会外国领导人等。

“老师既是经理，还有当妈妈的责任。”唐燕说。在技艺之外，她们还分享关于生活和成长的经验，安排着装课、礼仪课，理财课和恋爱课等，弥补家庭教育的缺失，培养女孩们从内到外的自信。在这样的教学体系帮助下，不少女性成长为职业女性，掌握一技之长，实现就业，带动家庭脱贫。

扶贫要扶“贫”。这里的“贫”是因为由于家庭贫困而造成心态性格、学习习惯、生活行为等多维度的欠缺。对此，学校设立务实的目标：微笑问候普通话，碗净园洁讲英语。从生活小事做起，养成良好的习惯。

孙伟经常讲："微笑面对逆境。"职业学院的学生在外人看来是"高考失败者"，不被重视，其自卑心大于自信心，因此扶贫也要扶"志"、扶"智"、扶"心"、扶"爱"，教会学生能接受挫折，微笑面对逆境。"3年前，他们灰头土脸进学校；3年后，他们昂首挺胸出校门。"杨绍先不无感慨，学生不仅掌握了谋生技能，更主要是阳光灿烂、自信开朗，学会做人做事和感恩，这让他很是欣慰。

盛华的教育模式和教学成果也国家得到了认可，硕果累累。2018年《扶贫助盲·变弱为强——盲人教育实践探索》项目被评为国家级教育成果二等奖，《"非遗文化"改变"少女妈妈"现象——贵州民族贫困地区教育扶贫探索》等3个项目荣获贵州省职业教育省级教学成果奖一等奖。因此，盛华作为一件民办院校，享受省级公办院校的待遇，获得政府拨款，从而弥补办学经费的不足。

孙伟告诉同学们："只要有梦想，就大胆地追逐，做一个理性的冒险家。"一年变化微乎其微，三年变化翻天覆地。正如学校迎新横幅所希望的，"百鸟河畔，脚踏实地，他日共铸祖国栋梁"！

《小康》2019年11月

苗绣："非遗+ 扶贫"花垣绣出新天地

文/《小康》·中国小康网记者 周叠瑶

以苗绣为代表的苗族传统服饰文化不仅是珍贵的非物质文化遗产，还是带领湖南省花垣脱贫致富的关键。目前，花垣县已建立州级非遗扶贫工坊3个、保护基地3个、各级各类非遗传习场所58个。

"非遗"让"边城"精准扶贫。

"这个人也许永远不回来了，也许明天回来。"沈从文笔下的《边城》永远淡然恬静，即使不是大团圆结局也不会让人感觉到过多的悲伤。一篇《边城》让湘西进入世人的眼中，但许多人不知道的是，《边城》的原型所在地就位于花垣县，文中的茶峒即为现今花垣县边城镇。花垣县地处湘、黔、渝三省市交界处，素有"一脚踏三省"之称。遗憾的是，《边城》的名气并没有给花垣带来足够的财富，如何脱贫一直是困扰花垣的难题。

苗绣回归

走进石栏镇子腊村，不时有身着传统苗服的苗家妇女背着竹篓走过蜿蜒的石板路，一旁是她们活泼的孩子，蹦蹦跳跳好不热闹。可谁能想到，这里还有过一段苗服被“嫌弃”的日子。村民吴玉花今年45岁，从小看着母亲纺布、绣花，穿着苗服长大的她对苗绣有很深的感情。吴玉花向记者回忆：“我们村里60后的妇女都会自己绣嫁衣出嫁，但到了我们70后会绣的就不多了，有一段时间甚至连结婚都不穿苗服。”

受到外界文化的冲击，“苗服土，不好看”，走在路上陌生人异样的目光让许多苗家人一度脱下了苗服。但在花垣县石栏镇文化站站长麻正兵眼中，以苗绣为代表的苗族传统服饰文化不仅是珍贵的非物质文化遗产，还是带领村民脱贫致富的关键。石栏镇山清水秀，景色秀美，却唯独缺乏自己的产业。迫于生计，不少妇女都要外出打工赚钱，造成了留守儿童众多的局面。麻正兵看在眼里，急在心里，经过考察和谋划，他最终提出了在文化站创立“让妈妈回家”苗绣创业培训基地和苗绣传习所的大胆设想。

苗绣传习需要龙头带领。于是麻正兵走访了本镇苗绣传承人龙老香，经过一年的筹备组织，2016年7月，子腊村苗服苗绣有限责任公司终于成立。2019年10月，当记者走进子腊村的苗服苗绣传习所，近30个位子都坐满了前来学习的绣娘。从描画、穿线到学习绣法，每一位绣娘都聚精会神，不敢有丝毫怠慢。记者随机和一位正在学习绣花的51岁的大娘攀谈起来，她说：“像这样的培训一期有15天，能学四五个图样。这是大娘来参加培训的第12天，已经学得像模像样。”

今年61岁的龙志银是子腊村的苗绣大师，现在也是苗服苗绣传习所的负责人。据龙志银介绍，苗服苗绣传习所于2015年成立，现在有十几位师傅，四五十个学员。国家会给予苗绣师傅补贴，免费为村民教学培训苗绣技法。龙志银介绍，带出一个合格的学徒需要差不多三个月的时间，现在她已经带出了十几位合格的绣娘，有她们帮忙教学，自己的工作也轻松了许多。谈到做苗服苗绣传习所的初衷，龙志银的答案很简单：“我就想带着村里的姐妹们一起赚钱。”

在子腊村村民杨老梅的家中，记者见到了不少精美的绣品和成衣。杨老梅指着一套精美手绣成衣对记者说，这一套衣服能卖到一万八。如果勤快一点，一个月靠苗绣她就能获得2000多元的收入。发展苗绣产业不仅给予腊村村民带来经济上的收益，更让村子旧貌换新颜。去年年底，村民把村中的主干道铺成了水泥路。更多像吴玉花这样的妇女开始重新做起苗绣，村民们越来越自信，纷纷穿起了苗服……龙志银说："以前，年轻人都在外面打工，小孩让老人带又不放心。现在一边带小孩，一边还能拿到做苗绣带来的收入，姐妹们都很开心。"

妈妈回家了，孩子们脸上的笑容多了起来，原先冷清的家又恢复了勃勃生气。最令人欣喜的是，更多年轻人甚至是孩子也爱上了苗绣。在苗服苗绣传习所，年龄最小的学员只有十几岁，一到寒暑假回家就会跑过来学习。看到苗绣技艺传承后继有人，龙志银有说不出的欣慰。

苗绣回归，获益的不只子腊村，还有花垣其他村寨。十八洞村是"精准扶贫"的首倡地，也是曾经的深度贫困村。石顺莲是十八洞村老支书，退休后琢磨起通过组织村民做手绣脱贫致富的事。2014年，十八洞村苗绣合作社正式成立。在十八洞村，记者看到了不少富有创意的苗绣产品——iPad包、书签和兼具时尚和民族特色的时装包。原来，这些产品是与湖南工业大学和机绣公司合作的结果，湖南工业大学贡献创意、公司提供设计和物料，村民负责制作。

"非遗+扶贫"的花垣探索

花垣县是苗族聚居县、革命老区县、深度贫困县，目前尚有建档立卡户1154户4812人。同时，作为非遗资源大县，花垣县拥有中国二十四节气（苗族赶秋）联合国教科文组织人类非物质文化遗产代表性名录项目一项；拥有湘西苗族鼓舞、苗医药、苗族服饰等5项国家级非物质文化遗产名录项目；拥有苗戏、苗歌、苗绣、苗族花带等12项省级"非遗"名录和苗锦苗族挑花等35个州级"非遗"名录项目。如何将"非遗"资源与产业结合，实现脱贫致富一直是花垣深入探索的问题。

2018年7月，文化和旅游部办公厅、国务院扶贫办为推进文化扶贫，振兴贫困地区传统工艺，选取确定了10个第一批"非遗+扶贫"重点支持地区，支持设立非遗扶贫就业工坊，非遗扶贫就业工坊参与就业人员中建档立卡贫困人口占比要达到30%以上，花垣县位列其中。据最新数据显示，全县已建立州级非遗扶贫工坊3

个、保护基地3个、各级各类非遗传习场所58个。

非遗产业要想做大做强，摆脱家庭作坊式的生产既需要政府支持，也需要培养一批非遗传承人和创业者带动发展。花垣县非遗保护中心专家委员会成员简隆军向《小康》杂志、中国小康网记者介绍，花垣县目前共有国家级非遗传承人2人、省级非遗传承人8人、州级非遗传承人28人，分别享受一年4.8万、2.4万和1.2万的国家补助。如果非遗传承人自己创办企业或项目，还会有额外补助，有力带动了非遗产业的发展。

除了非遗传承人，返乡创业者也是“非遗+扶贫”的重要参与者。石佳是土生土长的花垣石栏人，毕业于北京师范大学的她在创业小有所成后，于2017年决定返乡创业。本打算与人合作开养殖场的她遇到了麻正兵。麻站长劝说石佳，既然要返乡创业，不如把苗绣非遗这块做起来。

2017年7月，石佳创办的湘西七绣坊苗服饰文化公司在石栏镇成立。成立后的第一件事是做了一个叫“让妈妈回家”的公益项目。七绣坊公司聘请了四位非遗传承人作为指导老师，发动乡镇里的留守妇女和外出打工的妇女们来公司基地进行免费并且带薪的苗绣技能培训。培训合格之后公司签订合同并上岗。她们可以自主选择到基地来上班，或者是在家承接公司的订单。这样，在家务农照顾老人、小孩的同时，有一份额外的稳定劳务收入，不用再外出打工。

“两年来，我们共培训了近800位绣娘。签约带动486人，其中，建档立卡的贫困户132人。”石佳表示：“目前，绣娘在我们这里一个月平均可以拿到1500元左右的计件工资收入，如果是贫困户还有额外的补助。”据统计，七绣坊公司成立第一年就累计发放绣娘工资110余万元。联系帮扶的个体户年收入可达10万余元，解决了160余名农村妇女就业。

目前，通过东西部协作，七绣坊已经在北京、济南、长沙等地开设了5家自营旗舰店。“一家店平均一个月有15万元左右的营业额，虽然不多，但足够为绣娘提供稳定的订单。”石佳说。2018年6月是绣娘们的高光时刻，国际知名奢侈品爱马仕公司设计师为七绣坊设计了12套苗绣元素时装，由绣娘们亲手制作，参加了法国波尔多业内时装秀。近期，七绣坊正在筹划参加10月28日在北京798举办的北京国际时装周，这是苗绣在国内大型时装周的首次亮相。

然而，苗绣仅仅是花垣县众多非遗项目的其中一项。在麻正兵看来，茶叶制造、古法酿酒也可以作为非遗传承的一种，与苗绣制造融为一体，共同发力打造文旅结合的发展新模式。“就像一个拳头会比一根手指力量大很多”，对未来，麻正兵信心满满，他表示：“目前，我们正在和两家外资企业洽谈，争取将石栏镇推向国外，同时辐射周边乡镇和邻县。”

《小康》2019年11月

重庆荣昌：乡村振兴与脱贫攻坚并驾齐驱

文 /《小康》·中国小康网记者 郭煦

近年来，重庆荣昌区牢牢把握乡村振兴战略的具体要求，为强化“三农”工作，充分发挥村级党组织的政治引领作用，从要素、资源、机制入手，集中力量、攻坚克难、创新发展，不断增强村级集体经济发展的内生动力，提升老百姓获得感、幸福感。

素有“小山城”美誉的荣昌区万灵镇，是一座以市兴镇的寨堡式古镇。依靠绿水青山挖掘金山银山，万灵镇流转土地干起了规模化产业、依靠美景发展起乡村生态休闲旅游，让老百姓渐渐走上产业路、吃上旅游饭。

荣昌区委书记曹清尧表示：“为贯彻落实党的十九大提出的乡村振兴战略，荣昌区率先谋划，精准设计，创新实施了交通便捷、产业振兴、人才组织、乡村文明、青山绿水五大工程，全面推动乡村振兴。”

如今，荣昌的村庄地头、企业车间，随处可见村民谋发展、促跨越的忙碌身影。

探索壮大村级集体经济

“发展村社集体经济，不仅是件经济大事，更是件党建大事。”荣昌区委书记曹清尧表示。他认为，村社集体经济“空壳化”，基层党组织就没钱办事，没法兑现民生承诺，时间长了，基层党组织在群众中的威信就会下降，凝聚力和战斗力就会减弱。

2017年，经过反复讨论研究，荣昌区扶持村（社区）集体经济发展试点工作正式启动。通过自主报名、镇党委推荐、区里评审形式等方式，确定了昌元街道白象社区、清升镇古佛山社区等15个试点村（社区）。在市财政局支持下，荣昌区财政共筹集2000万元财政资金，用于各试点村（社区）的启动资金，每个试点村（社区）为130万元、140万元不等。自此，荣昌开启村级集体经济的探索壮大。

荣昌区清江镇河中村村委会主任罗庆奎一有空就会到村里的便民超市和广场转转，对河中村的村民来说，这些地方不仅仅是购买柴米油盐和日常活动的地方，更是村里宝贵的集体财产。

“对超市、广场收租；成立土地流转管理服务股份合作社……河中村的集体资源变成资产，每年能为村集体带来17.5万元的收入。”罗庆奎说。河中村在“资源变股权、资金变股金、农民变股民”，改革之初，开展了产权制度改革，村里进行清产核资，建立了台账，让每位村民都对村里的“家底”心中有数。

清产核资，是荣昌区开展农村集体产权制度改革工作中的第一场“硬仗”，需对农村集体资产进行“清查财产、核定资金”。农村集体产权制度改革的资产范围主要包括资源性资产、经营性资产和非经营性资产。

建立在清产核资基础上的集体经营性资产的折股量化，是农村集体产权改革的另一项重要内容。河中村村民黄乾友被确定为村集体经济组织成员之一，他说：“以前我是村民，现在变股东了。村里成立了股份经济合作社，现在还尝试经营民宿，如果进展顺利，今年分红又会涨了。”

河中村户数多、体量大、村民情况各不相同，由村组干部、民主理财小组成员、村民代表组成的清产核资小组统筹规划，分工作片对全村进行走访调查，重点对“享受福利、不同身份”等情况进行核实摸底。通过这些方法，最后形成图表和数据来展现村民的财产状况，唤醒了一些农村“沉睡的”集体资产。

在河中村的台账上看到，清产核资后，全村总资产为2652万元，村民可量化的净资产为677.7万元，成员股权总数为2955股，每股净资产为2064元。

“我们还成立了股份经济合作社，以后使用的每一笔资金都要经过董事会表决。”罗庆奎介绍。“家底”摸清后，村“两委”干部使用资金程序将更严格，账目更清晰。

张义军表示，农村集体产权制度改革是手段、是杠杆，在全面开展农村集体资产清产核资的基础上把集体资产折股量化、确权到户，然后由村集体经济组织统一经营管理集体资产和市场主体合作，农民分到股份可以分享集体经济发展成果，增加财产性收入。

深入实施乡村振兴战略

农业强不强、农村美不美、农民富不富，决定着全面小康社会的成色和社会主义现代化建设的质量。

2019年，荣昌区认真贯彻落实中央一号文件精神，对标五个振兴，以扎实推进五大工程和农业农村改革为路径，深入实施乡村振兴战略，扎实书写好新时代“三农”篇章。

荣昌区围绕农业“接二连三”发展，调整优化产业结构，形成“1+3+N”产业体系。把农牧特色国家高新区作为打好脱贫攻坚战和推动乡村振兴的重要平台。在农业园区建成加工车间5个、智慧农业示范点1个，晚熟柑橘出口新加坡、俄罗斯等国，实现重庆市晚熟柑橘出口零突破。农村电商实现健康快速发展。

荣昌区建立第一书记派驻工作机制，全面向脱贫村、软弱涣散村、集体经济空壳村、乡村振兴试验示范村和农村人居环境整治示范村选派第一书记。实施乡村人才“虹吸”工程、新型职业农民培育工程、新型农业经营主体培育工程、农村教育资源优化工程等“四大工程”，促进乡村人才集聚和素质提升。截至目前，回引本土人才206名，争创市级农民工返乡创业园2个，成功创建第二批全国农村创新创业典型县。设立乡村人才专项资金，支持乡村人才项目。3人次入选全国百名杰出新型职业农民资助项目人选、全国信息进村入户村级信息员典型案例。114个村集体经济组织实现经营性收入700万元。

让农业成为有奔头的产业，让农民成为有吸引力的职业，让农村成为安居乐业的美丽家园。经过这几年的倾力打造，荣昌区涌现了一些实施乡村振兴战略创新典型。

通安村历史文化积淀丰厚，是中国四大名陶——“荣昌陶”发源地之一；特色农业产业优势明显，兰花、花椒、苗木等种植业基础较好，村域内现有渝西摩配、瑞力比燃气、锦坤陶瓷等8家企业，是荣昌区生态农业科技示范园、荣昌陶产业园、文化创意产业园所在地。

近年来，通安村党组织以建设“渝西最美乡村”为奋斗目标，以服务生态农业科技示范园、荣昌陶产业园、文化创意产业园建设为抓手，大力加强服务型党组织建设，创新开展了“名誉村干部”“书记论坛”“村干部亲属享受惠农惠民政策十公开”等工作，促进经济社会和谐发展。通安村先后被授予农业部信息进村入户试验点、全国农业信息化工作现场会示范点、重庆市生态文明示范村、重庆市巾帼示范村、重庆市基层宣传思想文化工作创新示范点等荣誉称号。

围绕自身特点与优势，结合通安村集体经济的基础条件，通过策划包装“陶都知青”品牌，开发系列特色文化旅游产品，带动产品原材料的适度规模化生产，利用“在村头”农业电商平台开展线上线下的营销，助推通安村乡村旅游发展，有效促进三产融合，让通安百姓共享集体经济成果。

全面发力决胜脱贫攻坚

本刊记者了解到，到目前为止，荣昌区12个市级贫困村全部实现脱贫摘帽，8806户28443名贫困人口实现稳定脱贫，现有贫困户104户315人，贫困人口发生率为0.07%，总体上已稳定实现贫困人口不愁吃、不愁穿，义务教育、基本医疗和住房安全有保障。

据统计，2020年，荣昌将新改扩建“四好农村路”208公里。打通了农村公路“最后一公里”，还要解决村民出行“最初一百米”问题。荣昌区深化实施农村便民道户户通工程，2017年以来，我区累计投入各级财政资金1.3亿元，同时发动镇街、老百姓自筹资金9887万元，共计修建农村人行便道2541公里，惠及21个镇街137个村（社区）20余万农户。

观胜镇银河村是重庆市级脱贫村，也是荣昌区作为扶贫开发型乡村振兴试点村，村党支部书记唐名位接受《小康》·中国小康网记者采访时表示，他上任之初，村里全是泥土路，现在村内有硬化公路全部覆盖，人行便道户户通，自来水主管实现全覆盖。

路修好了，如何脱贫？2017年，银河村利用集体经济，组建了达生兔业有限公司，采取养殖企业、集体经济、扶贫专项资金入股的模式建成达生兔业规模养殖场，兔场投资230万元，其中集体经济入股46.59万元，是全区规模最大、标准化最高的种兔场，并于当年投入使用。第一年取得分红资金5.6万元，本村130户贫困农户在产业入股中分红2.8万元，第二年集体经济收入6.1万元。果树、肉兔、中药材，作为观胜镇的主导产业，银河村党支部也跟随该镇党委政府的步伐，因地制宜、有的放矢。截至目前银河村发展白芷、枳壳、皂角、芍药、丹参等中药材1200余亩，种植果木近3000亩。

核桃村也是市级脱贫村，辖区面积12.6平方公里，河包镇核桃村驻村工作队队长吴永胜表示："河包生态环境好，有一定特色产业基础，我们可以以资源优势换发展空间。"围绕"增加收入、解决就业、用好荒坡"三大重点，吴永胜积极推进特色产业项目。

2019年，重庆椿林聚业食品有限公司在核桃村发展辣椒订单种植100亩，订单保底回收价0.7元/斤，培养种植大户6户，辣椒产量达到2000斤/亩，实际回收价格1.7元/斤，带动农户增收600元/亩。

2020年，椿林公司与核桃村签订订单1000亩，二荆条保底回收价0.7元/斤、泰椒1.3元/斤。现在核桃村已有84户脱贫户、38户一般农户种植共计500亩（含村集体经济种植100亩），其中3名贫困户大户种植面积达到200亩，并带动周边村、社区种植500亩。同时，辣椒产业发展还促进了椿林公司与核桃村集体经济合作，拟投资150万元在该村新建辣深加工厂，就地实现产品深加工，帮助集体经济增收。

银河村和核桃村因地制宜发展特色产业带领村民脱贫只是荣昌区脱贫攻坚的一个缩影。2019年，荣昌区各级各部门聚焦"两不愁三保障"，认真落实好国家相关扶持政策，加强动态管理，持续开展排查核查，及时查漏补缺，精准推动工作有效落实。

"扶持壮大村级集体经济，是深化脱贫攻坚成果的必由之路。"该负责人介绍，2019年全年投入资金3453万元，培育形成笋竹、苎麻、茶叶、调味品、晚熟柑橘、中药材、特色水果、特色粮油等特色高效产业。落实到户产业帮扶资金690.15万元，确保了每户贫困户都有1个~2个稳定的产业增收项目。

一人就业，全家脱贫，增加就业，是最有效最直接的脱贫方式。通过落实托底安置、强化技能培训等手段，目前荣昌区有9019名贫困劳动力实现就业，达到就业一人脱贫一家的目标。

既要增强群众自我发展的内生动力，也为"零基础"贫困群众"输血"，荣昌区扶贫办相关负责人表示，2019年全区共投入财政专项扶贫资金6057万元，其中区级财政专项扶贫资金3926万元，同比增长7.56%。支持贫困群众发展和巩固产业。

荣昌区扎实开展危房摸底调查工作，建立动态管理台账，加大资金投入保障，严格落实危房改造政策，对符合条件，且有意愿危房改造的贫困户做到应改尽改。自2015年以来，荣昌区累计投入2.15亿元，改造危房9843户，实现了存量危房动态清零，确保贫困户住房安全。

同时，荣昌还加大医疗补助力度，精准落实“先诊疗后付费”“一站式结算”等健康扶贫政策，2018—2019年度，区内医院垫付建卡贫困户门诊超20%比例和住院自付超10%比例的补助人次为6357人次，补助金额192.40万元，在家贫困户家庭医生签约服务实现全覆盖，基本医疗保险参保率达到100%，有效减轻了贫困群众医疗负担。

在教育扶贫上，全面落实教育资助政策，2015年以来累计向贫困家庭学生提供资助资金31990.36万元，惠及贫困学生32万人次。

记者从荣昌区扶贫办获悉，今年荣昌区将投入4400余万元专项资金，重点支持解决“两不愁三保障”突出问题，进一步改善群众生产生活条件，确保全区如期高质量打赢脱贫攻坚战。

《小康》2020年04月

第二篇　治理行动

山西沁源县：不能辜负这一块红色的土地

文/《小康》·中国小康网记者 鄂璠 郭玲

沁源县委书记金所军文化修养深厚，明明可以把一方县域的治理目标和路径描述得色彩斑斓、充满诗意，但他描述沁源发展的目标却只用了朴实无华的10个字——“修路、种树、治水、兴文、尚旅”。现在，当地老百姓都知道这些简单的词汇正是主政者要带领大家做的事情，方向明确，在山西省中南部、太岳山东麓，这座宝藏之城正实现着绿色崛起。

初心 50岁的沁源县委书记金所军一直坚持深入一线、靠前指挥、带头坚守，他表示，要把全部的身心、全部的精力用到沁源这方山水、这方土地的振兴上来。鄂璠 摄

“绿色发展不动摇，美丽沁源定可期！”这是2020年新年伊始，沁源县委书记金所军在贺词中表达的梦想。他还将过去一年每个沁源人的真实写照形容为“满脑子都是绿色沁源”。

作为沁源县的主政者，“满脑子”还不够，行动力也是“必需的”。2020年10月19日，身着迷彩服的沁源县委书记金所军坐在了《小康》杂志、中国小康网记者的面前。沁源县是“油松之乡”，90%的森林是易燃的油松，防火任务异常艰巨，一年四季都是护林防火特险期。沁源县把年轻干部放在护林防火第一线。他们身穿迷彩服、佩戴红袖章，到村口和林区路口、进山口等重点地段巡查值守。50岁的金所军则一直坚持深入一线、靠前指挥、带头坚守。

山水林田湖草皆优，让生态理念深入人心

《小康》·中国小康网：从您和沁源许多干部的衣着和工作状态上可以看出来，沁源的森林资源相当丰富，请您介绍一下沁源有着怎样的“绿水青山”？

金所军：沁源的森林资源在我们山西省内算是比较独特的，我们是山西省森林资源最丰富的一个县，我们的森林覆盖率接近60%。沁源县是“油松之乡”，也是“褐马鸡之乡”。

党的十八大以来，习近平总书记从生态文明建设的整体视野提出“山水林田湖草是生命共同体”的论断，强调“统筹山水林田湖草系统治理”“全方位、全地域、全过程开展生态文明建设”。作为生命共同体，山水林田湖草，在我们沁源非常典型，也非常完整。山，我们有太岳山；水，沁源是沁河的源头，有沁河水；林，我们是森林大县，有大面积的林地；田，我们有耕地约33万亩、基本农田约27万亩；湖，我们有河流，有大大小小的湖，我们沁源还是“千泉之县”，有很多的泉水；草，我们有花坡草原。

这些年来，我们着眼于生态保护，尽最大努力将如此完整系统的生态系统呵护好。目前，沁源有灵空山国家级自然保护区，有国家级的灵空山森林公园、国家级的沁河源湿地公园，还有菩提山国家森林公园、花坡国家草原自然公园。这意味着我们沁源县有国家级的森林公园，有国家级的草原公园，还有国家级的湿地公园，非常难得和宝贵。

《小康》·中国小康网：听了您的介绍，能感觉到沁源真的是一座绿水青山

的“宝藏之城”，如何引导广大干部和老百姓去认识呵护这些宝贵资源的重要性呢？

金所军：我们这么多的森林资源、生态资源，包括鸟类和动植物资源、中草药资源，等等，都是由来已久的，也是大自然赐予我们的。过去大家认识不够，这些年我们一是抓宣传，二是抓调查，三是抓教育。

抓宣传方面，我们着眼于践行新发展理念，让大家能够认识到沁源县有这么好的森林资源、生态资源。沁源县仅国家级一级保护动物就有5种，有金钱豹、金雕、林麝、黑鹳、褐马鸡。这些都要对外宣传，包括对干部的宣传，对学校的宣传。我们编写了乡土教材，让这些生态资源的教材能够进学校、进幼儿园。

抓调查方面，我们和北京林科院、北京林业大学、山西大学、山西农业大学，还有一些第三方机构，联合对沁源生态本底进行调查。通过调查，我们对沁源的生态资源有了进一步科学、全面、完整的认识。

抓教育方面，我们和山西大学的一个学院合作，针对沁源的生态资源，编写了一套共13本的科普读物，对森林资源、生态资源、动植物资源、中草药资源，都有系统的介绍。这套书已经出版了。另外我们还和其他一些机构合作，编写了一些教材。

去年和今年，沁源连续举办了两届“国际观鸟节”。这是沁源加强鸟类资源调查、保护和研究的重要平台，是全面建设绿色沁源的一项重要工作。通过这样的活动，能够进一步激发沁源本土、本地爱鸟护鸟人士的热情，一些致力于森林资源、生态资源调查，生物多样性保护的机构，也陆续涌现。

可以说，通过持续地宣传、调查、教育，这几年我们沁源县保护生态资源的观念已深入人心。

绿色立县，着眼“减优绿”推动煤炭转型

《小康》·中国小康网：资源型经济转型是山西在新时代肩负的重大历史使命。沁源县是工业大县、山西省重点产煤县，面临着高质量发展转型的系列问题，“绿色立县，建设美丽沁源”的战略部署是基于怎样的考虑提出的？

金所军：全县干部深入学习贯彻习近平新时代中国特色社会主义思想和习近平生态文明思想，深入践行新发展理念，下定了转型发展的决心，在前期调研的

基础上，于2018年1月，确立了“绿色立县，建设美丽沁源”的发展战略。

“绿色立县，建设美丽沁源”的发展战略确立后，我们首先进一步考察、论证、盘点了沁源的资源。要发展、要转型，必须依托于自身的资源优势。过去，从传统意义上而言，我们最大的资源和最大的优势就是煤炭。考虑到煤炭是我们的经济支柱、经济命脉，煤炭要转型，也要稳定，结合山西省提出的“能源革命”，我们的煤炭转型着眼于减、优、绿。

减就是减少，优就是优化，绿就是绿色发展。所以我们的转型，我们的绿色发展，我们的绿色立县，首先是着眼于传统产业怎么转型、怎么升级。具体到煤炭转型，我们着眼于煤化工产业链延伸，在稳定煤炭生产的基础上，安全发展、环保发展、绿色发展、延伸产业链发展，这是我们抓转型最重要的工作之一。

《小康》·中国小康网：可以说“绿色立县，建设美丽沁源”的首要任务就是“转型”吗?

金所军：这两年我们在二产转型的同时，另一个重点就是抓一产和三产的转型。一产和三产的转型，就是做绿色的文章。

定下了“绿色立县”的主调后，2019年1月，我们以县委1号文件下发《关于加快把文化旅游产业培育成战略性支柱产业的决定》，这就意味着要把文化和旅游作为战略性支柱产业去培育。而在2018年1月，确立发展战略的同时，我们也确定了“转型、增绿、开放、强基、富民”五大发展思路。

转型是首要的。要抓好转型的文章，我们的工作重点就是修路、种树、治水、兴文、尚旅。也就是说，“修路、种树、治水、兴文、尚旅”，是沁源的五条发展路径。其中，修路、种树、治水，是基础性的工作；兴文、尚旅就是要把文化和旅游产业培育壮大起来，我们的目标就是要把沁源培育成绿色沁源、康养沁源、文化沁源、幸福沁源和美丽沁源。

《小康》·中国小康网：基于这样的发展思路和路径，您对沁源的未来有怎样的期待?

金所军：我们抓住生态资源、绿色资源、森林资源、河流资源大做文章。另外一个重点是，抓住乡村旅游、森林康养，做生态的文章。民宿应该说是我们沁源县转型发展的一个切入口，也是我们沁源县文旅产业发展的一个突破口。我们沁源县是生态大县，有绿水青山，生态非常好，空气非常好，是天然的避暑胜地，生态振兴就是要着眼于将绿水青山变成金山银山。我们要做好转化的文章，着眼于把这些优质的生态资源做成产品、做成商品，我们首选的就是民宿。

作为一个领导干部，不能辜负了这一块红色的土地，这是我的初衷，也是我内心真实的想法，就是要把全部的身心、全部的精力用到这方山水、这方土地的振兴上来。沁源县的转型发展，应该说刚刚起步，但从现在来看，我们应该是走对了路子、找准了方向，现在要做的就是坚定不移地走下去。所以我们现在经常讲的一句话就是：绿色发展不动摇，美丽沁源定可期。

《小康》2020年11月

内蒙古伊金霍洛旗：抬头看路，托起绿色底盘

文 /《小康》· 中国小康网记者 谈乐炎

伊金霍洛旗，蒙古语意为“圣主的院落”，是一块水草丰美的地方。近年来，伊金霍洛旗秉持“绿水青山就是金山银山”这一发展理念，在资源禀赋与生态治理之间领悟到“发展”与“保护”的理念精髓，走出了一条以生态优先、绿色发展为导向的新路子。

走在盛夏的内蒙古伊金霍洛旗——蓝天映衬、满目葱郁、碧水环抱，市区随处可见的街心公园白雾缭绕，这是雾森系统通过高压将常温的水以细微的水粒喷出，直径极小的微粒在空气中云集，形成的白色雾状的奇特景观。如果不是街边蒙文提醒，你会感觉这是一座位于中国南方的温婉美丽小城。

伊金霍洛旗，蒙古语意为“圣主的院落”，是一块水草丰美的地方，这块绿色宝地见证了中国元代文化的辉煌。然而近现代以来，因为过度开发和超载放牧，伊金霍洛旗变成了一块“生态疮疤”。

其实，这块曾经的“生态失守地”，蕴含着巨大的宝藏。伊金霍洛旗煤炭资源储量560亿吨，是全国著名的煤炭之乡和国家重要的能源战略之地。“在资源禀赋与生态治理之间，伊金霍洛旗人更早领悟‘发展’与‘保护’的理念精髓，作为‘绿水青山就是金山银山’实实在在的践行者之一，伊金霍洛旗探索走出了一条以生态优先、绿色发展为导向的新路子，为经济高质量发展注入绿色动力。”伊金霍洛旗委书记华瑞锋表示。

变“小老头林”为“绿色银行”

伊金霍洛旗位于干旱草原向荒漠草原的过渡地带，中华人民共和国成立初期

森林覆盖率不足3%，风沙漫天，沙进人退，自然生态十分脆弱。

伊金霍洛旗人很早就尝到了生态失守所带来的恶果，从20世纪70年代起，伊金霍洛旗被列入“三北”防护林体系建设重点旗，各项大规模的治沙造林运动开展得如火如荼，生态状况也实现了从“严重恶化”到“整体遏制”的转变。目前全旗森林覆盖率达36.8%，全年空气质量优良率达88.7%。

作为资源型城市绿色转型的典型代表，伊金霍洛旗近年来秉持“绿水青山就是金山银山”这一发展理念，努力践行新的发展方式，最终以前后对比鲜明的植被覆盖率和森林覆盖率，以及矿区生态环境翻天覆地的变化，实现由“灰”变“绿”的生态逆转。

如今伊金霍洛旗在推进生态治理的同时，着力转换发展动能，推动产业转型升级，形成了能源经济、现代煤化工、高端装备制造、现代物流、全域旅游等多元发展、多极支撑的现代化产业体系。

距离一代天骄成吉思汗陵园仅3公里的天骄生态文化林，既是成吉思汗国家森林公园的核心景观区，也是防沙治沙项目区。在防沙造林初期，由于苗木短缺、自然条件和生产条件所限，只能以栽植沙柳、杨树、榆树等少数耐旱树种和沙生灌木为主，树种单一、林分较差，且大部分林木已进入过熟期、衰退期，形成了大片长势不良的“小老头林”。

从2010年起，伊金霍洛旗委、旗政府多方筹措资金，对成吉思汗陵旅游区周边100平方公里范围内的林区实施品质提升改造工程，累计栽植樟子松、油松、旱柳等乔木1200万株，平均高度3.5米，形成了以针叶林为主、针阔混交、适地适树、独具特色的“沙地林海”和“绿色银行”。

林区改造工程既优化了林分结构，改善了林分质量，增强了祖国北疆重要生态安全屏障的生态防护功能，又挖掘了生态价值，带动了苗木产业发展、群众增收致富，打通了“绿水青山”向“金山银山”的转化通道。

“绿色发展不能光低头栽树，更要抬头看路，要寻找和扩展致富的路子。”华瑞锋表示，依托丰富的林木资源，伊金霍洛旗大力发展林沙产业，形成了以重组木、生物质颗粒燃料、饲料、饮食品和生态旅游为主的林沙产业体。

沙柳是荒漠化治理的首选树种之一，也是沙生灌木开发利用中用量最大的树种。因其具有种源丰富、造林技术简单、成活率高、成本低和防护效益高等优势，长期以来在鄂尔多斯市范围内大面积推广种植。以往由于沙柳平茬剩余物没有很好地被利用，大部分用做薪材，少部分用于生产中密度纤维板、刨花板，经济价值不高，也造成了极大的资源浪费。

变“废”为“宝”。内蒙古清研沙柳产业工程技术中心有限公司首先介入当地的沙柳产业，以沙柳枝条为原料，运用专利技术和特殊加工工艺，压制出防水、防腐的绿色环保沙柳木型材。据公司负责人介绍，实行沙柳与优良牧草套种的科学种植模式，采用公司+合作社+农户的经营模式，可以带动当地农牧民积极种植沙柳，从而实现农民增收致富。

目前几十余家加工沙柳的中小型企业分布在各个乡镇，联结20000多户牧民的原料收购加工，实现每亩年收入1000元以上。通过引导广大农牧民科学种植沙柳，不仅有效改良土壤，还能促进农村牧区剩余劳动力就业，实现农牧民增收，带动相关产业发展。

位于乌兰木伦镇的神东天隆集团公司武家塔露天煤矿，过去因大力度开采，导致地面形成丘陵沟壑及沙滩地貌。痛定思痛，武家塔露天煤矿从2004年开始了漫长的生态治理恢复之路，如今已经完成土地复垦面积5300亩，建设成160亩绿色蔬菜基地、100亩中蒙药材种植区、枸杞种植区、杜梨种植区和沙棘种植区，形成了生产—排土—治理—复垦—绿化的良性循环，2015年被自然资源部评为国家级绿色矿山。

以水为媒，激活绿色引擎

夕阳西下的红海子湿地公园湖面波光闪闪，成群的鸥鸟在水面飞来飞去。大片的辽阔水域，让你忘了它遭遇资源型城市发展的典型瓶颈——水资源枯竭，由于城市化进程的加快，伊金霍洛旗原有水域空间受到挤压，城市河湖连通性一度遭到破坏。

一边是缺水，一边是废水“无处可去”。伊金霍洛旗以煤而兴，它为地区经济发展提供强劲支撑的同时，也带来了废水排放问题——煤炭在开采过程中会产生大量的矿井疏干水，利用不好就会成为巨大的环境负担。

这一对矛盾体催生了伊金霍洛旗建设城市生态水系的战略构想——将境内74座矿井产生的18万立方米疏干水净化处理后引入城市、引入乡村、引入园区，循环用于城市生态水系、园林绿化、喷淋降尘、项目建设等，有效提高了矿区疏干水的综合利用率，促进了河湖水质环境净化改善，全面提升了城市生态宜居品质。

为了进一步拓展水系空间，2019年，伊金霍洛旗在“三河两湖”环城水系框架的基础上，启动实施了全长47.55公里的“五横六纵两支流”13条水系工程，从而进一步畅通以“三河两湖”为轴心的河湖湿地之间的连接“脉络”。目前中心城区水域面积达到17.8平方公里,营造了“水在城中、城在绿中、人在景中”的生态宜居环境。

此外，伊金霍洛旗还启动实施“东水西输”工程，经南、北两条输水管线，将东部、南部矿区14座煤矿疏干水引入西部农牧业地区。目前，已建成输水管线275.9公里，其中北线213.6公里，南线62.3公里，日输水能力达6.2万立方米，一方面用于农牧业灌溉用水，每年可减少地下水取用量3000万立方米以上；另一方面，用于河湖生态补水，有效补充了境内8条内陆河流和15个自然湖泊水量，促进了生态涵养，也对伊金霍洛旗乡村振兴大有助益。

如今，这座曾经缺水的北方小城有了水韵的灵动——因水成街、因水成景、因水成园的滨水环境和亲水氛围正在成为伊金霍洛旗的新特色、新名片。按照“舒展大气”“精美秀气”“亲水灵气”的理念，伊金霍洛旗以“绣花功夫”和“工匠精神”，对中心城区5大区域、9个公园广场、28条市政道路、70余个景观节点绿化品质进行了精雕细琢、全面提升，新增绿地面积100万平方米，公园绿地总数达33处，中心城区绿化率突破48.4%，人均公园绿地面积达80余平方米；硬化人行道120余万平方米，铺设慢行系统25公里，城市绿道、慢行步道、骑行公园、林荫小路交错布局，以水为媒激活了伊金霍洛旗发展的绿色引擎。

将生态包袱化为生态资源

“资源型城市产业转型要脱离有钱时舍不得转、没钱时无力转的怪圈。”华瑞锋表示，尽管目前伊金霍洛旗还是以煤矿产业为主，但是转型布局早已进行，一方面对原有煤矿延伸链条进行优化升级，另一方面积极探索新型产业。

伊金霍洛旗天骄绿能50万千瓦采煤沉陷区生态治理光伏发电示范项目位于乌兰木伦镇巴图塔采煤沉陷区，场址总面积约4.2万亩，伊金霍洛旗拟将该域约4.2万亩采煤沉陷区土地进行高标准生态修复，在生态修复项目完成后实施“光伏+”项目，力争将伊金霍洛旗建设成为全国采煤沉陷区生态修复治理示范区和全国光伏产业示范区。

不仅如此，伊金霍洛旗对未来也已有了一个成熟的构想，巧妙地将生态包袱化为生态资源，以“绿”托底，积极开发生态旅游文化产业。

在乌兰木伦镇明安木独村和苏勒德霍洛村部分区域内，伊金霍洛旗正在规划建设内蒙古天骄御苑狩猎文化生态园（狩猎场）建设项目。依据采煤沉陷区现状条件，伊金霍洛旗在恢复生态的基础上合理利用资源，将狩猎文化与蒙元文化相结合，把该项目作为成吉思汗陵旅游外围资源的补充，形成新的旅游经济增长点。

中国社科院财经战略所原党委书记揣振宇表示，任何资源都是有限的，伊金霍洛旗党委和政府未雨绸缪前瞻布局，才取得今天的成绩，它是资源型城市转型中的一个典范样本。接下来伊金霍洛旗可以充分利用旅游资源优势，大力开发旅游文化产品，在优美的环境中营造大健康产业。同时引进名牌大学建立分校，进一步举办多种类型的国际性活动，进一步打响伊金霍洛旗的县域品牌知名度。

在清华大学社会治理与发展研究院秘书长蒋任重看来，伊金霍洛旗通过持续优化生态建设，营造了良好的营商环境，真正把绿水青山和金山银山有机协同起来。在生态建设方面既表现出充分的前瞻性，主动作为、提前布局；同时也体现出了系统性，能源、园林、住建、自然资源、文旅以及林草等各部门全面贯彻绿色生态建设理念，共同发力，互为支撑；并且伊金霍洛旗的生态文明建设还具备可持续性的特点，注重机制设计，注重长远发展，符合社会经济发展的规律，呈现出良好的发展趋势。

“伊金霍洛旗为全国提供了资源型城市生态治理的实践范本，同时它的产业转型也体现出可持续发展态势，符合绿色发展理念，其发展模式值得在全国范围内推广。”在国家信息中心区域发展研究院秘书长刘波看来，伊金霍洛旗可谓是把不毛之地建成了万亩森林，将“生态伤疤”变成了湿地景观、沃野良田、宜业宜游的福地。

《小康》2020年11月

深圳：经济特区讲述“春天的故事”

文 /《小康》· 中国小康网记者 刘建华

众所周知，1980年，成立经济特区，不只有深圳，还有汕头、厦门、珠海，后来加上了海南，被称作中国五大经济特区。现在来看，深圳是最成功的。在当时的特区当中，深圳面积最小、条件最差。而现在深圳以一个县域的面积，创造出内地一个中等省份的经济规模，是北上广深四大城市中排第四位的城市。

位于罗湖蔡屋围金融中心区深南东路5016号的“京基100”，地处罗湖蔡屋围金融中心区商圈，深圳地标性建筑，在590米高的平安国际金融中心竣工之前，这里曾是深圳第一高楼，走入金融中心的大街小巷，无不感受到“深圳速度”。

改革开放40年，深圳从一个人口只有3万人的渔村发展到人口过千万的现代化大都市，深圳地区生产总值（GDP）也从1979年的不到2亿元增长到如今的2万亿元，创造了世界经济发展史上的奇迹。

“深圳道路就是中国道路的缩影，彰显出中国特色社会主义道路的勃勃生机和强大生命力。”深圳市社会主义学院副院长谭刚说。

在家喻户晓的《春天的故事》里唱道“1979年，一位老人在沿海边画了一个圈”，这位老人就是邓小平。这个圈圈住了广东省的深圳、珠海、汕头三市和福建省厦门市，40年过去了，它们仍在用高速的经济发展延续着“春天的故事”。

特区，杀出一条血路

今天，走在深圳的大街小巷，你完全不会想到，40年前的深圳，会是一个仅有几万人口、穷得叮当响的小渔村。

40年过去了，这个曾经的小渔村不仅跻身中国一线城市之列，更是代表中国经济高速发展、金融科技先进的标杆。“这是当时时代所逼出的一条血路。”时任广东省委副秘书长，负责邓小平视察南方的接待和安全保卫工作的陈开枝说。

1977年11月11日~20日，邓小平复出后首站到广东视察。当广东省委领导汇报一些边境地区的农民外出逃港问题十分突出时，邓小平说：“看来最大的问题是政策问题。政策对不对头，是个关键。”邓小平当即表态“这是我们的政策有问题，此事不是部队能够管得了的”。这为此后提出创办经济特区埋下了伏笔。

1979年1月17日，邓小平在同工商界领导人谈话时提出：“可以利用外国的资金和技术，华侨、华裔也可以回来办工厂。吸收外资可以采取补偿贸易的办法，也可以搞合营，先选择资金周转快的行业做起。”同月，邓小平还在中央办公厅编印的《来信摘报》上一份关于香港厂商要求到广州开设工厂的来信上批示：“这件事，我看广东可以放手干。”

同年1月31日，时任中共中央副主席李先念、时任国务院副总理谷牧听取交通部关于招商局筹建蛇口工业区汇报。李先念最后在文件中批示：“拟同意。请谷牧同志召集有关同志议一下，就照此办理。”而邓小平认为，不仅宝安、珠海可以搞，广东、福建的其他县也都可以搞。

在随后到来的2月，时任中共广东省委书记吴南生到汕头传达党的十一届三中全会会议精神，产生了在汕头设出口加工区的设想。吴南生通过电报向时任中共广东省委第一、二书记习仲勋、杨尚昆做了汇报。3月3日，中共广东省委召开常委会，吴南生提出：“三中全会的精神是解放思想，我提议广东应当拿出一个地方对外开放。最好从汕头开始，可以在汕头建一个像台湾搞的那样的出口加工区。”习仲勋当即表示：“要搞，全省都搞，除了重要侨乡汕头外，毗邻香港澳门的宝安、珠海也可以同时搞。”

1979年4月5日~8日，中共中央在北京召开工作会议。习仲勋提出：广东邻近港澳，华侨众多，应充分利用这个有利条件，积极开展对外经济技术交流。“希望中央给点权，让广东先走一步，放手干”。4月17日，邓小平出席各组召集人汇报会议，习仲勋又提出，希望中央下放若干权力，让广东在对外经济活动中有必要的自主权，允许在毗邻港澳的深圳市、珠海市和重要侨乡汕头市举办出口加工区。邓小平说："广东、福建有这个条件，搞特殊省，利用华侨资金、技术，包括设厂。只要不出大杠杠，不几年就可以上去。"邓小平说："中央没有钱，可以给些政策，你们自己去搞。杀出一条血路来！" 1980年8月26日，第五届全国人大常委会第15次会议决定：批准《广东省经济特区条例》，宣布在广东省的深圳、珠海、汕头，福建省的厦门四市分别划出一定区域，设置经济特区。至此，完成经济特区设立的决策和立法程序，标志着中国经济特区的正式诞生。

深圳，特区的杰出代表

深圳第一任市长张勋甫曾接受媒体采访时介绍，他当时到深圳第一项任务是制止逃港。当时偷渡逃往香港一天最少有几百上千人，不仅是本地人，也有外地人，深圳可以说有劳动能力的男人基本跑光了。深圳很多村子，除了老人和孩子，看不到年轻人，村子是空的。当时宝安县的统计人口是5万人，但实际已经不到2万人，还包括那些白天到香港打工，晚上回来在深圳家里睡觉的人。

"因为太穷，而又毗邻港澳，所以，广东经常出现逃港事件。中山有个村，我曾经陪省委书记到那里调研，全村26户，男人全部逃光，只剩下一个瘸腿的队长。"陈开枝说，中华人民共和国成立后，广东作为前线，担心蒋介石反攻大陆，所以基本只有农业，没有什么大工业，1956年国家确定的156个重点项目，广东只有茂名一个。人均收入比内蒙古的牧民还低。此外，广东海外华侨的资源优势也发挥不了。

其实，逃港的风险很大，一旦被抓到，就成了"坏分子"。另外，偷渡者基本上都是游水过去，葬身海底的人也很多。我去珠海斗门一带调研，发现那里的渔网收起来时，网到的不是鱼，而常常是人的尸体，实在是我们的生活太苦了！

但是深圳一开放，全国的人都涌来了，可以说，深圳就是一个全开放的地方。国家画了一个圈，在这个圈里可以自由发挥。当地政府官员人少，也管不过来。管好治安，不出事就行了。办企业手续简单。开餐厅，开个商场，根本就不用办手续。当然也就不用交税。政府官少，也不需要太多税钱。深圳人就是这样获得了第一桶金。直到今天，深圳的官员也是给企业找麻烦最少的。

说起深圳，不得不提到国贸大厦。这座曾经的神州第一高楼，位于嘉宾路与人民南路交汇处。于1984年10月兴建，1985年12月竣工。楼高160米，共53层，是当时全国最高建筑。深圳第一次创业的地标建筑，三天一层的深圳速度就诞生在这里。1992年，邓小平视察深圳，在这里发表“南方谈话”。

现在国贸大厦所在的人民南路已经没有原来那样热闹繁华了，但国贸大厦的地标建筑地位不可动摇，对于老深圳而言尤其如此。现在登上国贸旋转餐厅看深圳，真感叹时光流逝，这座城市变化太快。

在连续27年GDP总量位居全国城市排名第三之后，2016年广州GDP首次被深圳超越。深圳取代广州成为全国经济第三大城。

大湾区，改革再发力

十几年前来过深圳的人都记得，要到深圳，必须办理边防证。

“深圳经济特区管理线”是深圳1980年设立经济特区后的特定历史产物。1982年6月，深圳特区和非特区之间用铁丝网修筑了一道管理线，路北侧用高达3米的铁丝网隔离，称为“二线”，与此对应的是深圳与香港交界的“一线”。这道线把深圳分为特区内和特区外，俗称关内和关外。非深圳户籍人员需办理“边防证”，接受广东边防官兵检查后方可通过。

1月15日，中国政府网发布国务院文件《国务院关于同意撤销深圳经济特区管理线的批复》(以下简称《批复》)，批复广东省人民政府的《关于撤销深圳经济特区管理线的请示》。为促进深圳经济特区一体化发展，结合特区建设发展面临的新形势、新使命、新任务，同意撤销深圳经济特区管理线。

虽然2018年1月国务院才正式批复撤销“二线关”，但这条管理线早已“名存实亡”。2015年，深圳全面启动“二线关”交通改善工程，随着16个关口岗亭全部拆除，二线关开始退出历史舞台。

商务部研究院国际市场研究所副所长白明在接受记者采访时表示，当时给予的经济特区特殊政策，有一定的历史阶段性，现在发展粤港澳大湾区，跟过去经济特区的开放要求不一样，资源配置的门槛必须降低，人员、资金、物流要高效地流动。

华中科技大学自贸区研究中心执行主任陈波认为，撤销管理线的影响等于零，因为已经名存实亡。管理线当初的意义是试验性质，其历史意义大于现实作用，在某些特殊区域进行大胆尝试，慢慢复制推广到全国，以开放倒逼式的改革，到目前为止是行之有效的。

深圳综合开发研究院智库研究与信息部部长郑宇劼指出，深圳特区是中国改革开放的试验田，肩负着为中国经济社会发展探路的使命。从自贸区建设到撤销“二线关”，中国开始摒弃“政策洼地”，核心是打造“制度高地”，释放中国改革不停顿、开放不止步的积极信号。

“二线关”的撤销，象征意义虽然大于实际意义，但对这一举措释放出的开放信号，引起人们高度关注。

而此时的广东，正在谋划下一盘更大的棋，《粤港澳大湾区城市群发展规划》已上报，粤港澳大湾区未来将重点打造成为全球科技创新中心，以及全球先进制造业中心、国际金融航运和国际贸易中心。商务部发言人高峰在回答撤销管理线的意义时表示，管理线的撤销将有利于促进深圳经济特区一体化的发展，进一步优化投资环境，便利香港居民赴粤投资。

粤港澳大湾区是指由广州、佛山、肇庆(市区和四会)、深圳、东莞、惠州(不含龙门)、珠海、中山、江门9市和中国香港、澳门两个特别行政区形成的城市群，是与美国纽约湾区、旧金山湾区和日本东京湾区并列的世界四大湾区之一，是国家建设世界级城市群和参与全球竞争的重要空间载体。高峰强调，我们正在以粤港澳大湾区建设、粤港澳合作、泛珠三角区域合作等为重点，积极推进内地同香港、澳门的经贸互利合作。比如，我们在研究CEPA项下对港澳进一步扩大开放，并在广东先行先试；会同有关部门，完成CEPA升级工作，推动三地之间特别是在粤港澳大湾区内货物、资金、人员、信息等生产要素的自由流动；积极支持广东自贸试验区发挥在粤港澳经贸合作中的支点功能，打造粤港澳发展的新引擎。

链接：

（一）吃的变迁

凭票排长队：20世纪50年代—80年代，中国在特定经济时期发放购物有价凭证。百姓只能凭粮票、油票、布票才能购买家庭生活消费品。门市部、供销社是商品供应的主要渠道。由于食品物资的匮乏，供应的时间仅有几天，每逢年关或节假日前夕，供应点就会簇拥着大量凭票购物的人们。

冬储大白菜：到了无菜可买的冬天，每家每户只能吃储存的萝卜和大白菜。备秋菜的时节，大街小巷都停着装满白菜萝卜的大汽车，全家老小齐上阵争抢买到最新鲜的蔬菜，以备一整个冬天食用。

农贸市场与批发市场：20世纪80年代后期，全国实施了菜篮子工程之后，才彻底解决了副食供应紧张的局面。各地都有了农贸市场、批发市场，后来超市也开始普及。蔬菜大棚更是确保百姓一年四季都能吃到新鲜蔬果，许多家庭开始随吃随买。

超市诞生：随着改革开放，物资开始慢慢丰富起来，商品市场逐渐活跃。1981年4月12日，中国第一家超市——广州友谊商店自选超级商场开张。超级商场最初开办时，普通市民需要持外汇券才能购买货品。随着物质越来越丰富，超市开始普及，如今超市、便利店成为人们日常购买生活用品以及副食果蔬的最常见的购物场所。

个体餐厅诞生：1979年邓小平指出："要搞多赚钱的东西，允许个体户开饭店、小卖部。"这大大刺激了餐饮业的发展。1980年9月30日，改革开放后中国第一家个体饭馆——悦宾饭馆应运而生，当时的北京翠花胡同堪比大栅栏，挤满了看热闹的街坊四邻。从此，热爱美食的国人开始走出家门，下馆子流行开来。除了个体餐馆之外，中华老字号的传统餐饮业开始转型，适应新时代下国人的饮食需求。

西餐遍地开花：随着各国文化的涌入，中餐已经难以满足人们的口味，俄罗斯西餐、法国大菜、意大利比萨、日本料理、韩国烧烤、洋快餐等纷纷进驻，人们不出国门便能吃遍世界。其中，最具有标志性的事件则是洋快餐的进入。继1987年第一家肯德基在北京前门开业后，1990年10月8日，第一家麦当劳餐厅在深圳开业。

追求健康饮食：到了21世纪初期，饮食的极大丰富导致了大量肥胖、疾病的产生，人们开始寻求健康饮食。粗粮谷物、水果蔬菜代替鸡鸭鱼肉成为人们追捧的健康美味。人们的饮食习惯，由原来的饱餐型向营养型、新鲜型、简便型转变。

（二）行的变迁

自行车王国：20世纪70年代末拥有一辆自行车代步，是人们的梦想，也是幸福的象征。当时自行车与缝纫机、手表并称为“三大件”。80年代，自行车在城市基本普及成为百姓代步工具并逐步覆盖农村。那时，涌现出一大批自行车品牌，如飞鸽、红旗、金鹿等。也因此，那时候中国被称为“自行车王国”。

摩托车遍布城乡：20世纪80年代末90年代初，骑摩托车的宣传海报开始映入人们眼帘，摩托车开始走入了人民的生活。渐渐地，在城市骑摩托车的人越来越多了，摩托车款式也多样化了。进入21世纪，摩托车已完全取代自行车成为百姓的代步工具并遍布城乡。

出门“打的”：几乎就在摩托车遍布城乡，成为百姓代步工具的同时，小轿车在不知不觉中出现在百姓生活里。“打的”开始称为流行词。1979年，港商刘耀柱创办了广州第一家民营出租车公司——白云小汽车出租公司，300辆出租车全部喷成红色，从此“招手即停”的出租车经营模式开始风靡广州并席卷全国。很快，从“面的”到小轿车，出租车成为人们出行的常用方式。

私家车普及：1985年前后，北京吉普、上海大众、广州标致，三个有尝试性质的合资企业开始建立。90年代初，一汽大众、神龙两个大型合资企业先后上马。形成上海大众、一汽大众、神龙，以及天津夏利、北京吉普、广州标致“三大三小”格局。此时，少数人开始拥有私家车。进入21世纪，中国老百姓对于轿车被压抑多年的需求急剧释放。2015年底，数据显示，私家车保有量已达12435万辆。

坐飞机出行：1980年，中国民航实现军转民，走上企业化发展道路；1987年，现代民航业架构基本形成；进入21世纪，政企彻底分离、政资分离和行业重组，使得民航业获得大发展。也因此，乘坐飞机出行，成为人们的新选择。中国民航2004年旅客运输量首次突破了1亿人次；2006年突破1.6亿人次，自费旅客的比例超过了公费旅客，达到55%。到2016年，4.9亿人次选择飞机出行。

高铁动车组运行：随着中国铁路第六次大提速的实施，CRH5A动车组于2007年4月18日起，正式运行于京哈线上。从此，“和谐号”成为新的中国铁路速度。如今，高铁以350公里达速运营的速度再次刷新了世界商业运营速度新高度，“复兴号”列车奔驰在祖国的铁道线上。截至2017年底，全国铁路营业里程达到12.7万公里，其中高铁2.5万公里，占世界高铁总量的66.3%，是当之无愧的“世界冠军”。乘坐高铁出行，成了很多人的第一选择，以枢纽站上海为例，2015年春运40天，从上海地区发出的高铁动车共输送旅客超过630万人次，占客流总量的66.8%。

（三）穿的变迁

并不凉快的“的确良”：改革开放以后，随着物质慢慢丰富，市面上出现了一种少量的料子布“的确良”。这是一种化纤织物，通常用来做短袖衬衫，挺括、滑爽，尤其是印染出的鲜亮效果，对熟悉了粗布粗衣或者是洋布洋衫的“灰暗国度”里的中国人来说，是一次巨大的视觉冲击。

戴太阳镜穿喇叭裤：1980年是中国改革开放的第三个年头。随风时代的发展，人们的穿风越来越丰富，色彩也从单一的蓝色灰色变得五颜六色。当时上映的国产故事片《庐山恋》中女主角引领了穿搭的时尚潮流，这一时期，戴太阳镜、留长头发、穿喇叭裤、蝙蝠衫成为流行，此外，连衣裙、套裙等也备受女性喜爱。1981年成立的中国大陆的第一支时装模特队成立。

女排姑娘引领运动装潮流：1984年，中国女排的姑娘们在美国洛杉矶奥运会上实现“三连冠”的时候，北京流行起了运动装。色彩鲜艳的运动装成为爱美的人们首选服装。人们几乎随时随地地穿运动服，甚至变成了学生的校服和工人的厂服。

品牌服装意识初现：20世纪90年代女性服装变化得最快。人们的服饰急速变化，穿衣打扮讲求个性和多变，很难用一种款式或色彩概括流行潮流，强调个性、不追逐流行本身也成为一种流行。品牌服饰，如“真维斯”“班尼路”等各个品牌专卖店遍布于各地，人们开始出现品牌意识。

个性与定制：世界服装潮流中融入越来越多中国元素，如“唐装”走俏全球、旗袍热遍世界，中国服饰正在全世界受到瞩目和尊重。此时，具有民族特色的服饰成了彰显个性的象征。随着人们对于个性化服饰的追求，曾经所谓同一款流行服饰成了人们最不愿意遇到的“撞衫”。另外，还有一部分时尚人士，除了对世界知名品牌服饰情有独钟外，也开始选择“私人订制”的服饰。

《小康》2018年03月

杭州上城区：“有限空间”里的国际化城区建设之路

文 /《小康》· 中国小康网记者 赖惠能 吴小敏

在从全面建成小康社会到全面建成社会主义现代化强国的“战略升级”背景下，杭州市上城区也实现了发展模式的“更新迭代”：在努力打造全国高水平全面小康样板的同时，朝着高质量建设“一流的国际化现代化城区”的目标大踏步迈进。

金承涛区长（左）接受《小康》记者专访。

在2017年12月举行的第十二届中国全面小康论坛——“城区国际化与决胜全面小康”分论坛上，城区国际化指数正式发布，北上杭深包揽前十名。其中，杭州市上城区位列全国第八，跻身第一方阵。

“南宋皇城根”“浙江省面积最小的城区”“浙江省单位GDP最高的城区”“亩产税收全省第一的玉皇山南基金小镇”“华东地区最美湖滨商圈”……

拥有众多地域名片的上城区位于杭州市中南部，东临钱塘江，西揽西湖，南枕吴山、凤凰山、玉皇山，整个区域处在“三山两水”的环抱之中，不仅是杭州的地理中心、南宋皇城所在地，也是杭州信息、资金、人才等高端要素的集聚中心。

刚刚过去的2017年，上城区实现地区生产总值1003.64亿元，首次突破千亿元大关，单位面积GDP产出每平方公里达55.76亿元，继续稳居浙江省第一位。

如何在延续千年历史文脉的同时，提升城区的现代化和国际化程度？如何在有限的发展空间里释放更多活力？在高水平全面建成小康社会中有什么可供借鉴的“上城经验”？为此，《小康》杂志对杭州市上城区区长金承涛进行了专访。

上城区是浙江省面积最小的城区，因此在经济建设上坚持“有限空间，无限发展”。

“三个特色”与“三个一流”

《小康》：从2015年起，我国迈入“互联网+”时代，作为面积最小的区，上城在这一波互联网+经济大潮中取得哪些成就？未来上城发展的整体思路如何？

金承涛：互联网+经济是世界发展大势，我们必须顺势而为，抢抓机遇。早在2015年，杭州市委市政府就做出把发展信息经济、推进智慧应用作为“一号工程”的决策部署。2016年，上城区明确了以智慧引领、创新驱动、产城融合、科技支撑为主线的发展思路。这几年来，我们把准时代脉搏，牢牢把发展“互联网+”经济作为顺应新一轮科技革命产业变革、抢占发展制高点的主抓手、重头戏，在这一轮发展中持续走在前列：

在信息经济领域，2017年我们成功举办了中国（杭州）移动互联网大会，全区实现企业“上云”超过1500家，我们还持续引进了世界500强思科（中国）总部、Google AdWords、中电数据等一大批互联网信息技术企业，特别是思科（中国）总部，在2017年实现销售收入65.31亿元，同比增长305%，实现了爆发式增长，Google AdWords将浙江工业智造企业产品推广到世界各地，落实“一带一路”倡议，有效助推浙江实体经济发展。在互联网+金融领域，我们成功打造了全国领先“独角兽”企业——微贷网，公司也呈现“爆发式”增长；在互联网+文化领域，我们加快发展数字文化、互联网文化等新兴业态，CCTV电影频道杭州基地落户上城并启用。可以说，驱动创新，已经成为上城发展“新引擎”，给上城经济发展带来不竭的动力。

未来几年，上城将走高端产业集群发展和高端要素集聚的产城融合路子，重点发展总部经济、楼宇经济，瞄准产业链和价值链的高端，如研发、设计、品牌营销等现代服务业，加快培育云计算、大数据、人工智能、虚拟现实、区块链等具有重大引领带动作用的未来产业，抢占发展制高点，着力打造创新转型的标杆区。

《小康》：杭州的目标是“推进国际化、建设世界名城”，作为杭州的城市客厅，在前不久的“中国城区国际化指数”排名中上城区跻身一线阵容，能否谈一下上城在城区国际化建设方面的经验？

金承涛：上城区作为杭州主城区的核心城区，自身的定位是率先建成一流的国际化现代化城区，为此，我们拉高标杆、择高处立，把上城放到全国乃至国际视野去谋划，主动对标国际、国内一流的中心城区。在过去几年，我们主要做了以下工作：

一是规划水平的国际化。我们积极融入杭州“拥江发展”战略，编制了新一轮分区规划，推进空间、产业、土地利用等“多规合一”，坚持高起点设计，聘请国际一流的团队完善望江新城城市设计方案，大手笔启动吴山广场地下空间等规划，打造城市新地标。

上城区 吴山

二是建管水平的国际化。我们注重建设品质，高标准建成并交付一批安置房，学校、农贸市场、公园、社区邻里中心配套齐全，让幸福荡漾在上城百姓心坎里。在社会治理方面，我区与思科（中国）等紧密合作，共同建设“智慧上城”，智慧应用涉及医疗、教育、消防、食品安全、城管和安全等各个方面，为社会治理智慧化提供了“上城样板”。

三是产业层次的国际化。我们注重招强引优，坚持书记区长领衔亲自跟踪、“敲门招商”，2017年成功引进中兴金控、思科杭州研发中心等重大项目。2017年3家企业成功上市（全区共有13家上市企业），其中龙运国际在美国纳斯达克挂牌上市。以金融服务业为例，我们的玉皇山南基金小镇在2017年圆满实现“三个翻一番”，被命名为首批浙江省特色小镇，成功举办了第三届全球私募基金西湖峰会和首届中国董秘百人会，我们还与美国格林威治小镇签订友好合作备忘录，并在纽约、伦敦分别设立代表处。

四是服务功能国际化。教育、医疗、养老等服务历来是上城的几张“金名片”。我们力推教育国际化战略，我区的建兰中学、崇文实验、天长小学、胜利小学等全省知名，并且建成娃哈哈国际双语学校等一批国际化学校，为国际人才子女提供一流教育服务；我区的医疗服务水平对标国际，三甲医院密度全省最高；此外，我们尤其注重为企业服务，比如在基金小镇设立金融法庭和行政服务分中心，让企业办事不出小镇、园区。

未来几年，我们在推进地区国际化方面，重点要打造“三个特色”“三个一流”。“三个特色”即建设特色化的创业创新中心、特色化的旅游休闲中心、特色化的文化交流中心。以建设特色化创业创新中心为例，近年上城区着重打造了玉皇山南基金小镇、南宋皇城小镇、望江金融科技城等六大创新创业平台，支持双创开花结果。“三个一流”分别是打造一流的人居环境、打造一流的公共服务配套、打造一流的社会治理。如打造一流的人居环境，除了完成“四个全域化”工作外，绿地面积每年新增1万平方米，还要深入实施“五水共治”“五气共治”和交通治堵等专项行动，并将海绵城市建设等列为未来五年发展重要任务。

有限空间的无限发展

《小康》：党中央提出要全面建成小康社会，浙江将要打造成为全国高水平全面小康的标杆省份，上城区在高水平全面建成小康社会方面有什么经验可供其他地区学习和借鉴？

金承涛：上城作为浙江杭州的中心城区，在全面建成小康社会的工作上理应主动“挑担子”，勇做标杆。为率先高水平全面建成小康社会，上城过去几年主要总结了以下几点经验：

首先是区域发展坚持一张蓝图绘到底，一任接着一任干。2017年上城GDP达到1003亿元，首次突破千亿大关，财政总收入达到144.56亿元，同比增长12.6%，经济继续保持高速增长。可以说，物理空间只有18平方公里的上城能取得今天的瞩目发展成绩，离不开历届区委区政府始终保持历史耐心、战略定力、高度共识。“咬定目标不放松、一任接着一任干”的勤勉务实和团结拼搏，全力以赴跑好改革发展“接力赛”的每一棒，正是我们率先高水平实现全面小康的“重要法宝”。

其次是经济建设坚持“有限空间，无限发展”。上城有的是区位优势、文化优势以及公共配套服务优势，同时作为最小的城区，缺的是物理发展空间，特别是18.1平方公里中实际可用面积仅9平方公里，我们始终坚持“有限空间，无限发展”，结合区情，在18平方公里内精耕细作、精准定位、精益求精，抓“高”、抓“新”、抓“亩产”效益，把发展金融服务、文化创意、信息技术、商贸旅游、健康服务五大主导产业作为高质量发展的牛鼻子。2017年五大主导产业实现一般公共预算收入46.6亿元，占全区的66.6%，同比提高10.2个百分点，引领优势进一步凸显。

三是历史文化坚持重保护、抓传承。历史文化的传承和保护，是我们率先全面建成小康社会的核心竞争力。上城是吴越文化、南宋文化的发祥地和杭州历史文化遗产最丰富、最集中的城区，我们坚守与发展好上城的“根”与“魂”，不断擦亮文化这张金名片。我们的南宋皇城小镇在去年8月被列入第三批省级特色小镇创建名单，2017年小镇接待游客突破3100万人次。我们还成功举办了首届杭州南宋文化节，吸引观众数万人次，打造了一张具有上城特色的文化金名片。

四是民生事业坚持“出精品、惠民生”。我们始终坚持新增财力2/3以上用于民生保障，高质量保障民生福祉。教育是我们上城的一张金名片，我们在全国范围内率先推出“管办助评”改革，近年来我们成立了名校集群发展联盟，探索优质民办反哺公办机制和区域教育资源整合发展新途径，继续引领教育发展。卫生事业方面我们扎实推进医养结合试点工作，推出了健康颐养园，在社区邻里中心、居家养老服务照料中心嵌入社区卫生服务中心和养老机构，创新了养老融合互助模式。

五是社会治理注重智慧化、标准化。社会治理是我们率先高水平建成小康社会的重要抓手。概括起来是智慧化、标准化。我们积极推进"智慧上城"建设，推广应用了阳光餐饮智慧管控、智慧消防、智慧旅游、智慧城管、生活垃圾智慧分类等项目，取得了丰富的成果实效。我们的"标准化"工作也是持续走在全国前列，2014年1月，上城区"政府管理与公共服务标准化"荣获"第七届中国地方政府创新奖"，成为此次获得该项殊荣的国内十个政府创新项目之一，也是当届评选中浙江省唯一获得该奖项的单位。我们还注重"网格化"管理，实现了省级平安区十二连创，并成功夺取浙江省"平安金鼎"。

上城区 望江新城

《小康》：2018年是贯彻党的十九大精神的开局之年，也是决胜全面建成小康社会的关键一年。新的一年，上城区有哪些具体的发展计划？

金承涛：新一年，围绕大湾区、大花园、大都市区等重大战略，上城将全面融入"拥江发展"，实施新一轮分区规划，推进空间、人口、生态、产业"多规合一”“产城融合”，助力杭州打造成为独特韵味别样精彩的世界名城以及展示新时代中国特色社会主义的重要“窗口”；新一年，更多带着民生温度的建设项目将在上城拔地而起，托起百姓品质生活的憧憬；新一年，对标“社会治理标杆区”，上城将着力解决更多人民群众的操心事、烦心事，将“率先高水平全面建成小康社会，努力争做创新转型标杆区、文化传承标杆区、生活品质标杆区和社会治理标杆区，加快建设一流的国际化现代化城区”的目标落到实处。

上城将有以下重点发展举措：

一是全面融入“拥江发展”。我们将大格局推进一轴三组团（8公里黄金江岸线、望江金融科技城、玉皇山南基金小镇、南宋皇城小镇）的拥江发展平台建设，打造拥江发展核心区和先导区。

二是大手笔推进“四个全域化”。2018年我们将在近几年完成12000余户的基础上，再征迁4000户，实现征迁项目全部“清零”，全域化完成城中村改造。我们还将全域化完成省“无违建区”创建、危旧房治理和水质提标。

三是大力培育新经济、新业态、新动能。未来几年，上城将抢抓机遇，加快推进新旧动能转换，重点发展总部经济、楼宇经济，抓研发、设计、品牌营销等产业总部落地，加快培育云计算、大数据、人工智能、虚拟现实、区块链等具有重大引领带动作用的未来产业，抢占发展制高点。

四是大格局推进配套建设。经过三年的征迁，上城将总共腾出2000亩土地，我们将在这片宝贵空间上高起点规划，大刀阔斧推进城市建设。比如在总面积3平方公里的望江新城，我们总共要新建各类建筑380万方，其中商业商务（含住宅）190万方，安置房、教育配套、社区配套等190万方，梳理城市年轮带，打造城站东通道、婺江路金融街、海潮寺文化街区等城市新地标。

《小康》2018年04月

河北固安：借势大兴机场的临空经济辐射

文 /《小康》· 中国小康网记者 刘源隆

据行业预测，随着京津冀一体化的深入，联动雄安新区和大兴机场建设的带动，固安在承接北京产业转移，吸收环京外溢需求方面的优势将继续凸显，为更多城市运营商和开发商提供机会，实现环京区域土地储备，拓展利润空间。此外，随着京津对廊坊的“虹吸效应”向“外溢效应”转变和固安落户新政的出台，固安将吸纳大量北京外溢人口及投资客群。

2020年3月11日，固安北部新城一宗地块出让，竞得人为大悦城控股+华夏幸福，成交价格为底价13.76亿元。

该地块位于北京天安门正南方50公里处，距北京大兴国际机场仅10公里，距离雄安新区50公里，距天津城区85公里，位于京津雄黄金三角核心腹地，紧邻大广高速，是京保石发展轴、京雄发展轴、京津发展轴等三大发展轴的轴心区域。

2020年1月，隶属中粮集团的“城市运营商和美好生活服务商”大悦城控股与华夏幸福签署战略合作框架协议。协议中约定，双方将在住宅开发、产业新城开发、产业等多个领域开展深层次合作。据了解，这是两家地产运营商继武汉新洲区的问津产业新城问津三期项目合作后的再次联袂。

临空城市

固安近二十年的发展，是通过主动拥抱大北京，实现同城一体生活。大兴机场的建设带动固安逐步向国际城市迈近靠拢，同时带动周边形成完整产业形态。占据京津冀战略中心要地，大量承接北京外溢资源、高新产业，借势大兴机场世界一流的临空经济辐射，固安正在迎来前所未有的历史发展机遇。

从区域产业转型角度看，北京大兴国际机场作为全球最大的机场，2019年已实现通航，根据计划，在3月29日、4月12日、4月26日三个时间节点，南航、东航、厦航、重庆航、东海航将分三批转场至大兴机场，也就是各航空公司陆续将在首都机场运营的部分或全部航班转至大兴机场运营。随着大兴机场的班次、客运量、货运量等逐年递增，人流、物流、产业流将会迅速聚集，带动京南板块发展，而固安作为临空经济区重要的生活配套区，具有得天独厚的优势，临空经济区建设将成为固安的载体和平台，将大批发展要素吸引到固安。

北京目前南北两大机场，从首都机场发展来看，由机场带动的整体城市配套迅猛发展，三元桥—酒仙桥—望京—天竺—顺义—后沙峪等城市产业发展带形成。当前，固安正处于大兴国际机场所带动的环机场第一黄金圈层，正呈现一派提质增效、稳中向好的良好发展态势。大兴机场因高端产业集聚引流而来的高密度吞吐量，将对固安的产业、居住、商业生活氛围提出更高的要求，越来越多的年轻化、专业化、高端化人才向固安集聚，参与并见证着“航空大都市”的产业结构革新与蝶变，“新国门”正在向南发展，固安凭借城市底板近年来各种要素集聚和发展，可以预见的是，未来这里将借势大兴机场运行的提速，成为京津冀协同发展的新增长极。

科创城市

近几年来，固安县以发展特色产业为主导，优先扶持重点项目，聚力打造电子信息、航空航天、生命科学三大产业集群，成为县域经济发展的强力引擎。

今年初，国家科学技术部火炬高技术产业开发中心发布了国科火字〔2020〕68号文件，公示了2020年第一批国家火炬特色产业基地拟核定名单，固安新型显示特色产业基地等29家产业基地入选。值得一提的是，该产业基地成为河北省唯一入选项目。

国家火炬产业基地包括国家火炬计划软件产业基地和国家火炬特色产业基地，是引领我国软件科技创新和产业化发展的重要旗帜和主力军，是区域特别是县域培育和推动特色产业发展的重要载体，是高新技术产业规模化、特色化和集群化发展的重要产业集聚地。

作为河北省战略性新兴产业示范基地之一，固安新型显示特色产业基地2019年实现工业总产值56亿元，拥有京东方、维信诺两大新型显示龙头企业。京东方是全球智能手机应用显示模组10%的产源，具备年产中小尺寸TFT-LCD显示模组

1.55亿片的能力，客户覆盖华为、OPPO、vivo、小米、三星等国内外知名手机厂商。维信诺是同时具有PMOLED和AMOLED柔性显示国际标准的中国企业，是固安新型显示面板企业的代表。

在龙头企业的带动下，短短数年，电子信息产业基地集聚起32家上下游企业，其中不乏翌光科技、鼎材科技等拥有自己核心技术的企业。“我们制定了新型显示产业振兴计划，力争新型显示产业实现跨越式增长。”固安县委书记王海说。固安正大型试验基地和航天高端制造基地，配置亚洲最大的全天候自然环境试验系统，将具备国内最先进的复合材料研发制造能力和金属材料先进制造能力。

航空航天也是固安的主导产业，2019年11月30日，北京航天自动控制研究所（12所）固安试验区工程在固安新兴产业示范区举行了项目开工推进会。12所作为中国运载火箭技术研究院固安航天产业基地建设首批推进试点单位，其固安试验区的开工建设，标志着固安航天产业基地规划实现落地。

该项目建设地点位于河北省固安新兴产业示范区航天产业基地，也是航天科技一院固安基地建设蓝图的一部分。试验区主要用于开展控制系统精度试验、综合试验、仿真试验、产品总成测试、控制技术专业试验、军民融合产品研发和生产。

据了解，一院将在固安航天产业基地打造国内首个、国际一流的航天综合性。

生命健康在固安产业新城正在继续着发展的力量，固安肽谷生物医药产业园提供专业的生物医药研发用的高端仪器设备和共享实验室，拥有符合ISO-17025标准实验室和国家GMP标准中试车间以及灵长类模式动物研究中心等生物医药研发全领域公共技术平台。现已集聚包括全球领军企业模式动物供应商美国玛斯和赛业中国等，企业60多家，科研项目60多项，专利40项。

2019年，固安正式发布了建设“京南科创谷”的规划，紧抓京津冀协同发展、雄安新区规划建设、北京大兴国际机场通航的战略机遇，携手产业新城运营商华夏幸福，在固安产业新城范围内打造面积6.4平方公里的“京南科创谷”，以培育科创板上市公司为实施目标，全力提升产业生态，努力成为京南科创孵化策源地。以电子信息、航空航天、生命科学三大产业为主导、科创服务为先导的固安正在向科创城市迈进。

幸福城市

城市的发展离不开生态的可持续，在京津冀一体化、打造大北京世界级都市圈的进程中，生态同样不可忽视。

数据显示，固安的绿化覆盖率将近45%，真正实现“每1公里都有1座公园”，固安宜居指数位居大北京首位。固安的自有配套已经逐步完善，市民休闲出行不需要再“进京城”，种种迹象都表明，固安已逐步发展成为京南休闲中心。

近年来，固安着力打造宜居宜业生态之城，以城市公园、街心花园、公园绿地为点缀的网络化城市生态绿地系统，形成了广阔的城市“绿肺”。

据悉，固安作为国家级园林城市，今年还确定了创建国家森林城市的发展目标，2020年将同步开启八大绿色生态工程，打造包括首都新机场南生态廊道、永定河生态景观带、机场南生态廊道绿化带、雄安新区周边绿化带、多彩廊道景观线、万亩连片优质林木等重点生态工程。绿色宜居的生态环境为固安注入了绿色活力，使得固安成为北京周边高素质人口居住生活的第一站。

着眼未来绿色可持续发展，打造生态城市，既是城市发展的方向，也是改善居住环境的需要。固安不仅是环京城市与北京联系的纽带，更是一座会呼吸的绿色城市。

此外，固安还是环京圈里为数不多的规划先行的区域，这不仅体现在其产业规划上，更体现在其配套的商业、教育、公园等方方面面的规划上。清华大学PPP研究中心教授王守清指出，华夏幸福模式的成功，一方面来自上市公司融资实力支撑，另一方面则归功于在产业规划、开发、招商等方面实现专业运营。

目前，在商业配套方面，固安拥有孔雀广场、幸福港湾、幸福广场、大湖花园天地等11大高端配套商业体，可方便人们的购物和生活；在教育方面，固安拥有北京八中固安分校等108所学校，可满足人们从幼儿园到高中的所有教育需求；在生态方面，固安更是拥有孔雀大湖公园、兴安湖生态运动公园、中央公园、儿童公园、志愿公园等18座公园，人均拥有绿地面积远超其他环京区域，这些都是其得天独厚的优势，为其未来的发展奠定了坚实基础。

《小康》2020年04月

广东自贸区：为企业量身开“门户”

文/《小康》·中国小康网记者 刘建华

截至2018年3月31日，已为广东自贸区内近30万家企业开通企业专属网页，并在全省13个地市推广使用。为每家企业配备一个定制版专属网页，提供企业网上政务服务唯一入口，依托政务服务综合信息平台，为企业提供便捷化、个性化、一体化的政务服务。

“让信息多传递，让群众少跑腿”，这是广东自贸区进行政务改革的目标。为实现这一目标，中国（广东）自由贸易试验区（以下简称广东自贸区）通过全面开启专属网页政务新模式迈出了踏实的一步。

一次登录、一键直达

在广州南沙开物流公司的企业主陈红表示，如今在广东自贸区内，已经将传统的“企业找政府”，升级为主动服务式“政府找企业”。陈红所说的这种改变，就是已在广东全省逐步推广的“企业专属网页”政务服务新模式。通过“互联网+大数据”技术整合优化广东省网上办事大厅的全业务流程，广东自贸试验区围绕切实转变政府职能，以“被动服务企业”向“主动服务企业”转变为宗旨，以创新政务服务模式、优化政务服务为目标为自贸试验区内每个企业提供一个独有的可配置可定义专属网页，专门为区内法人用户提供在线办事及服务平台。全面、精准、高效地发送和处理企业办事信息，为企业提供便捷化、个性化、一体化的电子政务服务。这是广东自贸试验区率先推出的企业专属网页，也是全国首个面向企业的省级电子政务定制系统。

据了解，电子政务系统将企业专属网页与网上办事大厅、政府部门业务申办受理系统进行对接整合。企业通过登录专属网页即可办理工商、国土、商务、税务、建设、卫生、环保等多个部门的各类行政审批事项，不需在各行政部门多个电子政务平台之间反复切换以及重复登录。通过企业专属网页，政府各相关部门可根据企业类别为其提供各类政务信息的个性化推送，包括企业资料管理、办事进度、大厅办事指引、信用信息查询等特色服务。目前，广东自贸试验区企业专属网页已汇聚省、市、区面向企业的服务事项940项，并相应分出21类目标企业进行政务信息精准推送。

相关政府部门对企业实施信用监管。以企业专属网页为载体将各部门电子政务平台进行系统对接和数据整合，使企业信用信息数据在企业专属网页实现共享共用。各政府部门通过企业专属网页后台的企业信用管理分析系统，对存在失信或有信用风险的企业进行实时跟踪检查和重点防控。

广东省自贸办主任曹达华表示，广东自贸试验区以企业专属网页为载体，将网上办事大厅、各省直部门业务申办受理系统等现有的电子政务平台进行系统对接、技术整合、事项集成，企业信息数据在多个政务平台实现共享共用。“这避免了办事人在多个电子政务平台之间进行反复切换以及重复输入登录信息，实现网页内‘一次登录、一键直达’，可以大大提升企业网上办事的便利化和体验感。”

除了电子政务系统高度集成之外，企业专属网页也带来了行政办事效率的大幅提升。据统计，通过企业专属网页进行整合优化的行政审批事项，企业到实体窗口跑动次数在2次以下，其中70%以上事项到现场跑动次数在1次以下，60%以上事项可全程在网上办结。

如南沙新区片区企业进行商事登记，在企业专属网页正式上线前，需往返于工商、国税、地税、公安等6个实体大厅办事窗口，填报多份申请表，办理时长约11个工作日。专属网页上线后，企业只需在网页上填报一份表格，并在线下综合办证大厅递交，结合南沙片区“一口受理、十四证三章”改革创新举措，办理时长缩短为仅一个工作日。更重要的是，企业专属网页还有助于实现事中事后精准监管。

“企业专属网页”政务服务新模式，在2017年7月入选商务部自贸试验区新一批四个“最佳实践案例”之一。“企业专属网页”作为探索推进“互联网+政务服务”改革的一项重要举措，其建设理念是将传统的“企业找政府”转变为“政府找企业”，进行主动服务。

企业办事实现线上线下联动

走进广州南沙政务服务中心大厅，几十个一口受理的窗口格外醒目，工作人员向记者现场演示企业专属网页的操作。在电脑上输入企业社会信用代码和密码便登录了属于其经营企业的专属网页，企业及相关的信息一目了然。前来办事的张林告诉记者："使用企业专属网页后，与之前相比，效率提升了很多，他再也不用多次跑动。同时，他还可以在自己的企业专属网页上获取信息。"

2015年，广东自贸试验区启动企业专属网页建设工作，以让区内每个企业都有专属网页为目标，率先为自贸试验区内每一家企业法人都提供一个独有的专属网页。曹达华介绍，企业专属网页主要从构建线上线下一体化公共服务体系入手，实现网页与实体办事大厅无缝对接，创立商事登记"线上一表申请、线下一日办结"服务模式。比如南沙片区企业专属网页共梳理整合20大类、395小项的行政管理服务事项。办事企业只需在专属网页填报一张《综合信息表》，录入的相关数据在后台自动被工商、国税、地税、公安等六个部门共享和采集，自动生成符合各部门规格要求的审批表格，企业把打印并签名确认的有关表格递交到实体办事大厅窗口，即可完成商事登记工作。

前海蛇口片区针对外商投资企业设立优化服务模式和流程，通过系统间数据实时交换实现协同审批，并通过负面清单比对和经营范围自主申报等手段，对办事人申报数据进行规范化指引，提升办结效率。

曹达华介绍，企业专属网页以推进事前事中事后监管体系建设为重点，积极推动网页与企业信用体系建设相融合。"比如说启动企业信用画像。对已在自贸试验区注册的企业，我们按照某段时期内企业性质、经营情况和综合信用状况进行智能风险分级，共分为4大类10个等级。建立了企业信用评价模型，就可以通过大数据计算实现企业信用画像，在网页页面实时显示信用评价情况和风险警示信息。"曹达华说。同时还推进信用数据畅通工程建设。如前海蛇口片区就打通了深圳全市67个信源单位共享的331万个信用数据，在企业专属网页中设置了来自市监、法院、银行、国地税等97个信用评价指标，建立企业信用评价体系。

此外，还能实现企业信用信息共享查询。横琴片区网页功能设置了"信用查询"栏目，企业可在线了解在自贸试验区注册企业的名称、法定代表人、成立日期、营业期限、认缴注册资本总额、企业类型、经营范围、登记状态、是否纳入异常经营名录、行政审批和行政处罚记录等信用信息。

曹达华介绍，企业专属网页遵循“一网式”服务理念，推进政务服务改革的系统集成，整合了省市区三级事项办理服务，实现省市区系统的无缝对接。共整合940项审批服务事项，其中省级249项，市级452项，区级239项。整合区直12个部门和驻区职能部门各种办事提醒、通知公告、警示等政策信息，共建设15个栏目、50个子栏目，为企业提供一站式的信息获取，降低信息获取难度。“为企业提供了更多的便利。”

据了解，截至2018年3月31日，已为广东自贸区内近30万家企业开通企业专属网页，并在全省13个地市推广使用。中山大学自贸区综合研究院副院长林江认为，这是政府转变职能，为企业服务的一种方式，倒逼政府部门规范自身的服务，提高服务效率。

《小康》2018年05月

李天玉：基层村书记甘做百姓“及时雨”

文 /《小康》· 中国小康网记者 刘源隆

“每一个身份都意味着一份责任。”成功不只是把自己的事业做好，而是要去帮助更多的农村农民，尤其是边远的地区，开发旅游项目让村寨里的人可以走出来，让外面的人可以走进去，更带动当地经济的发展，让老百姓日子富起来、都过得红红火火。

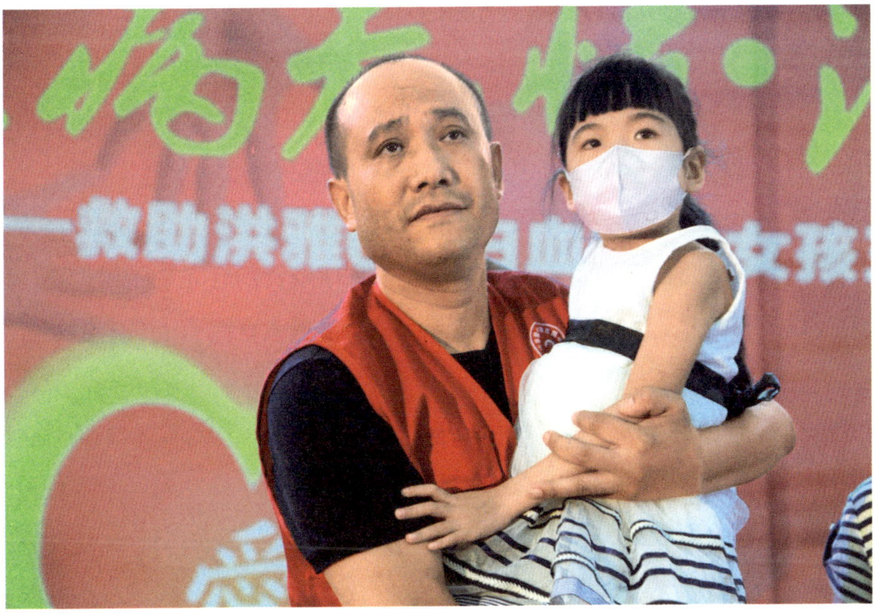

李天玉

自20世纪90年代初，20岁出头的李天玉就离开了四川眉山老家，在外地打拼经商。从最初的小冰糕厂到川菜馆，再到后来收购商场，开发丽江、九寨沟旅游景区景点，李天玉扎实走过每一步，他的文旅事业也越做越大、越来越成功。

事业有成，衣锦还乡。然而李天玉并没有满足现状，自新世纪初，便开始了自己的公益事业。由此，身上的标签也越来越多，村党支部书记、人大代表、慈善总会执行会长、爱心联盟名誉会长、东坡区扶贫开发协会会长、眉山抗战将士纪念馆负责人……合计20多个职务。

李天玉最为人所知的身份，是关爱社会弱势群体的行动者。他为失独老人、贫困学生、丧失劳动能力的残疾家庭等弱势人群募捐奉献爱心。他捐献了上千万的资金物资，不计人力物力财力地奔赴在公益一线，已然成为眉山市不忘初心、助人为乐的一面旗帜。

建设家乡，亏己为民的好书记

在四川眉山市东坡区崇礼镇洪庙村，干部群众提起村支书李天玉，都说他是一个亏己为民的好书记。

洪庙村虽然离眉山城区不远，但以前的交通却很不方便。村里好不容易争取到20万元的修路资金，可要修通2公里长的水泥路，还需村上投资14万元，李天玉作为村党支部书记，不仅自掏腰包补上修路款，另外还出资15万元，为村道做亮化工程。同时，他还为集镇老街道、附近的韩宾村以及邻近的复盛乡中桂村共捐资90余万元，帮助修通水泥路4公里，并安装太阳能路灯。

每逢节日，李天玉都会自掏腰包为村民们购置节日慰问品。中秋节，为60岁以上老人送月饼，重阳节请老人聚餐联欢……在他经营的桂花湖景区内，他优先招聘附近村民，村里人无不感动。谈起李天玉，村里人已经有了“有困难，找天玉”的共识。

“我能捡回一条生命，全靠你这个好心人的资助。”韩笑（化名）的话没说完，已是泪眼婆娑。东坡区太和镇37岁的韩笑，父亲生病花光了全家积蓄且负债，家庭经济陷入困境，妻子不堪重负出走，更不幸的是去年他自己也患上了“胸主动脉夹层瘤”，被送华西医院住院做抢救手术，院方告知需尽快准备15万元治疗费才能做手术。对这个多难的贫寒家庭来说，这不啻一笔天文数字。如果放弃手术，韩笑性命难保。

李天玉得知这一消息，立即向社会爱心人士发出倡议，很快就募集到善款7万多元，离总计费用15万元尚差8万多元，他二话没说自己补齐了15万元如数送到韩笑手上，还帮助办理入院手续，连日跑前跑后，让韩笑亲朋感激涕零。

像韩笑这种情况的人，李天玉还帮助了许多许多……

在眉山市内，各小区大门宣传栏上，大都有向东坡好儿女李天玉学习的照片。心系困难群体，勇担社会责任，李天玉在眉山市有口皆碑。

“现在我的孩子也是越来越多。”这是李天玉的玩笑话，却也是真实写照。仁寿县方家镇10岁的林宾（化名），刚出生4个月，父亲失手致母亲死亡，被判处无期徒刑。失去父母的小林宾，全靠缺乏收入来源的爷爷奶奶抚养。他们供林宾读书生活，越来越力不从心。李天玉了解到情况后，马上向这家人伸出了援手，不仅资助孩子的学费、生活费，去年1月，为了却孩子想去北京天安门看升旗的愿望，还专门从公司和村支部繁忙的公务中抽出时间，亲自带孩子去北京游玩了4天。对此，他爷爷奶奶感激地说：“李总，你真比亲生父母想得还周到。”

如今，李天玉带领他的志愿者团队先后累计救助贫困学生上千人次，捐资助学金额上千万元。其中他带头资助的贫困家庭大学生就有170余人。投入300万元建的桂花湖留守儿童活动中心，接待困境家庭留守的儿童免费游玩，不定期集中开展夏令营活动，多年来不定期地亲自接送福利院、孤儿院的孩子们到桂花湖等游玩，丰富孩子们的课余生活，促进孩子们快乐成长。

铭记历史，为空巢老人送温暖

走进眉山桂花湖旅游景区，一座新建成的“眉山抗战将士纪念馆”显得格外引人瞩目，馆外正面墙壁展现抗日战争的浮雕像，清晰有致。

站在纪念馆广场，李天玉告诉记者：“纪念馆筹备了两年的时间，去年9月26日正式向市民免费开放。纪念馆占地面积800余平方米，一期工程自投资金4500万元，现已收集整理反法西斯战争的文史资料、物件、影像、旧武器等实物4000余件。”

说起抗日战争历史，李天玉滔滔不绝。他之所以对这段历史感兴趣，源自在多年前慰问空巢老人时，了解到有些空巢老人曾是参加过入缅对日作战的国民党老兵，在解放战争后这些人受到优待、返回老家务农。如今这些老人有的因为年纪太大，失去劳动力，有的儿女不在身边，甚至还有无儿无女的，也就成了空巢老人。

对这些空巢老人，李天玉都曾亲自登门拜访过，给他们送去慰问、送去温暖，为他们修建新房，置办新式电器、家具等。通过和这些空巢老人的交流，激发了李天玉对于抗日战争历史的浓厚兴趣，他开始查阅资料学习，并收集与抗战相关的历史文物和文献。随着收集的文物资料越来越多，2017年他萌生了建一所抗日战争纪念馆的想法。

去年开馆当天，纪念馆接受了眉山市委常委、统战部部长王光彩授予的市级“中国特色社会主义教育基地”牌匾和东坡区委书记朱莉授予的区级“爱国主义教育基地”牌匾。李天玉表示，眉山作为历史悠久的文化名城，是一座具有独特文化特色的城市，通过眉山抗战将士纪念馆的建立，对提升、丰富眉山历史文化，带动红色旅游经济，全方位宣传眉山的历史文化具有特别的意义。

2019年3月和6月，李天玉在桂花湖景区，举办“千人大型抗战历史公益团拜会”和“关爱抗战将士”主题活动，号召全社会关心关爱关注抗战老兵们。今年，在青神县南城镇曾参加抗战的老人覃福廷百岁生日时，当天已排满了档期的李天玉硬是百忙之中赶了几十公里路为老人送上生日礼金和鲜花，并主持了老人生日仪式。

近年来李天玉走访慰问附近村庄的空巢老人、特困重病户、残疾人、留守儿童等的开销，每年高达20万元。他说：“我们要力所能及地帮助困难人群，让他们感受到国家、社会对他们的关爱。”

20年来，李天玉一直坚持不懈地做公益慈善事业，也影响了周围的人。自2005年至今，李天玉所获得的由各级政府颁发的“先进共产党员”“先进个人”等奖项30余个，他的事迹不仅被群众称颂，还多次被眉山电视台等新闻媒体报道。在李天玉的带动感染下，越来越多的人加入了爱心帮扶的队伍，他组建了眉山市爱心联盟志愿者协会，会员达500余人。协会专门从事扶贫、助病、助残、助学、助老等公益慈善活动。此外，李天玉还是眉山应急救援队的一员，担任应急救援队政委一职，并多次参加抢险救灾。这位老百姓心中的“及时雨”，用他的实际行动践行着自己的人生格言——能力不在大小，献爱不在多少，有爱就好。

《小康》2020年05月

重庆武隆：旅游业引领特色改革

文 /《小康》· 中国小康网记者 袁帅

在打造美丽乡村方面，武隆区把发展旅游与乡村振兴结合起来，加强农村环境综合整治和美丽乡村建设，让更多的旅游者在乡野、田园、农舍和劳作中体验乡村生活，推动乡村旅游、休闲农业蓬勃兴起，把田园风光、秀美乡村变成聚宝盆，打造“国家喀斯特农业公园”。

武隆风光

自古有“渝黔门屏”之称的武隆由于身处深山，欠缺发展工、农等产业的优势，造成了往昔贫穷落后的局面。如今，武隆不断挖掘自身旅游资源潜力，“世界自然遗产”“国家5A级旅游景区”、联合国“可持续发展城市范例”、首批“国家全域旅游示范区”……拥有众多生态荣誉的武隆人找到了一条打造营商环境的特色道路。

在我国旅游发展模式正迈向“优质旅游发展新时代”的当下，以旅游业为综合性支柱产业的重庆市武隆区顺应时局，用第三产业铸造特色营商环境。

旅游局被赋予执法权

近年来，武隆将大山大水巧妙、有效地做成生态旅游产品，让游客融入山水中进行深度体验，此举受到了中外游客的好评。把绿水青山转化成金山银山的举措帮助武隆的旅游产业每年不断以百分之十几的速度高速增长。然而一棵大树想要健康地向上生长，就要修剪旁枝侧叶。随着旅游产业规模的逐步壮大，市场维护、管理需求与日俱增，武隆区的发展目标已然从过去的市场做大变为如今的做强，为此，武隆区在旅游方面的管理机构上进行了一次深入彻底的改革。

过去，旅游管理部门常被调侃为“没有枪没有炮，只有一顶冲锋号”，旅游局无法执法，给了黑车、黑导游，以及强买强卖的不良分子可乘之机。在三亚成立首个全国旅游警察后，武隆未雨绸缪，在市场混乱前便建立了旅游市场综合执法支队，并分设了旅游警察支队，旅游工商分局旅游巡回法庭，这也是重庆市首个旅游法庭。

不同于国内其他旅游警察由公安局管理，武隆区的旅游市场综合执法支队、旅游警察支队和旅游巡回法庭均由旅游局来统一管理、调度、考核。据李鹏程介绍，在实际操作中，如各支队分属不同管理部门，旅游局往往不能真正调度旅游警察，常会出现推诿、执法滞后的现象，而这种统一管理平台和进出口的旅游监管模式不仅成了武隆旅游业发展进程中标杆性举措，在全国也属于首创。“多个部门联合执法，加强监管力度。吃住行游购运的综合旅游市场有序运营、商家良性竞争，才能保证游客进到武隆后有一个安心、舒心的休闲环境。”

武隆区旅游警察支队成立不久，便因扰乱市场秩序逮捕了十人，检察院审理了其中八人，这在当地算得上大案，并对规范市场起到了极大的震慑作用，为游客追回因哄抬物价、缺斤少两而损失的共计三万余元损失。防患于未然，如今武隆区在商品售价上对各商户进行了更规范化的管理。记者在走访中发现，在当地景区外的商贩聚集区，所有店铺都贴有商品价格明细，且同种商品在不同店铺的价格基本相同。在旅游高峰期，每个景点都有一支两名旅游警察在现场执勤。记者从武隆区了解到，目前当地设有15名旅游警察，下一步将再增加5—10人。

同时，武隆大胆进行政策改革供给，用地方面，在不违背国家大政策背景下，农用地、林地等征转用有效供给旅游产品。发展旅游需要资金支持，武隆区巧用财政资金撬动社会资本的投入。政府对于当地居民开办民宿提供政策以及资金上的支持。对此，区委书记黄宗华表示：“武隆本身硬件环境差，如果不把软环境抓好，那么武隆就没有竞争力，也没有可持续发展力”，“武隆要优化营商环境，必须要在改革上求突破”。

五大战略促高质量发展

从无到有、从小到大，已经成为全国旅游大区的武隆经过二十余年的持续发展，如今旅游业收入已占武隆区地区生产总值约25%，且保持连续高速度增长态势。目前，武隆区旅游的量已经积累到了一定的阶段，质的问题已经开始凸显，无论是从全区旅游产业发展需要还是游客消费需求都必须要向质的提升转变，加快全区旅游高质量发展势在必行。

为了促进旅游业高质量发展，武隆区提出了打好“世界遗产”“休闲度假”“人文历史”“乌江画廊”，以及“美丽乡村”五张牌的战略方向。武隆区文化旅游委副主任李鹏程表示，“世界遗产”是最具说服力、最有号召力的旅游品牌，在区域经济发展中，它的带动性、引领性地位不可动摇。充分打好“天生三桥、芙蓉洞、后坪天坑”这块世界遗产品牌，并在保护的前提下，按照“世界水准、国际一流、国内领先”标准，提炼文化内涵，完善配套服务，进一步提高我区“世界遗产”品牌价值，提升武隆旅游全球美誉度和知名度。同时他指出，仙女山度假区是全国26个国家级旅游度假区之一，是全重庆唯一的国家级旅游度假区，按照打造“国内顶级、国际知名”的山岳型旅游度假区定位，积极开发户外运动、低空旅游、文化创意、休闲度假、康体养生等新型旅游产品，完善配套，满足不同层次度假人群的旅游消费需求。白马山度假区立足山地乡村、山地运动、高山森林等，全面塑造白马

武隆

山旅游形象，打造全国森林康养度假示范区，力争建成5A级景区和国家级旅游度假区。通过两大度假区的协同发展和引领辐射带动，让武隆成为全世界人民休闲度假的首选之地。

文化是旅游之魂，旅游是文化之体，一个地区文化的内涵和品质决定着旅游的知名度、美誉度。由此，武隆区深度挖掘仙女文化、白马文化和图腾文化的历史典故、文化精髓，在讲好“仙女与白马王子”故事的同时，打造爱情文化品牌，从而举办爱情文化高端论坛，形成感人至深的爱情文化。充分挖掘“五龙”故事，提炼龙的神话传说，传承龙文化、弘扬龙精神。此外，武隆区充分利用乌江两岸独特的自然风光和壮丽美景，做好山、水、城三篇文章，依托城区旅游集散中心，加快打造“乌江画廊”水上游线，重点打造峡谷观光、水上娱乐、文化体验、游艇遨游等旅游项目和旅游产品，形成水上、岸上旅游互动，让“一江碧水、两岸青山”的美景焕发新的风采、展现新的魅力。

《小康》2019年12月

重庆荣昌：三大“非遗”助推打响城市品牌

文 /《小康》· 中国小康网记者 刘建华

无论是夏布、荣昌陶还是折扇，如何让非遗可以真正地“活起来，传下去”是摆在重庆荣昌面前的现实难题。曹清尧表示，下一步，荣昌将重点围绕“一片陶”“一匹布”“一把扇”做好非遗产业文章，让非遗文化在当代生产生活中再现活力，把荣昌打造成为成渝城市群的“非遗之城”。

惊天巨坛（安陶小镇日落）。田鹏摄

荣昌有“三宝”，一块布、一把扇、一片陶。

2019年5月28日，在重庆举办的“一带一路”国际技能大赛上，重庆市荣昌区委书记曹清尧向游客推荐荣昌三宝，荣昌陶、夏布、折扇三大国家级非物质文化遗产惊艳亮相第二届“巴渝工匠”绝技绝活展，给赛场增添了一道亮丽的风景线。

早在2015年，荣昌就已经提出以国家级“非遗”为基础大力发展特色传统文化产业，大力实施文化强区战略，将非遗文化与特色小镇相结合，打造陶文化创意产业园、安陶小镇、夏布时尚小镇、夏布文化展示平台，让非遗可以真正地“活起来传下去”。近年来，荣昌非常重视非物质文化遗产的保护、传承与利用工作，在保护中传承、在传承中利用，让非遗活起来传下去，打造非遗产业群。

事实上，曹清尧为推广荣昌“三宝”，在2017年的全国两会上，他就在西装上别着以荣昌三大非遗之一的荣昌夏布为原料开发的一朵红艳“海棠花”吸引了人们的目光。

荣昌三宝焕发新机

荣昌有1260余年的建县史，荣昌境内原有始于汉代的夏布、始于宋代的荣昌陶和始于明代的荣昌折扇。各地移民融合外来技术与本土工艺，逐渐使“薄如纸、亮如镜、声如磬”的荣昌陶蜚声国内外，将号称“天然纤维之王”的夏布远销日本、韩国和东南亚。到清中晚期，荣昌折扇已与苏杭折扇齐名，并称中国三大名扇。夏布、折扇和陶器也成为荣昌拥有的三个国家级非物质文化遗产。

4月10日，《小康》·中国小康网记者来到沿河而建的夏布小镇，上百家夏布衍生品商铺还在准备疫情后的复工，偶尔迎接来自各地的游客。重庆市荣昌区加合夏布制品有限公司董事长黄秀英介绍，因为疫情的影响，今年夏布的生产和销售都有很大的影响，但随着疫情的有效控制，客户也在逐步恢复。

在黄秀英的展厅里，抱枕、手袋、床上用品等各种各样的夏布制品陈列在橱窗内，价格不菲，记者从标价上看到，一套夏布制作的床上四件套价格超过一万元。黄秀英介绍，因为夏布是纯手工制作，他的工艺复杂，产量有限，所以纯夏布制品价格还较高。“夏布制成的衣服在夏天穿着特别凉爽，是原料所致，目前用得较多的主要是日本和韩国。”她表示，因为价格较高，对夏布的推广有一定的难度。

夏布产业是荣昌最具特色的传统特色产业之一。荣昌夏布生产有一千多年的悠久历史，汉代称“蜀布”，唐时称“筒布”“斑布”，为贡布。“荣昌夏布”2007年被列入“重庆市第一批省级非物质文化遗产名录”，2008年被国家文化部确认为“国家级非物质文化遗产”，是国家地理标志证明商标。荣昌是全球最大的夏布生产基地，国家农业部先后授予重庆荣昌“中国夏布之乡”“夏布加工基地”的称誉，2011年获批“国家外贸转型升级专业型示范基地”，拥有荣昌夏布国家级非遗技艺传承人两名。

荣昌区文化与旅游委副主任唐震向《小康》·中国小康网记者介绍说，经过近20年的发展，全区有手工织布机5000余台，形成了年产夏布70万匹的生产能力，产品种类达20多个。拥有登记注册夏布企业（含个体工商户）80余家，有夏布类常年出口企业37家，配套家庭生产作坊和从事夏布织造工作人员有2万余人。近年来，荣昌夏布每年出口稳定在1亿美元左右。韩国、日本、中国香港等地为夏布的主要出口目的地，越南、阿联酋、新加坡等新市场相继拓展，产品主要包括苎麻布、大麻布、机纺苎麻布、棉麻混纺制品等坯布，夏布韩服、工艺品、创意产品等新产品相继开发出口。

围绕重庆市委书记陈敏尔来荣昌调研时提出的做好“一匹布”文章，按照“传统手工夏布、机纺夏布、夏布创意、夏布人才战略”的发展战略，夏布产业成为近年来区委区政府重点打造的传统产业之一，加大了对夏布产业扶持力度。2016年，24户夏布企业实现出口5.5亿元，上缴税金5224万元；2017年，29户夏布企业实现出口5.6亿元，上缴税金4580万元；2018年，37户夏布企业实现出口10.8亿元，上缴税金6961万元。2019年，夏布企业实现出口7.1亿元人民币，16户规上企业实现产值18.2亿元，同比增长19.8%。

陶瓷产业是荣昌的传统支柱产业，被列为荣昌区重点发展产业之一，产业发展基础良好、后劲十足。陶瓷产业极富文化属性，与艺术、文化、旅游、房地产、人居等产业关联度高，对发展文化创意产业、会展经济、旅游观光及聚集海内外人气、提升城市活力等方面均具有很强的带动和促进作用。以荣昌陶非物质文化遗产为依托，通过高标准规划，突出陶瓷文化与创意、展贸、设计、休闲等核心元素，加快打造高端陶瓷服务业，不仅利于重振荣昌陶器“四大名陶”的工匠精神，还将对塑造荣昌和重庆城市文化、提升“重庆十大新名片”知名度产生巨大的推动作用。2017年以来，荣昌立足资源优势和市场需求，立足“一片陶”做文章，以做强工业为重点，以民营经济为载体，以一二三产联动为目标，积极发展块状经济，把陶瓷产业做成集群化发展的区域特色经济，成为推动高质量发展的新增长点。

荣昌三宝之一的折扇制作技艺，也于2008年6月由国务院命名为第二批国家级非物质文化遗产名录。现有国家级代表性传承人1名（陈子福），市级代表性传承人4名。“因为扇子的应用具有较大的局限性，它的发展受到很大困扰。”荣昌区经济信息委工作人员告诉记者，扇子如今已完全无法代替空调等产品，其艺术性质远远要大于其实用性了。

“活起来，传下去”

事实上，无论是夏布、荣昌陶，还是折扇，虽然在政府的扶持下有了一定的发展，但如今也在产业的形成上也的确存在困难。

唐震告诉记者，荣昌是世界夏布生产基地，全球80%的夏布生产源自荣昌，在核心产区盘龙镇，建设荣昌夏布创业基地，规划占地面积550亩，投资15.5亿元，主营以服装、床上用品、工艺品、装饰品、旅游产品等为主的夏布深加工产品。目前1.3万平方米标准化厂房已入驻企业并正常生产。新引进荣桂麻纺织、佰全纺织、协宏纺织、草玉麻纺织等夏布企业，培育了耀腾麻纺、奕纶麻纺、宗仪麻纺、鑫浩麻纺等规上夏布企业。

记者在采访时发现，虽然荣昌夏布已成功被列为国家非遗，但是，夏布的产业价值并不在荣昌。

多位夏布行业从业者告诉记者，荣昌主要以生产夏布坯布为主，而坯布生产效率低，价值不高，“我们向中国香港、韩国或日本卖出一匹夏布坯布，一般是四五千元人民币，而日本将坯布进一步深加工后卖回给我们，价格得在五六万元一匹。”因此，夏布的真正利润价值并没在中国，他们表示，因为中国脱胶、印染技术还没有达到那种高水平。

记者触摸夏布的坯布，手感非常硬。黄秀英介绍，没有经过深加工的夏布用时做走秀的时装会比较有立体感。为了进一步增加附加值，以加合夏布为代表的企业积极引进了韩国先进技术，在苎麻生物脱胶、植物染色等方面取得了一定突破，开发了韩服等产品并出口。以德南麻纺为代表的企业与国内厂商合作，开发夏布床上用品、袜子、车用饰品等销量高。以壹秋堂夏布为代表的夏布企业开发夏布箱包、手机套、女性饰品、个性小用品等受游客欢迎。以云宝夏布为代表的企业开发夏布双面画（专利）、夏布扇等文化产品，深受用户喜爱。

目前，荣昌与北京服装学院、西安工程大学、武汉纺织大学等知名大学，四川苎麻研究所等科研机构，江西恩达等知名企业加强合作，致力于攻克生产效率低、面料印染、整形难，产品较为单一等问题。

与夏布遇到的问题一样，荣昌陶产业发展的道路也并不平坦。从20世纪90年代开始，荣昌陶产业日渐衰落，靠生产泡菜坛子、白酒瓶子勉强维持运转。“因为荣昌陶实用性与市场饱和的因素，曾经一度失去了发展方向。”但2017年开始，荣昌深挖陶文化，拓展瓷产业，让陶瓷产业再次焕发新活力，成为发展速度最大的主导产业。荣昌结合陶瓷产业发展的基础和规划，采取“做大做强存量，招大引优增量”的有效措施，确定“陶瓷产业园”和“陶文化创意园”双轮驱动，取得了很好的成效。

目前，荣昌已拥有唯美陶瓷、奥福精细陶瓷、惠达卫浴、金意陶、锦坤陶瓷、兀盾纳米科技、创导工业陶瓷、恒隆陶瓷等陶瓷企业70余家，占重庆陶瓷产业总产值的40%以上，同比增长24.6%。荣昌陶瓷产业主要发展工艺陶、日用陶、建卫陶和特种陶。推动工艺陶和日用陶转型发展，做“创意”、做“文化”；重点发展建卫陶，做“品牌”、做“体量”；优先发展特种陶，做“规模”、做“品质”。

除建筑陶瓷外，荣昌在工艺陶、环保陶、日用陶、特种陶上也有重要突破：现已投产的北京奥福精细陶瓷有限公司主要生产汽车尾气装置所用的蜂窝陶瓷，广泛应用于中国重汽、潍柴、康明斯、东风及德国戴姆勒等重卡；金意陶将在荣昌首次布局4条泡沫瓷砖生产线，这种泡沫瓷砖是用各种固废材料加工出来的新型环保产品，不仅保温、隔热、降噪，价格还很便宜，可广泛用于装配式建筑，投产后可将荣昌的陶瓷固废、工业固废、煤矸石“打干吃尽”；康丽达公司生产的超耐热陶瓷锅，超耐热800度以上，通过美国FDA检测标准，是瑞士接待习近平主席国宴用锅。恒隆陶瓷、大友宏烨陶瓷等也相继投产。2017年12月30日，荣昌“安陶小镇”正式开街，2018年上半年共接待游客40万人次……

2019年11月30日，2019重庆“一带一路”国际陶瓷论坛在荣昌开幕，开幕式结束后举行了签约活动，25个陶瓷项目落户荣昌，涉及食品医药、装备制造、轻工陶瓷、农牧高新等项目，合同投资额达323.3亿元。包括中国陶瓷工业协会与荣昌区签订共建“中国陶瓷之都”战略合作协议，景德镇陶瓷大学与荣昌区签订战略合作协议。这些项目的签约落户，成为提升荣昌陶瓷产业发展能级的重要引擎和推动荣昌高质量发展的重要支撑。

据了解，荣昌折扇因难于实现产业化，且经济效益有限，发展面临的困境更大，现在需要用活“非遗”的文化价值，将荣昌折扇与旅游相结合，打造成旅游产品，增加销售量，提高附加值。夏布扇是运用夏布作为扇面，艺人将夏布和折扇两项国家级非遗项目结合起来，在夏布上作画，制作而成的夏布工艺扇也是荣昌折扇独具特色的代表性作品。

荣昌折扇制作技艺于2008年6月由国务院命名为第二批国家级非物质文化遗产名录。现有国家级代表性传承人1名（陈子福），市级代表性传承人4名。近年来，荣昌围绕成立折扇产业协会、建设折扇博物馆、建立折扇展示展销基地、组织折扇企业参展等方面积极作为，做大做强荣昌折扇。

《小康》2020年04月

云南：绿色发展“三张牌”

文 / 杨柳

“云南这‘三张牌’包含了第一产业、第二产业、第三产业，它的底色就是绿色，这是高质量发展的一个方向。”阮成发表示，要捏紧拳头、聚焦重点，扬长避短、彰显特色，久久为功，经过全省上下几年甚至十几年的努力，把“三张牌”真正打造成世界一流品牌。

无论是代表团全体会议，还是委员们分组讨论，总能在会场上听见代表和委员们屡屡提及一个词——“三张牌”。这个新提法首次出现在2018年1月25日上午开幕的云南省第十三届人民代表大会第一次会议上，时任云南省省长阮成发在《政府工作报告》中提出，为培育新动能，2018年云南将全力打造世界一流的“绿色能源牌”“绿色食品牌”“健康生活目的地牌”这三张牌，形成几个新的千亿元产业。不难看出，云南省亮出的“三张牌”中，最鲜明的主题就是“绿色”。

“绿色”引领经济转型

位于大理州剑川县的新松换流站，海拔2350米，是滇西北直流工程的电力输送端换流站，也是世界上海拔最高的特高压换流站。2017年12月27日，随着机组开始全面运转，来自滇西北的清洁水电转变成直流电源源不断地输送到广东省深圳市。滇西北直流工程是落实国务院“大气污染防治行动计划”的12条重点输电通道之一，西起剑川县，跨越云南、贵州、广西、广东四省区，东至广东省深圳市宝安区，是西电东送首条落点深圳的特高压直流工程。

云南省水电资源可开发量居全国第三位，据统计显示，去年云南全省绿色电力发电量2718亿千瓦时，相当于节约标准煤8860万吨，减少二氧化碳排放2.2亿吨；送电省外1435亿千瓦时，100%为清洁能源，云南成为全国外送清洁能源第二大省份。

2018年1月31日，在云南省人民政府召开的新闻发布会上，阮成发也再次强调，能源产业是云南现有支柱产业之一，其中主要是水电清洁能源。充沛而廉价的绿色能源是云南的一大优势。打造“绿色能源牌”就是大力推动水电铝材、水电硅材一体化发展，尽快形成产业。同时，进一步延伸产业链，迅速发展新能源汽车产业，下大力气引进新能源汽车整车和电池、电机、电控等零配件企业，尽快形成完整的产业链，争取把“绿色能源牌”打造成为一大亮点。

如果说“绿色能源牌”大有可为，那么“绿色食品牌”则彰显了云南特色。建水豆腐、松茸煮鸡、大理三道茶……凡是到过云南的游客，都会对当地各式各样“舌尖上的美味”印象深刻。而且，这些高原上的特色农产品已经走上了日本及欧洲各国的餐桌。在此次云南省《政府工作报告》中，针对如何打好这张“绿色食品牌”，也有着“打造名优产品，做好‘特色’文章，加快形成品牌集群效应；塑造‘绿色牌’，推动农业生产方式‘绿色革命’；发展精深加工；开拓国内外市场，扩大云南农产品影响力和市场份额”等一系列系统的规划部署。

临沧市双江县，是冰岛茶的故乡、大叶种茶原生地。这里茶叶资源、水资源均十分丰富。在推介绿色产品、推介健康生活方面有着天然的优势，而同云南其他部分地区现代农业一样，在发展过程中存在着规模小、品牌影响力小、产品附加值低的局限。

其实，云南高原特色现代农业有良好的基础，仅去年一年，云南出口茶叶、咖啡、蔬菜、水果等高原特色农产品近6万批次，货值48亿美元，同比分别增长9.73%和17.09%。放眼全国，当前农业面临着一场深刻的革命。阮成发认为，要抓住这个机遇，打好“绿色食品牌”，大力推进“大产业+新主体+新平台”的发展模式。加快发展大产业，重点力推茶叶、花卉、水果、蔬菜、核桃、咖啡、中药材、肉牛等产业做大做强；培育和引进新主体，引进国内外大企业，培育壮大龙头企业以及农业专业合作社、家庭农场等新型经营主体，用这种新的主体来替代或者改革一家一户的组织生产；利用互联网等新平台，走一条有机化、品牌化、特色化发展之路。

第三张牌，打造“健康生活目的地牌”方面，也和绿色生态密切相关。《政府工作报告》中指出，要大力发展从“现代中药、疫苗、干细胞应用”到

“医学科研、诊疗”，再到“康养、休闲”全产业链的“大健康产业”。使云南的蓝天白云、青山绿水、少数民族特色文化转化为发展优势、经济优势。而“健康生活”的理念也将惠及云南全省各族人民，乃至省内外、国内外追求健康生活的人。

“保护生态环境就是保护生产力，改善生态环境就是发展生产力。”云南省逐渐探索出了一条生态文明与发展绿色经济相结合的发展之路。以普洱市为例，不但全面推进了生态建设和环境保护、绿色农业、绿色工业、绿色服务业等近273个试验示范项目以及绿色循环低碳示范城镇的创建工作，还在全国率先推行了绿色经济考评的工作机制，以及出台了绿色农业、绿色工业企业评价标准等地方规范标准16项63个。同时，又培育了一大批安全优质的农产品绿色品牌，获得有机认证企业数居全国第四，茶叶面积、产量、产值居全省前列，咖啡面积、产量占全国一半以上，从而一举荣获了“2017全国绿色发展与生态建设优秀城市”。

“绿色”是新旧发展模式交替的分水岭，是实现生产发展、生活富裕、生态良好的文明发展道路的必然选择，也是云南经济社会发展最富生机的价值底板。秉持着走高质量发展之路，坚守绿色发展理念，云南省交出了一份2017年度成绩单：全省地区生产总值年均增长9.4%，固定资产投资增长18%，地方一般公共预算收入增长6.2%，城乡居民人均可支配收入年均分别增长8.8%和10.7%，全面完

云南。宁颖摄

成节能减排任务。

“我们要牢记习近平总书记殷殷嘱托，主动服务和融入国家发展战略，闯出一条跨越式发展的路子来，”云南省委书记、省人大常委会主任陈豪说，“要把高质量发展和跨越式发展有机统一，既要有质量，又要有速度。推动云南经济社会发展在高质量发展的轨道上行稳致远。”

一部手机游云南

围绕“健康生活目的地”这一发展目标，云南省不仅仅要打造全产业链的大健康产业，还要实施全域旅游发展战略，持续推动旅游产业转型升级。

“云南只有一个景区，这个景区就叫云南。”这不是一句简单的口号，而是一个清晰的发展目标和具体的行动指南，充分体现了全域旅游发展的内涵和实质，也指明了旅游产业转型升级的方向。

去年以来，云南省以“零容忍”态度，坚决整治旅游市场，创造良好的旅游环境和旅游秩序。今年，阮成发更是表态，旅游市场秩序整治“不会半途而废”。而在产业转型升级方面，云南旅游业也将迎来一次彻底“革命”。今年3月1日，“一部手机游云南”将正式上线。通过大数据综合分析，将为每位赴滇游客智能推荐个性化出游方案，全面覆盖游客在云南的“吃住行游娱购”。

如何做到“一部手机游云南”呢？我们不妨畅想一下：香格里拉的日照金山、下雨起雾的元阳梯田……打开APP后，这些云南最美的风景都将通过短视频、慢直播的方式推送到用户的手机端，让想到云南旅游的用户坐在家中就能领略云南各地美景。不仅如此，系统可以自动识别游客拍摄的照片，根据游客需要的语言提供解说服务；可以在APP上点菜、预约用餐；可以在APP上查询洗手间位置、空位情况；可以在APP上购买纪念品。最后，游客还可以对上述情况进行评价，景区差评达到一定程度，系统将有不同级别的“报警”……

可以说，游客在云南的一切活动都能够在智能手机上进行操作。以“一部手机游云南”为平台打造智慧旅游，真正实现游客旅游自由自在、政府管理服务无处不在，正是以小支点推动旅游大产业全面升级的侧写。

《小康》2018年03月

海南：商标注册便利化为国际化自贸区赋能

文 /《小康》·中国小康网记者 靳晶

从海防前线到最大经济特区，从边陲荒岛到国际旅游岛，从最大自贸试验区到探索建设中国特色自由贸易港……70年来，海南因开放而立，因改革而兴。

在第二届中国国际进口博览会开幕式上，习近平主席宣布，“加快推进海南自由贸易港建设，打造开放新高地”。海南牢记习近平主席的嘱托，聚焦海南自由贸易试验区和自由贸易港建设，不断加强知识产权的创造、运用、保护、管理和服务。

为深入了解海南省知识产权局以商标受理窗口为发力点，推进商标注册便利化改革工作这一年来取得的成效，2019年11月11日—15日，国家知识产权局商标局联合10余家中央媒体采访团来到了海南，近距离感受商标注册便利化改革及商标品牌战略实施为这座美丽海岛带来的变化。

向改革注入内动力

简化行政审批是考验政府优化营商环境能力和决心的第一道门槛和“试金石”，而海南提出的目标是“极简审批”。随着优化营商环境40项举措相继推出，企业开办时间压缩至3个工作日，大量行政审批事项实现了“网上通办”、市场主体可以“一照一码走天下”，企业登记“一次不用跑”……用落到实处的便民措施，为推进知识产权“放管服”改革，优化海南自贸试验区营商环境做出了贡献。

据悉，2017年3月，国家知识产权局商标局海南商标受理窗口正式开展业务，2018年11月，海南商标受理窗口新增包括变更、转让、续展、许可备案等在内的22项商标受理业务。

“现在太方便了，以前申办商标要跑到北京去，现在家门口就可以直接申请了，省钱省力省时间。”在海南省人民政府政务中心“海南商标受理窗口”，申请商标注册的海南好滋味食品有限公司负责人吴女士交完材料后高兴地告诉记者。

“海南省2019年1月~9月共受理商标注册申请26681件，同比增长24%；注册20664件，同比增长78%，注册增量排名全国第一。办理商标质押权登记14件，为企业融资5.33亿元。经过这一年的改革，我们海南商标受理窗口的业务受理量在全国窗口中已经处于较高水平。”海南省知识产权局二级巡视员全博在接受记者采访时表示。

商标战略 推动企业品牌发展

海南省是我国传统的农业省份，农业产品有资源优势，农业产业化，商标化是发展现代农业解决“三农”问题的重中之重。是推进海南生态农业建设、实现精准扶贫、推动经济发展的“王牌”。采访期间，记者们走进多家海南企业，了解他们在品牌成长道路上的故事与成就。

海南椰国食品公司是海南省领军的高新技术企业，拥有自主知识产权“将椰子水发酵制作的食用纤维及其生产方法”。“经过25年的发展，我们申请国家发明专利168项，其中2项是由国家知识产权局和世界知识产权组织联合授予的中国专利金奖，6项是中国专利优秀奖……不仅如此，在1998年公司便申请注册了心形图文组合商标”。董事长钟春燕介绍，这既是儿子7岁时的一幅画作，也显示了自己坚持做良心食品决心。

商标陪伴椰国成长，椰国的壮大又赋予商标更高的价值。如今，公司的商标布局已初步成型，拥有喜盈家、水纤交融、光宇等50多件商标。未来希望通过进一步的研发，让细菌纤维素新材料广泛应用到化妆品、医疗、工业等领域。

和乐蟹产于万宁市一带的海中，是海南四大名菜之一。为保护和利用这一万宁特有的品牌，几名大学生组建了海南万宁克莱布水产科技有限公司。

卓齐辉是土生土长的万宁人，2012年底放弃自己的贸易工作和辜迅翔、符喜来等6人回到万宁乌场村，在小海养殖区租下60亩地，开始了养殖和乐蟹的创业历程。经过三年多的发展，克莱布科技公司已形成以技术为支撑，集和乐蟹育苗、生态养殖、商品成蟹销售为一体的业务体系，目前，公司拥有“克莱布”“快乐蟹”等商标，年销售额达到300万元。

卓齐辉表示，要将池塘恢复成原有的湿地环境，并开发生态旅游业，希望将来能创造出一个“海产养殖+湿地保护+生态旅游”的生态养殖新样本。兼营生态科普、文化旅游等业务，逐步拓展生物技术研究领域。

“去喝茶咯”，这句海南人喝“老爸茶”的邀约，在万宁兴隆有更为具体的版本：“去喝咖啡咯。”咖啡对于兴隆人，是一种情怀。万宁兴隆咖啡历史久远，1953年新中国第一家咖啡厂太阳河咖啡厂就设在兴隆。

在万宁市隆苑咖啡有机示范园，正在选购咖啡的西安人童先生说：“这可是周恩来总理赞扬过的咖啡，一定要带点回去给家人和朋友尝尝。”

咖啡市场从来都未饱和，压力与机遇并存。采访中总经理曾威懋介绍道：这些年来，由于品质好、产量少、需求多，很多咖啡企业都自称兴隆咖啡，用廉价的越南咖啡豆等加工生产，使兴隆咖啡一度陷入危境。多亏了我们公司在筹备阶段就有很强的商标品牌保护意识，在相关类别上申请注册了“隆苑”商标，这为我们在市场中销售和推广兴隆咖啡提供了保护，更体现了我们作为海南省首家获批“兴隆咖啡”地理标志产品专用标志使用权的企业应尽的责任和义务。

如今，隆苑咖啡在坚持做纯正的兴隆咖啡的同时，深入挖掘兴隆咖啡文化品牌内涵，全力打造“咖啡品牌+互联网+咖啡农庄+咖啡文化+咖啡旅游”的全产业链模式，助推万宁咖啡产业向标准化、规模化、品牌化和效益化健康快速发展。

采访团一行最后一站来到了三亚市海南晨海水产有限公司，企业建立之初，成功注册“南海中沙鱼”“中沙鱼”两件商标，帮助企业产品迅速进入市场，通过技术创新研发出老虎斑、东星斑等新品种，企业的商标品牌价值逐渐提升，为企业助力精准扶贫做出了贡献。

为发展注入新赋能

2019年是海南全面深化改革开放“政策落实年”，也是海南高标准高质量建设自由贸易试验区、探索建设中国特色自由贸易港的关键之年。

在这里，全国首单知识产权证券化成功落地；全国首家国际热带农产品交易中心正式成立；全国首创设立“候鸟”人才工作站；全国率先实施境外游艇入境关税保证保险制度……

海南省知识产权局副局长符大文表示，海南将把知识产权工作与海南自由贸易试验区、中国特色自由贸易港建设紧密结合，脚踏实地向前推进。将以贯彻落实《优化营商环境条例》为契机，从完善体系、加强引导、扩大宣传、加强培训等多方面出发，深化商标注册便利化改革。将进一步优化海南省营商环境，为企业提供更加便捷高效的商标知识产权服务，尤其是增加马德里商标国际注册受理业务，将更好地服务海南省企业“走出去”。切实提升知识产权创造、运用、保护的水平，为海南推进新旧动能转换和高质量发展注入强大动力。

浙江义乌：商标受理窗口“三位一体”覆盖

文/《小康》·中国小康网记者 靳晶

知识产权是创新驱动发展的“刚需”，也是国际贸易的“标配”。被称为世界“小商品之都”的义乌，是一座建在市场上的城市，“鸡毛飞上天”的故事每天都在上演。近年来，伴随着“最多跑一次”改革、小微企业成长计划、“个转企”等一揽子优化营商环境政策，是全国县域范围内市场主体数量最多、结构最宽、增速最快的地区之一。

义乌发展40年来不断创新突破，从改革寻求动力，从“兴商建县”“兴商建市”到“兴商办历届一切事业”，从窗口便利化市场监管框架下的综合执法改革浙江省内第一，到多项国家级、省级知识产权服务资源集聚在义乌落地。然而对知识产权的保护以前也一度饱受质疑和诟病。义乌用10余年的时间，奋力破冰，在2016年被认定为国家知识产权示范城市，知识产权成为义乌市场的“金字招牌”。凝聚了市场繁荣发展新的竞争优势。

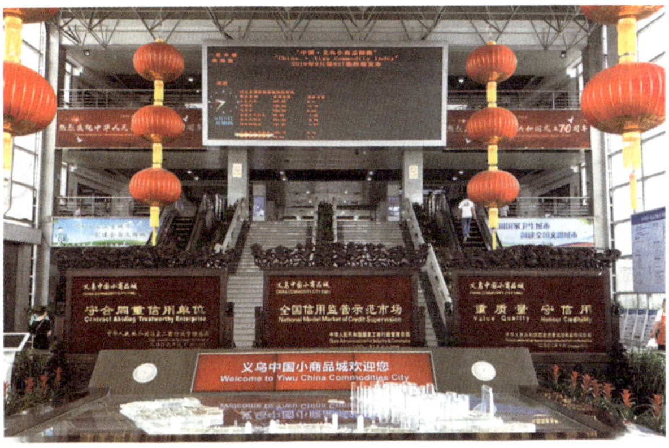

义乌中国国际贸易中心见证了中国改革开放40年的时代进程。靳晶摄

义乌国际贸易服务中心2楼的义乌市知识产权维权服务中心。靳晶摄

拓展“新领域”

提供“一站式”知识产权服务

近年来，义乌市在商标注册便利化窗口持续发力“最多跑一次”改革中，通过刀刃向内，自我革新，为营商环境的优化打下了坚实的基础，多项改革举措获得了国家级和省级层面的肯定，向上贡献义乌经验，向下惠及企业和群众，充分彰显了义乌的速度与激情。

9月4日上午10时，国家知识产权局办公室宣传处、商标局宣传与对外交流处、浙江省市场监管局商标处相关负责人，与来自中央主流媒体的记者一行10多人来到位于义乌国际贸易服务中心2楼的义乌市知识产权维权服务中心现场。

中心大厅宽敞明亮，设置3个知识产权注册登记功能区，10个服务窗口。靳晶摄

“真的好快！便宜了好多！”这是记者们在义乌商标受理窗口采访时听到企业和个体经营者最多的回答。“义乌商标受理窗口成立于2017年10月，是全国第一个在县级市设立的商标受理窗口。”义乌知识产权维权服务中心主任朱燕妮介绍，商标受理窗口服务义乌市场内的6.5万户经营主体，几项便利化改革实施以来，大大激发了市场经营主体进行商标布局的热情。

“我已经申请注册了100多件商标，分高中低档几个品牌，对应不同层次的市场。”在义乌商贸城做小家电贸易的王先生坦言，义乌窗口开通了网上申请注册商标业务后，办理商标业务不用再去北京或者委托代理机构；此外，商标局还降低了收费标准，他进行商标布局的负担大大减轻。如今，只要他看好产品并有意发展相关业务，就可以提前进行商标注册申请，为品牌化经营铺好路。“义乌可以直接申请马德里商标注册，我也有申请的打算。”王先生说。2018年9月10日，义乌获批开展马德里商标国际注册申请受理业务，成为全国首个开展此项业务的县级城市。

商标、版权、专利全类别“三位一体”的覆盖，
市民在大厅即可“一站式服务”完。靳晶摄

变化，源自综合窗口的改革。据义乌市市场监管局副局长叶向东介绍，义乌知识产权维权服务中心在服务事项上，实现了商标、版权、专利全类别“三位一体”的覆盖，在大厅即可“一站式服务”，惠及义乌50万户市场主体，以多重利好打造一流营商环境。

一是商标受理申请。窗口负责受理商标注册申请、代发商标注册证等业务。截至2019年8月底，中心累计办理商标注册、续展、转让、变更等事项达9081件，受理量一直位于全国受理窗口前列。

二是版权登记申请。窗口负责版权许可使用合同备案、版权登记档案管理、版权纠纷处置等工作。揭牌以来，义乌窗口已受理版权登记720件，为企业节省费用逾60万元。

三是专利快速维权。针对义乌工艺品、饰品、袜业、内衣等小商品外观设计周期更新较快、快速维权需求强烈的现状，中心通过专利快速授权、快速确权、快速维权“绿色通道”来提高效率，大幅缩减专利授权时间与专利纠纷案件结案时间。中心成立以来，外观设计专利通过检索并提交预审669件，外观设计专利累计授权432件。

全链条保护提供全面支撑

中心作为知识产权保护、服务的重要环节，打通创造、运用、保护、管理、服务全链条，构建起“1+16+X”架构，为知识产权工作提供全面支撑。

第一个“1”是义乌市知识产权维权服务中心，包括中国义乌(小商品)知识产权快速维权中心、国家知识产权局商标局义乌商标受理窗口、义乌小商品版权保护中心等单位。作为整个架构的核心，该中心开展全类别知识产权申请服务，为知识产权快速维权工作提供专业技术支持和业务指导。

第二个“16”是16个知识产权维权机构，包括义乌市市场监管局稽查大队、小商品城分局及14个镇街市场监管所，负责知识产权纠纷调解和查处侵权案件，强化知识产权保护。

第三个“X”是知识产权的其他职能部门及社会共治力量，包括杭州知识产权法庭(义乌)巡回审判庭、义乌海关知识产权科、义乌市公安局经侦分局、金融办信用中心以及义乌市知识产权诉调对接中心、义乌市涉外纠纷人民调解委员会、行业协会等，各自按法律规定负责知识产权的出入境监管、司法裁判、仲裁调解、行业自律等工作。

“1+16+X”架构为知识产权全链条服务与保护提供了政策、专业、信息、人才的全面支撑，形成各司其职、有机衔接、快速响应、协同作战的工作格局和运行机制，实现了知识产权工作从理念到制度全面升级。

国际化发展更上一层楼

“最多跑一次” 中心内的外国人业务 出入境自助填表机。靳晶摄

2018年9月，国家知识产权局商标局发文同意义乌商标受理窗口办理马德里商标国际注册申请受理业务，11月发文同意进行扩大商标受理业务范围试点，在原有商标注册申请受理业务的基础上新增23项业务，包括商标变更、转让、续展、许可备案、马德里商标国际注册申请等商标受理业务。

马德里商标国际注册义乌受理窗口的投入运行，使得义乌企业在家门口就可办理商标国际注册，只需通过一个窗口、使用一种语言、提交一份申请、交纳一次费用，即可向马德里联盟覆盖的121个国家提出商标注册申请，更好地服务义乌企业“走出去”。截至目前，义乌窗口马德里商标国际注册受理量在试点窗口中排名第一，受理的马德里商标国际注册申请已涉及105个国家。

作为马德里商标国际注册业务的支撑和延伸，原上海市工商局、浙江省市场监管局(知识产权局)还与义乌市人民政府共同签订了推进商标品牌国际化合作协议，三方协同开展商标品牌国际化工作和马德里国际商标海外维权。义乌将在浙江省乃至长三角区域实施创新驱动发展和知识产权战略中发挥更大的、积极的作用。

从浙江中部一个交通不便、资源有限的小城，到如今拥有铁路开放口岸、空港口岸的国际化商贸城市。如今的义乌拥有市场经营面积640余万平方米，经营商位7.5万个，汇集26个大类、180多万种商品，编制发布全国首个“市场信用指数”和《小商品分类和代码》行业标准，被联合国、世界银行等世界权威机构誉为“全球最大的小商品批发市场”。

义乌商贸城中的外国商户。靳晶摄

义乌是中国改革开放40年进程的缩影，更是中国全球化、融入世界的窗口。如果说，义乌知识产权维权中心是观察义乌知识产权工作的一个绝佳窗口，义乌则是观察我国知识产权事业发展的绝佳窗口。“接下来，我们会主动对标世界银行营商环境评价指标体系，深入推进‘最多跑一次’改革，倒逼政府职能转变，提高我市在中国乃至世界的影响力，着力打造‘世界小商品之都’。”义乌市发改委相关负责人说。

第三篇 营商环境

优化营商，他们准备这么干

文 / 《小康》· 中国小康网记者 袁帅

营商环境没有最好，只有更好。进一步优化营商环境，有的地方选择补短，有的地方决定扬长。路虽不同，担当却相同。水深则鱼悦，城强则贾兴。良好的营商环境不仅是一个国家和地区经济软实力的重要体现，也是提高综合竞争力的重要内容。

2020年，不仅是全面建成小康社会取得决定性胜利之年，“十三五”规划的收官之年，也是即将到来的“十四五”规划新的起点。优化营商环境，这些地方下一步准备这么干……

特殊时期更需细思量

一场新冠肺炎疫情，给2020年带来了一个不同寻常的开篇。目前，由于疫情彻底结束还没有明确的时间节点，加之企业所受的影响在疫情结束后仍会延续一段时间，全国各地纷纷推出了特殊时期的特殊政策、举措。

结合自身情况，在落实浙江省、衢州市党委政府提出的关于支持企业复工复产的“浙17条”“衢十条”政策的基础上，衢江区推出了以“1组服务专班+4个工作机制+4项服务内容”为核心的包企(项)帮办服务专项行动，组团联企、入企驻企帮助企业共渡难关。同时，衢江区正在加大企业用工支持，企业外地员工返岗专车包车接送费用由区财政全额补助，设立企业招工专项补助和职业技能培训补贴，对实体企业自主招聘或通过人力资源机构代招新引进区外劳动力首次在衢江缴纳社保费满六个月或满一年分别给予企业或人力资源机构1200元/人、2400元/人补助，第二年给予减半补助。

精准施策方能事半功倍。江苏省淮安市淮安区一方面对企业复工准备情况进行排查摸底，有针对性地对部分规模较大、用工人数较多、管理存在一定隐患的企业加大督查指导的力度，另一方面，主动与企业联系，了解企业复工存在的实际困难，帮助企业全面做好复工前相关准备。

这次突如其来的疫情让不少当地政府意识到，互联网+平台已成为优化营商环境不可或缺的重要工具之一，加速、加强云平台上的政企交流成为多个地方下一步优化营商环境的共同选择。

江苏省淮安市淮安区近日以微信公众号为平台，开展“一网览尽，职等你来”大型网络招聘活动，及时发布区内45家企业用工需求，共计1804个岗位信息供求职者选择，并开通“一企一码”报名端口，求职者只需通过扫描二维码即可实现精准选企、选岗，投送简历系列操作。同时，淮安区政府表示，建立汇集国、省、市、区四级政策的“互联网+”共享平台，实现政策信息“一网打尽”，也是当地今年优化营商环境的重要计划之一。

另外，《小康》杂志、中国小康网记者从山东省新泰市营商环境建设局了解到，疫情发生前，该市“政企通”平台入库市场主体虽然达到了10万余家，但注册用户仅有不足百家。然而，截至记者发稿时，该平台注册企业总数不但大幅增加至1588家，而且仍以每天至少40家的注册量在增加。据悉，疫情伊始，新泰便开始谋划升级“政企通”平台，在原有政策服务、融资服务等基础上，增加了复工人员网上健康筛查、防疫物资需求申请等多项功能。通过平台，先后帮助287家企业筹集口罩10万余个、测温枪260余把，答复企业诉求509条，精准推送政策27.4万条。

扬长补短蓄力优化营商环境

疫情就像一场来不及准备的“突击考试”，不仅检验着各个地方营商环境的真实水平，也引起了人们的深刻反思。

“近年来，新泰在政务服务以及包容普惠创新等方面卓有成效，目前最大的短板其实还是人才。”山东省新泰市营商环境建设局副局长刘燕表示，尽管针对这一问题，新泰去年出台了“人才十条”政策，但与北上广深，以及同在山东省的青岛等大城市相比，新泰的整体吸引力还不够。刘燕介绍，未来新泰将重点深化柔性引才措施，进一步提高人才吸附力。

山东省新泰市委副书记桑民表示，下一步，还是要从企业最不满意的地方改起，以流程再造、制度创新为总抓手，推进政务服务流程的革命性再造，努力降低企业制度性交易成本，打造营商环境的齐鲁样板，让新泰成为企业投资首选地和最佳发展地，助力新旧动能转换和高质量发展。

据悉，新泰为此已经拟订了营商环境建设的五大攻坚战，以新泰“政企通”平台为载体，继续深化政策通、诉求通、服务通、监管通、项目通、数据通六大模块建设，从项目招引、落地建设到生产经营，为企业提供全生命周期的优质服务，全力帮助企业破解发展中的难题，做到有求必应、无事无需不扰，为企业发展壮大提供丰沛的阳光雨露。

无独有偶，人才“引不进、留不住”的问题也在困扰着浙江省衢州市衢江区。为破解这一难题，衢江区的打算是从两方面着手解决：一方面继续加大招才引智力度，落实人才落户激励政策，建设人才公寓，提升教育、医疗等配套服务资源水平，争取引进的人才留得住。另一方面灵活机动创新人才使用新路径，依托山海协作探索实施“人才飞地”模式，加大与高校科研院所的合作深度，筹建成立东南数字经济发展研究院衢江分院等。

此外，就“高科技领军型龙头企业较少，特色产业集群效应不强，没有带动形成上下游产业链”的问题，衢江将在今年继续加大招商引资力度，突出招大商、招强商，着力引进投资亿元以上的高科技高附加值领军型企业。同时，加大对特种纸、机械制造等本地优势产业企业的扶持力度，激励企业以商招商，推进产业集聚，带动形成全链条式产业体系，打造中国特色产业城。

“围绕国家、全省营商环境评价指标体系，持续不断地优化完善，对标对表、争先进位，力争全省营商环境调查评价综合排名位居前列。”这是同在衢州的龙游县给自己定下的一个“小目标”。据了解，为了实现这一目标，当地将进一步深化改革，确保“最多跑一次”的各项任务落地。同时，推进改革创新再出发，巩固提升“无证明县”“龙游通”改革成果，用好“关联耦合”技巧，用创新的思维、创新的举措，打造改革创新“龙游样板”。

江西省上饶市余干县也在谋划补齐短板。“我们将学习借鉴沿海发达地区的经验，继续加强县三大园区服务体系建设，在有序发展产业的前提下，加强对企业的一对一服务，为企业减负。”上饶市余干县委书记胡伟如是说。

除了补短板，也有不少当地政府表示将加强自身优势，深挖潜力，从“扬长处”出发，优化营商环境。《小康》杂志、中国小康网记者从江阴市相关部门了解到，今年，该市将持续巩固“2440”审批服务成果，深化“不见面”审批服务成效，加快推进“双随机、一公开”“证照分离”工作，对行政管理体制“放管服”改革的流程环节进行模板化建设，争取今年实现“2440”限时办结率达100%。同时，健全市级领导重点企业、重点项目“双挂钩”机制，加强优秀企业、优秀企业家表彰奖励，加强企业家培养培训。此外，江阴还将主动参与锡常泰跨江联动，持续拓展发展空间、提升城市能级，完善江阴、靖江融合发展协调机制，全方位多层次集聚资源、协作互动，从而加快建设江阴—靖江高质量跨江融合发展实验区。

对于今年优化营商环境的计划和目标，成都市双流区也早已明确了自己的三个重点。在接受《小康》杂志、中国小康网记者采访时，成都市双流区委常委，区政府党组副书记、副区长曾虎明确表示，首先，双流区将持续全面落实近年来党中央、国务院、省、市关于深化“放管服”改革、优化营商环境、促进民营经济健康发展等系列重大方针政策，把建设国际化营商环境作为促进双流区高质量发展、提升城市软实力和核心竞争力的“头号工程”。其次，双流区将围绕打造创新创业、政务效能、产业服务、对外开放、权利保护五大环境优势，深化企业服务各项制度综合改革，坚持目标导向与问题导向相结合、国际规则与双流特色相结合、对标先进与改革突破相结合，精准补短板消差距，积极打造国际化营商环境标杆城区。最后，双流区将广泛宣传优化提升营商环境的新思路、新举措和新成效，深入一线、点面结合，积极听取各类市场主体对营商环境改革的意见建议，宣传先进典型，学习先进经验，传播“好声音”，凝聚“正能量”。

话营商 促发展

浙江省衢州市龙游县委副书记、县长祝建东：

法律是治国之重器，良法是善治之前提。一流的营商环境离不开优质的法治保障。

原浙江省衢州市衢江区委常委、常务副区长郑志成：

推进“组团联企”干部到厂房、到工地、到一线，更加精准地掌握企业生产运行中的痛点、难点问题，实行清单化管理、销号制落实，真正为企业解决一批制约发展的急难问题。

重庆市武隆区委常委、区政府党组副书记、常务副区长胡珍强：

未来，武隆将继续深化“放管服”改革，推进审批服务便民化，提升“互联网+政务服务”水平，深化商事制度改革，推进工程建设领域改革，健全完善三级政务服务体系，着力提升政务服务水平。

广东省深圳市罗湖区委常委、常务副区长范德繁：

营商环境改革、改善的工作没有尽头，没有最好只有更好。因此，我们也会向着更好更优的方向继续前进。

湖南省宁乡市委常委、统战部长钟利仁：

把政府的目标和人民的目标、企业的目标统一起来，把宁乡的优势和政策的优势、市场的优势叠加起来，把发展的机遇和发展的主体、发展的要素集结起来，致力把宁乡打造成为全省营商环境最优的一个县级市，把宁乡经开区、宁乡高新区打造成为全省营商环境最优、生产成本最低的工业区。

山东省新泰市委副书记桑民：

新泰市坚持把优化营商环境作为提升县域竞争力、推进高质量发展的重要抓手，聚焦企业群众盼望解决的难点堵点痛点问题，大力实施“放管服”改革，三年迈了三大步，实现大阔步飞跃。

广东省陆河县副县长沈展峰：

着力提升基础设施支撑力、资源要素保障力，进一步优化政府职能、简化审批流程、强化要素保障，不折不扣落实各项政策，打造一流的营商环境，以此不断壮大实体经济，为陆河县县域经济的高质量发展做出不懈努力。

广东省肇庆市高要区副区长邓宏安：

抢抓粤港澳大湾区和珠三角枢纽（广州）新机场双重叠加机遇，在营商环境改善方面持续发力，打造投资成本低、办事效率高、服务环境优的国际化、法治化营商环境。

江西省南昌市副市长，原南昌县委书记胡晓海：

打破数据“烟囱”、信息“孤岛”，将大量碎片化的信息进行整合、分析、运用，帮助政府提高服务管理精细化、精准化水平，在优化营商环境方面，大数据大有作为、大有可为。

甘肃省玉门市委副书记、市长何正军：

持续深化“一处跑、跑一次”行政审批制度改革，纵深推进以减事项、减材料、减环节、减时限和容缺审批为主要内容的“四减一容缺”改革，优化审批流程、压缩办理时限，努力把玉门市营商环境做到全省、全国最优。

《小康》2020年04月

成都双流区："头号工程"对标国际

文 /《小康》· 中国小康网记者 袁帅

截至2019年9月，成都双流区有效发明专利拥有量2342件，完成科技成果转化204项，为中小微企业设立了融资规模达12亿元的金融产品。交通建设方面，除航空外，双流区计划形成"一环七射七横"高快速路网体系，实现"区内半小时、市域1小时"交通圈。

《小康》·中国小康网：营商环境同时包含教育、科技、交通、生态等方面的要素，请问双流区在这些方面有哪些优势？

曾虎：在教育资源方面，双流区现有四川大学等高校和科研院所10余家，公办学校76所，其中包含3所国家重点高中。2018年以来，全区累计投入教育经费逾40亿元，目前学前三年、小学初中、高中毛入学率分别达99.7%、100%、99%。科技创新方面，双流区位居2019年全国科技创新百强区第33位，全社会研发投入2661亿元，获评四川省区域经济发展强县。引进培育诺贝尔物理学奖人才1名（谢尔登·格拉肖）、海内外高层次人才153名、省市顶尖团队15个，总量和年增量位居全市前列。截至2019年9月，全区有效发明专利拥有量2342件，完成科技成果转化204项，为中小微企业设立了融资规模达12亿元的金融产品。交通建设方面，除航空外，双流区计划形成"一环七射七横"高快速路网体系，实现"区内半小时、市域1小时"交通圈。

《小康》·中国小康网：双流区是如何贯彻落实党中央、国务院、省、市优化营商环境决策部署的？

曾虎：首先我们加强组织领导，今年7月成立了由区长为组长、区级55个部门为成员的领导小组。聘任22名特邀监督员。出台2019年工作要点和重点工作责任分工细则，形成营商环境建设"1+10+N"政策体系。同时，对标阿联酋等先进国家和北京、上海、广州、深圳、杭州等城市经验做法，梳理我区营商环境指标体系情况。双流区大力创新政务服务，一是审批服务由“多门集中”向“一门集中”转变，将区财政局等17个部门的122项许可事项划转至区行政审批局“一站”办理。二是实现审批服务下沉延伸办理，将涉企审批服务事项下沉到园区管委会和镇街便民服务中心“就近办”。三是常态化开展“企业咖啡时”活动。

《小康》·中国小康网：双流区优化营商环境的成果在经济发展方面有何体现？

曾虎：2018年，双流区实现了地区生产总值829亿元，一般公共预算收入59.3亿元，规上工业、服务业增加值分别增长8.9%、9.5%，社会消费品零售总额202.2亿元、增长10.5%，全社会固定资产投资428亿元。招商引资成效明显，签约5亿元以上产业项目36个，其中10亿元以上项目18个。双流区的产业项目建设也在不断提速，总投资240亿美元的紫光项目开工建设，中商飞一期等56个项目加快推进，东航基地等14个项目建成投产，中国电子86代线实现量产。同时，双流区注重新经济动能提升，新增市场主体1.5万家、注册资本503亿元，培育行业准领军企业3家、种子企业15家，新认定高新技术企业22家，新经济重点企业310家。双流区推动高质量发展等24项经济工作被《新闻联播》、人民网等报道。“2018四川十大经济影响力事件”有三件诞生在双流区。获评全省县域经济发展强县。综合实力全国百强区排名第32位。

《小康》·中国小康网：双流区未来打造营商环境的发展方向和目标是什么？

曾虎：首先，双流区将持续全面落实近年来党中央、国务院、省、市关于深化“放管服”改革、优化营商环境、促进民营经济健康发展等系列重大方针政策，把建设国际化营商环境作为促进双流区高质量发展、提升城市软实力和核心竞争力的“头号工程”。其次，双流区将围绕打造创新创业、政务效能、产业服务、对外开放、权利保护五大环境优势，深化企业服务各项制度综合改革，坚持目标导向与问题导向相结合、国际规则与双流特色相结合、对标先进与改革突破相结合，精准补短板消差距，积极打造国际化营商环境标杆城区。最后，双流区将广泛宣传优化提升营商环境的新思路、新举措和新成效，深入一线、点面结合，积极听取各类市场主体对营商环境改革的意见建议，宣传先进典型，学习先进经验，传播“好声音”，凝聚“正能量”。

《小康》2019年12月

衢江速度再刷新：从“最多跑一次”到“一次都不跑”

文 / 《小康》·中国小康网记者 袁帅

从2019年7月15日发改立项备案到9月下旬用地规划许可、工程规划许可、工程施工许可“三证”发证，浙江省衢州市衢江区的“上东府”房地产开发项目的所有报建手续在52个工作日完成，再度刷新项目审批“衢江速度”。

营商环境就是生产力、竞争力，国家级生态示范区浙江省衢州市衢江区不仅要生态环境“美丽”，营商环境更要“宜人”。2018年以来，衢江区围绕打造“营商环境最优区”，以“最多跑一次”改革为牵引，瞄准企业反映强烈的“痛点”“堵点”“难点”，精准发力、持续用力，行政效能大大提升，干部作风明显转变，“最多跑一次”改革的实现率、群众满意率分别达98.6%、97.2%，企业获得感不断增强，营造了干事创业的良好氛围。

互联网政务服务 让企业“一次都不跑”

营商环境好不好，企业最有发言权，正如三陶古名窑研创基地创始人台湾陶艺大师徐瑞鸿所说的那样，他之所以从景德镇搬至衢江的原因，就是被“政府愿意倾听企业家心声”这样的营商环境所吸引。与倾听企业家心声相同，企业办事是否便捷高效也是企业对营商环境好差最直观的评价依据之一。为提升企业办事获得感，衢江区以贯彻深化浙江省“最多跑一次”改革这块金字招牌为总抓手，大力实施推进一系列惠企行政审批服务改革。

从“最多跑一次”到力争“一次都不跑”，衢江区聚焦“互联网+政务服务”政府数字化转型，全面推行“一网通办”服务，涉企行政审批事项100%实现开通网上办理。全面推行企业开办“全员网报”，广泛运用电子营业执照，持续推进用人单位职工增减与社保缴费基数网上申报，抢先推进启用建筑工程施工许可证电子证照，依托系统数据共享，办理施工许可提交材料大幅精减由41项压减为2项，报审事项由3项合并为1项，办理时间从平均17.5天缩短为“当天即办”。全面推进不动产交易登记提效增速，不动产交易登记“全市通办”，一般登记一日办结，转移登记、抵押登记60分钟出证。二手房交易“一件事”全程“网上办、掌上办、不见面、零跑腿”。

改革深化后，“上东府”房地产开发项目从2019年7月15日发改立项备案到9月下旬用地规划许可、工程规划许可、工程施工许可“三证”发证，整个项目报建手续在52个工作日完成，再度刷新项目审批“衢江速度”。这背后离不开衢江区积极争取投资项目在线审批监管平台3.0（工程建设项目审批管理系统2.0）应用试点，实现一般企业投资项目从赋码备案到竣工验收审批“最多90天”。

同时，衢江区聚焦企业、项目全生命周期。针对企业生产、经营、退出等环节中的梗阻顽疾，进一步减事项、减环节、减材料、减次数、减时间、减费用。深化推进商事登记制度改革，全面推行企业开办全流程“一件事”一日办结，在衢州市各区县率先推行企业开办首套公章刻章费用政府买单，实现企业开办“零成本”，并推行企业水电气报装“一件事”联办，企业用水、用电、用气网上审批时限压缩到9个工作日以内，一般企业简易注销在1个工作日内办结。对于具体项目，衢江区成立了区级投资项目全流程服务中心，健全企业投资项目全流程服务机制，实现项目审批一窗式受理、一站式办结。

对此，衢州市衢江区委副书记、区长朱素芳表示，衢江要打好政府数字化转型的硬仗，继续深化“一次都不跑”，围绕建设“掌上办公之城”“掌上办事之城”，推进“互联网+政务服务”，推广应用“浙里办”App，加快推进政府职能及政府运行的数字化转型。

创新“即享即兑”政策 打造有温度的营商环境

“从事新材料行业，每年都要多次出国参展，衢江的当地政策很好，政府也鼓励企业走出去，每次展会的报名费可以报销80%。但是根据地方的财政资金计划，要挪到第二年才能报，这对中小企业着实是个挑战。参加展会多了，企业压力太大，等资金报销回来，小企业可能因资金短缺已经倒闭了。”浙江锴睿新材料科技有限公司负责人蔡建臣在衢江区区委书记召开的企业家沙龙上说出了困扰他的难题。

蔡建臣没想到，这次发言促成了衢江区一项创新政策——“即享即兑”。今年8月，衢江区第一批针对高新技术企业的55项涉企奖补“即享即兑”政策正式落地，实现了申报材料清单最少、审批流程最简，奖补资金24小时内拨付到位。55项涉企政策中，33项精简到“零材料”申报，由部门直接审批兑现奖补资金，并设立了专门的窗口办理此项业务，企业“一次都不跑”就能享受到政府政策红利。

“只需提供银行账号，政府补助款24小时内就到账了，这可帮了我们企业一个大忙。政府迈出小小一步，就能给企业带来无限的帮助，所有的企业都受惠了，”蔡建臣说着笑开了花，“政府为扶持高层次人才项目做大做强，在我公司项目前期通过评审以后，就给予200万元的创业资助，现已兑现100万元，另100万元也马上要兑现了。此外，只要我们有市场销路，企业达到一定经济效益，政府还给予5年财政贡献奖励政策，按照实现地方财政贡献100%的标准全额奖励，政府对高层次人才项目的扶持力度很大，让我们对于未来的发展充满信心。”

企业要发展壮大离不开产业政策的引导，更需要政府的关心关怀。衢江区委常委、常务副区长郑志成表示，衢江区立足“清亲”政企关系定位，尊商重商倾听企业呼声，在每双月18号开设“企业家沙龙”，打通政府和企业的信息通道，并统筹研究解决问题；同时，衢江区一直致力于提高企业家政治待遇，按比例选足人大代表、政协委员企业家界别代表名额，在制定涉企政策上广泛征求听取企业意见，推进企业家代表参政议政。在每年岁末年初，区委区政府等四套班子主要领导都亲自到企业走访慰问送上政府关怀，了解企业发展困难并牵头帮助解决，切实解决外来企业家及引进人才的子女就学问题。同时设立区长特别贡献奖、政府质量奖，召开全区工业大会进行隆重表彰，让受表彰的企业既得面子更得实惠。记者从衢江区政府了解到，2018年以来，全区兑付惠企政策、区长特别奖、外贸扶持政策等共计资金1.25亿元。

政策惠企，服务落实

单靠简化事项审批机构很难优化营商环境，政策支持、后续服务同样重要。面临经济下行压力，衢江区紧紧围绕“稳就业、稳金融、稳外贸、稳外资、稳投资、稳预期”的经济工作“六稳”工作部署，大力实施“工业强区”战略，强化产业政策引导与扶持，密集出台了“工业新政30条”“人才新政27条”等十余个一系列稳企、惠企政策，有效提振企业信心，激发市场主体活力，并深化做实“三服务”，建立“一个联席会议、一个’组团联企’服务平台、一批专业服务小组”的“1+1+N”服务企业工作体系，推进“组团联企”干部到厂房、到工地、到一线，更加精准地掌握企业生产运行中的痛点、难点问题，实行清单化管理、销号制落实，真正为企业解决一批制约发展的急难问题。

同时，衢江区着力于减负惠企降成本，积极落实好招工补贴、稳岗补贴、社保降费等一揽子减负降费政策，想方设法让企业降成本、减负担，让企业家安心经营、轻装上阵。郑志成表示：“今年我们针对因受中美经贸摩擦影响出现暂时性生产经营困难的企业和因产业结构调整的困难工业企业，给予返还2018年度企业及其职工实际缴纳社会保险费金额的25%，共计发放返还金额4431.91万元，涉及企业446家，有效减轻了企业的负担。”此外，衢江区聚焦破解民营企业融资难、融资贵、融资慢问题，打好金融助企组合拳，召开全区金融大会，积极推进绿色金融改革，构建政府、银行、企业三方担保融资协调平台。“前段时间开发区中堂实业公司因生产资金投入过大，周转流动资金出现短缺，加上银行压贷，造成资产难以盘活，出现欠薪问题。我们了解到这家企业虽然流动资金偏紧，但资信状况良好，且负债率较低，区信用担保公司及时为它提供了担保，顺利从银行贷到了款，帮企业解了燃眉之急。”郑志成补充道。

公平竞争是市场经济的核心，维护公平竞争营商环境，法治是根本保障。目前，衢江区正在积极推进政府采购与行政审批中介服务市场化改革，让企业公平参与竞争，全面推行“双随机一公开”新型监管和联合执法检查机制；招商引资政策兑现说到做到，决不朝令夕改“翻烧饼”，在规范办事执法、保障项目推进、政策兑现等方面持续发力，全力打造公平、稳定、法治的营商环境。同时，聚焦"信用示范之城"创建，全面推进"531X"社会信用体系建设，以企业信用为重点，做实信用信息记录和披露机制，健全企业信用红黑名单制度，强化企业守信激励和失信惩戒联动机制，构建以信用为核心的市场监管新机制，引导企业诚信经营、守法经营，让守信者一路绿灯、让失信者处处受限。

此外，衢江区聚焦知识产权示范区创建，紧抓深化知识产权示范区2019—2020示范期成果，鼓励企业推进技术创新，强化知识产权保护和运用。同时紧扣企业经营发展服务需求，为企业提供精准法律服务，编写《法律服务营商环境典型案例汇编》与企业法律顾问服务清单，深入开展送法入企普法宣传，积极鼓励企业培育法务专项人才，全力营造良好创新环境和法治营商环境。"对入驻开发区园区企业，由政府买单委托浙江达正律师事务所和浙江诚源律师事务所共同构建开发区法律咨询服务体系，为园区企业提供免费咨询、诉讼优惠，推进涉企诉讼纠纷通过法律途径解决。"衢江经济开发区管委会党组成员、两新工委书记朱宏介绍。

衢江区聚焦高质量服务园区企业，坚持"部门围着园区转、园区围着企业转、企业围着市场转"，推进园区体制改革，打造政府主导、市场化运作的"开放式企业4S服务中心"。何为"开放式企业4S服务中心"？朱宏表示："我们要从企业有需求叫了才来的'店小二'服务转型到想到企业前面的'英式管家'服务，服务中心不设提供服务的边框，只要是企业需要的，服务中心都可提供，譬如对入驻园区企业推行投资项目代办服务制，通过企业授权委托变项目业主亲自跑为代办员跑，让企业办事更省心……创新电力保障服务机制，委托园区内尚明电力公司专职负责园区企业电力应急抢修，开发区负担人工费，做到发生电力故障半小时内到场抢修，快速解除故障，保障企业不停产。"

浙江衢江：五大优势令发展独具一格

文 /《小康》· 中国小康网记者 袁帅

在总结成绩的同时，我们也清醒地认识到浙江衢江在优化营商环境上还存在不少困难与问题，比如整体经济发展水平还相对滞后，特色产业集群效应发挥还不明显，产业结构调整升级还不到位，企业应对市场风险能力较弱，小微企业融资难问题依然存在，政府数字化转型难题有待攻克，部门沟通协调合力发挥不够，等等。这些问题需要我们在不断地探索实践、改革创新中加以解决。

郑志成

《小康》·中国小康网：衢江区位于东部经济较发达地区，如何在周边优质竞争者包围的情况下找到自身独特的优化营商环境之路？

郑志成：衢江地处浙西一隅，在经济总量、上级政策倾斜等方面都不如杭嘉湖等先进地区，所以我们还是要立足实际，扬长避短，发挥优势。市委徐文光书记指出衢江区有四大发展优势，即区位优势、生态优势、土地资源优势和市区一体优势。

首先，衢江区具有区位优势，衢江区是浙闽赣皖中心城市，素有“四省通衢、浙西门户”之美称，既是长三角城市经济协调会成员，又是海峡西岸经济区协作城市，位于杭州1小时、上海2小时高铁经济圈内，区域内公路、铁路、民航、水运交织成四通八达的交通网，杭衢高铁建成后杭州到衢江只需要40分钟，是大湾区的战略节点、大通道的浙西门户，得天独厚的地理位置为衢江区产业发展、实现区域经济互补提供了良好的合作空间。

其次，衢江具有生态优势，森林覆盖率达到73%，山区空气负氧离子高达1.5万个/立方厘米，乌溪江流域拥有华东地区罕有的一级地表水。我们是国家生态循环农业示范点和浙江省食品安全示范县。这些都是我们发展健康养生产业、现代循环农业、有机生态食品产业等方面的独具优势。

再次，衢江将立足土地资源优势，衢江区背靠约100平方公里的工业园区(市、衢江、柯城三大开发区)，总产值接近千亿的规模，发展生产性服务业具有巨大潜力。同时城区大量的土地储备，为新城区生活性服务业的繁荣带来巨大潜力，新城区目前可用地达到3950亩，熟地大约2900亩，可直接出让的土地达到1800多亩。

然后，衢江将立足市区一体化优势，衢州市是“最多跑一次”改革的先行先试地，也是全国首批营商环境试评价参评城市，许多改革创新做法在全省乃至全国都走在前列，同时也能积极争取到国家级、省级改革试点机会。在市区一体化体制下，我们衢江在优化营商环境改革做法上必将能领先一步，抢得先机。

最后，我认为还可以再加一点，就是山海协作的机制优势。衢江与杭州滨江、宁波鄞州等沿海城市通过山海协作能充分发挥取长补短、互利共赢的优势，在产业对接转移、政策帮扶等方面具有一定优势。同时通过实施“飞地模式”有力推进衢江区打造营商环境最优区。

《小康》·中国小康网：在优化营商环境方面，衢江区未来3年的发展方向和目标是怎样的?

郑志成：营商环境没有最好，只有更好，在总结成绩的同时，我们也清醒地认识到衢江在优化营商环境上还存在不少困难与问题，比如整体经济发展水平还相对滞后，特色产业集群效应发挥还不明显，产业结构调整升级还不到位，企业应对市场风险能力较弱，小微企业融资难问题依然存在，政府数字化转型难题有待攻克，部门沟通协调合力发挥不够，等等。这些问题需要我们在不断地探索实践、改革创新中加以解决。

下一步，衢江将立足实际，坚持问题导向补齐短板，紧抓“中国百佳营商环境试点县(区)”契机，发挥市区一体体制优势，对照衢州市跻身2019年全国40个营商环境评价城市和全省营商环境10+N指标优化调查评价的工作部署要求，对标对表，拉高标杆，以国际化营商环境标准逐项优化指标，把营商环境调查评价作为优化营商环境的“问诊器”，以评促建、以评促改，真正将营商环境打造为推进衢江高质量发展最重要的软实力、竞争力和生产力，全力打造“活力新衢江康养大花园”。

《小康》2019年11月

江苏江阴：多管齐下护航发展

文/《小康》·中国小康网记者 袁帅

疫情防控形势持续向好、生产生活秩序加快恢复的当下，江苏江阴规模以上工业企业更是一马当先，高新区和临港开发区规上企业复工率均达到了100%。而这背后，离不开当地政府的支持和保障。

中芯长电3D集成芯片一期项目的生产现场，车间内机器轰鸣，自动化设备正在有序地运转；江阴信邦电子的生产线上，“全副武装”的工人正全神贯注地操作着各种机械……从乡镇企业异军突起，到500强企业集群强势崛起，再到开放型经济风生水起，实体经济已然成为江阴经济发展的根基。

江阴全景

保经济也是保健康

疫情防控和经济发展相辅相成，在以医药生物产业为重要产业之一的江阴更是如此。在致力于打造江苏省现代生物医药产业集群的江阴，医药器械方面仅规上企业就达11家之多，为防控疫情后勤保障贡献了不小的力量。近期江阴推出的

“惠企25条”不仅用暖心政策为企业复工复产破冰，更是为疫情防护添砖加瓦。得力于“惠企25条”中关于加强金融信贷支持的规定，面临资金短缺难题的蓝天化纺有限公司及时得到了江阴农商银行发放的500万元贷款，企业得以及时恢复生产线，4条生产线全力加码，每天能生产12吨口罩耳带原材料，挽救万千生命。

保复工也是保医疗物资生产，在江阴“惠企25条”的助力下，国内首家集研发生产和销售抗生素药物抗体检测试剂、基因测序试剂等为一体的体外诊断试剂公司——江苏中济万泰生物医药的复工率目前也已达97%，产能恢复已达98%，生产线全部投入到检测试剂等防疫急需的医疗物资生产中。

在拥有多项美国FDA注册产品的江苏采纳医疗科技有限公司，该公司董事长兼总经理陆军告诉记者，医疗器械从研发到投入量产，需要五年甚至更长时间，在此期间企业无法为当地创造税收价值。尽管如此，江阴市政府始终对采纳医疗给予支持，这让他倍感温暖。“我们一定努力为当地做出更多、更大的贡献，回报政府对我们的鼓励和信任。”陆军说。

无独有偶，江苏力博医药生物技术股份有限公司也为江阴优化营商环境的各项举措点赞。据悉，该公司不仅建立了“诺贝尔奖得主 Tim Hunt研究院”，还与卫生部临床检验中心合作创办了“疑难血型鉴定技术培训班”。该公司副总经理门泉渌坦言，当地政府“无事不扰，主动帮助，积极支持，像家人一样帮企业出谋划策”的执政理念让企业切身感受到何为亲清政商环境。

在致力于研发、生产安全防护服的圣华盾防护科技有限公司，约500万元的资金已投入新增一条防护服生产线上。为保障企业新购置设备以及捐赠物资涉及的税前优惠等环节，江阴市税务部门为该企业建立了“一对一”工作机制。据悉，实施所有适用税收优惠政策后，预计可为企业节约税收成本近130万元。严格落实疫情期间税收优惠政策只是江阴市税务局在特殊时期的举措之一，此外，遵循“涉税事、网上办，非必须、不窗口”的原则，江阴引导纳税人尽可能选择线上办理途径，对线上办理无法解决的事项提供预约办税与错峰办税等服务，所有涉税事项网上办理率超过99%。同时，江阴定向实施精准支持，主动了解生产防疫物资企业提前复工和爱心企业物资捐赠情况，全面助力企业战“疫”攻坚。

疫情发生后，万事兴医疗器械股份有限公司夜以继日，研发出一款适用于方舱医院使用的电动上车担架。然而这种担架属于二类医疗器械，需通过产品注册申报才能进行批量生产和销售，而申报流程往往需要近乎半年之久。考虑到这款新产品是疫情防控急需的重要物资，江阴市市场监督管理局主动对接上级部门，为企业开通“绿色通道”，帮助企业在最短的时间内通过申请拿到新的医疗器械注册证。江阴市市场监督管理局相关负责人介绍，在建立健全防疫用品生产企业定向帮扶机制的同时，江阴还积极协调各方资源，为口罩生产企业打通生产流程，帮助企业申领疫情防控物资应急生产使用备案资质，支持和保障企业复工复产。

另外，记者从江阴市科技局了解到，当地正在努力服务防疫类科创型企业，支持企业开展新型冠状病毒感染疾病的预防、诊断与治疗创新品种临床研究，优先推荐申报政府科技项目。对新研发成功并经认定可量产的疫情防控产品，江阴将给予单个企业不超过50万元奖励，对新研发成功并投入量产的疫情防控产品，给予单个企业不超过100万元奖励。

创新模式助力营商环境优化

在疫情防控期间，江阴高新区创新招商引资工作机制，开启“云招商”模式，利用“云端线上”等信息交流平台，做到“连线不见面、招商不断线”，全力推进重点项目网上洽谈、签约项目加快注册、征地项目加快开工准备。同时，为解决企业融资的切实需求，江阴高新区科技局主动对接合作银行，简化办理手续流程，采用网上审批方式，通过“云服务”助力企业贷款审批。截至目前，园区内已经有14家企业网上申请“高科贷”，总金额超过3000万元。

除了以创新工作模式和服务方式这样的暖心措施来提振信心外，高新区和临港开发区积极落实省、市各级惠企政策，并结合园区实际，从降低企业运营成本、加强财政金融支持、加强稳岗就业保障、支持企业复工复产等多方面，出台相关惠企政策，帮助广大企业坚定发展信心、共渡难关。临港开发区鼓励帮助出口额在30万~300万美元的小微外贸企业加入省级出口信用保险统保平台，让更多小微企业享受出口信用保险零费率政策。对于出口额在300万美元以上的企业，在世界卫生组织PHEIC(“国际关注的突发公共卫生事件”)认定期间，自费投保短期货物贸易险和出口前附加险的，在享受市政策前提下再给予10%保费补贴。

对于因地处“大江之阴”而得名的江阴来说，水运这一重要的物流手段历时已久，不少当地企业赖以生存。为促进通关便利化，助推江阴外贸企业复工复产，江阴海关也创新了申报模式，定制暖心服务。

日前，江阴中橡化工贸易有限公司进口了一批橡胶，按照常规申报程序，需要转运车辆在港口装货后同时到达综保区才能完成申报。然而在运输车辆紧张的当下，十几万公斤的橡胶需要一次性调度九辆车，这可难坏了企业。

在了解这一状况后，江阴海关特殊区域管理科主动对接上级政策，创新采用了南京关区年初刚实施的“区港联动”申报模式，为企业解了燃眉之急。这种创新申报模式是指在保税区和港区之间开辟直达通道，通过“一次报关、分批卸货”，不但让货物顺利入区，还为企业节省了车辆延时费、滞箱费等费用。与一般申报模式相比，“区港联动”模式为大宗货物分批次进入综合保税区存储提供了全新思路和方法，也为江阴企业快速复工复产解决了难题。

对此，江阴海关特殊区域管理科副科长刘鹏表示，此前的模式对于像江阴港这种以大宗散装货为主的港口，进入综保区后在实际操作中容易出现困难，“区港联动”的模式切实解决了这一问题。江阴海关将继续靠前服务，用心解决企业实际困难，确保各项优惠政策切实落地生根。

《小康》2020年04月

打造最佳政务服务环境，极限审批让成安“C位出道”

文 /《小康》· 中国小康网记者 于靖园

在2019年12月28日举办的第十四届中国全面小康论坛上，河北成安县荣获“2019年度中国营商环境百佳示范县市”奖。对于全年共办理行政审批和政务服务事项13.3万余件，日均接待办事群众900余人次，企业和办事群众获得感、满意度都进一步提高的成安县来说，这个奖项，实至名归。

近年来，河北省成安县致力于优化营商环境，为高质量发展保驾护航。近年来，河北省成安县致力于优化营商环境，为高质量发展保驾护航。

成安县，境域面积480平方公里，辖5镇4乡1个省级经济开发区，239个行政村，总人口46万，是全国党政权力公开透明运行工作试点县，先后荣获“中国金融生态县”“中国楹联文化县”“全国科技进步先进县”“全国生态文明先进县”“全省第一届文明县城”“全省平安建设先进县”“河北省园林县城”“河北省创新型建设试点县”等多项殊荣。

营商环境成为新招牌

提起成安县，人们想到的恐怕是大禹公园、毛泽东主席视察纪念馆以及成片的银杏林、草莓、甜瓜和葫芦烙画。近年来随着成安县营商环境逐渐宽松优越，“良好的营商环境”也成了当地的新招牌。成安人开放进取、担当包容、尊商重商、亲商爱商的传统蔚然成风，投资成安、成功平安的品牌广受赞誉。

2019年年底，调研组参观并走访了成安县政务服务中心。在成安县政务服务中心，大厅里环境整洁明亮，一片繁忙景象下，细节体现却秩序井然、有条不紊。每位工作人员都井井有条地办理着手头的工作，尽力以最短的时间解决、办理当前的事务。在成安县行政审批局工程建设项目统一受理窗口的明白卡上都有一句“以下材料由审批局提供，项目单位无须提供”。

看似简单的一句话，却是成安县行政审批局从单纯追求审批时效到追求服务质量的转变，让工程建设项目审批改革为企业带来更多的“红利”。该局将依法依规必须提供的材料分成了两部分，一部分能够通过并行并联实现涉及审批各单位之间信息共享的材料，由审批局提供；另一部分企业审批原始材料由企业提供。并且杜绝材料重复提交，在审批全流程中，所有的材料只出现一次，为企业和办事群众节省了“跑腿”时间，减轻了审批负担。

不仅如此，成安县行政审批局还从服务企业与群众中找准“切入点”，大力推动工程建设项目改革，着力实现了“三取消”，即：对无法律、法规、规章依据的行政审批前置申请材料一律取消；与审批服务事项无关、脱离实际、显失合理的申报材料和重复提交的申报材料一律取消；对能够通过与其他部门信息共享获取有关信息的申报材料一律取消。

据介绍，成安县行政审批局“12345”工程建设项目审批正在提速增效，成安县行政审批局从提升企业和群众办事的舒畅感、幸福感、获得感和工作人员为民服务的使命感四个方面持续发力，以“一坚持、两到位、三取消、四合一、五标配”为抓手，深化开展“极限审批”模式，工程建设项目审批提速增效，打造最佳政务服务环境。

目前，工程建设项目审批申请材料由原来的192项减少到现在的149项，减少43项，精简率25%。其中：商品房预售许可申请材料精简62.5%；政府投资项目可研批复申请材料精简50%；施工许可核发申请材料精简55.6%；竣工验收备案申请材料精简40%。县城新区文化设施施工许可证审批事项，实现2.5天办结。而且，工程建设项目审批中涉及办理用地规划、消防设计审查、供热等13类事项的10个单位已部分进入政务服务大厅办理，“一个窗口”提供综合服务正在逐步完善。

“现在审批材料精简多了，过去办理施工许可证需要提供9项申请材料，如今只需提供4项，审批局帮助提供5项，这么贴心的服务，不仅仅是材料数量的减少，更是让我们企业感受到成安亲商的温度、办事的速度。”办理过审批业务的企业对成安县行政审批局的亲商服务赞不绝口。

据悉，下一步，成安县行政审批局将通过手机审批APP延伸“互联网+政务服务”，服务指南、审批流程、审批制度、工作动态、创新举措，群众咨询频率较高的一些问题等都能在APP中了解、办理。实现“一面不用见，一次不用跑”，让群众和企业能享受改革创新带来的更多福利。

调研组与落户成安县的部分企业代表进行了座谈，成安县委宣传部常务副部长李洁、行政审批局局长段军亮、行政审批局副局长赵美林等政府部门代表参与会议。在会上，友发钢管、金泰包装、鼎汇电气、良泰机械、鼎正机械的企业代表纷纷讲述了各自企业落户成安县的过程，分享了成安县良好的营商环境给他们带来的便利。

2010年成立的友发钢管，因为成安优越的地理位置和优惠的企业政策，选择在此落户。2005年入驻成安县的金泰包装表示，来到政务服务中心，窗口会首先发一张“明白卡”，上面写下了办理业务需要的材料，非常方便。“很方便，来了就办。”也是鼎汇电气代表最大的心得。2016年因招商引资而来到成安县的温州企业良泰机械现在已经形成了一定的规模，该企业代表表示，来到成安县，政府提供了非常细致的服务，企业只需要“拎包入住”。环保型企业鼎正机械也因为好的招商政策而于2010年入驻成安县。

“中国百佳营商环境试点县市”落户成安

在座谈会上，成安县行政审批局副局长赵美林在做成安县行政审批局工作情况汇报发言中表示，2019年以来，成安县政务服务中心共办理行政审批和政务服务事项13.3万余件，日均接待办事群众900余人次，企业和办事群众获得感、满意度进一步提高。赵美林还表示，县行政审批局结合县委全面深化改革要求，持续深化“放管服”改革和行政审批制度改革，以开展三个专项行动（企业开办提速专项行动、项目落地提速专项行动、服务效能提升专项行动）为抓手，不断释放改革“红利”，营商环境进一步优化。

国家信息中心区域发展研究院秘书长刘波在会上总结了他在各地进行营商环境调研的成果，并对成安县提出了继续优化营商环境的建议。在当天下午，举行了“中国营商环境百佳试点县市”授牌仪式和座谈会，成安县政府办主任姚利锋主持会议。在座谈会正式开始之前，《小康》杂志社向成安县授牌“2019年度中国百佳营商环境试点县市”。

成安县委常委、县委宣传部长于占习在会上致辞，欢迎课题组的到来，并对成安县进行了详尽的介绍。于占习表示，荣获“2019年度中国百佳营商环境试点县市”既是对成安县营商环境的一种高度的认可，更是一种鞭策，鞭策我们要进一步开拓创新、进一步提高标准，进一步优化我县的营商环境，为建设富裕美丽幸福的新成安而不懈努力。

《小康》2020年02月

贵港港北：千年古郡逐一流

文 /《小康》· 中国小康网记者 周叠瑶

为深入推进“放管服”改革，贵港市港北区采取了强化“三集中三到位”建设、推进“一事通办改革”“互联网+审批模式”等措施。目前，已有969项服务事项进驻区政务服务中心集中办理，办件总量和每万人办结数排名均位居广西44个城区政务服务中心第一。

说起广西的贵港市港北区，很多人也许并不熟悉。港北区是贵港市委、市政府所在地，是全市的政治、经济、文化、信息中心，从秦朝征服南越、设桂林郡开始就一直是该地区的核心区域。它处于珠江—西江经济带的核心位置，地处粤港澳大湾区、北部湾经济区和西南经济圈三大战略实施的交汇点，享受西部大开发、承接东部产业转移、珠江—西江经济带开发建设等多重优惠政策，区位战略优势突出。

如今，这座美丽的千年古郡，正在以崭新的姿态积极打造一流的营商环境，拥抱全国和全世界。

打造“港北速度”

在商场上，速度和效率是企业永恒的追求。对应到营商环境的打造上，哪个地方能为客商提供更高速和更高效的办事服务，哪个地方就能在吸引客商方面抢占先机。

2019年年底，《小康》杂志、中国小康网记者跟随“中国县域营商环境研究”课题组对贵港市港北区进行实地调研。走进港北区政务服务中心，前来办事的人员熙熙攘攘。港北区是贵港市的中心城区，人口稠密，提高办事效率的压力也随之增加。面对压力，港北却有自己的应对之道。在港北区政务服务中心的二层税务大厅，除了有28个可以同时叫号办公的人工窗口，一排排如银行ATM机一样的机器吸引了记者的注意。据工作人员介绍，这是自助办税机，集合了申领发票、领取定额发票和查报税等多项功能。“办税大厅平均一天就要接待三四百人。有了自助办税机，不仅能缓解工作人员的工作压力，还能让群众享受24小时的全天候服务。”该工作人员向记者介绍，除了在港北区政务服务中心，港北区还在另外两处人流密集的地点设置了自助办税大厅，让办税如同在银行存取款一般方便。

高效办税仅仅是“港北速度”的一个缩影。在企业开办方面，港北区已全面推行“企业开办”申请一表填报、一次填报制度。持续推进企业名称登记制度改革，在全市大力推行企业名称自主申报，实现企业名称预先核准与设立登记合并办理，削减企业到登记窗口核准企业名称环节。通过减材料、减环节，实现减时限，实现企业开办2个小时内办结。

同时，港北区通过积极推行电子营业执照，实现企业通过商事登记全程电子化登记系统办理登记业务，无须提交纸质申请材料。据统计，2020年以来，新设立企业330户，其中有314户通过全程电子化设立登记，全程电子化率达到95.15%。

赛尔康公司是一家具有40多年历史的外资企业，是全球研发和生产手机、平板电脑等电子设备充电器的领军企业，也是苹果公司的指定合作供应商。2015年，贵港市委书记李新元率队前往深圳招商，与芬兰赛尔康制造有限公司的董事局成员接触。最终，赛尔康决定将投资15亿元的全球第六个生产基地落户贵港。“从2016年5月31日签约，到6月27日进场施工，再到2017年9月21日正式开业，用了不到16个月的时间，充分体现了贵港招商引资、项目落地的‘贵港速度’。”赛尔康(贵港)有限公司人力资源部经理卢永旺感慨道。

据卢永旺介绍，2019年赛尔康(贵港)有限公司产值达到13亿元，全年纳税额达2100多万元，2020年计划实现20亿产值的生产目标。据了解，港北区正在谋划建设自治区级电子信息产业园，其中赛尔康(贵港)电子工业园分园也在规划建设中，将引进、安置赛尔康生产所需的电子配套项目。目前，已有十余家关联企业基本达成落户意向。根据预测，已建和在建项目落成后，仅电子信息产业一项的产值就能达到200亿元。

当然，“港北速度”的打造离不开便捷的交通和优异的战略区位。贵港是全国目前唯一县县通高速、县县通高铁、县县通高级航道的地级市，已实现了高铁“公交化”。每天，平均有100多趟高铁列车经停贵港。无论人们身处于南宁、柳州，还是玉林、梧州，都可以在一小时左右直达贵港。如果把时间延长到三小时，就可以将贵港可触达的范围扩大到广州和深圳。融入“南宁一小时经济圈”“珠三角三小时经济圈”，无疑给贵港市和港北区带来了新的发展机遇。

“优化营商环境只有进行时，没有完成时”

准确把握地方经济运行的新趋势新特点，积极发展新兴产业和改造提升传统产业，加快产业结构调整和新旧动能转换，也是营商环境改革的应有之义。

曾经，建材、冶金、糖纸、板材、电力是代表贵港市工业的“老五样”，耗能高、污染大。近年来，贵港市按照“强龙头、补链条、聚集群”的要求，在“老五样”传统产业提档升级的基础上，大力培育发展新能源汽车和电动车、电子信息、生物医药“新三篇”新兴产业，成功引进了华奥、腾骏、赛尔康、爱玛和石药泰诺等项目，初步构建了广西第二汽车生产基地、中国—东盟新能源电动车生产基地和电子信息制造基地的框架，开启了贵港工业发展的新篇章。

港北气候温暖湿润，盛产穿心莲等中草药，这也为当地发展制药产业提供了条件。由贵县中药厂改制而来的贵港市冠峰制药有限公司于2016年迎来了新的发展机遇。在当地政府的协助和引进下，石药集团成为控股股东，与冠峰制药联合成立了石药控股集团广西泰诺制药有限公司。“石药集团为我们带来了先进的管理经验，依托石药集团的销售团队和品牌知名度，企业得到了飞速发展。”广西泰诺制药有限公司的一名负责人这样告诉记者。

据该负责人介绍，当地政府不仅在协助和引进石药集团的过程中起到了很大作用，而且在企业变更时帮助其解决了工业用地产权变更的难题，为后期企业融资提供了方便。除此之外，企业入驻西江产业园区还享受了地价、税收等方面的优惠政策。

战略性新兴产业代表着新一轮科技革命和产业变革的方向，是引领未来经济社会发展的重要力量。早在几年前，广西壮族自治区就将新能源电动车列为重点发展的战略性新兴产业之一。对此，贵港积极抢抓新能源电动车发展机遇，规划建设了中国—东盟新能源电动车生产基地。先后出台了多项优惠政策，在生产资质、项目建设、设备补助、科技研发、产品销售、市场推广方面给予企业全方位支持。2015年2月，广西柳钢大菱电动车项目落户贵港；2017年11月，爱玛电动车项目落户贵港……良好的营商环境吸引越来越多的电动车企业入驻。如今，已有40多余家企业入驻中国-东盟新能源电动车生产基地，预计到2020年，电动车产能达200万台、电动车配套零部件300万套、产值70亿元。

港北区营商环境的打造离不开区委、区政府多年的努力。区委书记玉彤曾多次强调指出："优化营商环境只有进行时，没有完成时，要以持之以恒的韧劲抓好营商环境建设工作。"港北区为此还成立了以区委、区政府主要领导任组长的优化营商环境工作领导小组，统筹全区合力推进优化营商环境工作。

据港北区委常委、常务副区长杨燕忠介绍，为深入推进"放管服"改革，港北区采取了强化"三集中三到位"建设、推进"一事通办改革""互联网+审批模式"和推行容缺受理和承诺审批制度等措施。目前，已有969项服务事项进驻区政务服务中心集中办理，实现整体承诺办理提速70%以上，办件总量和每万人办结数排名均位居广西44个城区政务服务中心第一。同时，通过加快推进港北智慧政务平台建设，构建"一网通办"的网上政务服务平台，区本级政务服务事项支持网上办事的事项比例达100%。

《小康》2020年05月

河北大厂：营造亲商护商新氛围

文 / 《小康》· 中国小康网记者 尤蕾

近年来，围绕深化“放管服”改革，大厂推动“多证合一”扩容升级，深化“一网、一门、一次”改革，大力推行“智能化”“管家式”“不见面”审批模式，做实“最多跑一次”“一次办好”等便民服务，营造出亲商护商的浓厚氛围。

大厂，与北京市通州区隔着潮白河比邻而居，地处京津冀协同发展的中心点之上，经济实力雄厚，曾斩获“全国食品工业强县”“全国科技进步县”等殊荣。

在京津冀协同发展和北京城市副中心建设的重大历史机遇面前，大厂更是在与北京城市副中心“统一规划、统一政策、统一标准、统一管控”的融合中飞速发展。凭借优越的区位优势与良好的城市发展基础，大厂积极拓展产业发展空间，更好地服务北京城市副中心，实现精准对接、高效承接北京非首都功能疏解。

近年来，围绕推进高质量发展，大厂全面优化营商环境，着力打造以大型企业、集团为核心的产业集聚区，不断培育壮大影视文创、智能制造、都市食品三大特色主导产业，大力发展金融服务、科技信息、知识产权等现代服务业。

“一网、一门、一次”

走进大厂政务服务中心大厅，宽敞、整洁、有序，每一个服务窗口的工作人员都在耐心地与办事群众沟通着各项事宜。特别值得注意的是，在大厅门口左侧专门设有自助区域。

自助区的每一台电脑都可登录大厂智慧政务审管互动平台，切实实现了政务服务提效的目标，拓展了网上办事的深度和广度。在实现与省政务服务平台无缝对接的基础上，以企业和群众需求和服务应用为中心，以数字化、智能化、信息化为手段，推进跨部门、跨层级、跨区域资源融合，构建集约管理、资源共享、服务创新的网上政务服务平台，推动更多政务服务事项网上办理，实现“应上尽上、一网通办”。

大厂县行政审批局局长刘海霞告诉记者，目前政务服务大厅入驻事项为336项，全部按照标准化流程操作，并且已全部进驻大厂智慧政务审管互动平台，该平台与河北省政务服务网实现无缝对接。“大厂智慧政务系统也是特色平台，比如河北省投资项目在线审批监管平台、税务、房产交易等30多个专网专线，我们都汇集到了大厂智慧政务审管互动平台上。”据了解，大厂根据办事群众的需求与方便度，从2018年8月16日开始在全市率先实现了企业全流程电子化操作，目前大厂新注册企业实现了100%“线上走”。

同时，大厂智慧政务审管互动平台实现了互联互通。所有经办业务都有电子版与纸质版两套文档。每一个环节、流程、节点都可查可看，扫描受理通知单上的二维码，即可查询办理进度。掌上政务APP与河北省统一开发的“冀时办”无缝对接，依托移动端突出大厂特色，开发便民应用，例如预约取号、大厅排队查询、办件查询、便民缴费等等，以延伸网上办事链条。一年以来，政务服务中心已累计受理办件12万多件，按时办结率100%。

“为保证办件时限，加强网上督办，通过办公室电脑随时可以查看办事进度，绿色是按照正常审批流程进行，紫色代表着在某一环节上可能要滞后，红色就超时了。不过，目前，我们的业务都显示绿色。”刘海霞介绍道。

大厂致力于优化提升政务服务大厅“一站式”功能。按照《国务院办公厅关于印发〈进一步深化“互联网+政务服务”推进政务服务“一网、一门、一次”实施方案〉的通知》（国办发〔2018〕45号）要求，大厂以企业和群众办事只进“一扇门”为目标，大力推行政务服务事项进驻县政务服务大厅集中办理，设置能咨询、指导、受理、办结的综合服务窗口，实行首席代表负责制（进驻事项的审批办理由入驻部门充分授权委派的首席代表全权负责），实现“应进必进”，90%以上政务服务事项实现“一窗”分类受理。记者在大厅中看到，作为入驻单位的行政审批局一共有9个窗口行使着100多项行政许可事项审批，加上已划转正在过渡期的第二批划转事项将承担200多项业务。行政审批局提出“一人多专，一岗多能”，每个窗口均是综合接件、综合办件，以减少办事人多头办理的麻烦。

此外，大厂还推进部门行政审批与服务事项向一个股室集中，行政审批股室向政务服务大厅集中、进驻事项向网上审批平台集中；确保部门审批服务事项进驻大厅到位、部门审批权限授权首席代表到位、部门审批人员进驻大厅到位，提高全链条审批模式关联事项集中集约比例，让企业和群众办事真正实现只进“一扇门”。同时，大力推行无差别、极简化审批与服务，打造套餐式集成服务，通过数据共享、全程网办等信息化手段，大厂实现了企业群众办事提交材料压减60%以上。多部门联合审批的事项，实行联合勘验、联合审图、联合测绘、联合验收，让企业群众办事真正实现“最多跑一次”。

把脉问诊

2019年11月末，国家信息中心中国区域发展研究院秘书长刘波、《小康》杂志社事业发展总监李志怡、中国县域营商环境评价数据处理与服务中心副主任潘杰、《小康》杂志社驻河北联络处主任郑继兵等一行前往河北省大厂回族自治县进行营商环境专题调研。

为企业提供贴心服务

大厂始终将发展摆在头等重要的位置上，据了解，2018年8月，大厂高新技术产业开发区合并了原有3个省级园区，正式挂牌运行，已入驻企业达300余家，为大厂县汇聚高端资源、创新要素提供了更优质的载体。目前，影视小镇、检验认证产业园、金隅现代工业园、台湾食品工业园等新兴产业集群已呈蓬勃发展之势。

“审批局审核审批挺严格，但服务很暖心。我们提交的资料中有需要修改的地方，审批局人员都会全方位跟踪，修改期间基本上是24小时服务。上一个项目，我们拿到开工证就只用了2天半。”福泰地产的企业代表张勇如是说。之所以能够在短时间内高效完成审批，行政审批局是下了一番大功夫的。河北省提出项目全流程审批要压减到80个工作日，但是大厂行政审批局在实际工作中发现，如果仅仅是政府部门压缩审批时间，但企业提交、修改资料的速度“卡”住了，依然无法真正提速。对此，行政审批局编制出了项目审批全流程图和各流程申请材料清单，并明确标注出哪些步骤可以同步准备、同步进行。同时，聘请了第三方技术审查团队，在行政审批局初审后，第三方团队进行专业审查，一次性列出需修改的问题及时反馈给企业，且经常加班加点现场指导企业进行修改。这种服务方式能够最大程度帮助企业节省项目前期审批时间。

华夏幸福企业代表杨威告诉记者："我们是开发型企业，之前要跑很多单位办审批手续，现在许多事项都合并到审批局了，我们跑的单位少了，提供的材料重复性也少了。"对此，在大厂建厂20年的法资食品集团阿果安娜的企业代表贾云艳深以为然，之前办理生产许可证需要去廊坊市，"放管服"改革，事项下放至县里后，在大厂行政审批局办理非常方便，提交资料后，审批局工作人员会及时反馈补充或修改意见，受理后及时联络专家进行现场审核，大大提高了办事效率，减少了企业跑腿的次数。

同样来自食品企业的凯瑞中国河北工厂的企业代表刘春云谈到，他们是一家爱尔兰企业，之所以落户大厂，除了集团对产业的布局规划以外，更重要的是看中了大厂处于京津冀协同发展中心点的区位优势，以及当地不断优化营商环境。"食品企业每上一条生产线就意味着要重新办理生产许可证审批，目前我们已经换了四五次证，每次换证时间都非常短。"该企业2018年3月入驻大厂，当年12月正式投产，高效率的政府服务给刘春云留下了深刻印象。

对此，大厂县行政审批局副局长潘东山表示，食品生产在网上预审资料，2017年该事项审批权限下放至县级，行政审批局就在企业与专家之间搭起一座桥梁，让专家直接就各种指标、包装、工业流程、设备更换等问题与企业沟通。

无论对于落户大厂的老企业还是新企业，办事提速是他们对大厂优化营商环境改革最切身的体会。据了解，截至目前，大厂简化企业登记程序，压缩企业开办时间至2.5个工作日，其中企业登记、公章刻制时间压缩至1.5个工作日，发票申领时间压至1个工作日。自2019年7月22日起在河北省取消企业银行账户许可；2019年11月底，全县个体工商户登记时间压缩至2个工作日。全县净增市场主体2202户，企业净增1168户，个体工商户净增1034户，新登记个体工商户1664户。

此外，大厂按照《国务院办公厅关于全面开展工程建设项目审批制度改革的实施意见》(国办发〔2019〕11号)、《河北省人民政府办公厅印发〈关于推进工程建设项目审批提速的若干措施〉的通知》(冀政办字〔2019〕37号)要求，审批类建设项目、核准类建设项目和备案类建设项目全流程审批时限分别压减至53个工作日、47个工作日和39个工作日。

大厂在支持民营企业上亮点纷呈。民营经济领导小组办公室开展“服务民营企业高质量发展年”活动，帮助企业争取上级各类平台、项目、资金等支持，截至目前，累计帮助企业争取上级资金支持4922.62万元，县级财政奖励资金支持3100万元；组织高新区、教育和体育局、文广旅局、科协等涉企服务部门主管领导及服务企业业务股室负责人，深入景隆重工、新时代链条、冠泰电子、力准机械、塑美等企业开展了大厂企业公众开放日活动，营造了良好社会舆论环境；邀请专家为重点企业财税人员、管理人员开展精准培训；编印《中小微企业认定标准明白纸》《大厂县“百企转型”行动方案》等，帮助企业划型认定、转型升级。

据悉，大厂县正在加快制定出台《大厂回族自治县促进企业融资的指导意见》，进一步强化政、银、企三方的沟通对接，逐步建立健全银行业金融机构支持民营企业发展的激励引导机制，并继续大力实行《中小企业应急转贷基金管理办法》《中小企业发展专项资金管理办法》等，降低中小企业融资成本，拓宽民营企业融资途径。

大厂县委常委、副县长王彦伟表示，大厂区位特殊、发展时机特殊，可以说未来可期。但同时要解决好目前存在的问题，诸如企业开办与获得电力等。国家信息中心中国区域发展研究院秘书长刘波在此次调研中谈道：“十八大以来，党中央国务院高度重视营商环境建设，2020年1月1日《优化营商环境条例》正式施行。未来，大厂在营商环境国际化上，还有很大的空间，是否需要考量如何扩大开放的问题，是否需要未雨绸缪先行考虑，这是值得当地思考的一个问题。”

《小康》2020年01月

湖南宁乡：营商就是“赢”未来

文 /《小康》· 中国小康网记者 刘建华

2018年，湖南宁乡正式启动营商环境建设工程。2019年该市将“营商环境优化年”活动作为首要任务来抓，紧紧围绕“营商环境优化年”建设主题活动，突出问题导向，创新工作举措，着力培育流程最优、效率最高、成本最低、服务最好的营商环境，全力打造投资洼地、创业福地和发展高地。

“把政府的目标和人民的目标、企业的目标统一起来，把宁乡的优势和政策的优势、市场的优势叠加起来，把发展的机遇和发展的主体、发展的要素集结起来，致力把宁乡打造成为全省营商环境最优的一个县级市，把宁乡经开区、宁乡商新区打造成为湖南省营商环境最优、生产成本最低的工业区。”在湖南省长沙市宁乡市委书记周辉看来，优化了营商环境就是赢得了宁乡的未来。

处处为企业着想

“我刚刚拿到了营业执照，非常顺利，跑一次就行了。”2019年9月9日，市民王俊杰在宁乡“市民之家”政务中心接受《小康》、中国小康网记者采访时说，现在办理相关证照非常方便，政府还给免费提供了一套公司印章。记者看到，他手里拿着一个装有4枚公章的小袋子。对此，他高兴地说：“虽然对于我们开公司的企业来说，这点钱算不了什么，但是让人很暖心。”

宁乡市发改局负责人杨红秀告诉记者，现在政府以购买服务的方式，为新开办企业免费提供首套4枚印章，原来企业自费需要180元一枚，现政府采购4枚才280元，实现了企业开办“证、照、章”同发，一年节约生产成本约180万元。

记者在采访中还了解到，就在政务中心的各个办公区域，推行打印、复印、印章的“三印”免费服务。全面取消窗口打印复印收费，由各窗口提供免费服务。多名受访者表示，复印打印用不了几块钱，但如果这里没有提供这项服务的话，如果带的资料不齐全，就得跑到外面去，这很费时间和精力。他们都对政府的这项服务点一个大大的“赞”。

融资难对于许多中小企业来说，是一个普遍存在的问题，而银行贷款或循环贷款是多数中小企业首选的融资方案。“我身边好几个企业主因为银行贷款到期，需要先还原贷款再新贷出来，这样就需要资金过桥，但这却让很多企业在不得已的情况下，只能在外面高利息找过桥资金，大大增加了企业的融资成本，再有一个重要风险就是银行重新放款的时间有很大的不确定性，时间拖得长，就得付一大笔利息。”一位企业老板对记者说。

杨红秀表示，为了更好地解决中小企业融资难，宁乡市委市政府特意安排了4000多万元转贷资金用于企业“过桥”以解燃眉之急。用好用活转贷基金，出台《宁乡市转贷应急周转资金管理办法》，全力支持生产经营正常、贷款即将到期而还贷出现暂时困难、符合银行信贷条件且银行同意续贷的企业，目前已开展转贷业务23笔，完成转贷额度2.43亿元。

为降低工业企业的开办成本，从2019年5月1日起，宁乡着力创建无收费园区，对园区内市本级有权限制定收费标准或调整收费范围的城市基础设施配套费和城市生活垃圾处理费，实行工业项目“零收费”；对法律法规明文规定不能取消或免除的防空地下室易地建设费和水土保持补偿费，由园区代缴；对服务性收费即工业项目报建报监过程中以前需要缴纳的审批中介服务费、施工图审查费、测量费、规划服务费、区域水土保持方案编制费等费用，实行政府购买服务，由审批部门或属地园区承担。截至目前已有32家企业受益，预计全年可为企业减轻负担近5000万元。同时，推进“多测合一”，整合分散在原国土、规划、住建等部门的测绘事项，实行“一次申请、一次测绘、一次收费”，一般建设工程测绘服务时间从15天压缩为5天，服务性收费总额减少50%以上。在实现政府和园区本级对工业项目“零收费”的基础上，宁乡正在研究解决工业项目建设阶段还存在的水、电、燃气、供热的开户、施工收费和临时使用收费问题，以及工业项目报建过程中环评、安评、能评、水土保持方案编制收费问题，争取让企业有更多的获得感。

提升营商环境发展未来

作为一个县级市的宁乡，拥有上市企业14家，年纳税企业超过一个亿的也有

3家。“就这样一个县级市的企业规模，已是国内很多地级市都望尘莫及。”国家信息中心中国区域发展研究院秘书长刘波对《小康》、中国小康网记者说。

楚天科技股份有限公司是一家生物科技企业，该公司总裁商务助理、行政办主任戴丝告诉记者，公司是在宁乡从几个人的作坊发展到今天的上市企业，年纳税已超过一个亿，“我们能在宁乡成长起来，跟当地的政府官员及地方优惠政策、好的营商环境不无关系。”而记者在宁乡格力电器发现，本来很大的生产基地仍在扩张。杨红秀说：“像格力电器完成了一期的投资，接着二期、三期的投入，这一定是对宁乡的营商环境的认可。”

2019年以来，宁乡市不仅仅是领导重视，而且还在进一步健全机制，优化营商环境工作全面展开。今年2月13日，长沙市产业项目建设年暨营商环境优化年工作推进大会召开后，宁乡立即召开市委常委会会议和市政府常务会议研究贯彻落实，并成立了以市委书记为组长的工作领导小组，明确市委常委、统战部长钟利仁具体负责营商环境优化年活动的日常调度。通过召开市委常委会会议、市政府常务会、专题调度会等形式研究各大专项行动的实施方案，目前，已下发的文件有《宁乡市“营商环境优化年”工作推进方案》《关于落实〈宁乡市“营商环境优化年”工作推进方案〉的实施方案》《关于开展“三比三看”大竞赛活动的通知》《宁乡市创建“无证明城市”“无收费园区”“无跑腿审批”实施方案》等十几项文件，市领导多次听取和调度了营商环境优化年整体推进情况，将任务再落实、责任再强化、措施再细化，各责任单位履职担当，各专项工作有序展开。

宁乡市优推办出台《重点商圈户优化营商环境实施方案》，推出坚持党建引领、注重部门协调、引导社会参与等五大举措，创新党建、法律、教育、健康、政策五大“服务包”工作模式；经开区完成“三集中三到位”“一网四清单”建设，成立蓝月谷创新产业投资基金、融资担保公司和信贷风险补偿基金，成为长沙市第一个成立信贷风险补偿基金的国家级园区；高新区创新性地将党建进企业、办好民生实事、行政效能审批同千人帮千企结合起来，开展“四大专项行动三十件实事”“四大民生工程三十件实事”，全方位推进优化营商环境工作；市司法局按照“市场主体轻微违法经营行为首违免罚试点单位”工作要求，积极跟踪对接，宁乡成为湖南省首违免罚试点城市……诸多的改善措施不断推出。

“2018年是宁乡营商环境的启动年，今年是推进年，明年是巩固年，后年是优化年！”宁乡市委常委、统战部长钟利仁对《小康》、中国小康网记者说。下阶段，宁乡市将继续把优化提升营商环境作为加快政府职能转变，以营商推进方案为抓手，力促工业企业高质量高速度发展。

《小康》2019年09月

江苏淮安：为企业提供101%的超值服务

文 /《小康》·中国小康网记者 周叠瑶

“闻香识淮安，人间好家园。茶香迎远客，酒香染红颜” “吃了蒲菜长鱼龙虾宴，忘不了锦绣淮安”。一曲在网络上大火的《香溢淮安》勾起了众多离乡淮安人的乡愁，同时也让这座位于苏北中部、紧邻大运河的“宝藏城市”为更多人所知。

淮安自古以来便因其在漕运中重要的地理区位一度商贾繁荣。明清两代，淮安扼漕运、盐运、河工、邮驿之机杼，进入鼎盛时期，与扬州、苏州、杭州并称运河沿线“四大都市”，素有“漕运襟喉” “九省通衢”之称。而今，这座城市正在以崭新的姿态迎接各方来客，打造全国营商环境样板城市。而淮安区更是积极“领跑”、综合发力，力争用营商环境的“绿水青山”换高质量发展的“金山银山”。

1小时立等可取来之不易

“淮安农耕文化重，相对于苏南经济发达地区，工业基础滞后，属于后发地区。因此，淮安地方经济的发展很大程度上需要借助外力。”淮安区招商服务中心副主任杜苏仁向《小康》杂志、中国小康网记者坦承，在招商引资方面，比如经济基础、产业基础配套等领域，淮安相较苏南地区也存在诸多不足之处，“因此，只有通过打造一流的营商环境，才能逐步改善淮安的经济发展状况。”

“对于淮安区来讲，优化营商环境工作既任重道远又异常紧迫，”淮安区委书记徐子佳表示，“近几年，淮安区迎来历史难得的发展黄金期，有着弥足珍贵的后发优势、生态优势、区位优势。同样的政策、同样的区位、同样的机遇，到最后就看政府服务好不好、信誉高不高、环境优不优，所以我们迫切需要优化营商环境，营造宽松发展氛围。”

政策环境、治安环境、服务环境……优化营商环境涉及方方面面的工作。为增强优化营商环境工作的协同性、针对性、有效性，2019年2月，淮安区在全省率先成立了营商环境优化办公室，作为区委直属机关，统筹负责全区营商环境建设工作。为保证政策的落地执行，区纪委监委和营商环境优化办密切配合，实现人员定期交流，业务定期沟通，强化明察暗访，对不作为、慢作为的4家乡镇和部门在全区营商环境建设大会上视频曝光，形成有力威慑。

企业创办、运行，速度是关键。为优化营商环境，江苏省提出了高于全国行政审批速度的3（开办企业3天内办结）+5（不动产登记5天内办结）+30（建筑施工许可证颁发30天内办结）的要求。据淮安区行政审批局副局长马俊彪介绍，淮安区通过减少办事环节和提交的材料、优化办事流程，不仅达到了江苏省的要求，某些审批事项还快于全省要求。“以企业设立登记为例，从2018年起我们即采用政府购买服务的方式，免费为企业寻找中介机构代办，审批效率得到了大幅提高，审批时间也由过去的十几天缩短至1天~2天。”马俊彪表示。

2019年7月18日，记者在一个工作日走访了淮安区政务服务中心。服务中心内人头攒动，来办事的人摩肩接踵。服务中心一共有三层，不仅集中了各个政务办事窗口，中国工商银行和出入境管理部门也在服务中心设有办事窗口。服务中心一层入口处设有咨询服务台，3名佩戴红色绶带的志愿者正在为办事群众耐心解答。

来到服务中心二层，淮安区不动产业务受理窗口前一块醒目的宣传板吸引了记者的注意——不动产登记业务受理后可以在1小时内现场领证。淮安区政务服务中心主任、行政审批局局长陶正东在现场接受记者采访时表示：“从2017年开始，淮安区就开始尝试在不动产业务受理窗口实行住建、税务和不动产登记管理部门连署办公和后台材料深度共享，通过不断磨合和尝试，才有了后来1小时立等可取的高速度。”

2018年11月，淮安区正式在政府官网宣布，不动产受理窗口可以提供“当场受理、当场办理、当场缴费、当场领证”的“最多跑一次”服务。在陶正东看来，这是对群众的承诺，也是对行政审批工作改革的倒逼。“当场办理，对我们的工作提出了挑战，但只要做出这样的承诺，我们一定会兑现。”

“想办又不敢办”的事情怎么办

变身“店小二”更好地服务企业，是打造良好营商环境的关键。为此，淮安区提出了“提供101%的超值服务”的理念。为了能为企业、群众办事提供“不打烊”的政务服务，淮安区政务大厅及部分窗口部门实行预约、延时工作制。此外，淮安区在招商引资过程中还实行投资建设项目“项目长”制度，为重大项目提供全程帮办、代办服务。为切实帮助企业解决发展难题，淮安区建立了政企直通互动平台和“帮帮群”，以畅通企业诉求表达渠道。据悉，目前全区600余家规模以上企业已全部进群并进入平台。互动平台自成立以来共受理企业咨询280余次，帮助企业解决实际问题58个。

江苏康乃馨织造有限公司是一家位于淮安区的酒店布草供应企业，企业客户遍及全球。康之欣染业有限公司是其旗下专注于染业的子公司。据康之欣染业有限公司总经理周玉海介绍，此前因为下大雨导致位于季桥的毛巾漂染厂下水管道堵塞，企业无法正常生产。在向政府反映这一情况后，山阳街道办迅速行动，并在勘察后给出了答复，解决了企业的燃眉之急。“与过去相比，现在明显能感受到营商环境的改善。反映的问题政府都会尽量解决，即使一时解决不了也会给出解释。”周玉海说。

企业经营需要面对复杂和瞬息万变的环境，是否能灵活处理监管和审批等问题，关系着企业的生存。就在前不久，一件小事让淮安区交通运输局运管处处长梁军犯了难。淮安福兴祥物流公司是一家经营生鲜物流业务的公司，为解决高温天气蔬菜水果易大面积腐烂变质的问题，购入8辆东风牌柴油冷藏车。但根据国家最新规定，所有7月1日以后购入的货车必须公示燃油能耗，公示准备期需要30天，非经公示无法办理营运证。

企业着急用车，但依新规营运证却一时办下不来，“想办又不敢办”，一件小事考验着执政者的智慧。好在，区营商办的一张函让梁军吃下了定心丸。原来，根据物流公司的申请，区营商办向交通运输局发函说明了企业的情况，请交通运输局考虑企业困难，妥善处理企业诉求。最终，通过办理临时运营证的方式，福兴祥物流公司的问题得以解决。

“提供101%的超值服务”不仅需要“急企业之所急”，还需要“想企业之所想”。如何打开销路是企业普遍关心的问题，淮安区采取了“政府搭台、企业唱戏”的策略，助力企业拓展销路。2018年8~9月，淮安区政府带领康乃馨织造有限公司参加了在南京举办的江苏省纺织服装节，有力提升了企业影响力。“参加展会我们一点都没操心，直接带着产品去就行。”康乃馨织造有限公司企业管理部主任李发勇说。

如今，淮安区正凭借其优质的营商环境、独特的地理区位，成为越来越多企业的选择。据悉，2017年以来淮安区累计签约亿元以上项目153个、开工亿元以上项目108个、竣工亿元以上项目67个。以淮安区电子商务产业园招商引资情况为例，从最开始圆通物流的“探路”，到“三通一达”企业陆续入驻，目前全国前十名快递企业已有9家落户淮安区电子商务产业园。其中，中通物流还将在淮安区建设全国最大的全自动化、智能化产业园。

在徐子佳看来，“开放包容，诚赢未来”，致力于打造全国营商环境样板城市的淮安区，必会成为成就企业、成就梦想的时代高地。

《小康》2019年09月

浙江龙游：换位“百姓视角” 创建“无证明县”

文 / 《小康》· 中国小康网记者 袁帅

取得骄人成绩的浙江龙游县并没有止步不前。为解决产业创新服务综合体、科研飞地建设滞后等营商环境建设问题，龙游县制定了提升环境容量承载力、基础设施支撑力、资源要素保障力和行政效能竞争力，打造个人、项目、企业三个全生命周期，围绕“构建产业链生态圈”和“深化‘最多跑一次’改革”两条主线的“432”方案。

万年文明，千年古城，百年商帮。“四省通衢汇龙游”的浙江省衢州市龙游县正在传承发扬龙商文化的开放包容特质，与时俱进地优化营商环境，拉动当地经济，打造高端制造战略产业、美丽经济幸福产业、数字经济智慧产业，逐渐形成三产相得益彰的两江走廊格局。

营商环境优化，企业复投率创新高

“现在龙游县最稳定、最扎实的是造纸、食品和家具三大传统产业，特别是造纸产业作为全县的产业支柱和核心，已具备60多个品种400多种规格的特种纸生产能力。”在接受《小康》杂志、中国小康网记者采访时，龙游县委副书记、县长祝建东如是说。近年来，龙游县坚持主攻工业不动摇，建立完善了以高端装备、新材料、智能制造为代表的新兴产业弯道，以高档家具制造、特种纸、绿色食品饮料为代表的传统产业换道，以及以竹产业为代表的富民产业的“3+3+1”产业体系。今年上半年全县工业增加值、规模工业总产值、工业用电量分别增长11.4%、11.9%和14.1%，均居全市第一。

优化营商环境的成果如何？企业最有话语权。浙江吉成新材料股份有限公司负责人告诉《小康》杂志、中国小康网记者，初创时，厂址原在长沙，后由投资方引荐，得知了龙游县营商环境优越。经过多次考察，2017年，公司决定正式整体搬迁至龙游经济开发区，投资17亿元用于扩大碳化硼陶瓷生产规模，并一举成为陆军单兵系统防弹插板项目第一研发单位。龙游县政府没有让企业失望，当地遵循的“无事不扰，有事必到”的原则为当地企业营造了优质的成长、发展空间。去年，该公司被评为“浙江省科技型中小企业”“浙江省军民融合示范企业”，并成功通过武器装备质量管理体系认证。

今年，吉成新材料再接再厉，取得“武器装备科研生产单位三级保密资格”认证的同时，引进五位行业顶尖教授、博士，成立了“吉成新材料研究院”。据企业负责人介绍，目前该企业已形成80吨纳米碳化硅和碳化硼粉体、500吨高品质碳化硅陶瓷，以及100吨高品质碳化硼陶瓷的年产值，可占据全国碳化硼总产值的八至九成，成为我国碳化硼产业的“隐形冠军”。

“我们用了短短一年的时间，就从千百万产值晋升为3亿产值的企业。如果没有龙游政府提供的用地、用工调动等方面的好政策，以及良好的营商环境作支撑，我们是做不到的。龙游县政府不仅有魄力，还精准地发现了潜力产业，大力度地配套政策，让企业毫无顾虑地轻装上阵，帮助企业迅速做起来。”吉成新材料股份有限公司负责人笃定地说。

今年，龙游县工业经济势头强劲，实现平稳较快增长。1月~7月份，全县185家规模以上企业实现产值134.49亿元，同比增长10.4%，位列衢州市第二位；实现规上工业增加值30.89亿元，同比增长12.0%，增幅位列全市首位。1月~7月份，全县共完成工业投资14.44亿元，同比增长31.4%；其中制造业完成投资12.69亿元，同比增长34.5%。36个实施类“421”工业项目年计划投资25.84亿元，已完成投资11.19亿元，完成计划的43.32%。

企业复投的规模、力度是区域营商环境优劣的重要评判指标之一，目前，维达纸业已经在龙游县投资四期项目，总投资1.5亿美元的两条造纸生产线预计年产6万吨高档生活用纸。此外，伊利乳业、李子园两家企业均为一期项目刚刚投产，二期项目即将开启。

为民于心，便民于行，利民于远

龙游县十分重视营商环境建设，县委明确“14456”工作布局，提出打造营商环境最佳县，县政府十三届五次全会专门就营商环境建设作了部署，并制定印发行动计划，持续开展政务服务再提速、营商服务再优化、要素保障再升级、监督评议再推进四大专项行动，成功创建“无证明县”，为推动创建“区域明珠26型城市”提供重要保障。

去年3月以来，龙游县换位“百姓视角”，在全国率先创建“无证明县”，大力推进“减证便民”，创新推出“取消一批、共享一批、替代一批、代跑一批”的“四个一批”模式，先后进行了三轮梳理，共减少证明210项。保留证明由干部代跑，代办机制覆盖县、乡、村三级，让老百姓不用提交证明，实现县城体制内“无证明”。从证明着手拓展减材料386个，全年办事群众因“无证明”而少跑5万余人次。

同时，龙游县创新推进诉讼、公证、法律援助等司法服务的“无证明办事”，在“龙游通”平台专门开发“无证明县”流转模块，通过群众委托、线上流转、体内出证等流程形成闭环，实现群众涉法涉诉办事“只进一个门、最多跑一次”。如今，司法服务“无证明办事”工作方案已经印发，“龙游通+无证明县”模块开发已于7月份上线，截至目前，百余条证明在线上进行流转。龙游“无证明县”的创新性做法现已列入浙江省26条经济体制改革典型经验中，予以推广。

龙游县经济开发区

对于行政效能有待提升，各部门间沟通协调不够、合力发挥不够等问题，龙游县采取压紧压实领导责任方针，落实“第一责任人”的责任，要求敢啃最硬的骨头、敢挑最重的担子，以身作则、以上率下。以“铁军八问”为准则，发扬铁军精神，强化政治担当，确保县委县政府决策拍板的事情定一件、干一件、成一件、好一件。同时，聚焦聚力改革生态，完善鼓励改革创新的政策体系，着力营造良好的改革生态环境，协同好、发挥好各方、各级，特别是基层一线的积极性、主动性、创造性，确保改革之事有人抓、有人干。此外，用足用好督查“利器”，完善对部门、对区块改革推进督查工作机制，实现改革督查常态化、制度化，形成回路和闭环，解决改革落地“最后一公里”问题。

值得一提的是，龙游县还特别亮出了营商环境建设“信用牌”，围绕机制健全、平台打造、智慧运用等方面，不断优化营商环境，强化基层治理，努力打造有礼城市品牌。今年1月，龙游县获评首批省级信用县。目前，龙游县拥有143个县级信用村(社区)、5个信用乡(镇、街道)、22个省级“信用村”、3个省级“信用乡”。

《小康》2019年10月

祝建东：法治是最好的营商环境

文 / 《小康》· 中国小康网记者 袁帅

一流的营商环境离不开优质的法治保障。今年以来，浙江龙游县全力打造惠及全县企业的衢州市首个企业法律服务大平台，向全县企业提供优质高效的企业法律服务活动。

龙游县县长祝建东

《小康》中国小康网：去年，龙游县为优化营商环境，推出了包括纵深推进“最多跑一次”改革、深入打造“无证明县”、开展龙商“亲清服务日”、开通营商环境“信息直通车”在内的23项重要举措，举措落地一年以来成效如何？

祝建东：我们围绕“审批事项最少、办事效率最高、投资环境最优、企业获得感最强”的要求推出了这23项举措。实施一年来，实现了政务高效化、投资开放化、服务便捷化、监管科学化、政企“亲清”化。比如，通过深化“最多跑一次”改革，撬动各重点领域改革全方位深入，实现多项改革“盆景变风景”，像打造全国首个“无证明县”、搭建“龙游通”基层智慧治理平台、企业开办全流程“零成本”“一日办结”、开工前审批“最多100天”、商事登记“多证合一”“证照联办”、工程建设项目“全流程”审批、退休人员19个前置事项和后续事项“一件事”联办、不动产60分钟出证、公积金“一证通办”、公安“刷脸通办”、“乡里乡亲”全县通办，等等，让龙游老百姓获得感持续提升，营商环境持续优化。在今年4月份全省举办的营商环境试评价中，龙游县总体指标在16个参评县市区中排名第一。

《小康》中国小康网：今年3月开展的打造最佳营商环境法律服务专项行动，是基于何种考虑开展的?

祝建东：法律是治国之重器，良法是善治之前提。一流的营商环境离不开优质的法治保障。中央全面依法治国委员会第二次会议强调，“法治是最好的营商环境”，深刻阐明了法治与营商环境之间的关系。为此，今年以来，龙游县牢固树立“法治是最好营商环境”的理念，认真落实“三服务”精神，切实帮助企业解决发展中遇到的法律问题，为企业发展创造良好环境，进一步优化提升营商环境，全力打造惠及全县企业的衢州市首个企业法律服务大平台，向全县企业提供优质高效的企业法律服务活动。在企业法律服务中心平台专设企业法律服务窗口，专门由律师在线为企业提供咨询、调解、公证等法律服务。建立以律师、基层法律服务工作者、公证员、金牌调解员组成的法律服务团，以“律企互动”“法企体检”等形式，专题性地解答企业遇到的问题、难点。截至目前，已开展互动专题活动3次，参加企业达120余家，解答问题96个。开展劳动用工专项问题“法企体检”1次，发放调查问卷300余份，实现了“一企一报告”，更取得了以点带面、解答一个问题服务一片企业的实效。

《小康》中国小康网：您认为政商关系如何才能做到既“亲”又“清”？

祝建东：龙游县目前主要通过四项举措推进“亲”“清”的政商关系：首先，开展“亲清服务”，打通服务最后一公里。每月第二个周二是龙商“亲清服务日”的固定活动时间，通过活动的开展，各相关部门领导认真倾听企业负责人在企业发展中的愿望和要求，全力帮助企业解决实际问题，加强政府职能部门和有关单位与企业的交流沟通，打通服务“最后一公里”。其次，拓展“企情通”

平台，延伸服务全覆盖，积极打造线上线下融合的“企情通”企业公共版服务平台，进一步拓展服务对象，在平台上集聚法律服务、金融服务、检验检测、创业辅导、研发服务、财务管理、政策咨询、知识产权等优质生产性服务机构，做到对企“一个平台集成服务”。再次，开展“组团联企”服务，达到政企沟通零距离。龙游县建立了企组团服务“组团联企”工作机制，采取点线面相结合的方式，将全县重点服务对象分成32个网格，每个网格由一名现任县领导担任网格长，一名县级部门主要领导担任网格专员，联系服务五家以上企业，每家企业安排一名部门干部担任网格联络员。另外，发挥“3+3+1”产业服务团作用，开展全方位精准服务。

《小康》2019年10 月

重庆武隆：让企业不再被杂事困扰

文 /《小康》· 中国小康网记者 袁帅

近年来，生态、旅游资源得天独厚的武隆发力优化政务、市场、人文、法治和要素等“软环境”，全方位服务企业，使其更专注于经营，良好的口碑产生带动效应。对此，武隆区重庆市武隆区常务副区长胡珍强接受本刊的专访时表示，让企业专注于生产经营，不再被琐事、杂事困扰，推动招商引资和重大项目落地，已成为武隆区营造良好营商环境的直观追求。

《小康》·中国小康网：目前武隆区的招商引资情况如何？

胡珍强：武隆区正在致力于通过无缝对接来服务招商企业。为正式签约的25个招商项目全部落实了“营商专员”与招商联络人或企业主衔接。通过“提前介入优化评审、多图联审、服务进园区”等改革举措，开展协调代办服务76次。今年完成“润施通建筑”“清泽旅游”“沁心源农业”“华恩建筑”“武隆影视”“芯宝微电子”等13个项目的落户工作，新注册登记企业62家，为新入驻、续建项目和政府投资的重点项目办理审批手续385件。

在旅游产业方面，武隆区依托世界规模最大、最高的串珠式天生桥群“天生三桥”，以及中国唯一列入《世界遗产名录》的洞穴“芙蓉洞”等两百多个景区、景点这一优势，武隆区把“梧桐树”建好了，外面招商引资的“凤凰”自然就飞进来了。比如仙女山的阳光童年项目落地成功，或也开始和荷兰、瑞士等国家建立了合作，最终呈现出的产品非常具有国际性、竞争力。同时，武隆区创建了“优惠开放的投资环境”行动，从而拓宽社会投资领域和范围，清理和规范中介服务，强化工程建设招投标监管和项目管理，降低企业生产经营成本，清理落实优惠政策，改进企业融资，加大人才引进和服务力度。

《小康》·中国小康网：近年来武隆区在“放管服”改革上取得了哪些进展？推进过程中是否遇到了哪些挑战？

胡珍强：武隆区制定、出台了《关于深化“放管服”改革，全面优化提升营商环境的意见》，并先后两次组织、梳理、公布了全区“马上办、网上办次办、就近办”事项涵盖31个部门权力事项686项，完成了政务服务实体大厅和网上平台标准化建设。建立与全市统一的网上行政审批事项目录库，实现武隆区行政审批事项与全市“一套标准”和动态管理，目前正在加快推进电子证照配置。同时我们意识到，武隆区在“放管服”改革上仍有差距，投资软环境待改善。未来，武隆将继续深化“放管服”改革，推进审批服务便民化，提升“互联网+政务服务”水平，深化商事制度改革，推进工程建设领域改革、健全完善三级政务服务体系，着力提升政务服务水平。

《小康》·中国小康网：在构建亲清政商关系方面，武隆区做出了那些努力？

胡珍强：武隆区创建了“亲商重商的社会环境”行动，并建立营商环境推介平台和招商企业跟踪服务制度，完善区领导联系走访制度，建立统一咨询投诉举报平台，强化企业矛盾纠纷化解，健全督导考核问责机制。目前武隆区的亲清政商关系已基本建立，民营经济发展环境进一步改善。

《小康》·中国小康网：未来武隆区在旅游产业方面的目标有哪些？

胡珍强：预计到2020年，武隆区旅游人次将达到四千万人次，综合收入力争达到三百亿元左右，过夜游客、境外游客占比分别达到30%、6%以上，旅游产业增加值占全区地区生产总值的比重将从现在的25%升至30%左右。国家A级旅游景区配套设施完善率达100%，开通五条以上的国内航线，航空游客吞吐量达30万人次，导游外语普及率达50%左右，星级标准酒店达50家以上，其中五星级标准酒店达10家以上，餐饮服务、住宿服务、旅行社与导游服务、景区景点服务、旅游购物服务、娱乐服务与国际接轨，旅游有效投诉处理率达100%，游客满意度达到95%以上。力争再创一个5A级景区、两个4A级景区基本实现由观光型向观光、休闲、度假复合型转变，全域旅游产品及产业结构完成转型升级，成功创建国家级优质旅游示范区，基本建成世界知名旅游目的地。

《小康》2019年12月

贵州仁怀：营造营商环境从“由你来”到“邮我来”

文 /《小康》· 中国小康网记者 郭煦

在下一步工作中，仁怀市将进一步提升行政审批办事效率和政务服务水平，积极探索、持续推进前台综合受理、后台分类审批、统一出件的工作模式，大力推行并联审批，持续推进减证便民工作。同时，进一步开通事项网上办理，实现80%以上服务事项一网通办，努力营造更加优越的营商环境，助推仁怀经济社会发展。

近年来，仁怀市政务服务中心切实把改善和提升营商服务环境作为发展的头等大事、第一基础工程抓实、抓好、抓出成效。仁怀市以深化“放管服”改革为统揽，以简化审批流程，创新工作模式为手段，持续营造良好的营商环境，助推仁怀经济高质量发展。

“最多跑一次”到“一次也不用跑”

为企业服务是提升营商环境的重要指标，仁怀市政务服务中心中小企业服务窗口作为沟通企业与政府之间的重要桥梁，以“1”个中小企业服务窗口完成“N”家涉企行政审批部门的“1+N”服务模式，帮助企业通过网上或现场审核企业材料，全程协助办理，办结后由中小企业服务窗口统一出证，通过“邮我来”将证照免费送达企业。截至目前，已办理252件。

同时，仁怀市政务服务中心还积极开展“减证便民”行动，经过多项制度改革，不断简化审批程序，压缩审批时限，积极推行电子化登记，最大限度地释放改革红利，激发万众创业热情。作为直接服务企业的窗口，市政务服务中心市场局服务窗口在减证便民上做足文章，不断提升服务质量、提高办事效率，截至目前，共办理营业执照52795件。

走进仁怀政务服务中心残疾人服务窗口，办事群众汪先进正在帮孩子代换残疾证，现场工作人员业务很熟练，不到十分钟，就帮他把残疾证办好了。这样的速度让汪先进很满意。2019年，仁怀政务服务中心开通全程代办服务，实现了“由你来”到“邮我来”，“最多跑一次”到“一次也不用跑”的转变，让“给群众办事”真正成为“代群众办事”。截至目前，残疾人窗口通过全程代办，完成残疾人办理事项981件，极大地为残疾人群众办事提供了便捷。

窗口工作人员蔡云海告诉《小康》·中国小康网记者，为了方便办事群众，市场监管局窗口将开办企业申请材料压缩至8项，同时开通网上申请通道，申请人通过线上提交电子化资料，即可到窗口立即领取营业执照，真正实现零见面审批，减少了企业的办事成本、开办时间，提高了窗口的办事效率。

据悉，2019年以来，仁怀市共办理行政审批事项171077项，精简办理流程21类，免费代办达1366件，实现企业和群众办事材料减少60%以上，通过行政审批系统录入共享证照库的证照达30000个以上。实现“互联网+服务”，深化服务系统数据分析与运用，企业、群众办事“邮我来”全覆盖，精简审批材料，部分事项做到“不见面审批”，工程建设项目审批时限压缩至80个工作日，推出产业项目“店小二、保姆式”服务。

为进一步优化营商环境，给办事群众提供更大的便利，2019年11月11日，仁怀市营商环境建设局行政审批服务中心首个“慧办事”24小时自助服务大厅全面建设完成并投入使用，这标志着行政审批服务工作再上新台阶，实现行政审批服务从8小时向“24小时自助办、365天不打烊”跨越式改革。

目前，自助服务分两个区域，共安装自助服务设备15台，可办理专用发票代开、普通发票代开、发票发售、发票认证、机动车、交通违法处理、无犯罪记录证明、无房证明等业务。

“以前为了到行政审批服务中心窗口办事，需要特意请假来办理，现在可太好啦，开发票、处理交通违法等都不用再请假了，随时都可以来办。”正在自助服务大厅发票代开终端办理代开发票的王女士欣喜地说道。

税务窗口工作人员介绍说：“自助服务大厅投用后，大量业务不需再去窗口排队，直接在终端机就可办理，而且是全天24小时不间断服务，时间灵活。”

仁怀市营商环境建设局副局长程云霞表示：“24小时自助服务突破了时间、空间的限制，缓解了窗口排队等候的压力，为群众提供了更为高效、便捷的服务。下一步，仁怀市营商环境建设局将以主题教育为契机，继续在政务服务智能化、多渠道、便捷性等方面狠下功夫，让仁怀市民办事更舒心、更顺心、更便捷。”

“慧办事”24小时自助服务大厅全面建设完成并投入使用，只是仁怀着眼为民“细微处”、增强群众获得感的一个缩影。“我们的初心和使命就是要让市民感到便捷、舒心、有温度。”仁怀市营商环境建设局副局长何剑波说。

人人参与监督、事事有人服务

刀刃向内“破藩篱”，转变作风求新突破。“营商环境只有更好，没有最好。”仁怀聚焦企业拿建议，查摆问题不回避。

2019年4月以来，仁怀市人大常委会组织成立营商环境治理工作领导小组，分阶段分层级分类别到仁怀市营商环境指标单位实地调研，组织核心指标单位进经开区（园区）、企业进行实地走访，开展面对面解决问题座谈会，同时组织队伍到营商环境开展较好的先进发达地区实地调研考察。

同时，仁怀市联同市纪委监委、市委督查局，加强对营商环境建设工作监督检查，提高工作效率和营商环境水平。聘任21名志愿者作为优化营商环境社会监督员，加强对行政审批服务中心窗口人员、乡镇（街道）政务服务中心窗口人员监督检查，开展明察暗访，促进窗口作风效能转变，不断清廉政风行风，转变服务意识，严格落实“一岗双责”主体责任，加强行政审批服务人员党风廉政建设，坚决反对行政审批服务方面的腐败的行为，形成思想端正、风气良好的氛围。

此外，仁怀市还对营商环境整治过程中不作为、慢作为、敷衍塞责、态度恶劣、组织实施不力、负面影响严重的相关单位部门负责人进行诫勉谈话、组织处理或纪律处分。

2019年2月，仁怀顺应时代浪潮和改革要求，组建仁怀市营商环境建设局，形成了全市上下贯通、部门之间协同配合、建设监督互相促进的组织架构和工作格局。11月12日，赛迪顾问县域经济研究中心完成的2019年赛迪县域营商环境百强县研究成果在北京发布，仁怀市入围，位列第88位。

仁怀市营商环境建设局党组书记、副局长丁敏艺表示：“持续优化‘政务环境、市场环境、法治环境、文化环境、人才环境、舆论环境’等六大环境，坚持‘三心’服务理念，深入对标国际国内一流标准水平，努力破除顽瘴痼疾，把初心和使命写在不断提升营商环境建设水平的具体实践中。”

丁敏艺表示，虽然仁怀市在优化营商环境方面做了大量工作，取得了一些成效，但距离群众期盼与仁怀市经济社会高质量发展的需求还有差距。一是数据共享难，实现“一网通办”还存在数据壁垒。目前存在自上而下建设的内部系统，上级系统之间存在数据壁垒，审批入口不统一，加之在建设时设置了技术障碍，导致数据共享难以实现，本级层面全面实现“一网通办”还有较大困难，影响了网上行政审批服务质量。二是深化“放管服”改革工作还不够深入。目前仁怀市各项“放管服”改革工作按照上级统一部署有序推进，受一些政策因素制约，仁怀市改革创新自主性不强，部分事项“放不下、接不住”，离深化“放管服”、优化营商环境的要求还有差距。

为全面提升仁怀市行政审批服务中心业务水平、服务能力和窗口形象，更好地服务全市经济社会高质量发展，按照“人人参与监督、事事有人服务”的原则，仁怀市营商环境建设局推出了中心窗口首席代表分区域轮流监督管理值周工作制度。

按仁怀市行政审批服务中心大厅现有的区域划分，所在区域的窗口首席代表对该区域实行轮值监督管理。主要对区域内窗口的业务办理、工作效能情况，区域内工作纪律、规章制度执行情况，区域内窗口、后台办公区、后台办公室环境卫生情况，区域内窗口工作人员廉洁自律情况，区域内窗口工作人员规范着装、佩证上岗、仪态仪表、文明服务情况进行管理。

强化监管360°、优质服务100%，让办事群众高高兴兴地来、开开心心地走；通过该工作模式，对区域内存在的问题及时予以批评纠正，对延时服务、创新服务等好的做法予以记录，汇总上报，作为每月每季度和年终评先选优的强力支撑，营造良好的积极向上的办事氛围，且做好每日轮值工作记录台账，于次周一下班前将轮值工作开展简要情况汇总梳理，便于工作管理做到“事无巨细”，归纳总结，提升服务。

丁敏艺表示，下一步首先要持续加大宣传力度，提升企业群众知晓率，营造优化营商环境建设氛围。重点宣传中央、省、遵义市优化营商环境重要指示精神，深入宣传习近平总书记关于“营造稳定公平透明的营商环境、加快建设开放型经济新体制”，2019年政府工作报告中关于“打造法治化、国际化、便利化的营商环境，让各类市场主体更加活跃”的重要指示精神，深入宣传《优化营商环境条例》《贵州省营商环境优化提升工作方案》《遵义市2019年营商环境大提升攻坚行动方案》等，深入乡村、企业宣传解读仁怀市优化营商环境相关政策和工作措施，提高公众知晓率。其次是要继续深化“放管服”改革，优化审批流程，建立优质高效的行政审批环境。及时审查更新权责清单，制定发布“就近办理、当场办理、网上办理、承诺办理、限时办理、便民化服务、从严监管”七张清单，更快更好方便企业和群众办事创业。严格按照行政审批改革，进一步优化审批流程，精简审批材料，规范行使权力，强化监督管理，营造公平、透明、优质的营商环境。

《小康》2019年04月

山东莱州：当审批链条越来越短

文 /《小康》· 中国小康网记者 刘彦华

优化营商环境没有最好只有更好。为实现政务服务“国内一流、省内领先”的总目标，莱州以“一次办好”为主题，制定了“三年创新工作规划”。2019年为“奠基之年”，要求完成新政务服务中心硬建设，建立完善政务服务工作运行体系，创建省级文明单位，达到烟台市一流县级政务服务标准。

“叮叮，当当……”“嘶嘶嘶”不同频率的机器声，在莱州结力工贸有限公司整洁明亮的车间里奏成了一首雄壮的交响曲。

“尽管经济面临下行压力，但公司今年的运营情况还不错，不仅订单不降反增，而且还顺利推出了拥有自主知识产权的ASP钢塑复合保温瓦、增强合成树脂瓦等多种新型建材。”看着一片片屋面瓦从挤塑车间生产线下线进入下一道工序，莱州结力工贸有限公司副总经理王庆江直言：“公司发展到今天这样的地步，和政府关怀帮扶、贴心服务息息相关。”

王庆江的感慨，正是莱州企业家们的共同心声。近年来，山东省莱州市以“放管服”改革和“一次办好”改革工作为重点，推动营商环境不断优化提升。2018年，莱州签约新旧动能转换中心、侨商双创园等重点项目64个，总投资710亿元；鲁达技改、高铁防水板材、石器小镇等78个超过5000万元项目开工建设，完成投资112亿元；持续推进商事制度改革，大力简化程序、压缩时间，新发展市场主体1.1万户，新增民营经济注册资本125.7亿元。

“一枚印章管审批”

莱州市位于山东省烟台市西部，在2018年《人民日报》发布的全国综合实力百强县、绿色发展百强县中，位居第33位、第25位。

“环境就是竞争力。优良的营商环境就像绿水青山一样，能让投资创业者自由呼吸、让财富聚集生长。当前各地招商引资竞争已从土地、税收等政策优惠逐步转向营商环境的比拼。特别是当前莱州正处于爬坡过坎、转型升级的关键时期，需要更大力度吸引人才、资金、技术等生产要素集聚，需要更大力度培育壮大市场主体，需要更大力度激发创新创业活力。”在接受《小康》杂志、中国小康网记者采访时，莱州市委书记于宁表示，要赢得主动、抢抓机遇、加快发展，优化营商环境就是制胜之道、根本支撑。唯有在改善营商环境上求“进”，才能实现经济增长上的“稳”。为此，莱州市始终把优化营商环境作为抓发展的关键举措，努力把莱州打造成行政审批事项最少、办事效率最高、服务质量最佳、营商环境最优的城市之一，为推动高质量发展提供坚强保障。

2018年12月14日，对莱州优化营商环境工作而言，是个值得纪念的日子。在这一天，莱州市行政审批服务局正式揭牌成立，标志着莱州相对集中行政审批权、实现“一枚印章管审批”工作进入了实质运行阶段。

“推进相对集中行政许可权改革是转变政府职能、优化营商环境的重要举措，是行政审批制度改革的全新探索和重要方向。”据莱州市行政审批服务局局长吕俊峰介绍，莱州市委、市政府对此高度重视、超前谋划，一方面按照“国内一流、省内领先”标准，加速推进新政务服务中心建设，为行政审批服务局提供一流的硬件条件；另一方面加快机构建设，整合市政务服务管理办公室、各相关部门行政许可职能，组建莱州市行政审批服务局，作为政府工作部门；同时，按照“调硬人、硬调人”的标准，从市直部门、单位选调能力强、素质高的业务骨干充实到行政审批服务队伍中。

据悉，按照行政许可和公共服务事项“应进必进”的原则，目前已将涉及21个部门的126项行政许可事项划转到市行政审批服务局，同时将税务、社保、公安、不动产登记以及水、电、气、通信、金融等276个公共服务事项、相关中介服务事项纳入中心集中办理，基本实现了企业和群众“进一扇门，办所有事”。

2019年8月7日，《小康》杂志、中国小康网记者实地探访了莱州为民服务中心，大厅内除了设有常见的办事窗口外，在一楼大厅的左侧设有一个特殊的座席——局领导值班柜台。“为民服务，老百姓反映最多的一件事就是找不到拍板做主的领导。为此我们特别制定了局长（主任）帮办台工作制度，专门设立了这样一个特殊窗口，局领导现场解答老百姓的各种疑难问题。”谈及该柜台的设置，吕俊峰言语中颇有几分自豪。

“目前，各项工作进展顺利，取得了阶段性成效。”于宁进一步解释道。一是新的为民服务中心建设加快推进，按照行政许可和公共服务事项“应进必进”的原则，计划将与企业、群众生产、生活密切相关的349项政务服务事项全部纳入中心集中办理，全面实行政务大厅“一次办好”“一窗受理”，计划将于今年“十一”前交付使用。二是对标先进地区，进一步完善优化营商环境体制机制，出台了工程建设项目“四办”服务、“拿地即开工”、企业登记“审核合一、一人通办”“窗口无否决权”、申请材料证照双向免费邮寄、全天候即时应需服务等制度，当好服务企业的“店小二”。三是深化流程再造，推进关联事项“一链办理”，压缩全链条审批时限。以企业开办为例，国家提出3个工作日完成目标，而莱州市经过流程优化后可以压缩到4个小时。

掏真心、出真招、用真力

“把商招进来了不意味着万事大吉，如何用后续支撑服务体系让企业更好地经营，是优化营商环境最关键的一环。”国家信息中心中国区域发展研究院秘书长刘波在实地考察了莱州营商环境后表示，期待莱州市在“放管服”改革尤其是其中“服”的环节取得更大突破。

其实，对于这个问题，莱州市委市政府也是深有体会，一直在探索新型服务模式。

为进一步引导广大企业坚定永不止步、做大做强的信心、决心，充分激发各类人才扎根莱州、创新创业的激情活力，2019年5月份，莱州重磅发布了《护航企业发展实施意见》，针对传统企业、中小企业、科技企业、上市挂牌企业、“四新”企业等五类企业，明确了企业管理升级、企业人才招引、企业技术提档、企业安全提升、专业平台搭建、金融助企育种、营商环境保障、政策法律惠企“八大工程”26条具体护航措施，首批筛选了260家企业进行重点扶持，用实际行动再次表明了莱州市委、市政府全力支持企业、服务企业的鲜明态度和坚定决心。

近年来，莱州市一直把企业培育、人才引进作为推动全市高质量发展的重中之重，先后出台了制造业强市40条、企业上市挂牌20条、招才引智20条、创新驱动行动计划等多项扶持政策，累计兑现奖补资金8600多万元。这些政策“大礼包”含金量十足，既解了经济之渴，又暖了企业之心，有力推动了莱州企业做大规模、做优结构、做强实力。目前，有27家企业在区域股权交易市场挂牌，28家企业跻身省级“单项冠军”“瞪羚企业”“隐形冠军”“专精特新”企业行列。

莱州市还重点打造了“三支队伍、两个平台”服务团队，即依托北京亚投智库姜赞博士团队，打造一支现代企业管理提升队伍；依托中国机械设计总院李永兵博士团队，打造一支高质量发展标杆企业队伍；依托山东华信清算重组集团管理团队，打造一支为困境企业解困队伍；依托海尔集团“海创汇”团队，打造企业管理咨询平台；依托莱州市星联恒中小企业公共服务中心，打造中小企业公共服务平台，为企业规范发展、创新发展、破难发展提供“保姆式”服务。

在于宁看来，服务企业要掏真心、出真招、用真力。“让权力真正回归到服务的本质，甘做服务企业发展的‘店小二’，真正发自内心地、无私地、真诚地、无怨无悔地为企业服务，像尊重科学家一样尊重企业家、关心企业家、爱护企业家，让他们在社会上有地位、政治上有荣誉、经济上有实惠，一心一意创业、聚精会神创富。”

《小康》2019年09月

山东莱州：优化营商环境必须动真碰硬

文 / 《小康》·中国小康网记者 刘彦华

营商环境只有更好，没有最好。近年来莱州的营商环境改革全面发力、成效明显，在烟台率先完成县乡两级公共服务事项目录编制，“一次办好”事项清单模板在全省推广，群众满意度调查8次位居烟台县市区首位。但同时我们也清醒地看到，与上级要求、莱州发展需要、群众热切期盼相比还有一定差距，需要持续用力抓弱项、补短板。

经济发展进入新常态，需要更好的营商环境来把握和引领。在接受《小康》杂志、中国小康网记者专访时，莱州市委书记于宁直抒心声，“进一步优化营商环境，莱州必须敢于刀刃向内，下定决心动真碰硬。”

只有更好，没有最好

《小康》·中国小康网：近两年莱州经济发展情况如何？企业普遍面临哪些问题和困难？

于宁：近年来，在山东省委和烟台市委的坚强领导下，我们以“干在实处、走在前列”为总体定位，在2017“狠抓落实年”和2018“敢于担当年”的基础上，把今年确定为“巩固提升年”，扎实推进谋发展、守底线、惠民生、强党建等各项工作，经济社会发展保持了良好态势。

多年来莱州的产业发展以资源依赖型为主，受环保整治和产业转调的倒逼影响，目前正处于爬坡过坎的关键期、新旧动能转换的空档期。在当前经济形势下，莱州市企业特别是中小企业普遍存在以下问题。一是转型难。受“加工制造—产品销售”传统思维的影响，很多中小企业仍处于产业链、价值链的低端环节，缺乏核心竞争力。例如莱州市的一些石材企业、小型装载机企业，产品同质化现象严重，通过价格战来抢占市场份额，缺乏通过提高产品附加值来赢得市场的意识和本领。二是创新难。部分企业研发投入不足，普遍存在资金、人才和高端技术匮乏的问题，整体技术创新实力不强，产业关键技术受制于人，大多未建立起完善的产品质量与技术标准体系，自主创新能力较弱。三是融资难。中小企业自身的信贷资产不具有优势，有效担保不足，缺乏抵押资产。现代化的企业管理制度还没有有效建立，不少企业仍以家族式管理为主，财务管理不健全，导致银行放贷意愿不高。

《小康》·中国小康网：对于莱州目前的营商环境，您如何评价？优化营商环境，莱州面临着怎样的机遇与挑战？

于宁：总体来看，优化营商环境，我们面临着难得的机遇、拥有突出的优势，主要体现在三个方面：一是政策利好机遇。今年莱州作为全省9个经济发达县之一，被纳入全省扩权强县改革试点，可以说机遇千载难逢，我们的很多重点项目、审批事项可以直接向省里汇报争取，省里也将很多审批权限下放给我们，今后的审批办理效率将会大幅提速。二是区位交通机遇。莱州即将迈入“高铁时代”，这为我们对外开展“双招双引”、加强与环渤海经济圈融合发展创造了更加便捷高效的快速通道。三是文明城市优势。莱州作为千年古邑、厚德之城，是全国首批县级文明城市，这是我们最引以为豪的城市名片，也是营商环境的最有力证明，我们将进一步擦亮这张城市名片，让城市因文明而更有魅力、更具吸引力。

从面临的挑战看，突出表现在以下两个方面：一是干部思想解放程度还不高。南方先进地区“法无禁止即可为”，而我们不少干部信奉“法无授权不可为”，生怕掉下树叶砸着头，凡事怕担责任、怕担风险，总是以这有规定、那有条文为由推托，以“守规矩”之名行“不担当”之实，造成一些问题久拖不决。二是体制机制仍有短板。近期省里组织赴京冀沪考察学习，发出的最强烈信号就是“制度创新、流程再造”。对比外地的经验做法，我们在压减办事时间、缩减办事流程、全程跟踪服务等方面还有不小差距。特别是近期烟台对各县市区营商环境委托第三方开展了营商环境评价，从调查结果看我们在不少方面还存在突出问题，必须敢于刀刃向内，下定决心动真碰硬。

政策真落实，敢啃“硬骨头”

《小康》·中国小康网：助力企业发展，中央和地方都出台了不少政策措施，但由于各种原因，企业获得感并不强，请问莱州如何破解政策落地“最后一公里”的问题，让企业真正知道、用好相关政策？

于宁：在推动政策落地过程中，我们坚持“两个凡是”：凡是上级和我市制定出台的政策，都通过上门宣讲、集中培训等各种方式，把政策直接传递给企业。政策发布后，第一时间通过报纸、电视、网络等各类媒介，采用线上线下同步宣传方式，提高企业政策知晓度。组织对全市各项产业政策进行梳理汇总，制作政策汇编手册，一企一册全部发放到位，让企业读得懂、好操作。先后召开全市范围的政策宣讲大会、兑现大会，定期邀请专家进行授课，召开专题培训会议，对最新的各级政策进行全方位解析，让企业加深对政策的理解和运用。凡是符合政策条件的企业，都主动对接靠上、主动跑腿服务，真正让企业享受到政策红利。创新建立惠企政策“直通车”平台，实时发布所有产业政策、政策解读、申报指南、申报通知等，通过数据智能分析，对于符合政策奖补条件的企业，主动提醒告知。简化政策申报办理手续，对于系统能够查取的材料，无须企业再次提供，对于企业需要自行提供专项审计报告的，由主管部门统一委托第三方机构提供专项审计报告，费用由政府承担。强化兑现成果的督查考核，制定考核办法和细则，将产业政策落地情况纳入营商环境考核事项，定期研判奖补项目审批进展，通过晒亮点、作承诺、比成绩等多种形式，推进政策“刚性兑现”。

《小康》·中国小康网：三分决策七分执行，请问莱州在确保营商环境优化举措的真正落地执行方面有着怎样的考虑？

于宁：我认为，关键要在以下三方面用力：一是以民意监督落地。我们创新建立了“政务服务百项堵点问题调查整改”长效机制，每季度组织“两代表一委员”和企业群众对政务服务部门进行评议，集中查找部门在服务效能方面存在的问题，对症下药。今年以来先后收集有效问卷3455份，调查的70个堵点、88条意见建议整改和检查工作已全部完成，各部门政务服务工作总体满意率始终保持在98%以上。二是以考核推动落地。建立政务窗口服务对象满意度周测评、月通报、年考核机制，每周对服务对象进行全面回访，每月汇总通报群众满意回访情况，将落实情况列入全市年度考核。在近年来烟台政务服务满意度测评中，我市始终位列烟台各县市区第一名。三是以机制保障落地。优化重点项目落地机制，对市级重点项目和符合条件的工业项目，全部实行全程代办服务，指定代办人员根据项目特点，为项目量身定制审批事项清单、审批报建流程图，对各项审批事项列出任务图、倒排时间表。项目推进过程中，代办人员根据项目推进情况填写《审批工作日志》《周工作计划》，推行模拟审批、容缺受理、联合审批等审批制度，推进部门间配合联动，实现项目审批提速。

《小康》·中国小康网：对于莱州而言，优化营商环境工作中的“硬骨头”是什么？莱州下一步打算如何啃下这些“硬骨头”？

于宁：从目前我们走访企业调研、群众办事反映情况看，“硬骨头”突出表现在：在办事流程方面，部分职能部门办事窗口未实现有效统一，“一枚印章管到底”的集中办理模式还需优化。在审批制度方面，“信息孤岛”等现象突出，有些审批过程中无法跨部门调用审批材料，降低了政务服务效率，影响“一次办好”改革成效。在干部作风方面，个别干部的“官本位”思想比较突出，“法无禁止即可为”的担当作为意识、真心实意服务企业的作风还需进一步深化。

下一步，一要进一步浓厚亲商氛围，二要进一步优化办事流程，三要进一步提升服务效能。

《小康》2019年09月

成都双流区：创一流构建营商环境新生态

文 / 《小康》· 中国小康网记者 袁帅

双流区将与高新区、天府新区直管区按世界银行营商环境指标排名同步前进，力争部分关键指标优于高新区和天府新区直管区，把双流区打造成为国内领先、国际知名的国际航空枢纽门户营商环境标杆，为成都建设国家中心城市、双流高质量建设国家级临空经济示范区提供坚强保障。

围绕高质量建设国家级临空经济示范区目标定位，成都市双流区坚持企业需求为导向，全面提升服务企业的精准性、时效性和可及性，进一步发挥企业在区域发展中的核心竞争力作用，勇创一流营商环境，开创新时代双流高质量发展新局面。

临空经济对标国际化营商环境

依托双流国际机场，成都市双流区对外开放水平不断提升。作为我国第四大航空口岸、我国距离欧洲最近的国家中心城市机场，去年，双流国际机场旅客吞吐量5295万人次，货邮吞吐量66.5万吨，完成外贸进出口总额608亿元，完成量居成都市第二。同时，今年1至8月，全区新引进重大项目13个，新引进重大项目完成注册12个，实际到位市外内资16487亿元。2018年全年新签约引进市级重大项目19个，注册落地16个。

成都市双流区委常委，区政府党组副书记、副区长曾虎表示，双流机场是一个门户，往来于此的国际友人和企业家很多，由此，双流特别重视营商环境的打造，不仅成立了由双流区委书记亲任组长的营商环境领导小组和化解历史遗留问题领导小组，机场口岸还全面实施“7×24”小时通关服务，国际贸易“单一窗口”免费申报100%覆盖，在全国主要机场口岸通关时效中，进口排名第一，出口排名第二。此外，还编制了“一港四区”规划设计，其中空港商务区占地18平方千米，囊括国际航空港、空港商务区起步区、空港滨水商务区、空港国际社区、空港商务区拓展区。预计至2025年，双流区将聚集世界500强、国内500强企业总部20家以上。

在国际金融环境建设方面，双流区设立了总规模20亿元的适航产业母基金和总规模10亿元的天府黄金产业投资基金，引入深圳黄金珠宝产业资源，推动"一带一路"黄金贸易和自贸金融创新。此外，双流区落地资本项目收入结汇支付便利化改革试点，降低跨国公司总部外汇资金集中运营业务门槛至5000万美元。今年3月机构改革后，双流区组建了全国首家区航空经济局；5月，四川首架保税融资租赁飞机交付仪式在成都双流机场举行。

为了更广泛地开拓国际合作，分享CILT全球网络资源，构建满足更大开放和更多进出口需要的高质量物流网络体系，今年3月，双流区将在全球30多个国家和地区拥有分支机构和近4万会员的英国皇家物流与运输学会引入蓉城。记者从双流区行政审批局了解到，此次合作采取了服务地方的校院地企合作发展新模式，引进科学的管理模式、创新的业务模式，为成都物流业变革创新和国际贸易发展注入强劲的动力；推出创新性物流金融产品和物流金融，助力成都金融中心创新优化升级；培养具备全球视野、国际实操经验物流专业人才，结合基地航空、跨境电商、报关行等企业的实际演练，把双流区打造成为"国际物流人才高地"，助力成都增强"五中心一枢纽"功能。

同时，双流区紧扣市场主体需求，对照世界银行历年全球营商环境报告和四川省营商环境试评价，通过营造规范的市场准入、高效的项目审批、便利的要素供给、开放的投资贸易、公正的权益保护环境，形成服务企业全生命周期政务服务体系。为营造规范的市场准入环境，规范企业开办和注销的相关行政许可环节，双流区推行“一窗受理、并行办理”，实现企业开办“一次提交、后台联动、立等可取”，推进企业开办全流程（工商登记、印章刻制、发票申领）4小时办结，新办企业最迟2个小时、最快30分钟就能拿到营业执照。优化工商登记，推进“证照分离”，推行企业登记全程电子化实现“零见面”，对于申请人有需求的，可以为其提供证照免费邮寄服务，减少申请人往返次数和办事成本。对于此前普遍存在的“企业注册容易、注销难”的问题，双流区在深入推进企业简易注销登记的基础上，进一步优化了企业普通注销登记流程，即便企业不符合简易注销条件的也可通过国家企业信用信息公示系统在线办理清算组备案和发布债权人公告，不再要求提供清算组备案证明、清税证明和报纸样张等申请材料，实现企业注销最快1个工作日办结。

在优化项目审批流程方面，双流区将工程建设项目审批流程划分为立项用地规划许可、工程建设许可、施工许可、竣工验收共四个阶段，每个阶段由一个区级部门牵头实行并联并行办理，其中立项用地规划许可用时不超过 13 个工作日、工程建设许可不超过 18 个工作日、施工许可不超过 3 个工作日、竣工验收不超过6个工作日。整体来看，从投资项目立项(备案、核准或审批)到竣工验收涉及的行政许可、中介服务、市政公用服务总用时不超过90个工作日，达到成都市审批制度改革目标要求。下一步力争在90个工作日目标基础上，进一步简化审批流程、精简审批要件、优化政务服务，降低企业制度性交易成本。2020年底前，实现工程建设项目审批流程、信息数据平台、审批管理体系、监管方式“四统一”。

此外，双流区还开展了“多规合一”和“区域评估”两项改革。如在产业功能区及园区开展考古勘探和文物影响评估、区域节能、地震安全性评价、环境影响评价、地质灾害危险性评估等区域评估改革，评估结果在产业功能区及园区内项目共享使用。探索开展“标准地”改革试点，将投资、能耗、环境、建设、限高等标准在土地出让前告知企业。城市总体规划、控制性详细规划、产业发展规划、土地利用总体规划、市政规划、水务规划、文物保护规划、交通规划等制定在一张图纸上，消除各类规划之间的用地差异问题，划定统一的建设用地规模控制线、生态控制线、产业区块控制线，形成一张蓝图。

创新“企业咖啡时”品牌 助力亲清政商关系

为了进一步优化政务服务环境，建立企业服务线上线下对接沟通常态化机制，努力打造国际一流营商环境，由成都市双流区人民政府主办、各职能部门承办的“企业咖啡时”活动自去年8月在双流区创新开展。记者从双流区行政审批局了解到，该活动采用每月一次主活动和N次系列子活动的“1+N”方式开展。为保证活动高质量、有效果，每次主活动的人数控制在30人左右，其中企业25人、政府部门人员5人。每次子活动的人数控制在20人左右，其中企业15人、政府部门人员5人。

此外，双流区在行政审批局设立“企业咖啡时”联席会议办公室，并建立了联席会议制度。每月20日前，联席会议办公室组织召开联席会议，对每个联席会成员单位提交的2-5个活动方案进行讨论投票，选出五个主题活动方案，由区领导审定其中一个作为最终主活动方案。对于系列子活动主题，双流区通过“83790000”服务专线及时收集、研究、解决企业需求，助推企业持续发展，搭建企业连心桥，畅通政企沟通渠道。相关部门会提前根据热点话题或企业集中反映的共同问题确定每次活动主题，并提前在网上公示活动主题，企业可根据实际需求报名参加。

你提需求，我服务。双流区紧扣市场主体需求， 通过营造规范的市场准入、高效的项目审批、 便利的要素供给、 开放的投资贸易、 公正的权益保护环境，形成服务企业全生命周期政务服务体系。

双流区以力争将“企业咖啡时”这一创新举措打造成为全国知名品牌为目标，常态化开展“企业咖啡时”活动，活动主题丰富全面：每月底最后一个星期五为“企业咖啡时·区领导接待日”，在前期调研的基础上，“企业咖啡时”联席会议办公室梳理企业需求，由区长或副区长带领相关职能部门，与七至九家企业集中见面，聆听、解决企业发展过程中遇到的问题，搭建企业与政府的高层次交流平台； “企业咖啡时·项目展示及融资对接”结合企业发展融资需求，帮助企业对接金融机构，每场活动重点推介两至三个需融资项目，集中呈现给投资人或金融机构，搭建企业项目路演平台和融资渠道，助力企业高速发展和创新创业项目落地； “企业咖啡时·员工关怀”则针对企业员工职业能力提升心理健康、子女入学等方面需求，联合工会、妇联、团委、人社、文旅、教育等部门与媒体、高校等机构，开展集体婚礼、相亲交友、职业拓展等丰富多彩的活动。

发现问题如不及时解决等于没发现问题，为确保“企业咖啡时”行之有效，双流区人民政府建立了一套有效的运行机制。对于诉求调处，由区行政审批局将线上、线下收集的问题形成《“企业咖啡时”诉求梳理及任务分解汇总表》，并在一个工作日内通过系统平台派发相关单位。为了实现这一功能，双流区在原有系统平台上新开发派发功能模块，对诉求处理全过程进行监督，对办理时限的超时情况进行实时展示。对需要多部门协同完成的事项，明确牵头单位；区行政审批局全程跟进，根据企业诉求提供全程帮办、代办政务服务；对部门不能解决的疑难或重大问题，由诉求处理牵头单位汇报给区领导协调解决；对未按时推进工作的报区委区政府督查室予以通报。诉求承办单位在受理诉后五个工作日内将办理情况反馈企业，在规定时限办结后一个工作日内将办理结果反馈企业，同时报区行政审批局备案，每月20日前区行政审批局对诉求办理情况进行抽查回访和满意度调查，负责建立《企业“全生命周期”健康问题台账》。聘请第三方调查机构每月对企业诉求处理情况进行回访调查，出具测评报告。

截至目前，“企业咖啡时”共开展活动151场，其中主活动15场，子活动136场，在自贸区开展了如“企业咖啡·双流航空经济发展的机遇与挑战”“企业咖啡时·CILT境外拓展宣讲会”等活动。累计收到企业诉求969件，已办结949件，办结率97.94%，满意率95.77%；收集历史遗留问题159件，已化解128件，化解率80.5%；首席代表群受理了来自170多家企业的诉求855件，回复率100%，满意率98%。得力于“企业咖啡时”成功的品牌创新，2019年4月，双流区又趁热打铁，创新启动了“企业咖啡时”的姊妹篇“民生茶语吧”，做实做优民生服务。截至目前，“民生茶语吧”已开展17场活动，参与人次达288人次，政府部门与群众面对面交流了天然气费、小区停车费、乱停乱放、物业管理等民生热点、难点问题。建立政府首席代表服务制度，精选132名“服务生”，为企业提供精准、高效的“一对一”政务服务。建立企业联络员制度，748名企业联络员作为政企联络员，收集问题、宣传政策。

《小康》2019年12月

河北新乐：提升城市竞争力要靠营商环境的吸引力

文 / 《小康》·中国小康网记者 郭煦

优化营商环境是经济从高速增长转向高质量发展的必然选择。当前无论是提升城市竞争力，还是产业发展转型，都不再是简单拼优惠政策、拼资源储备、拼成本低廉，更多要靠营商环境的吸引力。

营造好的营商环境是一项长期的系统性工程，是经济和产业转型的新要求，需要不断向纵深推进，切实激发微观主体的活力。针对河北省新乐市优化营商环境的具体举措，新乐市委书记李志勇接受了《小康》、中国小康网记者专访。

人人都是营商环境

《小康》·中国小康网：营商环境既是竞争力，也是生产力。一个地方营商环境优不优，关键要看服务氛围浓不浓。近年来，新乐市从党员干部到广大群众，无论是思想认识还是工作作风都发生了明显变化，营造了“人人都是营商环境”的浓厚氛围。能否详细介绍一下具体做法？

李志勇：优化营商环境，不仅是一种服务方式的转变，更是一场思想认识的革命。为此，新乐市紧紧抓住党员干部群众这个关键，把弘扬正气作为优化营商环境、凝聚发展合力的重要抓手，在全市深层次、常态化开展了“扬正气、做贡献”活动。

在具体工作中，一是深入开展讨论凝聚共识。我们把激发全市上下热爱新乐、建设新乐、奉献新乐的激情和干劲作为重点，连续3年开展了“爱我家乡，实现增比进位、更好更快发展，我们怎么干”大讨论、“扬正气、做贡献”大讨论、“深入扬正气、聚焦提效能、大力转作风”大讨论，统一了思想、凝聚了共识，在全市汇聚起了爱家乡、建家乡的强大合力。

二是广泛宣传发动营造氛围。从党员干部、窗口单位、人民群众三个层面抓起，着力营造亲商爱商的浓厚氛围。在党员干部中，分行业、分系统开展了“比忠诚、比干净、比担当，争当新时代合格党员”“三比一争”活动，激励广大党员干部立足岗位扬正气、发挥职能做贡献。在窗口单位中，开展了“转作风、树形象、比服务”活动，一月一评比、一季一观摩，促使各窗口单位真正把服务群众放在心上、把服务发展抓在手上。在人民群众中，开展了“我为新乐发展献一策”活动，动员群众围绕“优环境、促发展”出主意、想办法；组织了“涵养好家风、培养好子孙”“争当最美新乐人”等活动，着力以家风带民风、以民风促社风。

三是坚持先进典型示范引领。坚持用榜样的力量感染人、鼓舞人、带动人，每月推荐先进典型、全市每季通报表扬，电视台集中宣传报道，用身边人和身边事教育群众见贤思齐，在全市营造了“人人都是营商环境、人人奉献营商环境”的浓厚氛围，服务项目、服务企业、服务发展成为全市上下的行动自觉。近年来，我们落地开工项目61个，新建改造城市道路近50公里，涉及群众、商户1200多户，正是由于广大群众的积极配合、大力支持，各项工作才得以顺利推进、圆满完成。

《小康》·中国小康网：民营经济是社会主义市场经济的重要组成部分，也是推动高质量发展的重要力量。新乐市在优化环境助力民营企业发展方面，采取了哪些措施？

李志勇：民营企业在经济建设、转型升级、改善民生等方面，具有举足轻重的作用。近年来，新乐市认真学习贯彻习近平总书记关于支持民营经济发展的重要论述，以“放管服”改革和“双创双服”活动为载体，严格按照省委“三深化三提升”和石家庄市委机关“效能革命”部署，重点从政策激励、入企帮扶、招才引智三个方面入手，全面优化营商环境，有力促进了民营经济发展。截至目前，民营企业达到2352家，规模以上民营工业企业达到82个，占全部规上工业企业数的93.2%；民营经济增加值达到51.9亿元，占全市GDP的64.8%。

一是强化政策激励。我们对国家和省市各项政策进行全面梳理，并召开5次民营经济座谈会，进行政策解读，为企业减税6955万元，落实企业研发费用税前加计扣除金额3300万元。出台了《关于进一步支持民营企业发展的意见》，对在境内外主板、创业板成功上市的企业补助50万元；对规模以上工业企业新认定为国家级和省级、市级企业技术中心的，在落实上级政策基础上，按国家级和省级、市级分别再奖励50万元、20万元、10万元。

二是强化入企帮扶。实行县处级干部、乡科级干部联系重点企业制度，对50家主营业务收入超亿元企业，实行分级分包，公开联系方式，构建“服务直通车”。同时，推行服务企业“一单一卡一会”制度：“一单”，即每月问计企业，形成问题清单。“一卡”，即针对问题，下发督办反馈卡，限时办结、及时反馈。“一会”，即市委市政府定期召开专题会，研究解决各类问题。上半年，企业提出的占地、资金、环评等5方面32个问题全部解决。

三是强化招才引智。为进一步推进民营企业增强核心竞争力，我们大力开展了“研发机构、研发投入、研发人才”提升行动，扶持协调久乐汽囊、鑫乐医疗等企业在北上广深建立研发基地，组织15家企业与浙江大学、天津大学等建立校企合作，建立院士工作站1家、省级企业技术中心3家。在此基础上，与西北农林科技大学建立全面战略合作关系，设立1000万元人才发展专项资金，引进各类高精尖人才40名，通过挂职兼职、项目合作等方式，为企业产品研发、企业管理、品牌提升等方面提供智力支持，有力促进了民营企业做大做强。目前，省级知名品牌达到13个、省级优质产品达到10个；高新技术企业、科技型中小企业、科技小巨人企业分别达到18家、402家、21家。

为产业保驾护航

《小康》·中国小康网：当前，京津冀协同发展战略正在全力推进。作为京保石产业发展带和城镇聚集轴的重要节点城市，新乐市以此节点有哪些新的产业布局？是如何服务产业项目建设的？

李志勇：产业是实现高质量发展的根本支撑。近年来，新乐市抢抓京津冀协同发展战略和雄安新区规划建设重大机遇，按照石家庄市“4+4”产业定位，结合新乐实际，着力构建“5+2”现代产业格局，即做大做强现代装备制造、食品加工、生物医药、绿色包装印刷、现代物流五大支柱产业；培育壮大节能环保建材、科技服务与文化创意两大产业集群。具体工作中，我们坚持把项目作为构建现代产业体系的重要抓手，精心服务项目，全力推进项目早落地、早开工、早投产、早达效。

一是全程帮办。对每个项目，实行“市领导+部门”全程服务制、项目专员负责制，县处级干部从洽谈、签约到落地开工、竣工投产一包到底，项目专员从立项、环评到各种证照办理全程帮办、领办、代办，为项目快落地、快开工赢得了时间。

二是定期调度。为全面提速项目建设，着力解决项目建设中遇到的困难和问题，我们坚持每周二组织发改、国土、环保、开发区等部门和项目单位，到施工现场、项目工地，一对一看进展、定措施、解难题，有力加快了项目建设进度。

三是全程无干扰服务。对竣工投产的项目，实行了“不叫不到、随叫随到、服务周到”全程无干扰服务模式，由1名专员联系3家企业，针对企业所需所急所盼，及时召开直供电推广会、银企对接会、销售渠道对接会等，为项目投产达效提供精准服务。同时，深入开展扫黑除恶专项斗争，对破坏干扰项目占地、阻挠项目施工等各类违法行为，依法从重从快打击，全力为项目建设保驾护航。

《小康》2019年09月

江西南昌县：优化营商，真刀真枪敢亮剑

文 /《小康》· 中国小康网记者 谈乐炎

国家信息中心区域发展研究院秘书长刘波在走访调研南昌县后表示，尽管南昌县域经济走在全省前列，但在优化营商环境的过程中并没有“高枕无忧”，而是以更“真刀真枪”的魄力投入改革，这充分说明了优化营商环境对经济发展的重要意义。南昌县优化营商环境的一系列举措，不仅对江西省各县市具有借鉴意义，对于中部乃至全国都有典型的样本价值。

在江西省南昌县行政审批局一楼大厅，一个方形透明玻璃箱集中封存着27枚印章，它们原来分别归属在27个审批科室，以前企业主办规划许可证需要花一个月时间一家一家地跑，而在推行“一窗受理”后，只需要短短一天就能全部搞定。

27枚印章告别历史舞台，实则是南昌县优化营商环境的一个缩影。这个具有“千年古县”“首府首县”“县区双百强”之称的江西名城，正在以破釜沉舟的决心力破限制企业发展的“痛点”“堵点”“难点”，持续激发市场活力。

用“四真”换“四心”

尽管县域经济发展走在全省前列，但在南昌县委书记胡晓海看来，无论从国土面积、人口规模，还是从区位优势等方面来看，南昌县并不是江西最好的县区。南昌县之所以进入新时代后“一跃而上”，主要得益于始终坚持开明开放的发展理念、不断营造优质高效的营商环境。

用“四真”换“四心”，是南昌县优化营商环境最精准的概括。首先是“真刀真枪”抓改革，便企服务更省心。南昌县在全省率先试点开展了相对集中行政许可权改革，挂牌成立了全省首家行政审批局，将27个单位的印章“归一”、278项审批“集结”、55名人员“整编”，实行“一个机构管审批、一枚印章发证照、一个大厅办成事”。行政审批局成立以来，新设各类企业8441户，较改革前

增长34%，设立企业的时间由之前的21个工作日减少为2个工作日，所需时间减少了90%；投资项目审批时间平均减少72%；承诺件平均办结时限由改革前的10天减少为3天，减少了70%。

其次是“真金白银”降成本，惠企减负更暖心。南昌县扎实推进降成本优环境专项行动，全面落实中央和省市出台的减税降费政策，依托集成电路产业基金、县域创投基金，以及“财园信贷通”“助保贷”企业还贷周转金等融资载体，为企业提供多元化、多样性的融资服务。2018年以来，共发放非公企业扶持资金4.5亿元、“财园信贷通”11.6亿元，累计为企业减税降负16亿元，切实让“白纸黑字”的优惠政策变成“真金白银”的惠企成效。

再次是“真情实意”解难题，联企帮扶更贴心。按照“帮办墙内事、包办墙外事”的原则，南昌制定出台《优化营商环境绿色通道及快速反应处置暂行办法》，设立“澄湖e线”政企服务平台和企业投诉热线，健全完善情况收集、问题处理、考核评价三大工作机制以及企业特派人员制度，全面推行“定片、定人、定时、定责”的“四定”工作模式。

最后是“真切关怀”浓氛围，尊企重商更舒心。

打破常规——为优化营商环境探路

“在优化营商环境过程中，有很多都是我们自己创新的东西。比如说，开展相对集中行政许可权改革试点，成立全省首家行政审批局，这项工作我们一直是走在全省前列。”胡晓海表示。

据了解，南昌县在优化行政审批服务方面，创新推行了“六个办”服务模式。“马上办”，即县行政审批局政务服务大厅内85%左右的日办件都能够实现当场受理、当场办结；“网上办”，就是依托“赣服通南昌县分厅”“县行政审批局微信公众号”，对部分高频事项实行网上查询、网上预约及办理，人们只需动一动手指，就能把事情办好；“重点办”，就是对工程建设项目实行“四段并联”审批和“容缺后补”审批模式，让审批时限大幅压缩。同时成立“工程建设项目代办帮办中心”，为项目报审提供全流程无偿帮办、代办服务；“就近办”，就是对一些与群众息息相关的小摊贩、小作坊、动物检疫等事项的办理，将审批权限下放至乡镇便民服务中心，实现就近办、就地办；“自助办”，就是在审批局服务大厅增设了企业登记自助服务终端、自助办税服务终端以及自助填单台等一批自助设备，实现了群众自助办理；“随时办”，就是从2018年年底开始，试行政务服务延时错时服务工作制，正常工作日延时服务，周末、节假日“服务在线”，部分事项实行预约服务，方便企业和群众在周末、节假日也能办成事，实现政务服务“不打烊”。

除了从制度上对优化营商环境进行创新，南昌县还设立“澄湖e线”政企服务平台，常态化开展入企走访、结对帮扶、上门服务工作。并且每半年开展一次投资发展环境评议评价工作，邀请服务对象评议打分，评议结果与单位年终考核、领导班子评价相挂钩。除此之外还设立“昌南新乡贤”这个县域最高荣誉，对贡献突出的社会人士尤其是企业家进行隆重表彰，力争让企业家在政治上有荣誉、在社会上有地位、在情感上有归属。

大数据为优化营商环境“对症下药”

“大数据最突出的一个特点，就是可以打破数据‘烟囱’、信息‘孤岛’，将大量碎片化的信息进行整合、分析、运用，帮助政府提高服务管理精细化、精准化水平。”在胡晓海看来，优化营商环境，大数据大有作为、大有可为。

据了解，2019年8月10日“赣服通”南昌县分厅上线运行以来，南昌县首批推出了21项高频政务服务事项和12种县本级电子卡证，不动产、公积金、社保、医疗等百姓日常涉及的高频事项实现“零跑动”。南昌县打造的智慧南昌县平台，已经上线了智慧环保、智慧工地、智慧公厕等项目，通过手机APP，就可以实时监测空气水质、工地扬尘等数据，即时搜索、查看周边公厕位置、使用等情况。

胡晓海表示，通过大数据来收集、整理和分析企业碎片化、个性化的诉求，可以帮助政府科学决策，为企业提供更多适销对路、量体裁衣的政策，还可以更加精准地找到政务服务中的“堵点”“难点”环节和影响企业发展的“痛点”“焦点”问题，有利于政府对症下药、靶向治疗，深入推进“放管服”改革。

“优化营商环境是南昌县域经济发展的‘原动力’，而优化营商环境绝非搞‘花拳绣腿’，必须要‘真刀真枪’硬碰硬，这来不得半点马虎。”胡晓海如是说。

《小康》2019年

优化营商环境迈入新阶段

文 / 《小康》· 中国小康网记者 袁帅

“不进则退，慢进亦退”。优化营商环境，作为推动高质量发展的重要抓手，是一个国家、一座城市核心竞争力所在，事关当下，更事关未来。砥砺前行，任重道远。无论是抗疫情，还是谋发展，优化营商环境这场“刀刃向内”的自我革命仍需继续。

疫情当前，部分企业遭受重创。为努力保障企业正常经营秩序、减轻企业负担，中央和地方多项有针对性的政策正在陆续落地。2月7日，国家发改委办公厅发布《关于疫情防控期间采取支持性两部制电价政策 降低企业用电成本的通知》，对疫情防控期间暂不能正常开工、复工的企业，放宽容（需）量电价计费方式变更周期和减容（暂停）期限，电力用户即日可申请减容、暂停、减容恢复、暂停恢复。随后，工业和信息化部印发《关于应对新型冠状病毒肺炎疫情帮助中小企业复工复产共渡难关有关工作的通知》，明确了“推动加大政府采购和清欠工作的力度”“加大信贷支持力度”等六方面20条措施……

跃升“全球31名”，中国营商大考创新高

水深则鱼悦，城强则贾兴。良好的营商环境不仅是一个国家和地区经济软实力的重要体现，也是提高综合竞争力的重要内容。在世界银行最新发布的《2020年营商环境报告》中，我国的总体排名较去年上升15位，名列第31名，这也是世界银行营商环境报告发布以来中国的最好名次。

据《2020年营商环境报告》显示，本次我国营商环境排名提升主要得益于七大改革亮点：一是将公司印章发放完全纳入企业注册登记一站式服务；二是简化对低风险工程建设项目的施工许可证要求，缩短供排水接入时间；三是精简办理接电流程，提高电费透明度；四是对小企业实行企业所得税优惠政策，降低某些

行业的增值税税率，加强电子化纳税申报和缴纳系统；五是通过实行进出口货物提前申报、升级港口基础设施、优化海关行政管理和公布收费标准等措施，简化进出口程序；六是通过要求控股股东对不公平关联方交易承担连带责任，明晰了所有权和控制结构，加强了对少数投资者的保护；七是通过规定可给予的合同延期次数上限和将延期限于不可预见和例外情况，提升执行合同的便利度。

其实不只是样本城市——北京和上海，在这几个方面，全国多地都纷纷推出了不同程度的优化措施，并且成效显著。

重庆荣昌国家高新区引进了专业资质公司，为园区企业提供工商注册、税务、审计等全程政府代办服务，代办服务费用由区财政全部承担，由此将企业投资审批时限由过去的50个工作日缩短至20个工作日。

甘肃玉门市量身打造了“互联网+政务服务”平台，运用大数据分析，开展减事项、减材料、减环节、减时限、容缺办理的“四减一容缺”工作，累计取消172项办事环节需提交的证明事项，减少办事材料534项、减少办事环节1323个，容缺办事材料140项。

浙江衢州市衢江区聚焦企业、项目全生命周期，全面推行企业水电气报装“一件事”联办，企业用水、用电、用气网上审批时限压缩到9个工作日以内……

值得一提的是，世界银行还在《2020年营商环境报告》中对我国在通过规定破产程序启动后的债权优先规则和提升债权人在破产程序中的参与程度，从而提高办理破产的便利度方面所做的努力给予了肯定。

成绩只能代表过去，未来仍任重道远。《2020年营商环境报告》公布不久，国务院总理李克强签署国务院令，公布了《优化营商环境条例》。我国通过制定专门行政法规，再次向全社会乃至全世界展示我国对优化营商环境的高度重视，以及持续优化营商环境的坚定意志和决心，让市场主体更坚定、踏实地在中国发展。

“2020年1月1日正式实施的《优化营商环境条例》或将开创我国优化营商环境2.0版。”国家信息中心区域发展研究院秘书长刘波表示，如何做好新时代营商环境建设，值得人们共同思考。

对标国际，薄弱环节成风向标

尽管我国营商环境优化工作取得了长足发展，但对标国际先进经济体，仍有上升空间，多位专家学者表示，部分排名偏后的薄弱环节将成为未来几年内我国优化营商环境的风向标。

对于本次排名第80名的“获得信贷”一项，安永会计师事务所表示，早在去年9月，我国国家发展改革委和银保监会联合印发的《关于深入开展“信易贷”支持中小微企业融资的通知》中便提及建立健全信用信息归集共享查询机制，该机制落地后将极大促进中小微企业的经营并进一步推动高质量经济发展。世界银行驻华代表处高级经济学家马钦对此则建议，建立中央级别的信贷担保登记系统，用以统一目前分散的登记系统，或将提高中国的排名。

无独有偶，国务院发展研究中心副主任张军扩也表示需建立统一的信息平台。不过在他看来，这样的统一平台不应只局限于信贷一方面。“目前推进优化营商环境的一大挑战便是数据难互通、不共享。因此，进一步融合线上线下服务，整合信息平台系统，切实推进‘一网通办’和数据交换共享将成为未来优化营商环境的新趋势。通过构建数据共享交换平台体系，统一明确信息共享的种类、标准、范围、流程，真正实现跨层级、跨地区、跨系统、跨部门、跨业务的数据信息可靠交换与安全共享。”

同时他表示，随着营商环境改革向纵深推进，国家法规调整滞后于地方改革探索的情况将日益凸显。未来，在法治下推进改革、在改革中完善法治将成为发展趋势，我国亟须建立起“综合授权-地方先试-经验上升-法规完善”的改革与修法紧密衔接、互为促进的常态化机制，加快实现“应改尽改、应废尽废”，不断提升依法治理能力。

在《2020年营商环境报告》中，排名第105名的“纳税”成为我国另一失分项。在这一方面，正如《全国税务系统进一步优化税收营商环境行动方案（2018年—2022年）》中所提到的，未来两年，我国需继续强化顶层设计，减少纳税次数，打造集约化营商环境。同时，实施精准服务，压缩纳税时间，打造便捷化营商环境。此外，我国还亟须着力于加快税制改革和减轻税费负担两方面，以打造低成本的营商环境。

任何改革的推进都会涉及相关配套措施的协调，优化营商环境也不例外。国务院发展研究中心企业研究所副研究员马晓白坦言，目前的改革过程中存在部门地方之间政策不配套、行动不协同，监管服务能力落后于简政放权幅度，信用体系建设跟不上监管需要，东西部地区改革步调不平衡等现象。她建议，应针对当前改革实践中面临的具体问题，进一步提升改革的协调性、平衡性、全面性和创造性。同时，马晓白指出，一些市场主体关切的重要问题，譬如企业经营状况、是否盈利等指标并未包括在营商环境评价体系中，而这些关键要素仍然存在进一步改革和优化的空间。刘波对此表示认同，他强调称，企业复投的规模、力度是区域营商环境优劣的重要评判指标之一。

随着我国营商环境的不断优化，近年来，不少地区在工作中积极探索，创造和积累了一系列可复制、可推广的创新经验做法。值得一提的是，衢州市龙游县换位“百姓视角”，在全国率先创建“无证明县”，大力推进“减证便民”，创新推出“取消一批、共享一批、替代一批、代跑一批”的“四个一批”模式，先后进行了三轮梳理，共减少证明228项。同在衢州市的衢江区则创新“即享即兑”政策，企业24小时内就能拿到政府发放的奖补资金。成都市双流区则创新“企业咖啡时”品牌，倾听企业家心声，助力亲清政企关系……

《优化营商环境条例》中明确指出，国家鼓励和支持各地区、各部门结合实际情况，在法治框架内积极探索原创性、差异化的优化营商环境具体措施；对探索中出现失误或者偏差，符合规定条件的，可以予以免责或者减轻责任。下一步，要鼓励各地区从自身实际出发，锐意探索创新，在优化营商环境方面创造更多管用可行的创新举措；支持基层先行先试，为地方改革创新探索创造条件，及时总结推广好的经验做法，充分调动和发挥地方推进改革的积极性、主动性和创造性。

《小康》2020年02月